古宮九時
illust. 森沢晴行
II
Babel
バベル
魔法大国からの断罪

ラルス
ファルサス王。
あらゆる魔法を打ち破る
王剣アカーシアの担い手。

Babel バベル II

魔法大国からの
断罪

古宮九時
illust. 森沢晴行
一部キャラクターデザイン chibi

主な登場人物

水瀬雫

現代日本から強制転移されてきた女子大生。日本へ戻る方法を探すため、旅に出る。

エリク

魔法文字を研究する風変わりな青年魔法士。雫の旅に同行することに。

メア

魔族の少女。湖底に沈む城で雫に出会い、雫の使い魔として契約する。

リースヒェン

雫たちが旅先の町で出会った、強大な魔力を持つ謎の少女。

ディタス

ラオブの街で商人をしている男。議員の立場を狙い、政略結婚を控えている。

ネイ

ディタスの護衛。

ラルス

第三十代ファルサス国王。「魔を断つ剣」アカーシアの担い手。

レウティシア

ラルスの妹。卓越した魔法士でもある。

ハーヴ

ファルサス王都に住むエリクの友人。ファルサスの宮廷魔法士。

ディルギュイ

ファルサス史を専門にする魔法士。

カティリアーナ

故人。十五歳だったエリクを教師として魔法を学んでいた王族の少女。

Babel

～Babel 大陸地図～

1960年（ファルサス暦832年）現在

古き神話の時代、この大陸に一人残った神アイテアは

素性を隠した旅で、森の奥の集落を訪ねる

だが、誰もが彼の言葉を解せず通り過ぎる中

一人の少女だけが真摯にアイテアに向き合った

後に少女はアイテアの神妃となる、嫁取りの神話だ。

だが何故、神に向き合ったのは――彼女一人だけだったのか

1. 月光の落ちる処《ところ》

「ま、町が見えましたよ！」

「道があるからね。いつかは町に辿《たど》りつくだろうね」

「やったー！　町が見えたー！」

広がる草地の向こうにようやく小さな町の影を見出《みいだ》し、雫《しずく》は両手を挙げる。その隣で、旅装姿の青年が平然としているのはいつものことだ。雫は肩に乗せた緑の小鳥と共に快哉《かいさい》の声を上げる。

ほんの四か月前まで、雫は日本の大学に通う女子大生だった。

その平穏が一変したのは、夏の暑い日のことだ。道の真ん中に空いた謎の黒い穴に吸いこまれて、気がついたら異世界に立っていた。

魔法が当然のものとしてある世界。言葉が通じることは幸いだが、元の世界に帰る手立ては今のところ不明だ。何しろこの大陸には、異世界からの来訪者自体前例がないのだという。そのため彼女は自分の正体を隠しつつ、唯一何か情報が隠されているのではないかという魔法大国ファルサスに向かっている最中だ。

もっとも、この大陸の記録についてもファルサスについても、調べて教えてくれたのは連れのエリクだ。文字研究を専門とする魔法士の彼は、雫の世界の文字に興味を持ち、それを教えてもらうことを報酬として彼女の旅に付き合ってくれている。雫にとってはよき引率者で、知識の先達だ。ただ彼は、何事にも動じず淡白な性格のため、二人のリアクションには基本的に温度差がある。あるのだが雫はまったくそれを気にしていないので、旅は順調と言っていいだろう。

と言っても、ファルサスを目的地としてスタートしたはずの二人は、禁呪《きんじゅ》絡みの大事件に巻きこまれた結果、現在どこともしれない場所に放り出されているのだが。

雫は肩より少し下まで伸びた黒髪を払う。日本では平均的な大学一年生だったが、この世界では幼い顔立ちに入るらしい。おかげで目が大きい以外は地味な容姿が、地味なうえに子供と大差ない容姿になってしまった。

彼女は前髪を手でかき上げる。

「この世界で一番驚いた魔法って転移魔法なんですよ。一瞬で遠く離れた場所に移動できるってすごいじゃないですか！　そりゃ高等魔法なんでしょうけど、旅行とか輸送が一瞬ですよ！　体験するの楽しみだなーって思ってたんですけどね……」

「体験できてよかったじゃないか」

「捻《ね》じ曲がって願いが叶《かな》った……」

本来ならファルサス行きの転移陣に入るはずだったのに、二人が出たところは謎の海辺だ。そこからなんとか細い道を見つけて今に至る。これが樹海などに出ていたら異世界で遭難死していたかもしれない。

隣を行くエリクは、町が見えても喜ぶわけでもなく淡々としている。二十二歳の彼は、外見だけを見れば中性的な美形なのだが、中身のマイペースさの方が雫には印象的だ。今も彼は、平静な声で説明する。

「こういう風にどこに飛ばされるか分からないから、基本的には保証されてない転移陣や転移門に入ってはいけないとされてる。飛んだ先が空中だってこともあるからね」

「恐ろしいワープポイント……。孔明の罠《わな》じゃないですか」

「君が何言ってるか分からないけど大体の意味は伝わるね」

他愛ないやりとりをしながら雫はバッグを肩にかけなおすと、肩の上の小鳥に微笑《ほほえ》んだ。

「もうちょっとで休めるからね、メア」

小さく囀《さえず》って返す緑の小鳥の正体は少女姿の魔族で、雫と契約してくれた使い魔だ。雫は近づいてくる町に安堵《あんど》する。

「とりあえず宿に入ったら洗濯したいですね……あちこち服に血が染みちゃってますし」

「君はちゃんと寝た方がいいよ。さっき仮眠してた時も首が変な方向に折れてた」

「人をゾンビみたいに言わないでください。確かに首が痛いです」

見えている町の景色はごく普通のものだ。これなら宿屋もあるだろう。

そう雫が思った時、町の通りから二人の男が走り出てくる。剣を携えた男たちは、雫に気づくと真《ま》っ直《す》ぐに駆けてきた。服装と雰囲気からしておそらく傭兵《ようへい》だ。嫌な予感を覚えて雫は足を止める。

「げ。何でしょうね」

「狙いは君っぽいね」

言いながらエリクは腰から提げた袋に手を伸ばす。けれど彼がそこから何かを取り出す前に、男たちは数歩手前で足を止めた。雫の顔を見ながら囁《ささや》き合う。

「こいつか？　黒髪だぞ」

「違うな。もっと一目で分かるくらい綺麗《きれい》な娘だって聞いてる」

「……私、なんか失礼なこと言われてませんか？」

「言われてないと思うよ。抜きんでてないってだけで、劣ってるとは言われてない」

「そうかもしれませんけど！」

雫とエリクが噛《か》み合《あ》わない会話をしているうちに、二人の傭兵はさっさと町の中に戻っていく。何一つ説明されないまま値踏みだけされて、雫は不条理さに眉根を寄せた。

「不可解……でも疲れてるからどうでもいい……」

「君のその気にしなさ、旅に向いてると思うよ」

言外に図太さを評価されながら、雫は欠伸《あくび》を噛み殺す。

そうして二人は不審な男たちのことも忘れ、小さな町に入っていった。


宿の主人に聞いたところによると、この町はファルサスを飛び越えた大陸西岸に位置しているらしい。小さな食堂で、雫は食後のお茶を飲みながら大陸地図上の現在地に息をつく。

「めちゃめちゃ移動しましたね。ほぼ大陸横断じゃないですか」

「もうちょっと西にずれてたら海中だったね。海岸でよかった」

「嫌なこと言わないでくださいよ！」

彼らがいるのは元いたカンデラより小国二個分くらい北の、更に大陸西岸である。もちろん今まで西にあったファルサスは、二人が西の端に移動してしまったことにより東になった。これからはファルサスに行くために東に向かって旅をすることになる。

「あー……東遊記《とうゆうき》になっちゃいましたね」

「何なのそれ」

「仙人の話らしいですが、詳しくは知りません」

エリクは、テーブルに頬杖《ほおづえ》をついて地図を眺めている。一方雫はそんな彼の顔の方をまじまじと見つめた。改めて見るとやはり整った顔立ちだと思うのだが、最近は見慣れてきてしまった。むしろそこに先の事件の疲れが残っていないか気になって、雫は彼の顔を凝視する。

カンデラでの騒動は雫のせいではないが、そもそも彼は雫に付き合って旅をしてくれているのだ。彼女は自然と重い頭を垂れる、というかテーブルに額をべったりつけてしまった。

「色々すみません。こんな遠いところまで……」

「何で急に。ここに飛んだのは不可抗力だし、気にすることじゃない。それにファルサスには前より近づいてるよ」

「確かにカンデラからよりは近くなりましたけど。ファルサスってやっぱり大きいんですね」

ファルサスは、大陸中央部から西部に広大な領地を有している。西に移動した彼らはファルサスの北西国境には近くなったが、国境を越えてから城まではかなりの距離があるのが現状だ。ファルサスの城都は東寄りにあるので、北西国境からだと馬で一か月半は必要だろう。

しかし雫の感想にエリクは微苦笑した。

「一度入国しちゃえば国内の移動は転移陣が多いから。楽になるよ」

「あ、なるほど」

転移陣でここに飛ばされたばかりなのに、自分がそれを使うという発想はなかった。雫は地図の上を指でなぞって……ふとあることを思い出す。

「そういえば、カンデラ城の転移陣から飛ばされる時、誰か外から転移して来ましたよね。あの人は平気だったんでしょうか」

カンデラ城から脱出する瞬間、確かに雫は黒髪の女が現れたのを見たのだ。あの瘴気《しょうき》が蠢《うごめ》く城で彼女は無事だったのだろうか。そんな答えが出ないはずの呟《つぶや》きに、エリクがあっさり答えた。

「多分、平気だと思うよ。彼女がファルサスの王妹だから」

「え!?」

「彼女には精霊もついてる。禁呪と言っても陣から切り離された状態なら余裕で勝っただろう」

「え、え。じゃああの時、ファルサスの人とニアミスしてたんですか!」

「ニアミス？」

「すれちがってた？」

「ああ、うん。惜しかった。けどまぁ、あそこで彼女と合流してても不審者扱いは免れなかっただろうからね。これはこれでいいのかも」

「あー……確かに」

エリクはともかく、雫などは魔法で結界を越えてカンデラ城に侵入していたのだ。捕まったら色々まずい。唸《うな》り声を上げる雫に、エリクは苦笑した。

「明日になったら街道沿いにファルサスの国境を目指そう」

「ですね。今日はもう疲れましたし、早寝しますか」

疲れはまだ鉛のように体の中に残っている。雫は宿に帰るために立ち上がった。

「そういえば、エリクってファルサスの王妹さんの顔、知ってたんですか？」

あの時、遠目にちらっとしか見えなかった状態で、彼は黒髪の女が誰であるか分かったのだ。一度ファルサスに行ったことがあるというエリクはその時にでも彼女の顔を見たのだろうか。

軽い疑問は、けれど答えが返ってくるまでに数秒の間があった。雫が怪訝《けげん》に思いかけた時、エリクは頷《うなず》く。

「彼女は大陸屈指の美女だと言われているからね。ちょっと見ただけでも忘れられない顔ではある」

「へー。そんな美人なら私もちゃんと見たかったです」

納得のような、それでいてすっきりしないような気分で彼女は頷く。何か引っかかる気がしたが、疲れのせいだろう。二人は会計を済ませて外に出る。

既に夜は暗く、小さな町には街灯もない。雫は細い路地を先導して歩き出した。

「宿は確かこっちですね」

「君のその方向感覚のよさ、本当面白いね。旅に向いてる」

「元の世界だと旅人って進路には行かなかったと思うので、この世界に来たからこそ明らかになった特技ですね」

言いながらふと、雫は何かを感じて足を止める。

路地の先には何もない。真っ暗な夜が広がっているだけだ。エリクが雫の視線を追う。

「どうかした？」

「いえ、なんか……」

何も変わったところがないはずなのに、違和感がぬぐえないのは何故《なぜ》なのだろう。

ざわざわと落ち着かない。まるで悪夢に片足を突っこんでいるようだ。雫はそんな引っかかりを振りきるように足を踏み出した。だが、ほんの数歩行ったところで激しく何かに躓《つまず》く。

「うわっ」

「みぎゃ！」

重なった声は二つ。顔から地面に激突しそうになった雫は、すんでのところでエリクに支えられた。後ろから彼女を抱きとめる格好になった青年は、小柄な体を引き戻す。

「危ないよ。どうしたの」

「な、何かに引っかかって……今、猫みたいな声しませんでした？」

「今のは人間の声だよ、ほら」

エリクの声に、雫は自分の足元を見やる。

――そこには長い黒髪の美少女が、膝を抱えて座っていた。

「ゆ、幽霊!?」

思わず叫んでしまったのは、ついさっきまでそこには誰の姿もなかったからだ。にもかかわらず、今は一人の少女が地面に体育座りしている。年齢は雫より一、二歳若いくらいだろうか。一体いつ現れたのか動転する雫に、エリクは教科書を読み上げるように言った。

「幽霊なんて存在しないって前にも言ったと思うけど。彼女は生きてる人間だよ」

「で、でも、さっきまでいませんでしたよね!」

「その外套《がいとう》のせいだろうね。不可視の魔法がかかってる」

「なんと……」

言われてみると、少女は確かに黒い外套を羽織っている。雫が躓いた際にフードが落ちてしまったのだろう。どこか不安げな闇色の瞳が二人を見つめた。

――軽い違和感が、雫の中を通り過ぎる。夢の欠片《かけら》に似たそれは、けれどすぐに消え去った。

雫は無意識のうちにかぶりを振ると改めて少女を見た。

「……すんごい美人」

同じ人間とは思えない小さな顔。髪も瞳も、雫よりもずっと深い黒色だ。高く通った鼻梁《びりょう》。白い肌は透き通って見える。小さな唇は薄紅色で、そこだけが彼女の人間味を思わせた。それ以外は――精巧な人形と見間違うほどだ。

思わずじっと見惚《みと》れている雫に、少女は首を傾《かし》ぐ。

「……あなたは、ふつうの人？」

「ふ、普通と言われましても」

異世界人なので、普通じゃないと言えば全然普通ではない。しかし少女が聞いているのはそういう意味ではないだろう。雫が答えあぐねていると、エリクが口を挟んだ。

「昼間探されてたの、その娘じゃないかな」

「え？　……あ」

この町に入る直前、傭兵の男たちが黒髪の少女を探していたのだ。彼らは「一目見て分かるほど綺麗な娘だ」と言って雫を候補から外した。その時は男たちの態度に呆《あき》れたが――

「確かに見れば分かる……」

これは確かに納得の美貌だ。造作という一点でここまで他と差別化ができるのかと感心してしまう。雫は大きく頷いた。

「いや、眼福でした」

「そういう感想なんだ？」

「じゃなくて！　そういうことなら彼女、追われてるってことなんですよね」

雫の言葉に、少女はきょとんとした顔になる。彼女はもう一度、同じことを問うた。

「あなたは、ふつうの人？」

「普通の通りすがりです」

そういう意味なら、彼女の追手でもなんでもない。雫の言葉に少女はほんのわずか表情を緩める。彼女は自分のフードに手をかけた。

「邪魔になってごめんなさい。あの、よかったら私がここにいるって黙ってて」

言いながら少女は再び不可視のフードを被《かぶ》ろうとする。雫は反射的にそれを制止した。

「いやいやいや、ちょっと待ってください。誰かに追われてるんですよね、で、ここに隠れてる？」

少女はその問いに、間を置いてこくりと頷く。

確かに人の通らなそうな細い路地だ。だがだからと言って、若い女性が一人で夜に縮こまっていていいような場所ではない。いくら魔法で人から見えないと言ってもだ。

雫は連れの青年を振り返る。

「エリク、あの……」

「何が言いたいかは分かるけど、お勧めしない」

「いつものですね。オッケー、了解です。弁《わきま》えた上でお願いです」

「いいよ」

「早っ」

話が早いのは助かるが、申し訳なくもある。雫は同行者の了承を得て、更に肩の上のメアに頷いて見せると少女の前にしゃがみこんだ。目線を合わせて問う。

「失礼ですけど、ここにいて助けが来るあてはありますか？」

「……いつかは来てくれる……と思うけど」

それは「すぐには難しい」と同じだ。だから雫は少女に手を差し出す。

「なら、私たちの宿に来ませんか。ここにずっといると風邪ひいちゃうかもしれませんし」

少女は、目の前の雫の手をじっと見る。そして顔を上げた。

「大丈夫？　困らない？」

「後のことは相談して決めましょう。一人でここにいるよりいいですよ」

少なくとも困っている人間を見捨てていくという選択肢は雫にはない。事情を聞くにしても、まずは安全な場所に移動してからだ。

少女はそっと雫の手を取る。その五指にはそれぞれ銀色の指輪が嵌《はま》っていた。

彼女は花のように微笑む。

「ありがとう。私はリースヒェン。ずっと東の国から来たのです」

柔らかな温かい手。その声は、鈴を振るようだった。


宿までの間は、リースヒェンが不可視のローブを着ていたおかげで誰にも見咎《みとが》められなかった。

部屋に入り、冷え切った体を風呂で温めた少女は、雫と並んで寝台に座る。

「ありがとう、ございます。助かりました」

リースヒェンは深く頭を下げる。雫の部屋着を借りて着替えた彼女はやはり輝くほどの美少女だ。耳や首元につけられた装飾品の多さがエキゾチックな空気を醸し出している。もっとも、異世界に来てエキゾチックというなら全てがあてはまってしまうだろう。雫がリースヒェンの体の薄さに感心している間に、椅子に座ったエリクが尋ねた。

「じゃあ、君は誰で、何故追われてるのか、聞いてもいいかな」

「私は、ええと東の国から来ました」

「国の名前は？」

「アンネリ」

少女の瞳にかすかな翳《かげ》が走る。雫はそれに気づき、エリクは眉を寄せた。

リースヒェンはぽつぽつと続ける。

「どうして追われてるか、誰がそうさせてるかは、よくわかりません。本当は、誰も私を追いかけてこないはずだったんです」

「追いかけてこないはず？　それはなんで？」

「私を外に出して捕らえていた人が、私が出ていくことを認めたから……だと思います」

外に出して捕らえた、とは不思議な言い回しだ。普通捕まえるなら中ではないだろうか。エリクもそこに引っかかったようで整った顔を顰《しか》めた。雫は大陸地図を思い起こす。

「アンネリって、私たちが出発したタリスの隣ですよね。ここからずっと東じゃないですか」

しかも確か少し前に他国に攻め落とされていたはずの国だ。雫がそう言おうとするのを、けれどエリクが手で制した。彼は新たな質問を口にする。

「出ていってもいいとは、公に保証されたこと？」

「違います。多分、他の人は私が死んだと思っているはず……。けど、そうじゃないって気づいた人が、私を探して追いかけてきたのかも」

少女は一つ一つ考えて答えているようだ。たどたどしい受け答えは外見よりずっと幼い。エリクの質問が投げかけられる。

「君を追いかけてきた人間は、君を利用したがってる？」

「わからない。でも、もう私に利用価値はないと思います」

「利用価値がない？　それはどうして？」

「私の弟は、争わないことを選んだから」

また不思議な言葉だ。どうしてそこに彼女の弟が出てくるのだろう。雫は不思議に思ったが、エリクにやりとりを任せて無言を保った。彼は引っかかる様子もなく続ける。

「君を迎えに来てくれるのは、君に仕えている人？」

「違い……ます。私を連れ出してくれた人です」

「その人とロズサークを出たんだね」

「はい。……え？　なんで……」

「なるほど。見当がついた」

よく分からない質問を重ねた結果、そう結論づけたエリクに雫はぽかんと口を開けた。

「見当がついた、って今ので何が分かったんですか？　全然ついていけなかったというか、最後の質問も何かおかしかったんですけど……」

雫の記憶が正しければ、ロズサークというのはアンネリに攻めこんだ国の名だ。どうして唐突に違う国の名が出てくるのか、分からないままの雫にエリクは苦笑する。

「分かったといってもただの推察だよ。だからここからは確認だ」

エリクは改めて黒髪の少女に向き直ると、正面から問う。

「君は、幽閉されていたアンネリの王女じゃないかな？」

「うぇっ!?」

雫は思わず奇声を上げて二人の顔を見比べる。

リースヒェンもまた大きな目を丸くしていた。彼女は心底驚いた声で魔法士の青年に聞き返す。

「どうしてわかったの？」

「まず君の身に着けてる装飾具は平民には手が出ないものばかりだ。だからアンネリでも王侯貴族の出なんだろうとは思った。そんな人間がこの時期に国から逃げてくるのは落城したからだろう？」

「言われてみればそうですが……」

リースヒェンの白い耳朶《じだ》につけられた銀環《ぎんかん》や全ての指に嵌っている指輪は、確かにどれも値の張る品と分かるものだ。第一、不可視の外套自体貴重品だろう。

エリクは軽くこめかみを搔《か》く。

「ただアンネリは攻め落とされたと言っても、現状貴族も平民も暮らしは保証されてるらしいんだ。だから逃げ出す必要性は薄くて……けど一人例外がいる」

「例外？」

「君もアンネリ落城絡みで移動が制限された時、こういう噂《うわさ》を聞かなかった？『アンネリに幽閉された王女がいて、ロズサークに攻め落とされた際にロズサーク王に連れていかれた』って」

「……あ、あー！　あったかも！　でも私は『王子が逃亡してる』ってのも聞きましたよ」

「うん。その王子はもう見つかってる。彼がきっとリースヒエンの弟さんだね。で、それらの噂からリースヒエンの言う『外に出して捕らえた』ってのは、『ロズサーク王が彼女を幽閉から解放して、人質にした』って意味じゃないかと思ったんだ。さすがにまさかとは思ったけど、質問してみたら当たりっぽかったからね」

「うわあ……」

小気味いいほどの回転の速さだ。雫は感嘆の声を上げ、リースヒエン本人は体を小さくする。

「自分のこと、あんまり話しちゃだめって言われてたの……」

「それはそうだろうね。でもこっちも君を保護した以上、正確なところは知っておきたいから。特に悪用したり他に漏らすつもりはないから安心して」

事務的にも聞こえるエリクの言葉に、リースヒエンは頷く。雫は横から彼女をまじまじと眺めた。

「王女様……すごい……御伽噺《おとぎばなし》っぽい……」

「君の方には王族がいなかったの？」

「いましたけど、間近で会えることなんて稀《まれ》ですよ。これは感動」

「でも私、ずっといないことになってたから」

「いないこと？」

雫はリースヒェンの言葉に首を傾ぐ。エリクが説明を引き取った。

「アンネリ王家は長らく王子一人しかいない、ってことになってたんだよ。でも今回ロズサークに城を攻め落とされた時、その姉が城の離れに幽閉されてた、って話が漏れたんだ。あくまで真偽が定かじゃない流言の類ではあるけどね」

「本当のこと、です。私は、オルトヴィーンに人質として連れていかれました」

「オルトヴィーンはロズサークの国王だね。まだ若い王だし、アンネリ王女と結婚すれば侵略後の統治も楽になると思ったんだろう。でも結局、アンネリはそういう必要もなくロズサークの一領地になることを受け入れたみたいだよ。アンネリの王子とロズサークの王が和解にこぎつけたって話だ。彼女の言う『争わないことを選んだ』ってのはそういうことだろう」

「エリク、どうしてそんなこと知ってるんですか？」

「カンデラにいた時に色々情報が入ってきてたから。旅をするなら知っておいた方がいいしね」

引率者として周到な彼には頭が下がるが、今の問題はリースヒェンだ。雫は聞いた話を整理する。

「つまり、リースヒェンさんは亡国の王女だけど、戦勝国と弟さんの間で話がついたから、死んだことにして国を出てるってことですか？　なのに誰かが追いかけてきていると」

「そう、です」

「相手が何を目的にして彼女を捕らえようとしているかは、当人に聞いてみないと分からないだろうね。アンネリとロズサークが和解してても、王女を確保してそこに捻じこんでやろう、と思う人間がいるかもしれない。実際は、大国並みの国力がないとそういうのは難しいだろうけど、それを分かっていない人間がいないとも限らないし」

「あー、政治に対しての意見は様々ですからね……」

「王族にそういう面倒事が付きまとうのはよくあることだ。本人にもどうにもならなかったりする
し逃げるのは容易じゃない。……その重圧に押しつぶされてしまう若い王族も珍しくないよ」

雫は驚いてエリクを見やる。何だか彼の声が普段のものとは違う、仄暗《ほのぐら》い声音に聞こえたからだ。

彼の藍色の瞳は暗く翳って、だがその視線の先には何もない。

そこに透けて見える何かは、他の人間には触れがたいもので――けれど雫が躊躇《ちゅうちょ》しているうちに、
エリクはいつものように頷いた。

「だから本当は、リースヒェンはちゃんとしたところに保護してもらうのが一番だとは思う。あん
まりお勧めはできないけどファルサスとかね」

それを聞いて、寝台に座るリースヒェンは飛び上がる。少女はぶんぶんと首を横に振った。

「ファルサスは、だめ、です。私は行っちゃいけないの」

「え、どうしてですか？」

雫たちは今からファルサスに行こうというのに、何がまずいのだろう。エリクが「関わりたくな
い国一位」と言うように、実はとんでもない危険国家なのだろうか。

しかしリースヒェンはぷるぷると首を振ったままだ。

「わからない。でも私を連れ出してくれた人が、行っちゃだめって」

「なるほど。理由は分からなくもないけど。その人は今どこにいるの？」

「違う町、だと思います。追いかけてくる人を振りきるから、私に隠れてろって。でも私、転移の座標間違いでここに来ちゃって」

「私たちと同じじゃないですか……」

この辺りには転移ミスを引き寄せる何かでもあるのだろうか。親近感を覚える雫を無視して、エリクは続ける。

「ひとまずその人と合流するのが肝心かな。連絡は取れる？」

「取れない。けど、コケアの町に行けば会えるんじゃないかと思います。あの、仕立て屋さんにお仕事を頼んであるから……」

「コケアか。ここより東にあるファルサス国境近くの町だね」

「お仕事ってなんですか？」

「は、花嫁衣裳《はなよめいしょう》を作ってもらってるの……」

ぱっと少女の顔が朱《あか》くなる。それは、今まで見たリースヒェンの表情の中で一番人間味があり、一番愛らしかった。雫は無意識のうちにその様に見惚れて……胸が温かくなる。

ほんわかとした気分を味わう雫をよそに、エリクがいつもと変わらぬ様子で言った。

「つまり、その人は君の結婚相手か。けど現在地も連絡方法も分からないんじゃ、確かに相手もその仕立て屋を待ち合わせ場所と想定するかもね。行ってみる価値はある」

「じゃあ……」

「うん。僕たちにとっても通り道だしね。明日、彼女を連れて出発しよう」

「ありがとうございます！」

両手を挙げて感謝の声を上げたのは雫で、リースヒェンは「よろしくお願いします」と深々と頭を下げる。

明日の予定が決まるとエリクは自分の部屋に帰り、雫はリースヒェンと二人で寝台に横になった。本当なら人数分の宿泊費を払うのが筋だが、町にはリースヒェンを探している傭兵たちがいる。できるだけ存在を気取られないようにしなければならない。

「狭いけど寝られます？」

「大丈夫。ありがとうございます」

小さく頷くリースヒェンの睫毛《まつげ》は、近くで見ると信じられないほど長い。雫はしみじみとその美貌に見入った。少し迷ったものの、好奇心に駆られて口を開く。

「リースヒェンさんは、助けてくれた人と結婚するんですね」

「うん……。私を閉じこめられてたところから出してくれたのは、オルトヴィーンだけど、その人はロズサークに連れてこられた私に、文字を教えてくれてたのです……」

「文字を？」

「私、生まれてすぐ幽閉されて、ええと、十六年間ずっと誰とも話したことがなかったの、です。みんな、私と話すことを禁止されてたみたいで、食事とか着替えとか、黙って面倒見てくれてた、のです」

「そ、それは……」

想像もしなかった壮絶さに雫は絶句する。それではまるで座敷牢《ざしきろう》だ。王女がそこまでの目に遭うとはどんな理由か知りたくもあるが、さすがに好奇心では聞けない。彼女のたどたどしい喋《しゃべ》り方も、そんな前歴から来るものだったのだ。

リースヒェンはしかし、自分の過去など何でもないように微笑んだ。

「本当は私、アンネリの民のために自分の命を使わないと、って思ってたんです。でもその人は『それは何とかするから、自分と生きてみないか』って言ってくれたの。文字の勉強も、それ以外のことも、たくさん教えてくれて、私に努力させてくれるのです」

「リースヒェンさん……」

嬉《うれ》しそうな少女は誇らしげでもある。

彼女は、十六年間奪われてきた人生を今、生き直しているところなのだろう。文字さえ教えられなかった、ただ生きているだけの年月。それでも自国の民のために自身を費やそうとしていた少女が、一から新たな生き方を得られたのだ。

妹の澪《みお》と同い年の彼女のそんな姿に、雫は熱い感情をのみこむ。彼女はリースヒェンの小さな手をぎゅっと握った。

「絶対、その人に会えるまでちゃんと送り届けますからね!」

「ありがとう、ございます」

リースヒェンは嬉しそうにはにかむ。彼女の笑顔に雫は不思議な安堵を覚えて眠りについた。

その晩は、何の夢も見なかった。

※

小さな町は海に近いとあってか、今までの町とは食文化も違う。

朝早く町に出た雫は、何軒かの屋台を回って朝食を買いこんだ。

「いい匂いー。新鮮な魚って久しぶりかも」

雫の抱える紙包みの中には、さっと揚げ焼きにした白身魚が入っている。今日はリースヒェンがいるので食堂に行くのではなく、テイクアウトでご飯を食べることにしたのだ。パンや他のおかずも細々と揃《そろ》え、鼻歌混じりの雫の肩でメアが囀る。本当ならメアも少女姿に戻って一緒に買い物をしたいが、魔族である彼女の髪色は鮮やかな緑だ。ある意味リースヒェンよりも目立ってしまう。

使い魔と二人、通りを歩いていた雫はふと視線を感じて振り返った。道の反対側に立っている青年と目が合う。

「誰？」

見覚えのない相手だ。エリクと同じくらいの年齢だろう。灰色の髪に、暗い青色の上下を着ている。雫を見る目つきは鋭いもので、まるで指名手配犯を見るようだ。

平和な田舎町に似合わない剣呑《けんのん》な視線に、雫は反射的に目を逸《そ》らした。

「まさかカンデラからの追手……？」

城で暴れた件で手配が回ったのだろうか。だが、さすがにこれだけ遠い場所ですぐに追手に見つかるとは思えない。そんな考えが相手に伝わったわけではないだろうが、青年はすぐに興味を失《な》くしたように踵《きびす》を返《かえ》した。返して、走ってきた子供に激突される。

「わっ！」

幼い男の子は、声を上げてころんと地面に転がった。雫がぎょっとして様子を窺《うかが》うと、青年は顔を顰めて舌打ちする。彼はそして、ぽかんとしている子供に手を伸ばした。その襟首を掴《つか》む。

「ちょ……」

雫は制止の声を上げようとした。だが彼女が駆け出すより先に、青年はひょいと子供を立たせるとその頭をぽんと叩《たた》いて去っていく。あっさりとした青年の様子に雫は気が抜けてしまった。

「……普通にいい人だったね、メア」

ひょっとして雰囲気の険しさで損をしている人だろうか。雫は何となく人混みを振り返りながら帰路につく。そうして戻った宿の部屋には、エリクとリースヒェンが待っていた。

「おかえり。君の好きそうなものはあった？」

「鮮魚がありましたよ！　美味《おい》しそう！」

「お魚、私好きです」

テーブルに広げた朝食はまだ充分に温かい。三人はそれを食べながら、改めて今後のことについて話をした。エリクが野菜のペーストをパンに塗りながら問う。

「昼前には出発するとして……雫、町で怪しい人間とか見かけた？」

「特には。印象いまいちで損してそうな人がいたくらいです」

「何それ。リースヒェンの追手もこの町にはもういないと諦めてくれてたらいいんだろうけどね。リースヒェン、その人たちは君の素性を知ってて追いかけてきてるんだよね？」

「多分……そう、です。雇われてる人たち、は知らないかもしれないけど……それをさせている人は、私がアンネリ王女であると、知っています。……『利用価値があるかもしれない。話を聞きたい』と、言ってましたから」

「利用価値があるかも、で、話を聞きたい、か……」

エリクが考えこむ間に、雫は大きな卵焼きを六等分にする。目を輝かせているリースヒェンの皿と、小鳥のメアの皿にそれらを盛った。ふんわりと膨らんだ卵焼きは、下がパイ生地になっている。ほのかに甘いそれは、パンケーキを思わせる優しい匂いがした。

卵焼きを分け合って楽しむ雫たちを前に、エリクはパンをちぎると言った。

「ちょっと印象修正が必要かもね」

「印象修正？」

「うん。『利用価値があるかもしれない』って言い方は、リースヒェンの獲得が政治的には無意味に近いって分かっている人間の言葉じゃないかな。その上で『話を聞きたい』っていうのが引っかかる。彼女を利用したいなら『自分が話をしたい』って言う方が普通だろう」

「あー……確かに」

「だから、相手の目的が絞れれば交渉のしようがあるかもしれない。リースヒェン、君は何か貴重な情報を知っていたりしないか？」

「貴重な情報……？」

リースヒェンは形の良い眉《い》を軽く寄せる。そこで雫が気づいてそっと口を挟んだ。

「エリク、幽閉されてる間、リースヒェンさんには誰も話しかけないように命令されてたみたいなんです。だから何か知ってるとしたら――」

「ロズサークに連れていかれた後、か」

「でも、私がロズサークで知ったことなんて、他のみんなも知ってることだし……あ」

リースヒェンは口に手を当てる。メアのために魚をほぐしながら雫が聞き返した。

「何か心当たりありました？」

「オルトヴィーンから、彼の話を聞きました。秘密だって」

「ロズサーク王の秘密か。なるほどね。ちなみにそれは口外が難しい話と思っていいかな」

「オルトヴィーンが秘密にしたいっていうから。私は、隠さなくてもいい話と思います、けど」

「まあ、そうだね」

他人の秘密がどんなものであれ、本人が口留めした以上漏らすことはできないだろう。

ということは、追ってくる相手方と交渉は見こめない。エリクは雫からチーズを受け取った。

「偽の情報を受け取らせるって手もあるけど、それは君の夫と相談かな」

「は、はい」

リースヒェンが真っ赤になって返事をしたのは、「夫」という単語に照れているのだろう。雫はそれを微笑ましく思いながら、魚をパンに載せて齧《かじ》る。白身魚を揚げ煮した油が染みこんで、とても香ばしい。久しぶりの海の幸を味わって雫は満足した。

「じゃあやっぱりドレス屋さんに行って合流を試みるって方針に変わりないですね。でも、どう見つからないように移動します？　街道を避けて移動しますか？」

「いや、土地勘がない以上、それは危ない。普通に街道を行こう。幸いそれができるだけの準備を彼女はしてるしね」

「え？」

自分のことを示されて、お茶を飲んでいたリースヒェンは猫のようにぴくりと跳ねた。エリクは壁にかけてある彼女の私物を見る。

そこには、不可視の外套がかかっていた。

※

街道を二騎の馬影が並んで東に移動していく。夕暮れ空の下、雫は鞍上《あんじょう》から天を仰いだ。

「雨が降りそうですね。リースヒェンさん、大丈夫ですか？」

「大丈夫、です。馬に乗るの、久しぶりなので楽しい、です」

「ああ、転移で移動してたんですもんね」

そして座標指定ミスで、リースヒェンはあの町に出てしまったのだ。雫たちのように大陸縦断しなかっただけマシだが、誰にも見つからなかったら彼女は今も路地裏で体育座りをしていたのだろうか。想像するだに非常に胸が痛い。そうならなくて本当によかったと思う。

出発してから約二時間後、雫は街道の先に目的地の町を見つけて胸を撫で下《なお》ろす。

「何事もなく着きそうですね。もう諦めたんでしょうか」

「どうだろうね。相手方がどれだけ彼女に重きを置いているか次第だけど――リースヒェン」

「はい」

フードを被った少女は首を傾げる。エリクは前を見たまま尋ねた。

「君は、その装飾具を外せば夫に連絡が取れるんじゃないか？」

「え？　あ、そうかも……けど、絶対外しちゃだめだって」

「例外が想定されてるとは思うよ。でもそうだね、ぎりぎりまでは粘ろうか」

エリクはちらりと後ろを見る。つられて振り返った雫はぎょっとした。後方から、かなりの速度で二騎が追いかけてくる。見覚えのある男たちの顔は、雫を最初の町の手前で値踏みした傭兵たちだ。雫の肩の上で小鳥が囀る。その主人である彼女は隣の馬に声をかけた。

「き、来ましたよ」

「落ち着いて」

「――おい、そこの馬、止まれ！」

乱暴な声に、雫は仕方なく馬足を緩めた。エリクもそれにならう。近づいてくる気配に雫が緊張で身を竦《すく》めていると、男の一人が無遠慮に手を伸ばした。少女の被るフードを引きはがす。

「……っ」

びくりと震える彼女を、傭兵たちはじろじろと見やった。

「なんだ、またお前か」

彼らが見ているのは——雫だ。

何の変哲もない外套のフードを下ろされた雫は、唖然《あぜん》とした顔で傭兵たちを見返した。その様子を男たちは鼻で笑い、何も言うことなく去っていく。彼らの馬が雫たちを追い抜いて、街道の先にある町に消えると、雫はほっと肩の力を抜いた。

「ばれませんでしたね……」

「うん。この外套にかかってる不可視の魔法は強力なものだからね。少なくとも、魔法士でもない人間には見破れないよ」

エリクは言いながら自分の後ろを振り返る。そこに座るリースヒェンが、フードをずらして二人を見た。

「大丈夫、でした？」

「平気だよ。でもその外套はちゃんと被ってた方がいい」

リースヒェンは、最初からエリクの後ろに乗っていたのだ。雫はあくまで彼らの目を逸らすための囮《おとり》だ。ここで雫を確認しておけば、次の町で似た外套の少女を見てもごまかされるだろう。そうなればリースヒェンの行動にも自由がきく。

「さて、問題は無事に合流できるかだね」

「さっきの人たち、同じ町にいるんですよね。やだなあ」

「しばらくは時間を稼げるはずだよ。とにかく、日が完全に落ちてしまう前に宿を取ろう」

エリクはそう言いながらものんびりとした馬足のままだ。雫が操る手綱に配慮しているのだろう。

彼らはコケアの町に到着すると、そわそわするリースヒェンを連れて、花嫁衣裳を頼んでいるという仕立て屋に向かった。だが、そこは――

「あ、今日はもう閉まっちゃってますね」

夕暮れ時を過ぎたせいか店は既に閉店している。カーテンの閉まったドアを前に、リースヒェンは目に見えて肩を落とした。しょんぼりを絵に描いたような少女の姿に、雫はいたたまれなくなる。

「だ、大丈夫ですよ。明日開いている時に行って、伝言をお願いしましょう」

「……はい」

「とりあえず宿を取ろう。どっちみち僕たちも国境を越える準備が必要だしね。この町に滞在していれば合流はできるだろう」

エリクの先導で、二人は仕立て屋の前から離れる。不可視のフードを被りなおしたリースヒェンは、雫にも姿が見えない。そのため雫はさっきから彼女と手を繋《つな》いで歩いていた。

宿屋が立ち並ぶ通りは、大通りから一本入ったところだ。雫は周囲の食堂から漂うよい香りに目を細める。

「どこか持ち帰りできそうなところありますかね。内陸部に行くとまた魚介食べられなくなりそうですし」

「あ、私も見てみたい、です」

「なら、宿を決めたら見に行こう。……っと」

エリクが歩調を緩める。彼の視線の先にいるのは、街道で出くわした傭兵たちだ。だが今はその二人の他にもう一人、だぼっとした服を帯で留めた男がいる。エリクが前を見たまま声を潜めた。

「まずいな。追加の一人は魔法士だ」

「へ？」

その言葉が聞こえたわけではないだろうが、当の男がふと視線を動かしてこちらを見た。何かを見つけたようにじっと自分たちを見てくる視線に、雫は青ざめる。

エリクが表情を変えぬまま言った。

「雫、今すぐリースヒェンを連れてこの場を離れるんだ。できるだけ自然に」

「え。エリクは？」

「外套が見破られたかもしれない。足止めをするよ、後で合流しよう」

その言葉と同時に、魔法士の男が傭兵の二人に何かを囁く。そうして三人がこっちに向かって来るのを見て、雫は素早く決断した。

「分かりました。後で落ち合いましょう」

「うん。君も気をつけて。メア、頼んだよ」

使い魔である小鳥が囀ると、雫は見えない少女の手を引く。二人は踵を返し通りを戻り始めた。

「行きましょう。ぐるっと撒《ま》いてくるくらいの気持ちで」

今、走り出しては余計怪しまれる。雫は人にぶつからないようにリースヒェンを誘導して人の波に乗った。

距離を取ってから振り返ると、エリクが三人と話しているのが見える。ひやりと冷たいものが背中を走ったが、彼ならきっと切り抜けるだろう。それより自分たちがいる方が足手まといだ。

雫は内心の動揺を悟られぬよう、あえて明るく言う。

「屋台を先に見ましょう。きっと美味しいものがありますよ」

「でも……」

「大丈夫大丈夫。もっと大変そうな相手に絡まれた時もなんとかなりましたし。それに、町を回ってくれば探している人が見つかるかもしれませんよ」

そう繰り返すと、リースヒェンもそれ以上の異議はのみこんだようだ。雫は三人が自分たちを追ってきていないことを確認すると、近くの屋台でパンや総菜を買いこんだ。

リースヒェンが紙包みの一つを引き取って外套の中に抱える。そうでないと袋だけが宙を移動することになってしまうのだ。雫は自分も両手に包みを持って歩きながら、小声で少女に話しかけた。

「ちなみに、リースヒェンさんの探してる人ってどんな外見ですか？」

通りはごった返しているというほどではないが、人の行き来は多い。雫も相手の大体の特徴を知っておいた方がいいだろう。

リースヒェンはその問いに少しの間を置いて、躊躇《ためら》いがちに答える。

「背は高い、です。私よりずっと……倍くらい？」

「いや、倍はさすがにないんじゃ……」

リースヒェンの身長は雫より少し低いぐらいだが、彼女の倍となると三メートル近い。そんな人間がいたならすぐ分かるはずだ。リースヒェンが「うーん」と考えこむ声が聞こえる。

「あ、あとは――」

少女の声はそこで途切れた。雫は続きを待って……違和感を覚え足を止める。

「リースヒェンさん？」

その名を呼んだのと、メアが肩の上で鋭い声を上げたのはほぼ同時だ。雫は自分の隣に手を伸ばす。だがそこにリースヒェンの感触はない。ぎょっとして周囲を見回した雫は、左後方の路地入り口に、何もない宙から紙袋が落ちるのを見た。それは、リースヒェンが持っていたはずの袋だ。

「ちょっと！」

叫んで、踵を返す。

突然声を上げて駆け出した雫に、周囲から唖然とした視線が集まった。だがそれを気にせず雫は路地に駆けこむ。二十メートルほど先、詰まれた木箱の近くに一人の男が見えた。隣にはフードを取ったリースヒェンがいる。彼女の腕を男が摑んでいるのを見て、雫は口を開いた。

「待ちなさいよ！」

若い男はそれを聞いて振り返る。雫は相手の顔を見て声を上げそうになった。

灰色の髪に鋭い目つきが印象的な男は、今朝、前の町で雫を見ていた青年だ。相手は雫を見て右手を前に差し伸べる。

その仕草に雫は既視感を覚えて叫んだ。

「メア、防いで！」

肩の上で小鳥が翼を広げる。メアが雫の命《めい》を受けて張った結界と、宙を走ってきた何かの魔法が衝突した。

——やはり相手は魔法士だ。魔法を使う身振りに見覚えがあったのだ。

雫はそれでも臆さず駆け出す。魔法士の男は呆れたように雫を見て、言った。

「止まれ」

「え」

その一言で、雫の足から力が抜ける。つんのめるように彼女はその場に崩れ落ちた。顔から地面にぶつかりそうになるのを、咄嗟《とっさ》に両手をついて耐える。リースヒェンが悲鳴を上げた。

「やめて！」

「周りに被害を出したくないなら、大人しくしていた方がいい。あなた自身を傷つけるつもりはない。話を聞きたいだけだ」

「何も、話すことはないです。あなたが何を知りたいのだとしても」

リースヒェンの言葉に、男は口の両端を上げる。まるで陰惨なその表情は、若いはずの男の印象を老練なものにさえ見せた。

「ただ知っていることを話せばいいだけだ。それであなたの暮らしは保証される。王族として不自由のない暮らしもできるだろう。俺の主人の力があればそれが可能だ。そうでないなら——」

青年の目がちらりと雫を見やる。その冷たさに雫はぞっとした。

――自分を、リースヒェンへの人質として使おうというのだ。

そのことはすぐにリースヒェン自身も分かったのか、顔色を変える。

「彼女は、関係ないです」

「なら、俺と来て俺の主人に会うだけだ。心配せずとも、ロズサークから離反してきた人間は他にもいる。あなたもあの方が飽きれば解放されるだろう」

リースヒェンはきつく唇を結ぶ。闇色の瞳が逡巡《しゅんじゅん》して宙をさまよい……彼女は少し寂しげな表情になった。リースヒェンは口を開く。

「わかりま――」

「いや、駄目です。譲っちゃ駄目！」

雫の声に二人の視線が集まった。彼女は地面に両手をついて立ち上がる。雫は泥に汚れた手をリースヒェンに伸ばした。

「やっと自由になったんじゃないですか。なのに今ここで譲っちゃだめです」

「雫さん……」

「十六年間、誰とも話せない日を送ったんですよね。でも、これからは誰とどんな話をするのか選ぶことができる。その自由を手放しちゃ駄目です。少なくとも、今ここでは」

足枷《あしかせ》になるためにリースヒェンに声をかけたわけではない。彼女の新たな人生に、手を貸したいと思ってここまで来たのだ。

雫は震えを隠して名前も知らない男を睨《にら》む。それをしながら、小声で言った。

「メア、隙を作って通りに離脱しよう」

相手の男が不可視のマントを見破ったのは魔法士だからだろう。ならばいっそ、衆目を集めて逃げた方がいい。そうすればきっとエリクが気づいてくれる。

擦りむいた足がずきずきと痛む。だが雫はその足に力を込めて、若い魔法士を見据えた。

「あなたの言っていることは、違う檻《おり》にリースヒェンさんを入れようってことでしょ。彼女の素性を知ってるなら、今までどんな状況にいたか知ってるんじゃないですか？」

男は答えない。表情のない目で雫を見返すだけだ。

雫は爪先に少しずつ力を入れながら、口を開く。

「知っていて彼女を連れて行こうなんて人、信用できません。そんな権利は、誰にも、ない！」

声を上げると同時に、雫は地面を蹴る。

男までは数メートル。リースヒェンの手を取って逃げる。それだけでいい。

相手の妨害を予想して雫は叫んだ。

「メア！　箱を崩して！」

その言葉に、男の隣に積まれていた木箱が崩れ落ちる。倒れかかってくるそれらに、相手はさすがに虚をつかれた顔になった。その隙に雫は少女の手を取る。

元の道へ駆けだそうとして――だが雫の視界が、ぐるりと揺らいだ。

「っ、」

何が起きたのか。三半規管を一瞬で揺らされたようだ。緑の小鳥が道に落ちる。その隣にへたりこむ雫の頭上に、男の溜息《ためいき》が降ってきた。

「面白い使い魔を連れてるみたいだが、状況を読めないと宝の持ち腐れだな。馬鹿が」

その声音は、今まで一番繕わないむき出しのものだった。こみ上げてくる吐き気に雫は息を止める。リースヒェンの険しい声が聞こえた。

「やめて！　これ以上何かするなら――」

「残念ながら魔法は使わせない。王女殿下、あなたが幽閉されたのは、その魔力が大きすぎるせいだ。それだけの封飾具《ふうしょくぐ》をつけてようやくあなたの魔法は封じられる。生まれた時からあなたには、自由に生きられる道はない」

――自由などない、と。

そんな非情な言葉に、雫は顔を上げる。

見えたのはリースヒェンの傷ついた顔だ。前に歩き出そうとして、それが叶わなかった時の顔。

ぼやけた視界の中で、その顔が妹の澪の顔に重なる。

『お姉ちゃん、私、平気だから』

強がって、でも泣きそうな姿。それを見て何を考えるより先に――言葉が口をついた。

「そんなの、誰かが決めるものじゃないよ」

誰に言うわけでもなく。ただそれは事実だ。雫にとっての真実だ。

男が目を瞠《みは》る。リースヒェンの唇が震えた。

少女は雫を見て……もう一度、彼を見上げる。

意志を込めた闇色の瞳。ぽつりと、けれど確信を込めて彼女は言った。

「行きたくない、です。私は、普通に生きたい」

彼女が十六年間積み上げてきた願い。かつては誰にも届かなかったもの。

真っ直ぐで幼い、けれど心からのそれに男は無言になる。

彼は座りこんだままの雫を見た。じっと見てくる遠慮のない視線に雫が居心地の悪さを感じた時、男は不意に溜息をつく。

「交渉は決裂か。……なら、別にいい。あなたが頷かなくても協力者はいる。あなたと違って喜んで自分を売りこんできた人間がな」

「え……？」

灰色の髪の魔法士は、まるで最初から興味がなかったように雫たちに背を向けた。路地の向こうへ歩き出しながら、情味のない声で言う。

「ああ、普通に生きたいならこの町から離れた方がいい。この近くに住む貴族が、あなたの外見を気に入って手下を使って探させてる。そいつらに捕まったなら、俺と来るよりよほどひどい目に遭うだろうからな」

「……って、あの傭兵たち!?」

雫の声に灰色の男は答えない。その姿が見えなくなるより先に、リースヒェンが雫に手を伸ばした。少女は嵌《は》めていた指輪の一つを地面に捨てると、両手で雫の頬を挟みこむ。

「ごめんなさい、雫さん」

温かな力が体に注がれる。それは何度か経験したことがある魔法の治癒だ。雫はあちこち擦りむいた傷が消えていくのに気づいて、目をしばたたかせた。

「魔法、使えたんですね」

「黙ってて、ごめんなさい。私は、あんまり人前で魔法を使っちゃまずいって」

それは、さっきの男が言っていたことを信じるなら「大きすぎる魔力を持っているから」だろう。リースヒェンはそのせいで幽閉されていた。だから自由になった今も、人目を避けるために魔法を封じていたのだ。

雫はそこまでを理解すると、かぶりを振る。

「全然謝ることないですよ。ありがとうございます。それより早く移動しましょう。さっきの男が諦めてくれたんだとしても、傭兵たちが別口なら危ないことには変わりがないですから」

雫は緑の小鳥に手を伸ばすと、小さな体を拾い上げる。

「メア、大丈夫?」

小鳥は首を縦に振るが、いつもよりもその動きには精彩がない。雫は小鳥である友人を自分の胸にしまいこんだ。そうして地面に落ちた指輪を拾うと、リースヒェンの指に嵌める。

雫は迷いなく、もう一度彼女の手を取った。

「よし、行きますよ」

泥を払って立ち上がると、雫はリースヒェンを連れて来た道を戻り出す。

あと少しで通りに出るというところで、しかし交差する路地から二人の男が現れた。

エリクが足止めした傭兵たちとも魔法士とも違う、比較的小綺麗な服装の男たちは、リースヒェンを見て喜色を浮かべる。

「この女か。確かに一目で分かるな」

「お館様が報奨を出すと言ってる。できるだけ傷をつけるな」

「うわっ、これが噂の人権意識がない貴族の一派！」

以前からエリクに聞いていたが、なかなかに劣悪だ。雫はリースヒェンを自分の後ろに回す。

メアはまだ弱ったままだ。エリクはいない。なんとかこの場を切り抜けなければ。

雫は逃げ出せるルートがないか、男たちから視線を外さぬまま周囲の様子を窺った。

その時、背後のリースヒェンが声を上げる。

「あ！」

「あ？」

雫が聞き返した時、男の一人が不意に目の前から消えた。何が起きているか分からないまま短い悲鳴が上がり、もう一人の姿も消える。リースヒェンが雫の脇をすり抜けて駆け出した。

「オスカー！」

少女はそのまま脇の路地に飛びこむ。

建物の陰になるそこには——一人の男が立っていた。

彼の足元には貴族の使いが二人とも転がっている。今の数秒でのされたのだろう。リースヒェンはそれを為《な》した男に飛びついた。長身の男は少女の華奢《きゃしゃ》な体を抱きとめる。

「リースヒェン、怪我《けが》はないか？　宿にも家にも戻ってないから驚いたぞ」

「転移を間違えて、隣の町に行っちゃって……」

「それでか。ちゃんと家に置いてくればよかったな。悪かった」

少女の背をぽんぽんと叩く男の声は、慈しみに溢《あふ》れたものだ。明るい夜空色の瞳が穏やかな愛情を湛《たた》えてリースヒェンを見つめる。

よく鍛えられた体に秀麗な顔立ち。エリクが中性的な美形だとしたら、彼は男性的に整った造作の持ち主だ。年は二十代半ばだろうか、若くはあるがずっと年上のような落ち着いた雰囲気で、その肩の上にはドラゴンを小さくしたような赤い生き物が乗っている。

雫は突然のことに呆然《ぼうぜん》としかけて——けれどすぐに相手が誰だか思い当たった。リースヒェンの倍の身長はさすがにないが、彼が彼女をロズサークの城から連れ出した人間なのだろう。確かにエリクよりも背が高い彼は、雫に視線を移すと苦笑する。

「これを連れてきてくれたんだろう？　助かった。ありがとう」

「あ、はい……」

間の抜けた答えになってしまったが無理もない。彼は、雫のぼんやりとした想像とはまったく違う人間だったのだ。「文字を教えてくれた」という話から、エリクのような学者をイメージしていたが、その体格や腰の長剣を見るだに戦える人間だ。だが、今まで見てきた傭兵たちと違って、正

統的な印象があるのは、彼が城に出入りするような人間だったからだろうか。

雫は何から説明しようか迷う。緊張していた反動か汗がみるみる全身に滲《にじ》んできて、彼女は額を手の甲で拭った。

「大したことはしてないです。あの、でも、この町にはまだ人権意識のない貴族の手下がいっぱいいるらしくて……」

「把握してる。それについては手を打ってきた。けどまあ、こいつはまだ世間知らずだからな。当分家で大人しくさせとこう。少なくとも転移をちゃんと使えるまでは」

「反省してます……」

リースヒェンは軽くうなだれたが、すぐに彼から離れると、雫を振り返った。

「ありがとう、ございます。雫さん」

「いえ、私なんて何もしてないですよ。むしろ力が足りなくてすみません」

「そんなこと、ないです」

少女の手が雫の手を握る。じっと見つめてくる闇色の瞳。

リースヒェンは蕾《つぼみ》が綻ぶように、美しく微笑んだ。

「私の自由を信じてくれて、ありがとう」

その言葉はどんな賛辞よりも雫の胸を熱くさせるものだった。


「よし、じゃああとはエリクに――」

合流するだけだ、と言いかけた雫の視界が、ぐらりと傾く。

「え」

「雫さん!」

リースヒェンが手を伸ばしてくる。だがそれに何も返すことはできない。路地の壁にもたれかかるようにして倒れこんだ雫は、こみあげてくる気持ち悪さに浅い息を繰り返した。

突然の変化に自分でも何が起きているか分からない。

苦しい。

恐《こわ》い。

早く閉じてしまわなければ。

もっと遠く——深くへ。

「気持ち……悪……」

意味の分からぬ断片が頭の中を通り過ぎていく。雫の耳に、馴染《なじ》みある青年の声が届いた。

「雫!」

「エリ……ク……」

自分たちを探しにきた彼の声に安堵して、雫は意識を手放す。

そうして落ちていく先は、誰の手も触れられない夢の中だった。

2. 無言の花嫁

夢の中で彼女は一人だ。
他の誰もいない。誰も入って来れない。
彼女は一人、三冊の本の前に立っている。それは凡《すべ》てが書かれた本だ。
おかしいのだと、こわいのだと、どこかで嫌がる自分がいる。
けれど彼女は動けない。彼女は一人だ。
何が恐いというのだろう。何も怖いことなどない。
これが当たり前だ。これが自分だ。
そして彼女は一冊の本に手を伸ばす。
そこには、むかしむかしの王と魔女の物語が書かれていた。

※

「……きもち……わるい…………」

雫が目を開けた時、滲む視界に映ったのは宿の天井だった。彼女は喉を鳴らして喘《あえ》ぐ。

「くるし……」

「大丈夫」

聞き慣れた青年の声と共に、額を冷たい布が拭っていく。藍色の瞳が床にある彼女を覗《のぞ》きこんだ。

「少し熱が出てるだけだ。疲れが出たんだろう。ゆっくり寝てていいよ。他のことは心配ないから」

水のように心地よく染みこんでくる声に雫は朦朧《もうろう》としたまま頷く。

そして再び彼女は目を閉じ――夢の中に落ちていった。


苦しそうに歪《ゆが》んでいた少女の顔が少し落ち着いたことを確認すると、エリクは息をついて立ち上がる。部屋の隅で心配そうにしていたリースヒェンが問うた。

「雫さんは……?」

「大丈夫。疲れが溜《た》まってたんだろう。ちょうどいいから寝かしておくよ」

エリクも彼女たちを探して路上で倒れているのを見つけた時には驚いたが、考えてみれば雫は、見知らぬ世界に飛ばされた後、緩やかな日程とは言え二か月もの間転々と旅をしてきたのだ。

出会った頃はただやる気だけが空回りしていた彼女だったが、その芯はエリクが最初想像していたよりもずっと強かった。禁呪の顕現を前にしてさえ彼女は退《ひ》かない。それは眩《まぶ》しいほどの精神で――ただ彼女の体がいつでもついていけるわけではない。

小柄な体は前よりも痩せてしまったし、様々な事件で心労もあっただろう。いつも通り明るく振舞っていても疲れは蓄積していたに違いない。だから、彼女のそんな不均衡さを知っている自分が気をつけてやらなければと、思う。

部屋の扉が叩かれ、リースヒェンの保護者が入ってくる。オスカーと名乗った男はテーブルの上に小さな紙包みをいくつか置いた。

「魔法薬を取ってきた。合うものがあればいいんだが」

「ありがとう。使わせてもらうよ。でも、あなたたちはもう行った方がいい。誰かがファルサスに報告を入れないとも限らないしね」

エリクのその言葉は、リースヒェンの事情を鑑みてのことだ。

──彼女が飛びぬけた魔力を持つ人間であることは、身に着けている封飾具の多さから見当がついた。雫などは単なる宝飾品だと思っていたようだが、あれらは全てが魔法士を封じるものだ。普通なら一つで充分なところをいくつも着けているのだから、その魔力の特異さは想像に難くない。保護者であるオスカーが封飾具を外すことを禁じていたのも彼女を守るためだろう。もしファルサスに知られれば、危険な存在として監視下に置こうとするかもしれない。下手をすれば彼女はまた幽閉に逆戻りだ。

オスカーは、エリクの言葉に苦笑する。

「短い間にお見通しだな。分かった。そうさせてもらう。彼女が起きたら礼を言っておいてくれ」

「伝えるよ」

「ああ、これも必要なら使ってくれ」

男が薬袋に加えて置いたのは、ファルサスへの通行証だ。申請して許可を取る形ではなく、無条件で国境の関所を通れるというもの。

どうファルサスに入国しようか迷っていたエリクは目を丸くする。

「ありがとう。助かるよ」

「それはこっちの台詞《せりふ》だ。縁があったらまた。今度はこちらが力になろう」

オスカーは隅で待っていたリースヒェンを手招くと、短い詠唱と共にその場に転移門を開いた。

少女はエリクと眠ったままの雫にもう一度頭を下げる。

「本当にありがとう、ございます。また、いつか」

「伝えとくよ」

二人が転移門の中に消えると、エリクは息をつく。まさか保護者の方も魔法士だとは思わなかったが、王族に関わるような人間だ。色々あるのだろう。

どんな国にも一つや二つは表ざたにならない暗部がある。国が大きければなおさらだ。エリクはそのことをよく知っているからこそ、それ以上踏みこもうとは思わない。

ただ、その中から抜け出たリースヒェンが幸せになれればいい、とは思う。

それができずに苦しんだ少女を知っているからこそ、そう願うのだ。

「……君も、あんまり無茶をしないようにね」

眠っている雫に声をかけて、エリクは彼女の枕元に椅子を置くと、そこに座って本を広げる。

期限がある旅ではないのだ。彼女の体が第一だ。通行証もあるなら焦る必要はない。少し長くこの街に逗留《とうりゅう》した方がいいだろう。

エリクは本を読みながら雫の様子を窺う。何か夢を見ているのか彼女の眉間にはいつの間にか皺《しわ》が寄っていた。エリクはそれに気づくと、手を伸ばして彼女の眉間をぐりぐりとほぐす。しばらくすると雫の寝顔が安らかなものになった。

「よし」

彼は小さく頷いて本のページをめくる。

そうして半覚醒と眠りを繰り返す雫がようやくぼんやり目を覚ましたのは、この三日後のことだ。

※

「何か……夢をいっぱい見た気が」

「いっぱい寝てたからじゃないかな」

彼女の部屋で書き物をしていたエリクは、雫が目を覚ましたことに気づくと立ち上がって、その顔を覗きこんだ。三日間寝続けたためか少しやつれてしまっているが、顔色は悪くない。エリクはグラスに入れた水と薬を彼女に手渡す。

「体調を整える魔法薬。飲んどくといい」

「お腹《なか》からっぽでも大丈夫ですか？」

「何で？　関係ない」

エリクはその質問を怪訝に思ったが、彼女の世界に魔法はないのだ。ならば薬も大分作りを異にしているのだろう。雫は頷くと素直に薬を飲んだ。

彼女は汗で濡《ぬ》れた体が気持ち悪いのか、自分の服の襟元を引っ張って中を見る。三日の間にメアが何度か体を拭いたり着替えさせたりしていたのだが、雫本人はほとんど記憶がないらしい。

彼女はぼんやりとした声で呟いた。

「エリク、シューラって昔本当に出現したことあったんですね。とってもでっかい蛇で」

「え？」

「それですごい人数の死体を動かして……ファルサスと戦ってました」

「……それも、夢？」

少女は少し首を傾げて頷く。黒い瞳がまるで底のない負と繋がっているように見えて、エリクは瞬間ぞっとした。

眠り続けた間にどんな夢を見たと言うのか。シューラが蛇の実体を持ってファルサスと戦ったことなど一度もない。そんな記録はどこにも残っていないのだ。隠されているわけではなく、ファルサスの秘された記録にも存在しない。それとも、カンデラの禁呪事件がそんなに精神に尾を引いているのだろうか。

雫は薬を飲んだ後のグラスをじっと見つめている。彼がそれを取り上げると、彼女はひどく不安げな目で青年を見上げた。

「エリク、私、恐いよ」

「何が？」

「わからない」

彼女はその後着替えを済ますとまたすぐに寝てしまった。そして翌日目覚めた時は既に、この時の会話を一つも覚えていなかったのだ。

※

目が覚めたら四日も経《た》っていたという事実は雫を啞然とさせた。彼女は腕組みをして眉を寄せると、目の前にいる青年に聞き返す。

「えーと、それって本当に私の話ですか？」

「他に誰がいるの。とりあえずいい加減食べた方がいいよ」

「まずお風呂入ってきていいですか」

「いいけど、メアを連れていきなよ。倒れたら困る」

「はーい」

熱を出していたという体はだるさがあちこちに絡みついており、いまいち感覚もはっきりしない。一度お湯に浸《つ》かって倦怠感《けんたいかん》をさっぱり落としてしまいたい。

雫は、午前中とあって誰もいない宿の風呂に入る。めずらしく浴室内に姿見が置かれており、何気なくそれを見て彼女はぎょっとした。鏡の中に映る裸身はまるで自分の体ではないかのように痩せこけてしまっている。四日食べなかっただけでここまで変わってしまうものだろうか。

「か、過労死寸前、とか？　そんな馬鹿な」

エリクは疲労のためだと言っていたが、強がりでなくそれほど疲れているとは思っていなかったのだ。リースヒェンにちゃんと別れが言えなかったのは残念だが、こんなに寝こんでしまうのではむしろ待ってもらってなくてよかったと思える。

雫は浴場で時間をかけて汗とだるさを流していった。この宿の風呂は、全身を浴槽につけるタイプではなく、足湯と体を流すための大きな湯壺《ゆつぼ》が置かれている作りだ。蒸気でいっぱいの浴室で、雫は足を湯に浸しながら痩せた腕を眺める。

「これはちょっとやつれすぎ……」

元の世界にいた頃はよく「痩せたい」と思っていたものだが、今はもうちょっと体重を戻さないと危ない。脱衣所に戻るとメアが待っていて、大分伸びた雫の髪を乾かしてくれた。

少女姿の使い魔は、ほっとしたように雫を見上げる。

「お目覚めになってよかったです」

「心配させてごめんね。メアはあの後、大丈夫だった？」

「大丈夫です。感覚を狂わせる魔法を受けただけで、すぐに復調しました」

雫は灰色の髪の青年を思い出す。誰かに仕えているらしい彼は、結局何もしないまま帰っていったのだ。主人に怒られてしまわないか、とも思うが、自分が心配する筋合いはないとも思う。

「四日も眠ってたのかぁ。全然実感ないなあ」

元の世界に戻った時も、こんな風に今を振り返って「あっという間だった」と思うのだろうか。想像すると切なくなってしまうのは、この世界に慣れてきたからだろう。

雫は、彼女の髪を整えている魔族の少女を見上げた。

「メアはさ、私が元の世界に戻る時どうする？」

「お許しが頂けるのならお供させて頂きます」

「うん。……ありがと」

何もかもなくしてしまうのは嫌だ。人も自分も思い出も。

元の世界にいたころはあれほど姉妹の陰に隠れ、自分でも輪郭が摑めなかった「自分」が、今は一人の人間として結実しつつある気がする。はたしてあのまま普通に夏休みを過ごしていたなら、自分はこんな風になれていただろうか。もしこの旅の果てに無事帰還できたら、その時自分はどんな人間になっているのだろう。

雫は、十八歳には見えないらしい自分の顔を鏡越しに睨む。少し頰のこけた少女は「未来のことなどその時にならなければ分からない」と、言っているように見えた。

風呂から上がってすぐはそうでもなかったが、食堂で待っているエリクのところに戻った時、雫は自分の空腹をようやく自覚した。むしろお腹がすき過ぎて胃が痛いくらいだ。既に何品か並べられたテーブルの前に座ると、彼女は皿のない場所に突っ伏した。

「ううう。おなかすいた」

「そりゃそうでしょ。でも君は消化しやすいものからだよ」

「や、やっぱり」

雫が顔を上げたタイミングを見計らったかのように、前にスープが運ばれてくる。具の入っていないスープを飲む彼女を、エリクはじっと見つめた。

「どう？　一応医者に診てもらう？」

「あー、平気ですよ。多分」

「本当？　医者は今混んでるらしいけど、予約を取れば時間はかからないよ」

「混んでるって、風邪でも流行《はや》ってるんですか？」

スプーンを片手に何気なく聞いた雫は、けれどすぐ答えが返ってこないことに訝《いぶか》しさを感じた。見るとエリクはわずかに眉を寄せている。彼がこういう表情をするのは何か問題があるときだ。

「流行り病がこの街にも発生してるらしい」

「え。空気感染するとかですか？」

「いや、僕たちは平気だよ。子供しかかからない病気だし。一歳から二歳くらいまでの子がかかる」

「うっわぁ……。それは嫌ですね」

親たちは、さぞかし気が気ではないだろう。雫はテーブルに身を乗り出す。

「どういう病気なんですか？　命に関わるとか？」

「命には関わらない。ただ言語障害が出るらしいんだ」

「言語障害？」

「そう。実は今、大陸西部でかなり広まっている病気なんだよ。どの国も対策を講じようとしているけど今のところ原因も治療方法も不明だ。ファルサスでさえ現在どうにもできてなくて、かなり問題になってる。感染するのかどうかも分からないみたいなんだよね。爆発的に広がり出したのは三か月以上前のことだし。東部の方はまだ発症している子供も少なかったみたいだけど」

実に物騒な話題だ。そう言えば最初の町で世話になったシセアも、そんな話をしていた。少し前から大陸西部で、子供しかかからない原因不明の病が流行っていると。

だがここより医学が発達した世界から来た雫でも、言語障害を引き起こす病気と聞いて、これという原因には思い至らない。もともと彼女はそれほど病気に詳しいわけでもないのだ。特に医学についての知識はゼロに近い。それともこれは、この世界特有の病なのだろうか。

だが、気になることはそれだけではない。国境近くの町に移ったことで、雫はエリクが仕入れたカンデラ城の事件の結末を聞くことができたのだ。

「やっぱりカンデラの城はファルサスに緊急制圧されたらしいよ。王も亡くなったしね」

「あー、確かに玉座の間はひどい有様《ありさま》でしたよ。生存者ゼロでした」

雫は玉座の間で向き合った負との問答を思い出す。

あの時、人ならざるものとどんな会話をしたかエリクには言っていない。改めて後から思い返すと、自分が「異世界から来た人間」と見抜かれたことが異様に恐ろしくなってしまったのだ。

雫だけを執拗《しつよう》に追ってきた禁呪の塊。あれは、彼女が異世界の人間だから狙ってきたというのだろうか。もしあの城に雫一人であったのなら、蛇にばらばらにされていたかもしれない。

「みんな無事なのかなぁ」

「分からない。けど、侵入者で捕まった人間はいないみたいだね」

雫はタークィスとリディアの顔を思い浮かべたが、今頃彼らがどこで何をしているのか、想像もつかない。エリクは古びた栞《しおり》を本に挟む。

「カンデラは当面の間、ファルサスの監視下のもと代理統治が為されるみたいだね。実務を担うのは、ロズサーク王オルトヴィーンらしい」

「あ、その人って」

「うん。リースヒェンを幽閉から解放した人間だ。どうやら彼はファルサスと繋がりがあるんだろう。リースヒェンたちがファルサスを避けているのもその辺り、面倒な事情があるのかもね」

「なんか遠い世界の話、って感じがします」

「関わらないに越したことはないよ」

エリクの端整な顔が乾いて曇る。

彼は王族や貴族の在り方に対して、割とドライだ。それだけでなく、時々拭い難《がた》い苦みを思わせることさえある。

雫は失礼にならないよう彼の様子を窺ったが、エリクはその視線に気づいて苦笑した。

「リースヒェンはきっと大丈夫だよ。一人じゃないしね」

「……そうですね」

きっともうリースヒェンと会うことはないだろう。だからその分、彼女のこれからが自由であればいいと願う。少なくとも一緒にいた彼女は、妹と同じ、ごく普通の少女だったのだから。

※

目覚めてから更に二週間、雫は宿に留まって体を休めた。

三日もすると細くこけていた手足の肉も若干戻り、一週間後にはおおよそ不健康に見えない程度にまで回復する。浴室の鏡を日に一度は確かめながら、雫はタークスではないが簡単な筋トレもして体調を整えることにした。体調が落ち着けばまた旅に出なければならないのだ。

この世界では何が起こるか分からないのだし、最後に物を言うのは自分の体力という気がする。そのため雫は、朝は少しジョギングをして、午前午後と勉強をし、寝る前に腹筋などして基礎体力をつけていくという、まるで絵に描いたようなよい子の夏休みを送っていた。

「元の世界もこっちと同じ時間経過なら、もうとっくに夏休みは終わってるんですけどね」

「何で夏に長期休暇があるの？」

「暑くて勉強が捗《はかど》らないからとか、家の農業を手伝うからとかでしょうか。大学は、教員の研究のためにって側面もありますけど。普段は授業や雑務で自分の研究があまり進みませんから」

「なるほどね」

広い机の上には、本やノートがところ狭しと広げられている。

雫はこの世界と元の世界の単語を並べた手書きの辞書をチェックしつつ、重要単語を書き取りしていた。一方エリクはエリクで自作のメモを見ながら、雫の初心者用ドイツ語教本を読み解こうとしている。彼は言語の規則性を一通り押さえてしまうと、早々に読解へ挑戦し始めたのだ。

エリクには独和辞書が読めないというハンデはあるものの、時々問われる内容からすると、既にドイツ語では雫と大差ないレベルまで近づいてきている。この分では半年過ぎる頃には英語でさえ彼に抜かれてしまうかもしれない。

そう思うと雫は言葉にならない焦燥感を覚えて、つい書き取りをする手に力がこもってしまう。そんな彼女の内心を知らないエリクは、手を止めると本から顔を上げる。

「やっぱりニホンゴが一番難しいよ」

「あー、そうでしょうね。元の世界でもよく言われます」

「語順にずいぶん融通がきくよね。多少のことは助詞を見て判別するんだろうけど」

エリクが指し示した日本語の一文は「明日には私は図書館へ行きます」というものだ。一度この文を「何で『私は明日図書館に行きます』じゃないの？」と書き変えながら聞かれた時、雫は数秒答えに詰まってしまったことがあるのだ。

助詞の使い分けによる微妙なニュアンスを、日本人ではない人間に教えることは難しい。「明日」でも伝わるのに何故「明日には」と言うのか、「図書館に」ではなく「図書館へ」と書いてあるのはどうしてなのか。もう一方に置き換えても意味は伝わるが、受ける印象はささやかにだが違ってきてしまう。そのささやかさを伝えるために、雫は助詞の数千倍の文字数を費やしてエリクとやりとりしなければならなかった。

「君は品詞の格変化を嫌がるけどさ。ニホンゴはその分、助詞の使い分けが難しいよね」

「そ、そうですね」

ラテン語などは品詞の変化が多くて覚えることが多いと聞くが、語順の方は比較的自由だ。同じく語順に融通がきく日本語は、形容詞や名詞の変化が少ない分、「てにをは」で文中の構成を補っているのだろう。

こうやって客観的に見てしまうと、格変化もそれなりにあり、なおかつ語順に規則性があって前置詞なども多い英独語は、言語を一から学ぶ人間に親切な作りではないかとさえ思えてくる。

とりあえず日本人でよかった、と強引に結論づけて雫は伸びをした。

「あー……頭が凝りますよ」

「糖分取って目を休めればいい」

まるで受験勉強中のような会話に彼女は笑い出す。こうして彼と向かい合いのんびり勉強に時間を費やせる「今」が、自分でも不思議なほどに楽しいと思えていた。

※

「よし！　大変お待たせいたしました！」

「急がなくていいよ。忘れ物はない？」

「大丈夫です」

雫はバッグを馬の鞍《くら》に乗せると、自分も鐙《あぶみ》に足をかけ鞍に上がった。最初は非常に高く思えた鞍上も、今はすっかり慣れた。彼女は細縄を使ってバッグを落ちないように固定する。

自分も馬に乗ったエリクは雫の様子を確認すると、軽く馬の腹を蹴る。これから二人はファルサス北西国境に向かうのだ。順調に行けば明後日《あさって》にはファルサス内の町に到着するという。

ようやく間近に迫った魔法の国に雫の心は浮き立つ。それは、元の世界に帰れるかもしれないという期待とはまた別のものだった。

「私、人が空飛ぶところまだ見たことないんですよね。箒《ほうき》とか使うんですか？」

「何で箒。掃除でもするの？」

「またがって飛んだり……」

「何で。動きにくそうだよ」

正面から冷静に聞かれると、確かにシュールな光景だ。雫は自分の先入観の奇妙さを自覚するとそれ以上箒に触れることをやめた。代わりに「どうやって飛ぶんですか」とエリクに聞いてみる。

「浮遊構成を組んで空中で体を支える。腕のいい人間はそのまま空中で移動できるよ」

「あー、超能力みたいに飛べるんですね」

「超能力？」

「私の世界では魔法みたいな力をそう言ったりもするんですよ。作り物の話がほとんどで実在は不

「そこで箒が使われるの？」

確かですけど」

「すみません。箒から離れてください」

エリクのこの手の追及をかわすには強引に話題を中断するしかない。雫が語尾に力を入れてきっぱり断ると、ひとまず話はそこでおしまいになった。

街道を行く二頭の馬は緩やかな速度で走っている。草原が続く周囲は見晴らしがよく、時折正面から吹きつけてくる風が心地よかった。なだらかな丘陵が街道の左右に続き、青々と茂る草がゆったりと波打つ。初めて見る広大な景色に、雫は姉や妹にもこの風景を見せてやりたいと、二人のことを思い出した。

雫がこの世界に迷いこんでから約三か月半。今頃家族はどんな思いでいるのだろう。姉は泣いているかもしれない。妹は気丈にも家族を支えながらあちこちに情報を求めているだろう、そんな情景が容易《たやす》く想像できた。

もし叶うなら、「大丈夫だよ」とそれだけでも伝えたい。分からないことだらけのこの世界でも、自分は人に恵まれて助けられて、元気でいるのだと。

雫は目を細めて長く続く道を見つめる。溜息ともつかぬ息が、自然と鞍上に零《こぼ》れ落《お》ちた。

「どうしたの」

「いやー……家族のことをちょっと。……エリクには兄弟っていないんですか？」

「妹がいる。もうずっと会ってないけど」

彼が自分の家族について教えてくれたのは初めてだ。雫は自分で聞いたにもかかわらず、驚いて手綱を取り落としそうになった。

「あの、どんなご家族か聞いていていいですか？」

「うん。別に普通だよ。両親と妹。もう十年くらい前に会ったきりだけど」

「十年」

それは普通なのだろうか。雫は微妙に悩んでしまったが、まさか「普通ですか？」などとは聞けない。それに十年前、彼はまだ十二歳だったはずだ。

雫の戸惑いを感じ取ったのか、彼は微苦笑すると自分から口を開いた。

「魔法士として勉強するために家を出たのが十二の時だ。僕が生まれたのは小さな村だったからね。それ以来あちこちを転々として講義を受けたり研究したりで、一度も村には帰ってないな」

「エリクってワノープの町が故郷じゃなかったんですか！」

「違うよ。あそこには三年前から住んでただけ」

「わー……私、そうだとばっかり思ってました」

それなりに長く一緒にいたつもりだが、彼の簡単な経歴さえ雫は知らない。自分のことはずいぶんいっぱい話してしまった気がするが、それは異世界から来た彼女に、よりどころがなかったからだろう。家族のことや自分のこと、学校の話に文字の話に御伽噺。ふとした時に彼にそれらを話し、聞いてもらうだけで、ともすれば陥りそうな閉塞感から雫はずっと解放されてきたのだ。押し入ってくるわけでも突き放すわけでもない得難い距離感は、きっと相手が彼だったからだろう。

「色々ありがとうございます」

「何、急に」

エリクは藍色の瞳を丸くして彼女を見やる。そんな表情が妙におかしくて雫は笑ってしまった。

「お礼は言いたい時に言う主義です」

「君の思考って結構飛び石だよね」

「水面下でバタ足してるんですよ」

「石が？」

それは、箒で飛ぶ人間以上にシュールな空想だ。彼女は堪《こら》えきれずに声を上げて笑い出す。

エリクは連れの反応に呆れた視線を送っていたが、理解不能と判断したのか前を向き直した。

そうしているうちに、道の先に石造りの大きな門が見えてくる。草原の只中《ただなか》にぽつんとあるそれを指して、エリクは言った。

「あそこで入国審査だ。といっても許可証を見せるだけだけどね」

「これ、門避けて横走っちゃったりする人いないんですか？」

「結界に引っかかるよ。大きな国はたいてい国境に感知結界を張ってある。この検問を受けなくても感知に引っかかれば監視されて、最寄《もより》の町についたらそこで手続きするように言われるだけだ」

「うっわー。無形の壁ですね」

「国境全部に塀を建てたりあちこちに門を置くより結界張る方が楽なんだ。君の世界では全部に壁が張ってあったの？」

「私は島国出身なんで国境は海なんですが……。大陸は壁があったりなかったり色々みたいですね」

国境を区切る壁としてまっさきに思いつくのはベルリンの壁だが、あれは雫の物心ついた時には既に壊れていた。第二次世界大戦後、東西に分割されたドイツにあったその壁を、雫は最初東西ドイツの国境上にあるものだと思いこんでいたのだが、高校の授業でそれが勘違いであることを知った。本当は「東ドイツの中に内包されたベルリンが更に東西に分割されており、その西ベルリンを囲んでいたもの」が「ベルリンの壁」なのだ。

かつてあったベルリンの壁では、監視の目をかいくぐってそれを越えようとした人間も多数いたらしいが、魔法の壁が相手ではお手上げだ。二人は馬を降りると、門の前にいた兵士に通行証を渡した。兵士は書面を一瞥《いちべつ》してエリクに問う。

「魔法士か。目的は勉強か？」

「はい。城都に閲覧したい資料がございまして」

「城都なら南東に下ってラオブの街に行くといい。魔法士なら転移陣の許可が取れるだろうし、ちょうどもうすぐ祭りが始まる」

「ありがとうございます」

交わした会話はそれだけだ。雫は内心、拍子抜けする思いを味わいながら馬上に戻り、石の門を通過する。こうして雫はようやく、魔法大国ファルサスに第一歩を踏み入れた。

「そ、それでサルの上に臼が落ちてきてですね……」

「うん。ウスって自分で移動できるんだね」

「できませんし喋りませんけど昔話なので大目に見てください、っていうか話の選択を誤った！」

馬上にいる雫は思わず頭を抱えたくなる。ファルサスに入国してから二日目、街道を旅する二人は、暇だからという理由でそれぞれの知る御伽噺を交代で話すことにしたのだ。

迂闊《うかつ》にも雫が選んでしまったのは、日本昔話の「サルカニ合戦」。親の仇討《あだう》ちをテーマとしたこの話はサルやカニをはじめ、生物無生物関係なく話して動き回るという、昔話としては珍しくもない形式だが、話す相手が悪かった。「何故サルとカニが話しているのか」から始まり、「カキはそんな早く実をつける植物なの？」と聞かれ、とめどない質問に雫は力尽きたのだ。

※

「こっちの世界って寓話《ぐうわ》はないんですか？　動物が喋ったり……」

「人口に膾炙《かいしゃ》しているような話の中にはないよ。寓話や御伽噺で喋れる生き物は、もともと喋れる生物なんだ。大体こっちでは御伽噺って実話を元にしたものがほとんどだ」

「うー。さすが魔法のある世界」

カルチャーショックにうなだれる雫の肩で、メアが小さく鳴く。この使い魔もまさに「御伽噺のもとになった実話」を間近で見てきた存在なのだ。諦めかけた雫はふと、もう一つの可能性に思い当たった。

「神話ってないんですか？」

「あるよ。古いものは口承されてきたものしかないけど」

「それ！　それ教えてくださいよ！」

神話ならば、荒唐無稽具合が通じ合えるかもしれない。この世界では「神」と呼ばれる存在も、実在の上位魔族だったりするらしいが、それが全てではないだろう。

期待に目を輝かせる彼女に、しかしエリクは「うーん」と首を捻《ひね》った。

「同じ話でも微妙に違うのがいっぱいある。どれがいい？」

「そうそうそう。神話ってそういうものなんですよね！　一番有名なの教えてください！」

「じゃあアイテア神の話にしようか。少し前まで一番大陸で信仰されてた神だ」

「少し前って、今は違うんですか？」

「どうだろう。今は無信仰の人間が一番多いかも。宗教が軽んじられているわけではないけれど、頭から信じている人間も多くない。人それぞれだね」

エリクはそう前置きすると、大陸最古の神話の一つを語りだす。

それは、この大陸の成立に関わる話だった。


――かつてこの世界に大陸は一つだった。

海の果てまで広がる大陸には多くの人間が住み、多少のいざこざを起こしながらも平和に暮らしていた。当時はまだ国というものはなく、人々は神である五人の兄弟を崇《あが》め、彼らの統治の下、穏やかに暮らしていた。

だがある時、増え続ける人間を見て、五人の中で意見が分かれる。

完全に人間を管理し、出生や死亡まで統制すべきだと言った一番上の兄。

人間の中から王を選び出し、代理統治をさせながら互いに争わせればいいと言った二番目の兄。

人間にこれ以上の干渉をせず、もし増えすぎたなら種ごと滅ぼせばいいと言った三番目の兄。

人間は守られるべき生き物であるからして、増やせるだけ増やせばいいと言った四番目の兄。

そして末弟たるアイテアは、人は知性がある生き物なのだから、彼らのことは彼らに決めさせるべきと主張した。

五人の神は自らの意見が一番として譲らず、やがて彼らは決裂の時を迎える。留めようとするアイテアを置いて、四人の兄はそれぞれ大陸を分割し海の向こうに去っていった。

五分の一となった大陸に一人残ったアイテアは、失意の後に人間の妻を迎える。二人の間に生まれた子たちは、長じると神々となって大陸に散っていき、人が自分たちの力で生きていくための自然をもたらしたという。


「あー、それで交流がないはずなのに、他の大陸があるって言われてるんですか」

「そういうこと。実際あるらしいんだけどね。漁船が遭難した異大陸の人間を拾った記録もある」

エリクの選択ということで、非常に現実的な神話をされたらどうしようかと思ったが、思ったよりずっと神話らしい神話だった。雫は安心すると同時にもっと詳しい話が聞きたくなる。

「東の大陸にも同じ話があるんですか？」

「あるらしいね。東の大陸は、人同士の闘争を推奨する二番目の神が作った大陸だと言われている。だからってわけじゃないけど、暗黒時代のこの大陸と比べても向こうは戦乱が多いし、不思議なことにあっちには精霊術士が生まれないんだ」

「精霊術士って魔法士の一種でしたっけ」

「うん。天性の素質が必要で存在自体稀少《きしょう》だ。特徴としては自然物を操るのに長《た》けているね」

人間の尊厳を重んじる神が残った大陸。東の大陸にはいない精霊術士が生まれるのは、この大陸に散っていったという神々の祝福のおかげなのだろうか。

「実際の神話は、地方によって色々差異がある。それぞれの神々の主張とか、アイテアが妻を選んだ時の話とかね。暗黒時代が始まる百年前……今から大体千四百年前の頃になると、ほとんどの話は明文化されているけれど、それ以前の話はまったく文書として残っていないんだ」

「なるほど。でも神話ってそういうものですよね。口伝でしか伝わっていないものも多いっていう」

日本神話も雫が記憶している限り、古事記、日本書紀、風土記に多くを負っていたはずだが、古事記は口伝を編纂《へんさん》したものだという説がある。この例に限らず古代神話とは多くが口承を経てきたのだ。遡れば神話について、文字での記述がなかった時期があっても不思議ではない。

だが、雫の相槌《あいづち》にエリクは浮かない顔で「うん」と言っただけだった。そのことを彼女は少し不思議に思ったが、彼がそれ以上話す気配はない。代わりに雫は疑問を口にした。

「エリクはアイテア神が実在したって思ってます？」

「思ってない。上位魔族には血縁が存在しないから兄弟というものはないし、人間の魔法士にしては力が強大すぎる。結局ほとんどが作り話だろう。と言っても神話になっている以上、何かもとになった出来事があったのかもしれないけど……」

「まぁそうですよね。私の国にも国産みの神話がありますけど、実話じゃないですから」

雫が自分の肩を見やると、そこには自分の翼をくちばしで手入れするメアがいる。魔法を使える緑の小鳥など、元の世界にいる頃には御伽噺の中だけの存在だと思っていた。けれど今は、その小鳥が大事な友人だ。

メアが彼女の視線に気づいて顔を上げると、雫は破顔した。

「何事も実体験してみないと分からなかったりするものですね。どんどん飛びこんでみないと」

「君はもうちょっと大人しくしててもいいと思うよ」

もっともなエリクの指摘に雫は沈黙で返す。

その時、後方からがらがらと物音が聞こえた。振り返ると街道を馬車が近づいてくる。エリクと雫は自然に脇に避けて馬車が通るのを待った。二頭立ての馬車を振り返ってエリクがぽつりと言う。

「貴族ってほどじゃないけど、そこそこ有力者の馬車みたいだね」

「人権意識は未知数ですね」

雫は言いながら、少なくない好奇心を以《もっ》て走ってくる馬車を見やった。木造りの車両は有力者の馬車とあってか小さな部屋のような造りだ。御者台には男が一人乗っており、カーテンを下ろした窓が横を通り過ぎた時、雫はびくりと身を震わせた。

「どうかしたの？」

「あ、いえ。中の人と目が合った気がして。多分気のせいです」

相手が誰かも見えなかったのだ。――ただ、カーテンの隙間から誰かに見られた気がした。

遠ざかる馬車を見送って雫は違和感を振り落とす。そうして二人は再び街道を南下し始めた。

その違和感が気のせいではなかったと分かったのは、ラオブの街に入る手前でのことだ。


「――旅の人間か？」

二人にそう声をかけてきたのは、浅黒い肌をした背の高い男だ。

二十代後半だろうか。長剣を佩《は》いてきちんとした格好をしている。有力者に仕える護衛か何かだろう。雫がそうと分かったのは、男が道の真ん中に停《と》められた馬車の前に立っていたからだ。

先ほど自分たちを追い抜いていった馬車が、どうしてこんなところに停まっているのか。雫は道の先に見えている街に視線をやる。

「……ガス欠？」

戯言《たわごと》を吐く雫を無視して、エリクが男の問いに答えた。

「確かに旅の者ですが、どうかしましたか？」

エリクの答えに剣を佩いた男はきっぱりと言った。

「ラオブの街はもうすぐ祭りが開かれる。要人も集まる以上、見知らぬ人間をそのまま街に入れることはできない」

「うえ！」

街に入れないとなると街道脇で野営だろうか。だが相手の男は雫の奇声を無視して続ける。

「だが、それではあなたたちも困るだろう。祭りの日まで私の主人の屋敷《やしき》に滞在頂きたい」

「それは僕らを監視下に置く、ということですか？」

「そうとも言える。その分、滞在中は不自由をさせない。そう悪い話ではないと思う」

エリクは男の提案に眉を寄せる。雫は彼の横顔を見ながら突然の話を咀嚼《そしゃく》した。

——要はていのいい軟禁だろう。たとえて言うならサミット開催中に厳戒区域に来てしまったようなものだろうか。

雫はそっと連れの青年に囁く。

「エリク、私は街に入れなくても大丈夫ですよ」

計画ではラオブの街から転移陣でファルサス城都に行くつもりだった。だが別にこの街を迂回《うかい》してもいい。エリクの選択肢を狭めないようにとの言葉に、けれど彼は険しい顔のままだ。

「提案の形を取っていますが、僕たちに拒否権はないんじゃないですか」

「え!?」

ぎょっと驚く雫と対照的に、道を遮る男は笑った。

「話が早くて助かる。余所者《よそもの》に気づいていながら見過ごすことはできないからな。同意が得られないなら、お前たちに許される自由がいくらか減るだけだ」

何もしていないのに犯罪者予備軍のような扱いだ。唖然とする雫の隣で、エリクは落ち着いた声音で問う。

「解放までは何日かかりますか？」

「祭りは六日後だ。それが終われば解放する。転移陣の使用許可が取りたいなら融通しよう」

それは短くも長くもない期間だ。エリクは軽い苦みを漂わせながら雫に問うた。

「提案を受けようと思うけどいいかな」

「大丈夫です、というか選択肢ないですしね……」

大分慣れてきたとは言え、雫は馬を全力で走らせることはできない。終われば転移陣も使えるというなら大人しくしていればいいのだ。

二人の合意を得ると、男は背後の馬車を示した。

「では、さっそくこちらに移ってもらおう。馬は後で下男にでも回収させる」

「げ、厳重……」

幌《ほろ》付きの乗合馬車には乗ったことがあるが、貴人が乗るような馬車など初めてだ。二人は馬を降り手綱を男に預ける。車両に乗るのが躊躇われて雫は御者台を覗きこんだが、そこには黒い大きな布包みが転がっていた。背後から男の声が跳ぶ。

「そっちじゃない。中に主人がいる」

「あ、はい……」

雫がびくりとする間に、エリクが馬車の扉を開ける。

中には身なりのいい若い男が一人、座っていた。

「初めまして、お客人。私はデイタスと言って、ラオブの街で商人をしている。少しの間、窮屈な思いをさせるが我慢してくれ」

男はそう言って、愛想のよい笑顔を見せた。

※

馬車に乗せられて連れてこられたのは、デイタスの屋敷だ。

カーテンが閉まっているため街の様子も見ることができず、誰にも会わぬまま離れの建物に通された雫は、エリクと二人、部屋に置いていかれるとぽつりと言った。

「人権意識が微妙……」

「ずいぶん厳重だね。ラオブの街の祭りって、そんなに変わったものだったかな」

「デイタスさんはいい人っぽかったですけど、あの護衛の人はちょっと怖い感じですね」

雫は足元に置かれた自分たちの荷物を見下ろす。馬に積んであった荷物は、あの浅黒い肌の男がちゃんと運び入れてくれたのだ。彼の名はネイと言って、デイタスの護衛として雇われているのだという。何を考えているのか分からない相手で、雫は正直なところ用心もしていた。

一方二人を招き入れたデイタスは若くして名を挙げた商人で、愛想のよい切れ者という感じだ。彼は「無理を言って悪いな」と笑いながら、この六日間、二人の食費も全て見てくれるという。

エリクは広い部屋を見回す。とりあえずで通されたそこは窓のない、本棚だらけの部屋だ。

「なかなかの蔵書量だね。全然整理されてないみたいだけど」

「そうなんですか？　見栄えはいいですけど」

「内容も年代もばらばらだよ。無作為に詰めこんだみたいだ。まあでも、結構貴重な本が混ざってるな。面白い」

そう言われても雫には背表紙だけではどんな本か分からない。何となく彼と並んで本棚を見ていた雫は、ふと自分のスカートの裾に白い粉がついていることに気づいた。

「あれ、どこでついたんだろ……いい匂い」

「どうしたの？」

粉は手で払うとすぐに落ちたが、花のような甘い香りがする。雫がエリクの問いに答えようとした時、ちょうどネイが案内に戻ってきた。

「荷物を持ってついてこい。その後は夕食だ。デイタスが話を聞きたいと言っている」

「特にこっちから話せることはもうないんですけど……」

雫とエリクは馬車の中で「ファルサス城都を勉強のために訪ねる」と旅の目的を話している。もちろんそれは嘘《うそ》で、話していないこともたくさんあるが、これ以上は何も言うことがない。

だがネイは気にした様子もなく二人を同じ建物の別の部屋にそれぞれ案内し、荷物だけを置かせると、夕食の広間へ案内した。

そこで出された料理は、この世界に来てからもっとも豪華と言っていいものだ。肉も魚も、色鮮やかな野菜も美しく盛りつけられた皿に、雫は感嘆の声を上げた。

「すご！　最後の晩餐《ばんさん》みたい！」

「なんか不穏なこと言ってない？」

二人が席についてまもなくデイタスがやってくる。二十代半ばに見える彼は、細身の体を濃いグレーの上下に包んでいた。白い部分は手袋だけで、それがむしろ清潔さを印象つけている。切れ者らしい鋭い目つきを柔和な表情で包んでいる彼は、奥の席につくと笑った。

「待たせてすまない。この状況のせめてもの詫《わ》びではないが、歓待させてくれ」

「ありがとうございますー！」

窮屈といえばそうなのだろうが、美味しいものが食べられて本がたくさんあるなら充分ではないだろうか。雫はこの世界に来て初めての赤身魚を楽しみながら、男の話に聞き入った。

「実のところ、私はあまりラオブの祭りを神聖視してないんだ。アイテア神の嫁取りを模した祭りなんだが、私自身はこの町に来て数年しか経ってないからな」

「アイテアの嫁取りですか。神妃《しんひ》ルーディアの話ですか？」

「ああ。恐れ多くも私が任されたのがアイテアの役だ。花嫁役は娘が五人。女たちは楽しそうだが、私としては見世物のようで気が重い」

「花嫁役が五人？」

つい気になって口を挟んでしまった雫は、失言に気づいて口を結ぶ。この大陸で一番メジャーな神の話を知らないなどと、怪しまれるかと思ったのだ。

だがデイタスや、給仕をしているネイはそこには引っかからなかったらしい。代わりにエリクが

「君の住んでた辺りだとあまり知られてない話かもね」と教えてくれる。

——それは、先ほど聞いた神話の続きだ。


兄たちが皆去り、一人になったアイテアは失意の中、残された大陸を回る旅に出た。彼は神であることを隠し、単なる人として「人間」を目の当たりにしようと思ったのだ。

力を封じての長い旅にはさまざまな困難がつきまとった。それらは神話として残された話もあれば、今の世には残っていない話もある。そしてその旅の終わりにアイテアは大陸西部、ちょうどこのラオブのある辺りの森にさしかかったのだ。

当時辺り一帯に広がっていたという森は深く、そこを越えようとしていたアイテアは疲れ果てていた。それでも彼は神の力を使おうとはせず、渇く喉を葉々の滴で癒《いや》しながら更に森の中へと進んでいった。

やがて彼は、森の奥で一つの集落に出くわす。

外界と隔絶した暮らしを送っていた村は突然の旅人に驚き、村人たちは一晩の宿を請うアイテアを遠巻きに避けていったのだという。困り果てた彼の前に、好奇心に溢れた五人の娘が現れたのは、仕方なく村を立ち去ろうとしていたその時のことだった。

アイテアは娘たちに水を求めたが、彼女たちはある者は困惑し、ある者はただ笑っているだけで、名前を聞いても答えようとさえしない。五人は彼を囲むように周りを走り回ると、やはりアイテアを置いて村の中に逃げ帰っていった。

――だが、そんな娘たちと入れ違いになるようにして一人の少女が現れたのだ。

もっとも若く、もっとも無垢《むく》であった少女は黙ってアイテアに水甕《みずがめ》を渡した。彼が礼を言うと少女は恥ずかしそうにうつむいていたが、重ねて名前を問われると「ルーディア」と名乗ったという。

後にアイテアの妻となる女である。


「あ、この辺りの神話だからお祭りで再現するんですか」

「そうみたいだね。でも、この話の再現というなら女性が一人足りないんじゃじゃないかな。ルーディアを入れて全部で六人だ。それとも全員がルーディア役？」

「そんな面白学芸会みたいな……」

公平を期すため、学校行事で白雪姫が何人もいる劇を開いたなどという話は聞くが、異世界も事情は変わらないのだろうか。

しかしデイタスはオムレツに似た料理に手をつけながら苦笑する。

「違う。本当は六人なんだ。アイテアからの問いを無視する女が五人、ルーディア役が一人。だが、ルーディア役のために来るはずだった娘と齟齬《そご》があって、街に来られなくなったらしい。私の進退に関わる問題なんだが、正直困り果ててる」

「来られなくなったって、街の人じゃないんですか？」

デイタスは雫の問いに軽く肩を竦める。

「アマベル・リシュカリーザ。ファルサスの南部貴族の娘だ。本当はこの祭りを機に、私のところに嫁ぐ予定だった。いわば街同士の政略結婚だな」

「え、なのに街に来られなくなったって……」

「土壇場で知らない街の祭りで式を挙げるのが嫌だと、ごねているようだ。ただでさえ会ったこともない相手に嫁ぐのだからな。その上、いきなり街の注目の的になるのは嫌だったんだろう。とは言え、私は彼女と結婚することを条件に、この街の議員へ推薦されることが決まっている。この街で一番の有力者、ディセウア侯との約束でな。それが祭りに花嫁がいないのでは全てが白紙だ」

「めちゃくちゃ困りますね……」

政略結婚自体の是非はともかく、デイタスにとってはこの祭りは大事な昇進の機会だったのだろう。それがふいにされそうな危機とあって雫は同情の目を向ける。

デイタスはほろ苦い微笑を見せた。

「しょせん、私はよそ者だ。ラオブに来てから骨身を惜しまず働いてきたが、その結果がこれだ。街の貴族たちに侮られることは慣れているんだが、まさか別の街の貴族にまでごねられるとはな。唯一の救いは、この街の人間にはまだアマベルの癇癪《かんしゃく》が知られていないということだが……祭りにルーディアがいないのでは誤魔化しようもない」

寂しそうなデイタスのまなざしは、努力してなお壁に阻まれた人間のものだ。この大陸において階級制度は、普通の人間の足枷になってしまっているのかもしれない。雫は念のため聞いてみる。

「今からでも説得できないんですか？」

「祭りが終わるまでラオブに来ること自体拒否している。身代わりを立てようにもアマベルの容姿が黒髪黒目だとはこの街にも広まってしまっている。だが、そんな人間は珍しいからな」

「へえ……」

確かに旅に出てすぐの頃、エリクに同じことを聞いた。だが雫自身そんなに人の髪や瞳の色を意識して見ていなかったので珍しいとも感じなかったのだ。リースヒェンは髪も瞳も雫より深い黒で印象的だったが、そこまで濃い色でないと気づかない。

そんなことを考えていた雫は、ふと自分に向けられる視線に気づいて顔を上げた。見るとデイタスもネイも、そしてエリクも何かに気づいたように雫を見つめている。

雫は遅れてその理由に気づいた。

「え、私ですか？」

黒髪黒目の異世界から来た少女は、唖然として自分の顔を指差した。

※

豪華な食事は、しかし途中からすっかり味が分からなくなった。

「花嫁役の身代わりになって欲しい」というデイタスの要請を断り続けた雫は、結局あまりにも粘られたため「考えさせてください」と言って部屋に帰ってきたのだ。椅子に座った雫は頭を抱える。

「さすがにばれますって……。貴族令嬢の代わりですよ、そりゃ気の毒だとは思いますけど」

「どうかな。君はここに来るまでデイタスとネイ以外、誰も街の人間に顔を見られていない。社交の場に出るっていうならともかく、手順の決まった祭事ならそう粗は分からないと思う」

「エリクまで!?　いやでも荷が重いですよ……」

「もし引き受けるなら、の話だよ。君は彼の現状に同情していたからね」

いつもと変わらぬ様子のエリクは部屋の本棚を眺めている。二人はそれぞれ別の部屋を与えられているが、どちらの部屋にも本棚が置かれているのだ。雫は腕組みをして天井を見上げる。

「事が大きいですからね……。複数の会社にわたるプロジェクトが、社長令嬢の我儘《わがまま》で頓挫しそう、みたいなものじゃないですか」

このラオブは、長い歴史を持つファルサスの中では比較的新しい街なのだという。当時城都から移住した貴族が私財をはたいて整備したということと、その城都から遠いという事情もあり、比較的自治の度合いが強い街らしい。

「貴族と議員による共同自治を敷いてるって、ファルサスはみんなこうなんですか？」

「いや、珍しいと思う。議員は選挙で選ばれるそうだけど、そもそも貴族の後ろ盾がなければ当選自体難しいみたいだ。だから名目上は共同自治だけど、実際は貴族の意向の下、与えられた自由の範囲内で議員が采配を振るうって形じゃないかな」

「うーん、議員になるのもやるのも窮屈そうですね……」

デイタスはこの街で一番力のある貴族、ディセウア侯の紹介で、南部の貴族令嬢を妻にすることを条件に議員になるはずだったのだ。アマベルの生家であるリシュカリーザは、古くから商船交易で財を築いてきた一族らしく、その一族と縁を結ぶことでラオブの街そのものにも益がもたらされる。婚礼後にはラオブと、アマベルの出身地である港町ニスレとの間に、直通の転移陣を設置する計画もあるらしく、実現すれば街の流通は一変すると見積もられている。

アマベル・リシュカリーザが祭事を拒否するという強気の姿勢を見せているのは、デイタスの出世だけではなくラオブの発展も、己の胸先三寸だからだろう。

「身代わりなんてばれたら余計に大問題になりますよ……。素直に事情をディセウアさんにも話して善後策を検討した方がいいと思うんですけどね」

「貴族相手にそれができない、という事情はあると思うよ。彼らは気まぐれで道理が通じないこともままある。それでいて揺るがせない力を持っているからね」

「ギリシアの神様じゃないんですから」

「ただ個人的な意見を言わせてもらうなら、僕自身は身代わりに反対だよ。君の負担が大きい」

「負担は別にいいんですけど……」

強制的な軟禁ではあるが、宿と食事の恩義もある。自分が苦労する分は構わないが――

「……いや、やっぱりやめときます。こういう嘘をついちゃうと、どんどん嘘を重ねて余計にまずいことになりそうですし」

「うん。それがいいと思うよ。明日改めて断ればいい」

エリクは夜の挨拶をして自分の部屋に帰る。雫は寝台に座ると、枕元にいる緑の小鳥を呼んだ。

「メア、しばらく窮屈だろうけどごめんね」

使い魔の存在は怪しまれるかと思って、デイタスたちには伏せている。彼らにとってメアはただの小鳥だ。緑の小鳥は囀ると翼を広げた。雫のスカートの裾を加えて引っ張る。

「ん、何？」

そこは白い粉がついていた近くだ。よく見ると、小さな金色のシールのようなものがついている。

「なんだろ」

今まではひだの中で気づかなかったのだろう。そっと剝がしてみるとそれは一センチほどの大きさの金箔《きんぱく》だ。綺麗な卵型をしているが、スカートについていたせいか上半分がよれて黒い染みがついてしまっている。銀で丁寧な模様が描いてある辺り、もとは何かの装飾の一部だったのだろう。どこからスカートについてしまったか分からないそれに、雫は面食らった。

「これって純金じゃ……」

まさか調度品の金をどこかで引っかけてきてしまったのだろうか。雫は恐る恐るそれを紙の切れ端に包むと、エリクに相談するために部屋を出た。

だが、彼の部屋の扉を叩いても返事はない。どこか見て回っているのだろうか。仕方なく暗い廊下を戻る彼女は、ふと窓の外で何かが光ったのに気づいた。

「……あ、デイタスさん」

見ると庭木の向こう、夜の中庭にデイタスが立っている。夕食の時と同じ服装の彼は、ランタンを持って庭の地面を見下ろしていた。その姿が失意に沈んでいるように見えて、雫の胸は痛む。

だがそれはそれとして、花嫁の身代わりは引き受けられない。一度嘘をつけばそれを隠すために更に嘘が必要になる。雫自身はこの街を去ってしまえばいいが、デイタスは議員として街で生きていかねばならないのだ。

「メア、ちょっと中にいてくれる？」

雫は憂鬱な気分をのみこむと、使い魔の小鳥を懐にしまった。小走りに廊下を駆けだし、外へ出る。中庭に向かうと、デイタスはまだそこに立っていた。

「デイタスさん！」

後ろから声をかけると、彼はびくりと身を震わせる。デイタスは振り返ると苦笑した。

「どうした？　忘れ物でもしたか？」

「いえ、さっきの話……やっぱり私には難しいです。私の髪色は結構茶色がかっちゃってますし、そもそも顔立ちが全然違うんで……平民生まれの平民育ちで上流階級の所作も分かりませんし」

日本人である雫の顔立ちは、ある意味髪や目の色以上に目立ってしまうはずだ。それに貴族令嬢のようには到底振舞えない。だがデイタスは困ったように首を傾げた。

「そうか？　髪はアマベルも同じくらいの色だったし、所作なんてなおさら気にしなくてもいいと思うがな。一緒に食事をしていて気になるところはなかったぞ」

彼のそれは気遣いかもしれないが、どこか引っかかる。雫はゆっくりかぶりを振った。

「それでも……それだけが理由じゃなくて、ちゃんと考えた上でお断りしようと思ったんです」

「ほう。それはまたどうして？」

デイタスの目が細められる。雫は彼を見上げて、躊躇いがちに口を開いた。

「一つは私に責任が取れないということと、もう一つはやっぱり、議員になるなら、後で見つかって弱みになるようなことは避けた方がいいって思って……」

あくまで雫自身の考えだが、そういう嘘は発覚した時に問題になる。たとえ回り道に思えても清廉であった方が最終的に得をするように思えるのだ。雫はデイタスに頭を下げた。

「素人が生意気言ってすみません。泊めて頂いているのにお力になれなくて」

雫はそこまで言って、スカートについていた金箔のことを思い出した。紙包みを取り出す。

「あとあの、これなんですが、何なのか心当たりありませんか？」

紙包みを開いて雫は金箔を示す。

だがデイタスは答えない。雫は不思議に思って顔を上げた。

彼の顔は逆光になって見えない。その目がどこを見ているかも分からなかった。

「あの、デイタスさん……？」

「……なるほど。そんなものが残っていたか」

「え？」

言うなりデイタスの腕が伸びてきて雫の肩を摑む。その力の強さに雫は悲鳴を上げた。懐でメアが身じろぎする。

「何のためにこの街に来て、今までやって来たと思ってるんだ。今更小娘の一人や二人に台無しにされてたまるか」

「っ……メア！」

ぎりぎりと摑まれた肩に指が食いこむ。骨が軋《きし》むほどの力に、雫は使い魔の名を呼んだ。

無形の力がデイタスの腕を弾《はじ》き上げる。雫はその反動で尻餅をついた。土と草が撒き散らされ、微《かす》かな異臭が鼻をつく。

けれど雫はそれより何より、目の前の男の変貌が理解できずに呆然としていた。

デイタスは弾かれた腕を顔を顰めて見やる。メアがうまく加減できなかったのか、彼の右腕の袖は裂け、切り裂かれた傷から血が滲んでいた。男は忌々しげに舌打ちする。

「何か連れてるのか。ネイ！」

「使い魔がいるみたいだな。大人しくさせよう」

暗闇の中現れた男は、雫に向かって右手を差し伸べる。その浅黒い指が彼女の胸元を指し――何の詠唱もなく、小鳥から悲鳴のような鳴き声が上がった。

「やめて！」

何故急にデイタスの態度が変わったのか。ただ雫は今までくぐってきた修羅場から、二人が本気であることを悟った。必死で思考を回転させながら、糸口を探して口を開く。

「乱暴なことはやめてください……怪我をさせてすみませんでした。私の命令のせいです」

「悪いと思うならこちらの申し出も聞いてもらおう」

「それについては別問題じゃ……」

雫は言いながら、デイタスのある一点に気づいて目を瞠った。メアの魔法によって斬り裂かれた部分は袖だけではない、白い手袋の手の甲近くまで裂けていた。

その下の肌には、今ついたものではない傷がいくつもついている。真新しいそれはまるで――

「引っかき傷？」

自分で掻いたものではないだろう。デイタスは、食事の時でさえ手袋を外さなかった。

「……それ、誰にやられたんです？」

「さあな、猫にでもやられたんじゃないか」

「猫っていうか――」

不意に、ささやかな引っかかりが形を得る。雫はその正体に気づいて口元を覆った。

青ざめて黙りこんでしまった雫に、デイタスは笑って問う。

「どうした？　言ってみろ」

自嘲的なその声音は、恐らく雫が気づいたことに気づいている。その上で問うているのだ。

彼女は逡巡しながら……口を開いた。

「アマベルさんを、どこに閉じこめたんです？」

「何の話だ？　アマベルはこの街に来ることを拒否してると言っただろう」

「それ、嘘ですよね。だって貴方《あなた》は私の髪の色を『アマベルさんと同じくらい』って言ったじゃないですか。食事の時は会ったこともないって言ってたけど……矛盾してますよね。本当は、彼女は予定通りこの街に来たんじゃないですか？」

ただの推測だ。そうであればいい。だがデイタスの手の傷は、人間の爪によるものだ。

彼は顔を引きつらせて笑うと、怒りに満ちた表情で吐き捨てる。

「まるで見てきたように言う。なら、これは分かるか？　あの女は私を『野良犬風情』と言ったんだ。『自分が嫁いでやることを這《は》いつくばって感謝しろ』とな。度し難い女だ。貴族どもは自分たち以外を家畜か何かと思っている！」

激発する男に、雫は気圧《けお》されて息をのむ。デイタスの言葉は、一つ一つが憤りに溢れていた。まるで怒ることが自身の証明になるかのように、撒き散らされる感情が夜の庭に火花を散らす。

「従順になれと言ったわけじゃない。お互いの領域を踏み越えるなと言っただけだ。だがあの女は、私を動物のように従属させようとした！　あいつらは気に入らなければ石を持って追い払おうとする、そういう人種だ！」

「そ、それは……」

本当だとしたらアマベルは、相当の高慢を以てデイタスに接したのだろう。自分の力だけでのし上がってきた彼にとっては、プライドを踏みにじられる行為だったはずだ。

デイタスは怒りとも屈辱ともつかない感情に顔を歪ませる。

「足元を見てみろ」

「え？」

「お前の足元だ。おあつらえむきにお出ましだ」

言われて雫は、地面についた手の傍《そば》を見る。撒き散らされた土、掘り起こされた泥の中に何かが見える。それはランタンの乏しい光を薄く反射していた。

窓にも届いていた光の正体は、薄い小さな金箔だ。雫が見つけたものと同じ、卵型のそれは――

土に埋もれる白い指の爪に、貼られていた。

「は？」

何が何だか分からない。雫が硬直していると、デイタスが無造作に辺りの土を蹴った。メアの魔法がえぐった土を、そのまま爪先で払っていく。

そうして見えてきたものは、女のものと思われる白い手だ。ドレスに包まれた腕が、肩が、土の中から徐々に現れる。それだけではなく白い顔が、指の痕がついた首が――

「やめて！」

悲鳴を上げる雫の口元を、デイタスの手が押さえる。彼は雫の顔の下半分を摑みながら嘲った。

「人を人とも思わぬ人間の、末路がこれだ。よく理解できたか？」

囁くような恫喝《どうかつ》を聞きながら、雫は横目で「それ」を見る。

今までは草で見えなかったのだろう。だが土の中から現れたそれは、もう既に命を失った人間だ。

自分の下に、死体が埋められている――その事実に雫は口の中で呻《うめ》いた。

スカートについていた粉は、おそらくアマベルの白粉《おしろい》だ。金箔も粉も……タイミングから考えると、馬車の中で付着したのだろう。拾った金箔の先がよれて黒く汚れていたのは、デイタスの手に爪を立てたからだ。雫は馬車の御者台に黒い大きな包みがあったことを思い出す。

「あの時、馬車に遺体を積んで……」

「ふん、人並みに頭は働くみたいだな」

月光の下、デイタスはひどく陰惨に、後戻りできない者のように笑った。

「アマベルがどこにいるかだと？　そんなことは分かりきってる。私の目の前にいる女がそうだ」

憤りが通り過ぎた後に残るもの。

冷ややかな宣告が座りこんだままの雫に落ちる。

「お前こそが、アマベル・リシュカリーザだ。――そう、弁えろ」

※

窓から差しこむ光が瞼《まぶた》をくすぐる。雫は重い意識を引きずって目を開けた。

「あら、お目覚めになりました？　アマベル様」

知らない女の声に、雫は昨晩のことを思い出す。寝台の上に跳び起きると、そこは昨日いた離れの部屋ではなくデイタスの住む本宅の一室だ。笑えるくらい豪奢《ごうしゃ》な部屋に、彼女は頭痛を覚えた。

雫に声をかけた女中は、母親くらいの年の女だ。彼女は愛想よい笑顔で挨拶する。

「オーナと申します。アマベル様のお世話をさせて頂きます」

「あ、よろしくお願いします。……アマベル・リシュカリーザです」

自分の名は名乗れない。今はもうメアもいない。

雫はひたすらに重苦しさを噛みしめて、真白い寝台から立ち上がった。

――アマベル・リシュカリーザはもういない。

何故なら彼女は迎えにきたデイタスと諍《いさか》いになって殺されてしまったからだ。

雫たちが彼に出会ったあの日、アマベルはデイタスの所有する別荘に訪れたのだという。そこで祭りや結婚についての話になり、彼と決裂した。ひどく侮辱されたデイタスは激昂《げきこう》してアマベルを殺害し、その死体を馬車に積みこんだ。そうして屋敷へと帰る途中にデイタスは雫を見かけて、声をかけたのだ。

「最初から私をアマベルさんの代わりにするつもりで声をかけたわけか……」

雫は陶器の洗面桶《せんめんおけ》で顔を洗いながら呟く。

馬車に追い抜かれた時、視線を感じたのは気のせいではなかった。あの時、デイタスとネイは雫を見かけて、アマベルの代わりにできると思った。「祭りの時期だからよそ者を放置しておけない」などという話は最初から雫を拘束するための方便だ。この街に来てデイタスとネイ以外、誰とも顔をあわせなかったのも身代わりをさせるためで……オーナなどは本当に「アマベルが祭事のために街にやって来た」と信じている。

もしあの夜、雫が素直に身代わりを引き受けていたなら、彼の凶行は明るみに出ないままだっただろう。だが結局雫は正面から虎の尾を踏み抜いて、アマベルを演じることを余儀なくされた。

祭りの日は五日後、もうほとんど猶予はない。

「とりあえずメアを助けて、エリクと連絡を取らないと……」

昨晩雫は中庭で拘束されこの部屋に放りこまれた。メアはネイに封じられた上に人質として取り上げられてしまった。とにかくエリクと相談したいと思うのだが、雫が真実を知ってしまった以上、常に監視の目があるだろう。迂闊なことをすれば二人がどうなるか分からない。デイタスはあの通りの性格で、ネイは得体の知れない力を持っている。

雫はともすれば不安に落ちていきそうな自分の頬を、両手で叩いた。

「アマベル様、大丈夫ですか」

「はい！」

オーナの声に、雫は顔を拭くと浴室を出た。オーナは着替えを手伝おうとしたが雫はそれを断る。彼女の肩にはデイタスに摑まれた痕が残っているのだ。消えるまで誰にも見せることはできない。

オーナは肩より少し下まで伸びた雫の髪を梳《くしけず》って、感嘆の声を上げた。

「本当に綺麗な黒でいらっしゃいますね。少し荒れているのは南部の潮風のせいでしょうか」

「あ、そ、そうなんです」

「後で毛先を揃えましょう。今は香油を塗っておきます」

会話が途切れると、雫は内心胸を撫で下ろす。この調子ではいつかぼろが出てしまう。彼女はこの世界の人間でさえないのだ。とてもではないが、長期間誤魔化せる自信はない。

「きっと素敵なお式になりますわ。街の聖堂はとても賑《にぎ》わいますから。デイタス様はご結婚後、街の議員になられますので、貴族様たちも列席なさいます」

「……そ、うですね」

できればその前に離脱したいが、まずは現状把握だ。雫はオーナに尋ねてみた。

「あの、この屋敷って他にお客様がいらっしゃいますか?」

なんとかエリクに連絡が取れないだろうか。そう思って探りを入れると、オーナは首を傾げる。

「ああ、昨日は離れにどなたかいらっしゃったみたいなんですけどね。今朝早くに出ていかれたみたいですよ。アマベル様と入れ違いですね」

「え……」

愕然《がくぜん》として、雫は鏡越しにオーナを見上げる。エリクが雫を置いていくということはないはずだ。ならば、デイタスが用済みになったエリクを追い出してしまったのだろうか。

雫は顔色を失くしかけたが、逆に考えれば彼は捕らわれていないということだ。なら、メアを助け出して屋敷を逃げ出せればいい。

身支度が終わりオーナが退出すると、雫は三階にある部屋の窓から外を見回した。

「とりあえず、脱出路を確保したいな……」

雫は窓の外をじっと見つめる。昨日の中庭は木々の陰になってよく見えなかった。

※

——同行者の少女が、朝起きたらいなくなっていた。

それは考えるまでもない異常事態だ。エリクは珍しく起きてこない彼女を迎えに部屋に行き、施錠されていない部屋から彼女とメアがいなくなっていることを知ると、屋敷の主人に問《と》い質《ただ》した。

「雫がいなくなってる。何か知らないか？」

隠しようもない険を帯びた問いに、事態を聞きつけてやってきたデイタスはかぶりを振る。

「申し訳ないが分からない。散歩に出ているだけか何かじゃないか？」

「荷物を置いていっている。彼女がこんな風に何も言わずにいなくなることはありえない」

だから可能性があるのは、「拉致された」か「帰れなくなった」だ。

デイタスは溜息まじりに聞き返す。

「誰かに侵入されたとでもいうのか？　鍵はどうだったんだ？」

「僕が見た時には開いていた。この建物も、彼女の部屋も」

「なら自分で出ていったんだろう。その二つの鍵は一応こちらでも保管しているが、使われた形跡はない。門は夜、施錠しているが、それも内側からなら開けられる」

手詰まりの状況に、エリクは無言になる。

確かに雫はそういうところがあるのだ。目の前のことが無視できず飛び出してしまうことが。

だが、だからと言ってデイタスが無関係かは不明だ。エリクは少し考えて、彼に言った。

「彼女を探す許可が欲しい」

「構わないが、屋敷の中はネイに付き添わせるぞ。立ち入らせられない場所も多い」

エリクはそれを聞いて軽く眉を上げる。だが返事としてはあっさりと言った。

「分かった。彼女が僕と共謀して、家探しするために失踪してるのかもしれないしね」

「……そこまでは言っていないが」

デイタスは困惑を隠しきれずに、付き添ってきたネイを振り返った。だがネイは平然としているだけだ。デイタスの従者である彼は、薄笑いを見せる。

「俺も用事がある。午後からなら探索に付き合おう」

「ではそれで。あとは、街中も探索したいです。屋敷の外に出る許可を」

「分かった。外出する時は申告してくれ。ただしお前が余所者であることと、屋敷内で見聞きしたことは、誰にも漏らされては困る。この屋敷への出入りも最小限にしてくれ。私もこれから、アマベルとの交渉と、駄目だった時の代わりを手配するのに忙しいからな」

「分かりました。ではそれでお願いします。今から外に出ますので」

話が決まると、デイタスは本当に忙しいのかさっさと離れを後にする。

残されたエリクはしばらく考えこむと、外に出る準備を始めた。

※

朝食は半分も食べられなかった。終わり際、オーナが雫にお茶を出しながら言う。

「この後は街の仕立て屋が来て、ご婚礼衣裳の最終合わせがございます」

「……衣裳って……ちゃんと合うんですか？」

「あら。アマベル様のご生家から贈られたものですから。きっとお似合いになりますよ」

これは不味《まず》い質問だったかもしれない。雫は背中に冷や汗をかいたが「慣れない環境で少し痩せたかもしれないから」と誤魔化した。オーナは気にした様子もなく続ける。

「式まであと五日しかありませんから、お忙しいですよ。その代わり、この街の祭りは華やかです。きっと気に入ってくださると思います」

はりきるオーナに、雫は曖昧な笑顔で返す。祭りはよくてもそれへの関わり方が散々だ。第一、まだ屋敷の外を知らない。期待のしようもない状況だ。

朝食が終わると、雫はネイに見張られながら部屋を移動する。

「逃げようなどと思わぬ方がいい」

廊下を歩きだしてまもなくそう言われて、雫は思わず閉口した。雫がアマベルでないことを知っているのは、デイタスとネイだけだ。不安が棘《とげ》のある言葉になる。

「大人しくしてなきゃ殺されるんでしょう？　私だって命は惜しいです。それより、エリクとメアは？　どうしてるの？」

「お前は行方不明ということになっている。あの男は街中にお前を探しに行ったぞ。使い魔の方は俺が預かってる。式が終わったら返してやる」

「……傷つけないで。あなた、魔法士なの？」

「違う。が、普通の人間でもないな。お前には関係のない話だ。それより食事はきちんと食べろ」

唐突なネイの注意は、残した朝食を見たのだろう。

「お前は細い。出された分くらいの食事はしておけ」

「私だって食事は美味しく食べたいんだけど……。それってドレスが合わなくなるから？　でも五日で太るのとかはさすがに無理です」

「そうではない。必要以上に心配するなと言っているんだ。お前はこの街の人間でも貴族でもない。式が終われば解放されるはずだ」

希望的な言葉に、雫は昨日見た死体のことを口にしかけて押し黙る。

そうして案内された部屋には既に仕立て屋が待っており、雫は「お手伝いします」という女中たちを振りきり小部屋で一人になると、苦心の末、花嫁衣裳を着た。

小部屋を出た雫は、そこにデイタスがいるのを見てぎょっとする。仕立て屋が追従の声を上げた。

「まぁまぁ。こんな可憐《かれん》な花嫁様は滅多にいらっしゃらないですわ。いかがです？　デイタス様」

「ああ。私は幸せ者だな」

白々しい、と内心雫は突っこみを入れる。仕立て屋が寸法を確かめて首を傾げた。

「少しお痩せになりましたか？　ニスレの仕立て屋から送られた寸法より、全体的に細くなっていらっしゃるようです」

「マ、マリッジブルーで」

咄嗟に言い訳を口にしたが、その場にいた人間たちは、全員が全員怪訝な顔になってしまった。それに気づいた雫はあわてて「緊張して痩せたのかもしれない」と言い直す。

言動一つとってももっと注意深くならなければならない。雫はにっこりと笑顔を作って、仕立て屋に礼を言った。老女は数歩下がって雫の姿を眺めると、軽く首を傾ぐ。

「もう少し長いヴェールの方がよいでしょうか。店に戻ればいくつか在庫があるのですが」

――これはチャンスだろうか。

雫は躊躇う。ちらりとデイタスを振り返って、短い間に決断すると口を開いた。

「なら、自分の目で見て選んでみたいです。駄目でしょうか」

「もちろん構いませんとも！　他の仕事を早めに切り上げて、午後にもう一度参ります」

「あの、今行ってすぐ決める……では駄目ですか？　お時間は取らせませんから」

屋敷から出て、街に行ってみたい。エリクは彼女を探して街に行ったはずなのだ。

デイタスは彼女の意図に気づくだろうが、彼女の顔がアマベルとして知られた以上、すぐにどうこうはできないだろう。せいぜい監禁されて脅されるくらいだ。逆に言えば、式を挙げて用済みになってしまう前にしかチャンスはない。雫はわずかな可能性に賭けて、そう要求した。

ドレスの下の足は震えている。殺気混じりの目で見られたらどうしようかと思ったが、デイタスは意外なほどあっさりと、「本人がそう言うのならその方がいいだろう」と許可を出す。

その答えに雫の方が驚いてしまったくらいだ。屋敷の主人たる男は、そのまま何か言いたげな目で彼女を一瞥すると、ネイを残して立ち去った。

去り際に少しだけ見えた瞳。それは脅すわけでも睨むわけでもない、まるで荒野を孕《はら》んでいるような空虚な双眸《そうぼう》だ。その目にあてはまる言葉を知っているような、けれどどうしても思い出せないようなもどかしさを覚えて、雫は結局オーナが声をかけてくるまでその場に立ち尽くしていた。

馬車から降り立った場所は、大通りに面した店の前だった。大きな窓には純白の婚礼衣裳がいくつも飾られ、店構えからして富裕層が出入りする高級店だと分かる。

雫はネイに手を取られ店の中に入ったが、一歩足を踏み入れた瞬間、居並ぶ店員たちに一斉に頭を下げられ硬直してしまった。その彼女を護衛という名目で監視している男は、さりげなく背を押して奥へと歩かせる。

広い店の中は、白一色の華やいだ空間だ。雫は飾られている衣裳の数々を眺める。

「綺麗……」

「ありがとうございます。ヴェールはこちらです、アマベル様」

自分の名ではない名前で呼ばれて雫は我に返った。ここでぼうっとしていては危ない橋を渡った意味がない。彼女は店員が入れ替わり立ち代わり持ってくるヴェールを見ながら、不自然にならない程度に窓の外に視線を送る。

ようやくラオブの街並みを見ることができたが、確かにとても栄えている。地方都市とは言うがカンデラの城都と同じくらいだろうか。建物は朱や緑など色鮮やかだ。人通りは絶えず、店の軒先には花飾りが連なっていて、祭りの予兆を感じさせた。

雫は並べられたヴェールのうち、もっとも長い一枚を選んだ。それが一番顔が見えにくいと思ったのだ。「他にも小物を見たい」と言って店内を歩きながら、ふと壁にかけられた地図に気づく。

絵画としても価値があるらしい精巧な地図は、この街を真上から描いたもののようだ。街全体が中央広場を除いて、碁盤の目のように整然とした作りをしている。

雫は背後に控えるネイを振り返った。

「結婚式をやる聖堂って、どこにあるんですか？」

「街の中央広場だ」

雫はこの店から聖堂が見えないだろうかと窓の外を見上げたが、通りのすぐ向こうには高い建物があってよく見えない。彼女は諦めて視線を戻そうとした。

――その時、人通りの向こうに見覚えのある青年が歩いているのに気づく。

「エ……」

彼の名を呼びかけ、けれど雫は背に突き刺さる冷たい視線に振り返った。こんな場所でも剣を佩いている男は、心の奥底まで冷やしめる目で雫を見ている。その威に気圧されて彼女は青ざめた。

――ネイはエリクに気づいたわけではないだろう。ただずっと雫の一挙一動を見張っている。

雫の動揺を嗅ぎ取ったのか、男は一歩近づくと彼女の耳元で囁いた。

「もし逃げようとしたなら、お前の代わりに辺りの人間を殺す」

「な……」

「嘘だと思うか？　試してみるか？」

それは、からかうところの一切ない声音だ。雫は男の言葉が脅しでないことを悟った。ネイがいるからこそ、デイタスは外出を許可したのだ。今更ながらにそう実感して、雫はぎこちなく微笑む。

「何でもないの。ごめんなさい」

雫はネイから離れると店の中央に戻った。いくつか並べられている小物の中から、純白の羽ペンを見つけると店員に聞く。

「これ、本当に書ける？」

「もちろんですよ。宣誓書を書くためのものですから」

へぇ、と相槌を打つと雫は手触りのいい羽を指で撫でる。ペン先をインク瓶につけると、近くにある試し書きの紙にくるくるとペンを走らせた。ネイが後ろからそれを覗きこむ。

「アマベル様、そろそろ帰りましょう」

「ええ。ありがとう」

再び頭を下げる店員たちの間を抜けて雫は店の外に出る。だが踵《かかと》の高い靴のせいか、彼女は外に出てすぐ石畳に躓いて転びそうになった。

「ひゃあ！」

悲鳴を上げる少女をネイは後ろから支えてやる。甲高い声に通りの注目が集まった。

「ご、ごめんなさい」

「気をつけろ」

来た時と同様馬車に押しこまれると、雫は窓からわずかに見える景色に目を凝らす。

きっと彼には届く。何とかなるはずだ、そう自分に言い聞かせて。

※

上客が去った後、ドレスの最終調整にかかろうとしていた衣裳店は、青年の来客を受けて首を傾げた。若い魔法士は、女性を連れているわけでもなく一人だ。その藍色の目に幾許《いくばく》かの険しさを感じ取って、対応に出たお針子はたじろいだ。

「ここに女の子がいなかった？　黒髪で若い……少し変わった顔立ちの娘。声が聞こえたんだけど」

「すみません、お客様のことはちょっと……」

お針子は青年の顔に見惚れながらやんわりと拒否する。エリクは眉を寄せて店内を見回した。

「……人違いか？」

雫によく似た声で悲鳴が聞こえた気がした。だから近くの店を片端から当たっているだけで、肝心の彼女の顔は見ていないのだ。

ただ本当に雫だとしたら婚礼衣裳の店に立ち寄るとは考えにくい。エリクは白色ばかりの店の中で踵を返しかけて――ふとテーブルの上の紙に目を留めた。インクの乗り具合を確かめたのか、そこには柔らかな曲線がくるくると描かれている。

「……なるほど」

雫を監視していたネイは気づかなかった。彼はその曲線を文字だと思わなかったからだ。

だがエリクには分かる。彼はそれを彼女自身から教えてもらっていたのだから。

バラバラに書かれた三つの単語、〝true〟〝bride〟〝killed〟

――本当の花嫁は殺された――

筆記体で書かれた雫からのメッセージにエリクは眉を寄せると、無言のまま店を出る。

「やっぱり身代わりに仕立てられたか」

一番怪しいと思っていたのは最初からデイタスだ。あんな話をして翌日に雫がいなくなるなど、さすがにできすぎている。それに彼は、エリクが「雫を探したい」と言った時に真っ先に「屋敷の中は一人で捜索させない」と言ったのだ。普通なら、外門が開いていた以上、雫は街中に出ていったと考えるだろう。そうでないのは雫が屋敷の中にいると知っているからだ。

「と言っても、向こうから言い出した以上、屋敷内の捜索では見つけられないだろうな」

それに、正面突破もきっと無理だ。デイタスはともかく、護衛のネイという男は得体が知れない。メアが雫と共にいなくなってしまっているのがいい証拠だ。使い魔の扱いに不慣れな主人と、戦い慣れていない魔族とは言え、中位魔族を何とかしたのは腕の立つ証拠だ。

更に相手は、既にアマベルを殺害している。手段を選ぶ気がないのだ。ならこちらもやり方を考えねばならない。エリクは考えこみながら賑わう通りを一人屋敷に戻る。

そして午後のネイとの約束の前に、彼は荷物を持って屋敷から姿を消した。

※

衣裳店から戻った後、雫はいったん自室に戻され、そこで昼食を取った。

けれど一時的な軟禁状態に戻ったのはそこまでで、食後すぐにネイが小さな箱を手に姿を現す。

「お前の連れはいなくなったぞ」

「え……？」

雫は目を丸くする。あの書置きは駄目元だったが、やはり気づいてもらえなかったのだろうか。

けれど呆然としかけた雫は、すぐにネイの言葉に意識を引き戻された。

「なかなか切れる男だな。こっちの監視下からすぐに抜け出した」

「それって……」

「お前がデイタスに捕まっていると見抜いてるんだろう。最初からあの男も殺しておけば面倒がなかったんだろうけどな」

さらりと言われた内容に雫は絶句する。

――たまたま雫が黒髪黒目だったというだけで、一緒にいたエリクが殺される可能性もあった。

それは意味の分からぬ、理解しがたい話だ。恐怖よりも不可解さが勝って、雫は拳を握りしめる。

「いくらなんでも、人を踏みつけすぎでしょ……」

議員になるためにそこまでするのか。到底理解のできない人格だ。

湧き起こってくる憤りに拳が震える。そうしてネイを睨む雫に、男は言った。

「ただの仮定だ。デイタスはそうしなかった。お前たちはアマベルやあの男とは『違う』からな」

「違う、って？」

ネイは持っていた小箱を雫に向かって放る。あわてて受け止めたそれを彼女が開けると、中には緑の小鳥が入っていた。

「メア！」

小鳥は目を開ける気配がない。小さな体には黒い帯が包帯のようにぐるぐると巻きついている。

「何これ……」

「意識を封じてあるだけだ。五日も経てば自然に解けるだろう。純粋な魔族は別位階の力に影響されやすいからな」

言われてよく目を凝らすと、黒い帯は布ではないようだ。むしろ煙のような実体のないものがメアの体にまとわりついている。ネイは己のことを「魔法士ではないが、ただの人間でもない」と言った。ならばこれは彼の異能に由来するものだろうか。

雫は大事に小箱を抱えこむと、男に問うた。

「メアを私に返して、どうするつもり？」

「どうもしない。お前はお前の役目を果たせというだけだ。時間がないから早く覚えろ」

ネイはそう言うと部屋にある机の脇に立ち、とんとんと机を叩く。勉強しろということだろう。恐ろしい相手なのか、それとも意外に話が通じるのか分からない。雫は逡巡しながらも、眠っているメアを窓辺に置くと机の前に座った。

そうして教えられたのは、式当日の流れとやるべきことだ。細かいタイムスケジュールだけでなく、いざ聖堂に入ったら、どこからどう入場してどこでお辞儀をするかなどと詰めこまれて、雫の頭は破裂しかける。

「これ、もっと身代わりに適した人は本当にいないの？　あんまり自信ないんだけど……」

「時間がない。人が増えれば面倒も多くなる。お前が失敗しなければいいだけだ」

雫は反論できずに口を噤《つぐ》む。苦い顔になりつつも、もう一度習ったことを思い起こした。

——まずは一人で入場し、聖堂の奥にいる五人の花嫁と共に並ぶ。その後にデイタスが入場。彼は五人の花嫁それぞれの手を取り「あなたの名は何であるか」と問う。だが彼女たちはそれには答えず彼を無視するだけだ。

最後にデイタスは雫の手を取り、雫が「アマベル・リシュカリーザ」と答える。そして二人は結婚の宣誓書にサインするというのがおおまかな段取りだ。

「アイテア神話の再現だね……。その五人分の花嫁の衣裳も用意したの？」

「いや。彼女たちはそれぞれこの街の貴族の娘だ。やりたいと名乗り出たのも彼らだし、衣裳も自分たちで用意している。親娘《おやこ》の虚栄心を剝《む》き出《だ》しにして着飾ってくるだろうな」

「う……それはそれで嫌だ」

まるでどちらが引き立て役か分からない。本物のアマベルなら気の強さで他の五人とやりあえたかもしれないが、少なくとも雫は話を聞いただけで疲れてしまう。

雫は肩で息を吐き出すと、ふとあることに気づいて顔を上げる。いつも感情味のないネイが、彼女たちについて触れた時にだけまるで嫌悪感を抱いているような口ぶりだったのだ。

「ひょっとして、あなたも貴族が嫌い？」

ネイの瞳に漣《さざなみ》が走る。それは、まったく似てはいなかったにもかかわらず、何故かデイタスの荒野のような目を思い出させた。

乾いて、何もない、飢えた世界。何もかもを拒む茫洋《ぼうよう》。

ネイは驚いたのか、たじろぐほど雫を凝視してきた。だが、ふっと目を逸らす。

「式が終わったら聖堂を出してやる。あの男と合流してすぐにこの街から離れるといい」

それきり彼は無言になってしまった。

本当に言いたかったことは何なのか、彼女には分からない。

だがそこに幾許かの空虚を感じ取って、雫は沈黙を保った。

※

目を閉じると今でも甦《よみがえ》る光景がいくつかある。

街の子供が笑いながら石を投げてくる光景。

大人たちが汚らわしいものを見るように侮蔑の視線を送ってくる光景。

自分を抱きしめる母親の手。幼い少女が向ける冷ややかな目。

そんなものを、覚えていても少しも幸せになれない光景を、何故か自分は片時たりとも忘れることができなかった。記憶を捨ててしまえばいいとさえ思わなかったのだ。ずっとその中に囚《とら》われていた。そう、今この時においてさえ。

結局自分は、ここから抜け出すことはできないのだろう。永遠に乾いた荒野にいるままだ。

だから結局、自分を待っている道というものは――

「やるべきことは覚えたか」

「八割方」

夕食の席でデイタスの正面に座った雫は簡潔に返した。長々話すようなことでも相手でもない。求められているのは結果だけで、たちの悪いことにそこには彼女の命がかかっている。自分を脅迫する男に、雫は卑屈になる気はなかったが、無謀に喧嘩《けんか》を売る気にもなれなかった。

「しくじるなよ。お前の挙動は注目の的だ」

「努力する。完璧を目指す」

「それでいい」

どこの世界にこんな会話をする婚約者同士がいるのか。

事情を知らない人間が居合わせたら眉を顰《ひそ》めただろうが、部屋には二人の他にはネイしかいない。彼の給仕で食事をしながら、雫はデイタスの視線が逸れる時を狙って男の瞳を注視した。何が気にかかるのか分からないが、彼ら二人の目には時折違和感を覚えるのだ。

まるでずっと遠くを見据えているような、定義されることを拒んでいるような虚《うつ》ろがそこにはある。その空虚を読み解こうとすることに意味はないのかもしれない。殺人者を理解して得られるものがあるとも思えない。

それでも、その空虚を無視しがたくて、雫はデイタスの目を覗きこもうとしてしまうのだ。

「どうした？」

じっと彼を窺っていた雫は、目を逸らす間もなく男の視線に射抜かれてぎょっと硬直した。手に持っていたグラスを取り落としそうになる。

「な、何も」

「嘘をつくな、わざとらしい」

何もないわけではないのだが、説明できるようなことでもない。雫はうろたえて言葉を探すと、別の気になっていたことを口にした。

「式が終わったら、私どうなるの？」

ネイは街から出て行けばいいと言ったが、あくまでそれはネイの言葉でしかない。主人であるデイタスが「駄目だ」と言ったら覆されてしまうだろう。だから、聞くこと自体が危険なのかもしれないが、デイタス自身がどういう心積もりなのか確認したかった。

男は掠《かす》めるように彼女を一瞥する。そこにまた、乾いた風が吹いていく。雫の目線は思わず彼に吸い寄せられた。

「式が終わったならどこにでも行けばいい。この街以外のどこかへな」

「……逃げていいの？」

「終わったら、だ。それとも本当に私の妻になりたいのか？」

「いえ、全然」

つい本音が出て即答してしまった。言ってから不味かったかな、と彼女は顔を強張《こわば》らせる。

だがデイタスは鼻で笑っただけで怒りはしなかった。

「ただし式が終わるまでにボロを出して怪しまれるようなら、その分は命で支払ってもらう」

「分かった。けど……」

「けど何だ」

こんなことを聞いていいのか、雫は迷う。だがそれでも好奇心が勝った。知らなければ落ち着かなくて仕方ないのだ。

「私が別の街に行って、あなたのこと殺人犯だって言っちゃったらどうするの。困らないの？」

デイタスはアマベルを殺している。雫は彼女の死体が庭に埋められていることを知っている。

これが、覆すことのできない大前提なのだ。だからこそ雫は容易く解放されるとは思っていない。

この男は式の後、その問題をどう消化するつもりなのだろう。得体の知れない小娘一人の戯言など、議員になれば捻じ伏せられると思っているのだろうか。それよりは、ネイの言葉ではないが、よほど雫を殺す方が確実ではないのか。

問われた男は温度のない視線で雫の顔を撫でていく。何もないその視線を受ける度、彼女の中では違和感が募っていった。

「別に困らない。式の後、お前がどこで何をしようと、もはや私には関係ないことだ」

デイタスはそう言って、食事を終えたらしく部屋を出て行く。後に残された雫はぼんやり天井を仰いで……不思議とそこに描かれている模様が歪んでいるように見えたのだった。

※

「〝killed〟か……過去じゃなく、受動だろうな。〝殺された〟」

議員になる男と遠い街の貴族の娘。二人の結婚はラオブの貴族たちと有力商人によって盛大に祝われる。その肝心の主役に雫が「嵌めこまれて」しまっているのはもはや確定のことだろう。「真の花嫁」という言い方がなされるなら、裏を返せば「偽物の花嫁」がいるということなのだ。

エリクは雫の辞書とメモを見ながら嘆息する。

彼女は自分で思っているより語学が苦手ではないようだ。もし時間があったなら詳しい事情を文にすることはできただろう。だがそれを最小限の単語に絞ってきたということは、常に監視を受けている状況に置かれているに違いない。そしてその相手は、きっとネイだ。

「ディセウア侯爵の紹介で嫁ぐことになったアマベルは殺された……多分、デイタスの仕業だろうな。そしてデイタスは……以前はディセウア侯爵令嬢の恋人だった」

それは彼が街中で聞きこんで調べたことだ。デイタスと、ディセウア侯の一人娘ヴァローラはもともと恋人で、周囲は二人が結婚すると思っていたようなのだ。だが、彼には父親の采配によって別の花嫁があてがわれた。そこにはどんな事情があるのだろう。

「相手は有力者だからな……確証がなければ相手にもされない」

デイタスの監視下からは逃れた。これで二人ともが囚人という状況よりはマシになったが、雫を取り戻すには正攻法では無理だ。エリクは頭の後ろで腕を組むと天井を見上げる。そして思いつきを行動にするために、小さな宿の部屋を出た。

※

雫がヴァローラと出会ったのは、偶然でも何でもなく彼女が雫を訪ねてきたからだ。ヴェールを選びに行った翌日、式の練習をしていたところにディセウア侯爵令嬢が突然現れた。

「はじめまして、わたくし、ヴァローラ・ディセウアと申します。もちろんご存じでしょうけど、お会いするのは初めてね」

供も連れていない彼女は、気位の高さを窺わせながら薄く微笑んだ。その高慢とも言える態度に、雫は「これが貴族か」とむしろ感動してしまう。

「わたくし、アマベル様には是非お会いしておきたかったのですわ。式当日はわたくしも『花嫁』としてお世話になりますので」

「あ、こちらこそよろしくお願いします」

美辞麗句を返そうとしても不可能なことは分かっているので、雫は自分の言葉で頭を下げた。途端にヴァローラはきょとんとした顔になる。本当の花嫁である「アマベル」なら、自分と同等かそれ以上の態度で返してくると思っていたのだろう。予想を外されて毒気を抜かれたようだ。

「あなた、貴族らしくないのね」

「よくそう言われます」

背伸びをするより「貴族らしくない貴族の娘」として振舞った方がいい。雫は一応部屋にいるネイを一瞥したが、彼は表情を変えないままだ。暗黙の許可を得て、雫は背筋を伸ばした。

「ヴァローラ様はわざわざご挨拶のためにいらっしゃったのですか」

「ええ。あなたがどのような方なのか拝見しに。でも予想を裏切られたわ」

「それは失礼いたしました」

偽者です、すみません、と心の中で付け足して雫は苦笑する。もっとも好きで偽者をやっているわけではない。内心自嘲する雫に、ヴァローラは不透明な瞳を向けた。

「あなた、デイタスには会ったのでしょう？　彼のことどう思う？　うまくやっていけそうかしら」

――短気な殺人犯だと思います。やっていけません。

などと言ったらネイに口封じをされかねない。だがそもそもヴァローラの父が「アマベル」を彼に紹介したのだ。彼女は父に命じられて様子を窺いに来たのかもしれない。

「よくして頂いております。お気遣いありがとうございます」

「……そう」

ヴァローラの返答は沈みこんでいくようだ。雫は微かに眉を顰める。何だか自分だけが知らない何かが、彼らの足下に広がっている気がしたのだ。

だが、それだけでヴァローラの用件は済んだらしい。彼女はドレスの裾を引くと優美に笑った。大きな瞳に安堵と寂寥《せきりょう》が光る。

「あなたのような方がデイタスの傍にいるということは、彼にとって幸運なのかもしれないわね」

「そうでしょうか」

「ええ。彼にはきっとそういうものが必要なのよ。――ではまた、式でお会いしましょう」

そう言って彼女は来た時と同じように唐突に去っていった。取り残された雫はネイを振り返る。

「そういうものってなんだろ」

「さぁな。持っている者には当たり前すぎて分からない。きっとそういうものだろう」

男の声は、自分もまたそれを持っていないと言っているようだった。

――結局、雫は最後まで何も分からないままだった。

※

「まぁ！　ヴァローラ様がいらしていたんですか？」

ネイと入れ違いに現れたオーナは、話を聞いて驚きの声を上げた。

「少し挨拶しただけですけど……。彼女を知ってるんですか？」

雫が問うと、オーナはきょろきょろと辺りを見回し声を潜める。

「実は……ヴァローラ様は、少し前までデイタス様と親しくなさっていたのです。だからアマベル様のことをお気になさっているのでしょう。何か仰《おっしゃ》ってました？」

「特には。それより親しくって、恋人だったんですか？」

率直に聞くとオーナはうろたえた。単に好奇心で尋ねたのだが、聞《き》き咎《とが》めたと思われたのかもしれない。「別に不快じゃないから」と念を押して、雫はようやく詳しい話を聞き出した。

――デイタスは五年前この街に、ネイを伴って現れたのだという。

当時二十歳になったばかりの彼は、少ない元手で卸売商を始めると、目利きのよさと機を見るに敏な動きで、あっという間に顧客を増やし財を築いた。卓越した手腕は街でも有数の商売人として彼の名を押し上げ、やがて彼は貴族の屋敷に出入りも許されるようになった。

デイタスがヴァローラと出会ったのは、そんな時のことだ。

華やかな侯爵令嬢と切れ者の男。どちらかというと、初めに言い寄ったのはデイタスの方だった。やがて二人は親しく付き合うようになり、父のディセウア侯爵もそれを認めていた。

だが、ある日二人は前触れなく別れると、デイタスには別の令嬢が婚約者として紹介されたのだ。


「本物だったらマリッジブルーになりそうな情報が来た……」

休憩時間、雫は珍しく一人になった隙にそうぼやいた。便箋に日本語でメモを取る。

オーナは話好きな女性らしく、最初こそ主人の前の恋人について話すことを躊躇ったものの、雫が興味を示したと分かると堰《せき》を切ったように話し始めた。その内容は花嫁が聞いて気分がいいものではなく――もし本当のアマベルだったら、どの道デイタスと大喧嘩になっていただろう。

「そしてデッドエンド……って駄目じゃん」

こう考えると、デイタスとアマベルは本当に相性が悪かったとしか言いようがない。殺人という悲劇を回避するにはかなりの運が必要だったように思えて、雫は額を押さえた。

「でも、ヴァローラさんはデイタスが嫌いって感じには見えないんだよね」

むしろもうすぐ結婚する彼を心配しているようにさえ見えた。彼女はアマベルに会いに来ただけで、彼を恨んでいるようも蔑んでいるようにも思えなかったのだ。

なら二人が別れたのはデイタスの方に原因があったのだろうか。

「うーん……分からない」

ただそれはそれとして、デイタスが誰かに言い寄るなどという姿はまったく想像できない。あの短気で傲岸な男でも、好きな女性の前では態度を改めるのだろうか。

雫は思考をそこで打ち切ると、寝台の上に仰向けになる。

転寝《うたたね》に落ちる前の一瞬、暗く落ちていく意識にヴァローラの微苦笑が甦る。デイタスのことを口にする彼女の微笑みはどこか悲しげで、だけどその理由を自分は、ずっと知りえない気がした。

※

いよいよ明後日が式というところまで来た日、雫はほぼ完璧に教えられたことを身につけていた。

もともと物覚えが悪いわけではない。必要だと腹を括《くく》ってしまえば、あとは覚えるだけだ。

練習の一環として、デイタスの参加のもと式の流れをおさらいした雫は、彼の「悪くない」という感想を受けてほっと息をついた。男は練習用のドレスを着た彼女を上から下まで眺める。

「もう少し気品が欲しいが、まぁいいだろう」

「平民育ちだから諦めて。澪だったらもうちょっとそれっぽくできたかもしれないけど」

「ミオ？　誰だそれは」

「妹」

もしこれが元の世界の人間なら妹の存在など教えなかったが、ここは異世界だ。デイタスがどれほど短気で乱暴な男でも、彼の手は雫の家族には届かない。

「お前に妹などいたのか」

「上もいるよ。姉が。私は三人姉妹の真ん中」

何故そんなことが気になるのか分からないが、姉妹の話はデイタスの興味を誘ったらしい。彼は少しだけ視線を辺りにさまよわせると、ぶっきらぼうに「どんな姉妹だ？」と聞いてきた。

「どんなって……普通。お姉ちゃんは美人だし優しい。みんなに好かれてる。妹は何でもできて、いつも堂々としてる。頭もいいし、うるさいとこあるけど可愛《かわい》い」

「ずいぶん持ち上げるものだな。それに比べて自分は、というやつか？」

「そう思わなくもないけど。今はあんまり」

何でもこなせる妹なら、きっと高貴ささえ纏《まと》って花嫁を演じることができただろう。姉ならそのままで場に馴染んだかもしれない。雫から見ると彼女たちは、自分と比べてあまりにも「特別」だ。以前はそれが苦しくもあった。何故自分だけ無個性なのだろうと思った。だから家を出ることを選んだ。

けれど今は、いつの間にか彼女たちと比しても自分のことがさほど気にならなくなっている。

それは、二人から遠く離れた場所に来てしまったせいか、それとも自分自身が変わったからか、どちらなのかはよく分からなかった。

デイタスは鼻で笑うと長椅子に腰かける。

「自分にはないものを持っている兄弟に、劣等感を抱かずにいられるとは図太いことだ」

「……感じないわけじゃないけど、仲いいし」

「そうだろうな。だからお前はそういう目をしていられる」

吐き捨てる言葉には何が含まれているのか。彼は淀《よど》みなく続ける。

「だがな、お前たちのように皆が馴《な》れ合《あ》っているわけではない。私などがその好例だ。――私の妹は、私を兄と知るや嫌悪も露《あら》わに石を投げてきたのだからな」

「……え？　石って……悪口？」

「いいや、比喩などではない。本物の石だ。別に珍しくもない話だろう。私は父親が外の女に産ませた子供だったのさ。だが母は、父の名誉を慮《おもんぱか》って私が誰の子なのか言わなかった。私たちは二人、街の隅でつましく暮らしていた」

彼は肘掛に頬杖をつく。その目は雫ではなく、もっと遠くの誰かを見ているようだ。

「ただ、周囲は私たちを放っておかなかった。父親の分からぬ子供を産んだ母を皆は蔑み、妹は事情を漏れ聞いた途端、私を化け物のように追い立てた。結局、私たちは街から追い出され……体の弱かった母はそれがもとで亡くなった。父は全てを見ていながら母を助けようともしなかったな。つまりは血の繋がりなどその程度のものだ」

デイタスは激していているようには見えなかった。ただ淡々と自分の身にあったことを並べただけだ。

そしてだからこそ雫は何も返すことができない。自分が知っている家族とはあまりにも違う彼の過去に、唖然とするばかりだ。

男の視線が彼女の顔の表面を撫でていく。乾いた風をまた感じて、雫はふと喉の奥が熱くなった。

――もし、彼の罪が贖《あがな》われるならば。

今の彼に必要なのは、彼のことを本当に思い支えられる人間なのかもしれない。

彼のために不毛の地に水を撒くことを厭《いと》わぬ人間がいたなら、或《ある》いはいつか救いが訪れるかもしれないだろう。けれど、自分はそうはなれない。そうできるような想《おも》いがない。

たとえば誰かの過去を知り、同情し、いたたまれない気持ちになったとして。

それを相手に伝えるということは、何かを変え得るだろうか。力になりたいと、相手を変えたいと思う心が純粋であったとして、それはどうすれば変質せずに相手に届くのだろう。

人は、自分という狭い檻を出られない。伝えるも受け取るも格子越しのやり取りでしかない。

だから千の言葉を発して、百が届いて、十が理解され――そして受け入れられるのは、一か零か。

不自由な自由。その絶望を、いつか誰もが知ることになるのだ。

※

昨日から始まった祝祭は、ラオブの中を隅々まで喧騒《けんそう》で満たしていた。中央広場のあちこちでは旅芸人たちが芸を競い、その度ごとに大きな歓声が上がる。

子供も大人も浮き立っているような最中、エリクは人の間を縫って大聖堂へと向かっていた。明日には祭事である婚礼が行われるとあって、職人たちが準備にあわただしく走り回っている。

白い花の飾りつけや大きな神像が並べられている廊下をはじめ、聖堂内は様々な道具と人間たちが入り混じっている。複数の工房に発注しているため全体の統制を取る人間はおらず、エリクも見咎められずに内部を見て回ることができた。

彼は中の経路と出入り口、当日関係者が使うのであろう奥の部屋を確かめると、最後に招待客が集まるであろう聖堂に足を踏み入れた。高い天井と規則的に並ぶ備え付けの椅子を一瞥する。

ふとその時、背後で金属音がしてエリクは振り返った。

見ると大きな金色の燭台《しょくだい》が一本、床に倒れこんでいる。見習い職人の少年が、あわててそれに手を伸ばした。少年は燭台を拾うと、元あった場所、等間隔で式場全体を囲む柱の前に設置する。

「それ……何？」

「え？」

突然見知らぬ魔法士に話しかけられて、少年は目を丸くした。

「燭台だけど……何で？」

「いや。そうなんだけど床も。床に発火の魔法陣が描かれているだろう？」

「そうなの？　俺には見えないや。でもこの燭台は魔法仕掛けで一斉に点《つ》くんだってさ」

少年は忙しいらしくさっさと駆け去っていった。エリクは燭台の傍に歩み寄ると床を見下ろす。

確かに床に描かれているのは発火の魔法陣だ。さほど強力なものではないが、発動すれば陣の上に火と熱が生じる。よく見ると柱ごとに同じ魔法陣が描かれており、その全ては一本の魔法線で繋がれていた。置かれている燭台はその火を吸い上げて上部に灯《とも》す魔法具らしいが、一斉に火を灯したいのなら、もともと発火機能が含まれている燭台を用意すればいいはずだ。わざわざ発火機能を分けて魔法陣を描く必要はない。

内装の指示をしたというデイタスは、こういう面倒な仕掛けが好きなのだろうか。エリクは冷めた目で広い聖堂を見回すとその場を後にした。

※

結婚前日の花嫁というと、畳の上に正座をして両親に「今まで大変お世話になりました」と頭を下げるイメージだが、この世界には畳が存在しない。おまけに結婚といっても偽装だ。だから雫はしんみりした気分にはならなかったし、むしろ別種の緊張で食欲が失《う》せていた。

「今日は早くお休みになられてください。お肌に障りますから」

そんな風にオーナに言われて、雫は早々と床についた。だが目を閉じて羊を数えても一向に眠気は訪れない。寝ようと思えば思うほど眠れない。

羊の頭数が八千を越えた時、雫は喉の渇きに起き上がった。部屋の水差しで水を飲む。室内は蒸し暑く、雫は換気のために窓を開けた。窓辺に置いたお手製のベッドに眠るメアを見つめる。

「明日だからね……もうちょっと待ってて」

小さな体に巻きついた黒い帯は大分色が薄くなり、羽の色が透けて見えている。このまま明日になれば本当に解放されるかもしれない。そうすればエリクと合流して街を出るだけだ。デイタスの監視下を逃れた彼なら、きっと雫が祭事に出ることに気づいてくれているだろう。

雫は夜風に吹かれながら息をつく。ふと見ると通用門のところに白い花の鉢植えが数十個置かれていた。寝る前にはなかったそれらを雫はまじまじと見つめる。

「……綺麗」

白い花ということは明日の式に使うものなのだろう。すぐに門が開かれ、現れたネイが鉢植えを外の馬車に積みこみ始めた。馬車は荷物運搬用の大きなものらしく、みるみるうちに鉢は数を減らしていく。雫が手際のよさに感心しているうちに、鉢は生垣の陰にある一つを残して積みこまれた。門が閉められ、馬車が遠ざかる。

「あれ、忘れられてる……」

雫の部屋からは見える角度だが、ネイはその一つに気づかなかったのだろう。少し迷ったが、夜気の中で一晩放置しては萎《しお》れてしまうかもしれない。雫は上着を羽織ると部屋を出た。人気のない廊下を抜けて玄関から外に出ると、通用門へと向かう。

もしこれが、アマベルの死体が埋められた中庭の方角であれば、行く気にはなれなかっただろう。だが通用門は逆方向だ。雫は庭木の間を抜け、門のところに辿りついた。見ると鉢はまだそこに取り残されている。雫は白い花の咲く鉢を抱え上げた。

「よし、回収っと」

白磁の鉢は薄白い紙で飾られ、やはり白のリボンが結わえられている。雫は月光を受けて光る紙に頬を緩めた。小さな白い花が集まっている様子はとても可憐だ。雫は香りを嗅ごうと顔を寄せて……しかし怪訝な顔になった。何だか花の香ではない別の臭いが鼻をついたのだ。

嗅いだことのある刺激的な臭い。首を捻った瞬間――だが雫は地面の上に叩きつけられた。

目の前が真っ白になって彼女は這いつくばる。頭上から冷ややかな男の声が響いた。

「ここで何をしている」

デイタスの声だ。だが雫は答えることができない。死角から頬を打たれたせいで眩暈《めまい》がする。

口の中で血と草の味が混じり合う。俯せになったままかろうじて動かした右手を、しかし男は苛立《いらだ》たしげに踏みにじった。雫は声にならない悲鳴を上げる。

「何をしていると聞いているんだ。脱走でもするつもりか？」

「…………ち、が……」

――弁解をしなければ、殺されるかもしれない。

雫はかろうじて左手で額を支えると口を開く。

「……違う……花が見えたから……」

「それだけの理由でか？」

「積み残しだと思って……」

舌打ちと共に男の足がどけられた。雫は震える両手で体を起こすと口元を押さえる。血の味がする。どこか切ったようだが、この暗がりではよく分からない。

デイタスを見上げることは怖くてできなかった。視界の端に白い鉢が見える。

——こういう男だったと、忘れかけていた。

一度散々な目に遭わされたにもかかわらず、ほんの数日暴力を振るわれなかっただけで、そして逃がしてくれると言っただけで、少し油断をしていたのだ。或いはそれは、彼が時折見せる目と、聞いてしまった過去のせいかもしれない。少なくとも実際に殴られる今の今まで、雫は再び自分がこんな目に遭うとは思っていなかった。

「命が惜しいなら無闇に部屋を出るな」

「……わ、かった」

「なら部屋に戻れ」

男の手が伸びてくる。雫はびくりと震えて後ずさった。デイタスはそれを見て自嘲を浮かべる。だが彼は手を引くことはせずに、彼女の髪についた泥を払った。汚れてしまった顔を指で拭う。それは優しい手つきではなかったが、先ほど彼女を殴った手と同じとはとても思えない仕草だった。男は最後に彼女の手を引いて立たせる。

「一人で戻れるか？」

「平気……」

雫は彼の気が変わらないうちにその場を立ち去る。垣根を曲がる時にデイタスを振り返ると、彼はまだ鉢植えの前に立って花を見下ろしていた。

どんな表情をしているのか、それは見えない。暗くて分からない。だが雫は不思議とそれが分かってしまう気がして、身を翻すと一度も振り返らずに自分の部屋へと戻っていった。

※

密《ひそ》かに心配していたが、殴られた頬は腫れても痕にもなっていなかった。雫は起きてから鏡を見て安堵する。何しろ今日を乗り越えれば自由になれるのだ。不安要素は少しでも減らしたい。

彼女はあわただしく身支度をし、メアをベッドごと小さな箱に入れ、自分の手荷物に入れた。ネイがいつものように同行する。馬車の中で二人になると、彼は小さな皮袋を差し出してきた。

「報酬だ。持っていけばいい」

その意味するところを理解して雫は眉を寄せた。

「要らないよ。それもらったら共犯になっちゃうし」

「せめてもの得を取ろうとは思わないのか？　割に合わないだろう」

「損得の問題じゃないよ。私はそれをもらいたくないってだけ」

こういったものは伝わるかもしれないし伝わらないかもしれない。子供じみた拘《こだわ》りとも言えるだろう。だが彼女は、やはりデイタスを肯定することはできないのだ。

この世界に来て少なからず死を見てきたが、やはり感情で人を殺すことは許されてはならない。たとえ二人に何があったとしても、一方的な死を以て終わらせることがいいことだとは思えない。

雫は馬車の窓から外を見やる。目に入る街並みは祝いの空気で賑わっていた。子供たちが笑いながらお互いの頭に花飾りを乗せあっている。

自然と気分が浮き立つような温かい景色に、けれど雫は沈痛さを覚えて目を閉じた。


貴族や議員が出席する式は厳重な警備が敷かれ、聖堂内部には関係者以外は入ることはできない。代わりに式が終われば新郎新婦は馬車に乗り、街を一周してお披露目をすることになっていた。

雫はけれど、お披露目には出ない。その前に聖堂の裏口から抜け出すようネイに言われている。デイタスは一人でお披露目をどうするのか気になったが、彼女が気遣う筋合いでもないだろう。

聖堂の控え室に到着した雫は、そこでまず徹底的に化粧をされた。

あっちをむいて、こっちをむいて、目を閉じて、上を向いて、と絶えず指示を繰り出されていた雫は、途中から意識を半分離脱させる。椅子に座ったまま一歩も動いていないのに、何だか次第に疲労していく気がする。本物の花嫁でもこれはぐったり疲れてしまうのではないだろうか。

だが、「これでできあがりですわ」と言われ鏡を見た雫は絶句する。長すぎると思った、それだけの時間をかけた結果が、確かにそこにはあったのだ。

もともと大きめだった目は、今は綺麗に入れられたラインと白金で華やかに彩られている。艶を増した黒い睫毛は、瞳と相まって愛らしいながらも蠱惑的《こわくてき》な印象を醸し出していた。少し荒れてしまった肌は、丁寧に塗られているにもかかわらず透き通るように白い。あちこちにそっと入れられた真珠色の光と薔薇色《ばらいろ》の翳が鼻梁を高く見せ、薄紅色の頬は実に幸福そうな印象を湛えていた。

顔立ちの違いはあっても、これなら貴族令嬢と言って通るかもしれない。雫は自分であって自分でない鏡の中の少女に感嘆した。

「うわぁ、化粧って凄《すご》い。これは騙《だま》されるかも」

満足げに微笑んでいた介添えの女は、あんまりな感想に肩を落とす。雫は興味津々で鏡を見ていたが、いつまでもそうしている時間はない。式の予定は分刻みで決まっているのだ。

「アマベル様、次は着替えをなさってください」

「あ、はい」

雫はドレスを準備する邪魔にならないよう部屋の隅に避ける。そこにいると、傍にある窓から聖堂の裏口付近が目に入った。彼女は何とはなしに開かれた出入り口を眺める。

入り口近くの箱から次々運び込まれる鉢植え。あれは昨晩ネイが運んでいたものだ。やはり式場を飾るものだったのかと納得しかけて、雫はふとあることに思い当たった。

白い花に顔を寄せ、嗅いだ香。――それは火薬の臭いに、よく似ていたのだ。

※

式を挙げた後、二人がどのルートを通ってお披露目をするかはエリクも把握している。

だがその途中でどうにかするのは難しい。走っている馬車を止めるのは容易ではないだろう。

だから彼はもっと前の機会を狙った。関係者以外は入れない聖堂。そこに入るために、まず別の人間に接触したのだ。

二人の侍女を伴ってヴァローラが聖堂に到着したのは、予定時刻ぎりぎりのことだ。

化粧越しでも分かる青い顔色。口元を押さえて中に入ろうとした彼女はしかし、馬車を降りてすぐに一人の青年に声をかけられた。魔法士の格好をした青年は「ディセウア侯爵令嬢ですね」と確認を取ると彼女に歩み寄る。彼は声を潜めて囁いた。

「本来はお父上にお話しすることなのですが、屋敷にはいらっしゃらなかったので。今日、結婚する花嫁のことでお話があります」

「え？」

「アマベル様のことかしら。あの方がどうかして？」

「今の彼女は偽者です。脅されてアマベルを演じさせられているただの娘だ」

「本物は……ほら」

男は小さな肖像画を差し出した。そこに描かれている少女は黒髪黒目で、驕《おご》りの消せない微笑を浮かべていた。雫とはまったく違う顔立ちで、だが隅にはアマベル・リシュカリーザという名と、高名な画家のサインがある。

「これって……」

「伝手《つて》を辿って入手しました。南部の街には複製画が流通していましたので。あとはこれも」

エリクは手の上で布包みを広げる。そこには高価な装身具がいくつか載せられており、内の一つ、金の指輪の裏にはリシュカリーザの名が刻まれていた。彼女は信じられない目でそれを見つめる。

「どこでこれを……」

「デイタスの屋敷で。彼と護衛の両方が屋敷を離れる機を窺っていましたが、ようやく今日捜索できました。中庭に土を掘り返した痕があったからすぐに分かりましたよ」

ヴァローラは目を見開く。エリクはその目を真っ直ぐ見据えて言った。

「本当のアマベル・リシュカリーザは殺されている。今、花嫁にされかけている娘は僕の連れです。どうかご協力をお願いしたい」

冷ややかな声は、拒否を許さぬ力に満ちていた。

※

支度を終えた雫は部屋の隅で見張りをしているネイを窺う。ここ数日ずっと一緒にいたが、デイタスの片腕である彼はやはり得体が知れない。雫は沈黙が居心地悪くなって口を開いた。

「この式のもとになった神話ってさ、神様なのに無視されるなんてひどくない？　奥さんになる子だけが唯一口をきいてくれるとか」

「理解する気がなかったんだろう」

それは神話への理解力が足りないということだろうか。だがネイは雫の様子に気づいて補足する。

「村人を含め他の娘たちには、神の言葉を理解しようという意志がなかった。唯一神妃ルーディアだけが、純真であったためにその真摯を持っていたんだ」

意外とも言える真面目な返答に雫は虚をつかれた。なるほど、そう考えれば納得できる。神の言葉とはしばしば難解で、解釈の余地を多く持っているものだ。

アイテアに呼びかけられた他の人間たちは、それを理解しようと試みることさえしなかった。そして、一人真面目に神に向き合った少女だけが彼の妻となりえたのだ。神妃とは神託を伝える巫女《みこ》のようなものでもあったのかもしれない。雫は納得の息を吐き出す。

「はー、面白いですね」

その時、控え室の扉がノックされる。ネイが立ち上がって応対すると、そこに立っていたのは小間使いらしい少女だ。彼女はネイに何事かを囁く。彼は頷くと雫を振り返った。

「ディセウア侯爵に呼ばれた。少し席を外すがそのままで待っていろ」

「分かりました」

男は少女の案内で足早に出て行った。雫は一人きりになると肩の力を抜く。

だが、ほっとしたのも束《つか》の間《ま》、すぐに扉は叩かれた。彼女はあわてて立ち上がるが、ドレスが広がっていて上手《うま》く歩けそうにない。外にも聞こえるよう大声で対応しようとした時、けれどドアは勝手に開かれた。そこから一人の青年が入ってくる。

「や、久しぶり」

「ひ、ひさしぶり、です」

「うん。無事で何より。じゃ、脱いで」

「言葉選びが合ってるけど違う……」

エリクは怪訝な顔になる。その表情に「日常」を思い出し——気が抜けた雫は笑い出した。

部屋に入ってきたのはエリクだけではなかった。ヴァローラが侍女の一人を伴って入ってくると雫に向かって深く頭を下げる。

「ごめんなさい。私、あなたがアマベルではないと知らなかったの……」

「こ、こちらこそ騙していてすみませんでした」

頭を下げ返すとヴァローラは美しい顔を歪めて微笑する。その目を雫は不思議と痛ましく思った。青い顔をしているヴァローラは、傍に控える侍女に目だけで指示を出す。侍女は雫の後ろに回ってヴェールに手をかけた。

「ごめんなさいね。こんなことに巻きこんでしまって。花嫁は私が代わるわ。だからあなたはすぐにここから逃げなさい」

「え？　でも、ヴァローラさんも花嫁役じゃ」

「私の衣裳は侍女が着るわ。大丈夫。ヴェールと化粧で分からなくなるから」

そう言われても式が終われば解放されるのだ。こんなことをして無闇にデイタスの怒りを煽《あお》ることにならないか。

雫は不安の目でエリクを見やる。だが彼は「急いで」というと部屋を出て行ってしまった。雫はヴェールを固定するピンを外されながら、服を脱ぎだしたヴァローラに切り出す。

「デイタスは……怖い人です。それに、終わったら逃がしてくれるって言ってたし、ヴァローラさんに迷惑をかけては……」

「違うの。私たちが、あなたに迷惑をかけたのよ。それ以外ではありえないの。だから、これ以上関わるのはよくないわ。あとは私が終わらせるから――」

ヴァローラの貌《かお》はその時、まるで病みつかれた人間のように見えた。それでいて瞳だけが強い意志を帯びている。

雫は一瞬息をのんだが、ヴァローラの意志が固いことは分かる。これ以上は問答の時間も惜しいだろう。雫はドレスを脱いで平服に着替えた。メアを小箱から出し、小さな体を胸元にしまう。元の荷物は全部エリクが屋敷から回収していってくれたので、大切なのはメアだけだ。

一方、ヴァローラは侍女の手を借りて花嫁衣裳をさっさと身に着けてしまう。最後に顔を隠すようにヴェールをつけるのを、雫はぼんやりと見つめた。

「あの、大丈夫なんですか？　いざって時はお父さんが助けてくれますよね？」

「ええ。私は何もされないわ。心配しないで。ちゃんとあなたが逃げきるだけの時間を稼ぐから」

ヴァローラの表情はヴェールの下でよく分からない。雫は促されてドアに手をかけながら、それでも心配になって振り返った。

「……あなたは、デイタスの恋人だったんですよね」

少しの間。乾いた大地のように広がる空虚。

取り戻せない罅割《ひびわ》れた時間をそこに置いて……ヴァローラは笑った。

「本当はね。あなたなら彼を少しずつ変えていけるんじゃないかって思っていたの。あなたなら彼を理解しようとしてくれるのではないかと。でもそれは甘えだった。デイタスの言葉を聞くことができるのは最初から私しかいなかった。私にもうその資格はないのかもしれないけれど……」

それは、遠い過去が含まれている言葉だ。届かないものを想う言葉。期せずして人の深奥に触れてしまった雫は、言葉を選びかねて沈黙する。

おそらく彼らの間には「何か」があったのだろう。だがそれはきっと自分が踏みこめるものではない。雫は言葉にならない感情をのみこんで頭を下げた。

「ありがとうございます。……気をつけて」

雫はメアの入った胸元を押さえて部屋を出る。そこにはエリクが壁に寄りかかって待っていた。

「よし、行こう」

「はい」

そうして二人は、あわただしく人の行き来する廊下を歩き始める。

式の始まりまで時刻はあと十五分に迫っていた。

※

「ディセウア侯爵が来ていない」

デイタスはその報告に見る見る険しい表情になった。他の使用人には決して見せない顔、だがネイは平然と男の視線を受け止める。「どういうことだ」という詰問に彼は順序だてて答えた。

「先ほどディセウア侯爵の使いの者に呼び出された。だが、指定の場所に行っても侯爵はいない。おまけに会場のどこにもだ。ヴァローラは来ているようだが……」

「逃げたか？」

「分からない。情報が洩《も》れているとは考えにくい」

従者という立場にもかかわらず、ぞんざいな口調で報告する男をデイタスは睨んだ。

だがそれは、ネイに不満があるというより思考を巡らしている表情だ。デイタスは口を開いた。

「ぎりぎりまで会場内を探せ。やつがいなければ意味がない」

「分かった。見つからない時は延期するのか？」

「……いや、できない。あの娘を拘束したままにするとしても、お披露目に出せばアマベルではないと知れる。――それに、お前との契約は今日までだ」

「ああ、そうだったな」

よく分かっていることを、まるで今思い出したかのようにネイは頷く。デイタスは皮肉げに唇を歪めた。彼は部屋を出て行こうとする従者に声をかける。

「お前は明日からどうする。国にでも帰るのか？」

浅黒い肌の男は足を止めた。振り返らぬまま答えを返す。

「まさか。俺はお前ほど過去を引《ひ》き摺《ず》っているわけではないが、それでもあの国に帰る気はない。あそこに俺の居場所はないからな」

足音をさせぬままネイは部屋から出て行く。扉の閉まる音だけが部屋に響き、後には表情のないデイタスだけが残された。

※

雫は顔を伏せながらエリクの後についていった。メアのいる胸元を気にしながら足早に歩く。

聖堂の通路は上ったり下りたり妙に入り組んでいる。それでも彼は道が分かっているのか、人の少ない通路を選んで出口に向かっているようだ。普通の招待客は立ち入らない、式場部分を見下ろせる吹き抜けの通用路に差しかかると、雫は階下の光景に気を取られる。

「す、すっごく人がいる……。出なくてよかった……」

「街の有力者がほぼ全員集まってるらしいよ。さすが祭事」

「こんな中で結婚式とか、挙式費用がキャンペーン無料になっても嫌ですよ……」

あちこちが白い花と布で飾られた聖堂内を雫は一瞥する。その視線はだが、ある一点で止まった。

「あ、あの花……」

「ん？　どれ？」

「燭台の下に置かれてるやつです。あれって――」

見覚えのある鉢について言いかけた雫は、死角である廊下から現れた男にぶつかってよろめく。

「ご、ごめんなさい」

反射的に謝り、顔を上げてから雫は凍りついた。ネイはさすがに啞然とした目で彼女を見下ろす。

「お前……どうしてこんなところに……」

いち早く動いたのはエリクだ。彼はネイに向かって何かを投げつける。男がそれを避けて体勢を崩すと、彼は雫の手を引いて走り出した。素早く角を曲がる。

「まずいね。彼はちょっと得体が知れない」

雫は振り返れない。足音も聞こえない。

だが誰かが追ってくることは分かる。嫌な圧力を背後に感じる。二人は細い廊下を駆けていく。廊下の片端には婚礼飾りの余りや道具が積み重ねられていて、人一人分の幅しかない。雫はメアが落ちないよう胸元を押さえながら走り――だがその逃走も長くは続かなかった。

背後に迫る気配。彼女の手を引いて走っていたエリクが、彼女を前に押しやった。

「走って」

そう言って彼はそのまま追ってくるネイに相対する。

「エリク!」

止まろうにも走っていた勢いは殺せない。雫は数歩行って振り返り――見えた光景に啞然とした。床に浮かび上がった魔法陣、その中に踏みこんだネイは無数の白い糸に絡みつかれている。白い糸はネイの剣を鞘《さや》ごと摑み取り、それ以上剣が抜けないよう押しとどめていた。

ネイは右腕に巻きつく白い糸を一瞥すると、詠唱するエリクを睨む。

「罠か。魔法士め」

「前もっての準備は魔法士の常套《じょうとう》。連れを返してもらうだけだから怒られる筋合いはない」

雫は数歩離れた場所で息を詰める。

その時、胸元で何かが動いた。襟元から覗きこむと、緑の小鳥が身じろぎして目を開けている。

「メア！」

視界の隅でネイが強引に腕を振り上げる。白い糸を膂力《りょりょく》によって引きちぎりながら、男は剣を抜いた。鋭い刃で糸を両断しながら、そのまま刃をエリクへと振り下ろす。

しかし、本来の速度を糸によって殺されていた斬撃は、エリクが一歩後ろに下がったことにより空を切った。ネイはそのまま魔法陣から一歩を踏み出す。容赦ない剣が、再度エリクを襲った。

「エリク！」

雫は目を閉じなかった。ただ、突き飛ばされるようにして彼の方へ走り出す。

聞こえてきたのは金属の鳴る高い音。雫が目を瞠ったその先で、ネイは不敵な笑みを見せる。

「面白い。剣を使うか」

「実は得意じゃない」

真顔のため本気か冗談かは分からない。ただエリクは、細い突剣で相手の剣を受けていた。

魔法士の青年は、相手からの力を逸らしつつネイを押し返して距離を取る。だがそれは彼の力が強いというより、ネイが自ら剣を引いたように雫の目には映った。

ネイは長剣を振り上げると、三撃目を打ちこもうとする。それが、今までとは比べ物にならない力を込めたものであることは気配で分かった。

エリクは微かに顔を歪め、半歩下がりながら突剣を上げる。それは彼にとっては分の悪い賭けだったろう。

しかしそこに——雫は間に合ったのだ。

「駄目！」

受けきれないかもしれない剣を受けようとしたエリクの判断が賭けなら、雫の判断もまた賭けだ。

このタイミングで出くわしたということは、ネイはきっとヴァローラが身代わりになったことを知らない。「花嫁」が必要な彼は、雫に剣を振るうことを躊躇うはずだ。

——後から整理してみれば、そんな思考の結果だったのだと思う。けれど実際には雫はただ、夢中でエリクの前に飛びこんだだけだった。

「お前……！」

ネイの剣の勢いが鈍る。エリクは顔色を変えると彼女を庇《かば》って抱きしめた。

その腕の中で、雫は叫ぶ。

「メア！　花籠取って！」

主人からの命を受けて、胸元の小鳥が力を振り絞る。

廊下に積まれていた箱の上から花籠が落ちた。

中に詰まっていたのは色とりどりの花びらだ。降り注ぐ花弁が剣を引きかけたネイの視界を遮る。

その隙に、雫は箱の中に差しこまれていた棒を抜き取った。エリクの腕が緩む。

「ごめんね！」

ネイに殴られたことはなかった。親切にされたこともあった。だからそんなことを叫びながら、雫は木の棒を振り被って――男の剣ではなく、手首に向けて打ち下ろそうとする。

一瞬の差でその意図を見抜いたネイの動きを、しかし後ろから伸びてきた白い糸が遮った。エリクの詠唱が聞こえる。

木の棒はほぼ正確に男の手首を打ち抜く。直接骨に響く衝撃は、雫の力であってもネイの手を瞬間しびれさせた。

ほんのわずかな隙。だが指が緩んだその一瞬に白い糸が剣を抜き取っていく。反射的に柄《つか》を掴み直そうとした手を、雫がまた棒で打った。自分が痛そうに顔を顰めて、彼女は白いリボンが巻きつけられた棒を構えている。

その隣で魔法士の青年がネイのものであった長剣を手に取った。エリクの方は冷淡さが滲み出る視線をネイに注ぐ。武器を失った男は二人を見て皮肉げに笑った。

「面白い」

男はそれだけしか言わなかった。そして素手のまま半歩を踏み出す。

ただの半歩、だが雫は何故か強い恐怖に硬直しかけた。その体をエリクが後ろに押しやる。

「エ、エリク!」

「大丈夫。逃げてて」

「逃げてもすぐに捕まえる。その男を死体にしたくなかったら戻ってこい」

ネイは顔と同じ肌の色の指を上げた。そこには古びた剣のように正体の分からぬ忌まわしさが漂う。雫はメアの名を呼びかけた。

だがその時——彼らの遥《はる》か背後で大きな歓声があがる。式場から聞こえる歓声。それは、式の始まりを表すものだ。

ネイは目を細めると、エリクの背後にいる雫に問う。

「ドレスはどうした。身代わりを立てたのか？」

「あ、ヴァローラさんが……」

つい答えてしまったのは、男の声音が数日一緒にいた時と同じ、平坦《へいたん》なものだったからだ。ネイはそれを聞いて少しだけ眉を寄せる。だがすぐに男は笑った。

「そういうことか、あの女……」

その笑いは楽しげというにはどこか歪《いびつ》な昏《くら》さを拭えないものだ。雫は初めて見る男の笑い顔に虚をつかれる。ネイは彼女の視線に気づくと追いやるように手を振った。

「ならば行くがいい。せっかく助かった命だ。その男と一緒にまっとうしろ」

「え？」

啞然とする雫の前で踵を返し、男はあっさりと去っていった。狭い廊下には二人だけが残される。

しばらくしてようやく雫はエリクを見上げた。

「助かった？」

「みたいだね。今のうちに行こう」

エリクは取り上げた剣を適当な箱にねじこむと廊下を走りだす。その後ろについて歩きながら雫は後ろを振り返ったが、そこには誰の姿も見えなかった。

※

ディセウア侯爵が来たという報告は入ってこない。あれからネイは戻ってこない。膨れ上がる苛立ちを抱えながら、だがデイタスは背筋を伸ばすと堂々たる姿で式場内に足を踏み入れた。

既に六人の花嫁は祭壇の後ろに並んでいる。その一番右端が、妻たる女の場所だ。

列席する上流階級の人間たちが、ある者は尊大に、ある者は感心したように若く才能ある男を見つめている。そんな中、デイタスは傲然と頭を上げ、真っ直ぐに伸びる通路を歩いていった。それは子供の頃彼が描いた、数多くの想像の一つに近しいものだ。

『いつか奴《やつ》らが無視できないようなところまで行ってやる。自分の力でのし上がって、奴らの前に立ってやる』

まだ幼かった彼がそう誓った時、病床にあった母親が悲しそうな顔になったのは、彼の言葉が子供らしい野心というには、余りにも妄執に似た響きを帯びていたからだろう。

だがその母もすぐに亡くなった。それから彼はずっと独りで生きてきたのだ。

暗く淀む憎悪を何故忘れられなかったのか分からない。もっと陰惨な生を送る人間も、広い大陸にはいくらでもいるだろう。しかし、彼には彼の人生しかない。そしてそれは、別の誰かと比べて溜飲《りゅういん》を下ろせるようなものではなかった。

デイタスは祭壇の後ろに立つ女たちを見やる。

男の言葉を聞かない五人の女と、向かい合う一人の娘。けれどそれは単なる神話でしかない。彼の言葉を聞こうとした人間など今まで一人もいなかったのだ。似た淀みを抱える従者を除いては。

——どうせ言っても伝わらないのなら、それを口にする必要などあるのだろうか。

馬鹿馬鹿しい。全ては欺瞞《ぎまん》だ。皆が皆、適当に折り合いをつけて他人を嘲笑《あざわら》っている。そんな些《さ》細《さい》なことで幸福になれるのだ。だがデイタスは自分がそうなることを我慢できなかった。

祭壇の前に立った彼は、振り返ると参列者に一礼する。そして、再び踵を返すと左端の女の前に立った。手袋をしている手を取り、「あなたの名は何であるか」と問う。

しかし女は答えない。そのことに心地よささえ覚えてデイタスは次の花嫁の手を取った。


ヴァローラを初めて見た時のことは忘れられない。

侯爵邸の裏庭でのことだった。そこにデイタスは迷いこみ、そして彼女に出会ったのだ。

こんなに綺麗な生き物が世の中にはいるのかと思った。彼女は幼いながらも完璧で、手の届かない存在に思えた。それでも、彼女と話をしてみたいと思ったのだ。だからこそ、彼は散々迷ったけれど緊張に震えながらも話しかけた。

ヴァローラは不思議そうに彼を見上げて、微笑んでくれた。彼の名前を尋ねて、自分の名も名乗った。それから二人はお互いの手を取った。そうすることが自然に思えた。

だが、砂糖菓子のような幸福に似た時は、あっという間に終わりを告げたのだ。

別の人間と結婚すると言った時、彼女は「そう」としか言わなかった。おそらく父親の介入を知っていたのだろう。それきり一度も会っていない。けれど彼女は今彼のすぐ傍に立っているのだ。彼の言葉を聞かない数多《あまた》の人間の一人として。

デイタスは五人目の女の手を取った。それがヴァローラの位置であることを彼は知っている。けれど彼はお決まりの問いを口にしながらも、あることに気づいて表情を変えた。違和感を覚えた手から視線を上げ、厚いヴェールの向こうに目を凝らす。顔はよく見えない。だが微かに窺える口元の線から、彼女がヴァローラでないことは分かった。デイタスは怒りに顔を引《ひ》き攣《つ》らせる。

——結局、また彼女は彼を拒絶したのだ。そうして逃げた。父ともども。

最後まで彼の前に立とうとはしなかった。そんな女なのだ。

許しがたい傲慢。しかしそれは、最初から期待を抱いた自分が悪かったのだろう。何かを返してくれると思っていた自分が愚かだった。

デイタスはヴァローラのドレスを着た女を鼻で笑うと、最後の一人の前に立った。

——出会ったばかりの、不思議な少女。

弱くて、だが芯を持っている。彼を恐れながら、時折透き通るような目で彼を覗きこんでくる。おそらく真っ直ぐに育った娘なのだろう。

苦労を知らないというほど世間知らずなわけではない。ただきっと、愛情を受けて育った彼女は人を信じたがっている。お人よしなのだ。あれだけの目にあったにもかかわらず、どこかで彼のことを心配そうに見ている。

あんな性格ではとても大人になって生きていけないだろう。さっさと家族のところに戻ればいいのだ。騙され傷つけられて変わってしまう前に。

デイタスは最後の女の手を取る。白い手袋ごしの手は少しだけ震えていた。彼はヴェール越しに女を見つめる。

「あなたの名は何であるか」

少しの空白があった。

何だか懐かしい時間。だが、それは失われたものそのものではありえない。

女の手が、彼の手をそっと握る。温かな感触はお互いの手袋を越えて不思議なほど染み入った。よく知る感触。その意味することを悟ってデイタスは愕然とした。女は口を開き、囁く。

「私の名は、ヴァローラ・ディセウア」

その声はかつて清《す》んでいた。世の何よりも美しく聞こえた。

まるで硝子細工《がらすざいく》のように、どこまでも煌《きら》めいて、純粋な存在。

デイタスは最後の女をただ見つめる。

それは初めの時よりもずっと緊張をもたらす、悲しい時間だった。

※

ネイから逃れた二人は、出口まであと少しというところを走っていた。雫はエリクの指示通りに角を曲がって、だが次の瞬間、危うく転びそうになる。

「うわっと！」

バランスを崩したのは、廊下の隅に置かれていた空の鉢植えに躓きそうになったからだ。雫は壁に手をついて体を支えると、咄嗟にそれを飛び越える。

「あ、危ない」

「気をつけたほうがいい。君は割とそそっかしい」

「ご忠告痛み入ります」

後ろを振り返るが他に人間はいない。雫は蹴倒しそうになったさっきの鉢植えから、ふと白い花のことを思い出した。直線の廊下を駆け抜けながらエリクを見上げる。

「そういえば、昨日デイタスに殴られた時……」

「殴られた？」

「な、なぐられた」

静電気のように空気がぴりっとしたのは気のせいだろうか。雫は何となく首を竦めながら続ける。

「その時にいっぱい白い花の鉢植えがあったんですよ。式場の飾り用みたいだったんですけど。今思うと何となく火薬の臭いがした気がして――」

何故、この時になって抱いていた微かな懸念を口にしたのかと言えば、それは雫が無意識のうちにずっとデイタスの目的について訝しんでいたからだろう。

初めは誤って殺してしまった娘の穴を埋め、滞りなく議員になるためかと思っていた。

だがそれにしてはあまりにも不安定な計画だ。もし本物のアマベルを知る人間が来たならどうするのか。それよりも街を回るお披露目はどうするのか。いつもぴりぴりとしている彼は「式を乗り越えればそれで済む」と思うほど楽観的な人間には見えない。まるでもっと他に大事なことが彼にはあるように思えるのだ。そう例えば、この式を開くこと自体が目的のような――。

だから火薬の臭いが気になった。鼻につくというよりも、ちらちらと脳裏を嫌な予感が行き来しているる気がするのだ。

「……そういうことか」

返ってきたのはあっさりとした答えだ。足を止めそうになった雫の背をすかさずエリクが押した。

「そ、そういうことってどういう……」

「火薬を偽装して持ちこんだってことだろう？　ならこの式場で爆発を起こすつもりだ。燭台の下に不自然に発火構成が引かれてた。あの上にでも火薬を置いて着火させるつもりだと思う」

「ば、爆発!?　テロ!?　なんで！」

「理由は知らない」

二人は角を曲がる。廊下の先に外へと繋がる扉が見えた。だが、雫は目前の出口を見ながらも足を緩めてしまう。彼女は緊張が隠せない目でエリクを見上げた。

「なら止めないと……。まだ間に合いますよね」

「さぁ、どうだろう。式の終わりまで燭台をつけないのは不自然だ。だから、もう猶予はほとんどないと言っていいだろう」

エリクは止まりそうになった雫の手を強く引く。だがその意味することが分かっていても、彼女はそれ以上走れなかった。

「私、行って来ます。だってヴァローラさんもいるし……」

「駄目。とにかく逃げることが最優先。それは僕が行ってくるから」

扉に向かって、彼は雫の背を軽く叩いた。そのままエリクは微塵《みじん》の迷いもなく踵を返す。彼女は一瞬唖然と彼の背を見つめて――しかしすぐに男の後を追った。

「私も行きます！」

「何言ってんの。君は顔が割れてるし、魔法陣が見えないじゃないか」

「うっ、その通り。でも……」

来た道を彼女は引き返す。そこに恐れはあっても、後悔はない。

「でも、一人より二人のがマシですって！　さっと行ってぱっと消しちゃいましょう！」

デイタスは、雫の目に何を見たのだろう。ヴァローラは何を望んだのだろう。

もし雫自身が本当にアマベルであったのなら、今よりもっとこの意味の分からぬ事態に関われたはずだ。そして、そのことで何かが変わったのかもしれない。ほんの些細な変化でも。

だが、雫は雫でしかない。言葉を聞けない部外者で、通り過ぎるだけの旅人。まるで一人外野に立っているようなものだ。

けれどそれでも何もできないわけではないだろう。荒野に水を撒くことができずとも、せめて今全てが失われてしまわないように手助けするくらいはできるはずだ。

エリクは珍しく険しい表情を作ったが、何も言わずに彼女を連れて元来た道を走り出す。

いつの間にか歓声はやんでいる、ただ静寂だけが聖堂を重く浸していた。

※

「何故ここにいる」

デイタスはカラカラに渇いた喉でようやくそれだけを口にした。ヴァローラは微笑む。

「私が、あなたの前に立つべきだと思ったから。それだけだわ」

二人の会話はヴァローラの名乗りも含めて、列席する人間までは届かない。ただ出席者は一向に動かない二人を少し怪訝そうに見やっているだけだ。

「父親はどうした。来ていないと聞いたぞ」

「もういないの」

「いない……？」

ヴェール越しに見えるか見えないかの瞳。デイタスは視界を遮る布を取り去りたいと思いつつ、それができないでいた。見たいと思っている気持ちと同じくらい彼女を見たくなかった。宝石のような瞳が蔑みに染まるところを目の当たりにしたくなかったのだ。

ヴァローラの指に力がこもる。重いものなど持ったこともないだろう細い指が、彼の手を握った。

「私、この結婚であなたが幸せになれると思っていたわ。もしかしたらそれで、自分の罪悪感が薄れることを期待していたのかもしれない。でも父はそうではなかった。昨日やっぱりあなたを議員に取り立てるのはやめると言い出して……それでは駄目だと思ったの」

デイタスは黙って聞いていた。反論することがないわけではなかったが、彼女の言葉を聞きたい思いが勝った。偽りでも本物でもない花嫁は小さく息を吐く。

「だから、私、お父様を殺してしまった。言い争いになってそのまま」

ぽつりと呟かれた言葉。その意味にデイタスは目を見開く。もう片方の手で彼女の肩を摑んだ。

「――殺した、のか？　お前が？」

ヴァローラは答えない。ただふっと微笑んだだけだ。

「私、あなたが幸せになれると思ってたの。だから何かを贈りたかった。あなたはずっと父を憎んでいたでしょう？　父を殺してしまったと気づいた時、とんでもないことをしたと思ったけど、これであなたが解放されると思ったら嬉しかった。……でもあなたもアマベルを殺してしまったのね」

その言葉でデイタスは全てが露呈したことを悟った。だから彼女はここにいるのだ。別の少女が着るはずだったドレスを着て。

彼女の手は、初めて出会ったあの日のように彼の手を握っている。

だが、もはや大人のものになってしまった手は、触れていてもどこかが遠い。子供だったあの時のように無邪気ではいられない。

「デイタス。何も関係ない子まで巻きこんであなたが式を開いたのは復讐《ふくしゅう》のため？　恨んでいるのでしょう？　あなたたち母子を追い出したこの街を。――あなたに石を投げた私を」

式場は静寂に満ちている。静謐《せいひつ》よりも重い何かが広がっていく。

その中で二人はただ、お互いだけを見つめていた。

※

式が進行している最中、入場口近くで裏方をしていた職人の一人は、小窓から式場を見渡してふと首を傾げる。彼は近くにいた雇われの魔法士に話しかけた。

「あの燭台はつけなくていいのかい？」

「式が終わって花嫁が衣裳換えしてる時に花婿が挨拶するから、その時につけるらしい」

「へぇ。今つければいいのにな。もったいない」

「お偉いさんの考えることは色々あるのさ」

魔法士はそう言って欠伸を一つする。予定では構成に魔力を通して発動させる時刻まで、あと五分ほどだ。だが、式場の様子は予定よりも進んでいない。何故か花婿が花嫁の前から動かないのだ。

本来ならとっくに二人は祭壇の前に立ち、宣誓書に署名をしている頃だ。何があったのだろう。

「参ったな……」

規則正しく進む上流階級の式で、こんな滞りが出るとは思わなかった。だからこそ彼は時間通りに終わることを予想して、転移陣を使う予約を直後の時間に取りつけてしまってあったのだ。

次の街でも既に仕事は入っている。魔法士の男は時計を見て眉を寄せた。

——ここで請け負った仕事は、決まった時刻になったら構成に魔力を通すというだけのことだ。そして、式が遅れているのは向こうの責任だ。どうせ燭台がついていた方が綺麗なのだから、時間になったら始めてしまおう。

そう思って彼はまた一つ欠伸をした。

※

デイタスは驚愕《きょうがく》しながらも、どこかで安堵する自分を感じていた。震える声でヴァローラに問う。

「いつから私の正体を知っていた？　父親に聞いたか？」

「違うわ。私の方が先に気づいたの。名前を変えたあなたが屋敷に訪ねて来たその時から……。今更こんなことを言っても信じてくれないかもしれないけれど、私ずっとあのことを後悔していた。あの時は、あなたのお母様のことで苦しむ母を見ていたからひどいことをしてしまったけれど、あなたがいなくなってから後悔した。だから、あなたが戻ってきてくれたのだと思って嬉しかった。ずっと謝りたいと思っていたから……」

「私がお前に近づいたのは復讐のためだ」

「そう。すぐに分かったわ」

背後で列席者がざわめく気配がする。動かない二人を不審に思っているのだ。

数日前までは、デイタスは彼らをも焼き尽くすつもりでいた。上流面をした彼らが母と自分をどう悪し様に罵ったか、彼はつぶさに覚えていたからだ。

だが、今の彼にはそれも全てどうでもよいことにさえ思える。何かが洗い流されていくような感覚。ただヴァローラの声だけが体の中に響いた。

デイタスはしばらく黙していたが、不意に自分の手袋を取る。そして彼女の手袋も取り、直《じか》にその手を握った。

「あの男は、私が誰であるか分かった時、私を野良犬と罵った。卑しい犬だからこそお前に手を出すような真似《まね》をするのだと」

「父は何も見えていなかったわ。あなたのことも私のことも。でもそれは私も同じ」

彼女の言葉にデイタスは心の中で頷く。

自分も、彼女のことが分かっていなかった。分かってくれないのだと思いこんでいた。何も通い合うものがないのだと。深い断絶だけが横たわっているのだと。だがそれは、形こそ違えど彼女も同じだったのだろう。そんな沢山の孤独が積み重なって、彼らは今この時に至っている。

「幸せになって欲しかったわ。自由になって欲しかった。でも私たち、間違えてしまったのね」

女の声が震える。

泣いているのだとデイタスは分かった。ヴェールを上げ久しぶりに見る彼女の貌を見つめる。頰を落ちていく涙は、それだけが不思議なほど透明だった。彼は白い頰に触れてそれを拭う。

――確かに復讐のために近づいたのだ。

傷つけてやろうと思った。顔だけは優しげに微笑み愛を囁きながら、内心ではいつでも彼女を引き裂いてしまいたかった。

だが、身を焼くほどに燃え上がっていた妄執が、何故か今は消えている。彼は初めて彼女に出会った時と同じ、何の飾り気もない純粋な思いで彼女を見つめていた。

ヴェールを取り去られた花嫁の顔を、他の花嫁たちが目を見開いて凝視している。ざわめきが大きくなる。ヴァローラは立ち上がり始める列席者を見やって、ほろ苦く微笑んだ。

「デイタス、私たちもう、どこにも行けないのね」

「――お前は私に付き合う必要はなかった」

しかし彼女は黙って首を横に振る。そこに込められた思いを汲《く》みとってデイタスは沈黙した。

かつて、二人の手は一度離れてしまった。決定的なまでに別たれた。

だがもし彼らが、はしゃいで庭を駆けまわっていた時のままに、子供の矜持《きょうじ》を以てその手を摑んでいたなら、もっと別の未来が訪れていたのだろうか。

デイタスは腕の中に彼女の体を抱きしめる。彼女はそれに抗《あらが》わず、彼の胸の中ですすり泣いた。

その髪に口付けて彼は祭壇を振り返る。怒りに顔色を染め始めた出席者たちを眺めた。

まるで愚かな彼ら。力があれば思い通りにならないことは何もないと思っているのだろう。

けれどそれらに力での清算を試みた自分も、また同類なのだ。自嘲が男の口元に浮かぶ。

全てが虚《むな》しい。乾いて何も実らない。

だがそれでも腕の中の彼女だけは――つけてしまった傷の分だけ、いびつに輝いて美しかった。

※

エリクと雫は入場口目指して走っていた。きっとそこに発火構成の起点があるはずだ。

デイタスが、雫を逃がしてくれると言っていたことが本当なら、彼が火をつけようとするのは花嫁が退場した後のことだろう。

だが時間はもうあまり残っていない。花嫁が出席する時間は全部で十五分ほどしかないのだ。あとはデイタスが挨拶をして、二人はお披露目に出る。どちらかと言ったら多くの人目に触れるお披露目の方に時間は長く割かれていた。

二人は一階に出ると、入り口に向かう。警備兵が廊下の先から二人をみとめて顔を顰めた。

「何だお前らは！」

怒気を明らかにする男に、エリクは速度を緩めないまま、半歩後ろを行く雫に囁いた。

「僕が時間稼ぐから、先行って止めて。入り口のすぐ横に扉があって、裏方が出入りする小部屋がある。多分そこに魔法士がいるから」

「分かりました！　あ、でも」

「何？」

「私、魔法士の人の見分けつきませんよ」

もし人が何人もいたならどう対処すればいいのだろう。魔法陣も彼女には見えないのだ。

だがそう思って問うた質問に、エリクはあっさり返してきた。

「え。そうだっけ？　見て分からない？　魔法着着てるのが魔法士」

「魔法着ってどんなんですか」

「端的に言うと、上下が繋がってる」

「あー！」

言われてみればそうかもしれない。雫は横目でエリクを見た。

確かにいつも彼は、上と下が繋がった服に腰帯を締めている。だが彼女自身、他人の服にあまり注意を払う方ではないし、「魔法使いのローブ」と言ったら、だぼっとしているという偏見があった。現にカンデラの城に仕える魔法士は、みんなだぼだぼしたローブを着ていたので、どちらかというと細身の体に沿う服を着ていたエリクを、魔法士特有の格好だとは思っていなかったのだ。

ネタばらしをされてしまうと、今まで何で気づかなかったのか不思議だ。

だが今はそんなことに感じ入っている場合ではない。雫は「分かりました！」と即答すると、速度を速めた。腕を広げて彼女を留めようとする警備兵の足に、エリクが何かを投げる。

男は足元を見やると「うわっ！」と叫び声を上げて尻餅をついた。その間に雫は男の横をすり抜ける。

入り口はもうすぐだ。彼女は受付の前に走りこみ、そこで急ブレーキをかける。辺りを見回すと小さな扉があった。何やら注意書きの張り紙がしてあるそこを迷わず押し開ける。

「許可なく入ります！」

突然の声に、部屋の中にいた五人の男たちは振り返った。

その中の一人、上下の繋がった服を着た男は、突然の闖入者《ちんにゅうしゃ》に驚きつつも右手を床に向けている。

——そこに雫は飛びついた。

「魔法使っちゃ駄目！　爆発する！」

「爆発!?　馬鹿言うな、もう前金はもらってるんだ！」

「駄目だってば！　危ないって！」

「離れろ！　邪魔をするな！」

もみ合う二人に他の四人の男は対応に困る。だがその時、魔法士の男が大きく雫を振り払った。

彼女はバランスを崩して床の上に倒れる。

男は再び詠唱をしながら手を床に向けた。それを見た雫は声を張り上げる。

「やめて！　あの白い鉢が火薬なんだよ！」

※

デイタスはヴァローラを抱いたまま、他の花嫁に手振りだけで壇上から下りるように指示した。

彼女たちは困惑しながらも後ずさり退場する。

そして、祭壇の後ろに二人だけになると彼は女に囁いた。

「今ならまだ戻れる。お前は幸せになれるかもしれない」

だが彼女は小さく首を横に振る。デイタスは深い溜息をついた。

――アイテア神も、神妃を腕の中に抱いた時こんな思いを抱いたのだろうか。

世界に、二人だけしかいない。理解しあえるのも何かを分かちあえるのも。

しかし、もう孤独は感じない。今この時を、彼はどこかで幸福とさえ思っていた。

逃げ出した少女のことが一瞬頭を掠める。彼女はもう遠くへ逃げられただろうか。そうであれば
いいな、とデイタスは思う。

彼は微苦笑しながら花嫁を抱き上げた。ヴァローラの両腕がしっかりとデイタスの首に回される。

彼は祭壇に向かって手を伸ばした。

※

構成に魔力が注がれる、まさにその瞬間――魔法士の手を留めたのは部屋にいた職人の男だった。

筋肉質の職人は魔法士の手を掴みながら小窓を見る。魔法士の男は目を白黒させながら叫んだ。

「何だ！　その小娘の戯言を信じるのか！」

「予定では花嫁が退いた後のはずだ。何故今つけようとする？」

「もう予定時間だからだ」

「いい加減なことをするな。火薬かどうかはともかくとして……」

他の職人たちも魔法士に非難の目を送っている。彼はうろたえて辺りをきょろきょろと見回した。その間に雫は小部屋を飛び出す。

「待ってて！　今止めるから――」

これで時間が稼げる。その間にデイタスを説得して命令を撤回させればいいのだ。今度は殴られようとも退く気はない。

雫は入り口に戻ると入場扉を押し開いた。花嫁として入場するはずだった絨毯《じゅうたん》の上に踏みこむ。真っ直ぐに伸びる通路の先、祭壇の後ろでデイタスはヴァローラを抱き上げていた。彼は祭壇に向かって手を伸ばすと、火の点いた小さな燭台を手に取る。

そして二人は観客に背を向けた。

祭壇の奥に敷き詰められている白い花。その中に彼は足を踏み入れる。困惑する人々の前で、デイタスは燭台を持った手を高々と掲げた。

何をするつもりなのか、この場でただ一人悟った雫は悲鳴に近い怒声を上げる。

「デイタス！」

男は振り返る。ヴァローラが雫を見る。彼らは驚いた顔になる。

まるで時が止まったかのような一瞬。

デイタスは皮肉な目で苦笑して――そして、燭台を足元に投げた。

造花であったのか白い花々が紙のように燃え上がる。長いドレスの裾に火がついた。ヴァローラはそれを見て微笑む。

突然の光景に人々が硬直する中、雫は二人の方に駆け出そうとした。だがその手を後ろから摑まれる。振り返ると、エリクが厳しい表情で雫と祭壇の向こうの二人を睨んでいた。

「行くな」

「だって、まだ」

間に合うから、と言おうとした雫の耳を、次の瞬間つんざくような爆発音が打ち据える。何かの破片を含んだ爆風が彼女の体にぶつかった。

それが何であるか理解はできない。雫は振り返ると煙でほとんど見えない祭壇奥を見やる。

「…………何で？」

会場内でいくつも悲鳴が上がる。人々は逃げ出そうと一斉に入り口に押し寄せる。

だが雫は目の前に迫る人の波にもかかわらず、その場に呆然と立ち尽くしていた。エリクが彼女の体を抱えるようにして外へと引き摺る。

「逃げるよ。この状況はまずい」

「でも、ヴァローラさんが、デイタスが」

「あれは助からない。もう死んでる」

「どうして？」

聖堂の奥を見たままの雫に、逃げる男がぶつかる。エリクはよろめく彼女に苦い顔をすると「ごめん」とだけ呟いた。どこからか出した薬を彼女の喉の奥に押しこむと、人を避けて彼女の体を抱き上げる。すぐに意識を失った雫を抱えて彼は一度だけ祭壇を振り返った。

もはや誰も顧みない式場。

そこは外の喧騒とは別に、ただ静謐を湛えていた。

※

祝祭の最終日に起きた爆発事故は、犠牲者二人の心中として片付けられた。

後の調査でディセウア侯爵とアマベル・リシュカリーザの死体が見つかったのもあり、結婚を反対されたデイタスとヴァローラが二人を殺し、心中に至ったのだという結論が大勢を占めたのだ。

殺されたアマベルの身代わりとなっていた少女を、間一髪で難を逃れた貴族たちは手を尽くして探した。アマベルの生家との関係悪化を恐れた彼らは、その少女こそアマベルを殺した真犯人ということにしてしまいたかったのだ。

だが少女の顔を知る者がほとんどいないせいか、彼女はついに捕まらず、またアマベルの死体の首についていた手形が男のものであったことから、少女の捜索も打ち切られた。

デイタスの従者もまた事件を境に行方知れずになったが、少女と同様足跡はつかめていない。

全ては亡くなった二人のせいとしてそそくさと片付けられ、街は元通りの平穏を取り戻した。

雫がそのことを知ったのは二週間後、ラオブの街から三つ離れた街の宿屋で、エリクに貼り出された記事を読んでもらった時のことだ。

彼女は全てを聞くと、沈痛な感情を湛えて目を伏せた。

「何か……もっとどうにかできなかったかな、と思うんですけど、それって増長ですよね」

「どうだろう。悪いとは思わないけど、あまり悩まない方がいい。君は人の気持ちを背負いがちだ」

雫はエリクの言葉に頷きながら目を閉じる。

最後の一瞬、幸せそうに笑っていたヴァローラの姿がそこには思い浮かんで消えたのだった。

3. 異質と罪人

卵を三個、ボウル型の食器の中に割り入れる。そのまましばらくかき混ぜると雫は陶器の壺から牛乳を注いだ。更に中身をよく混ぜあわせると、それは柔らかいひよこ色になる。

雫はそこへたっぷりの砂糖をかき混ぜながら追加した。最後にちぎったパンにバターを塗って石の皿に並べ、上から混ぜあわせた液体を満遍なく注いでパンによく染み渡らせる。ひたひたになった皿を確認して、雫は「お願いします」と厨房《ちゅうぼう》の男に渡した。彼はそれを窯の中に入れる。

「ちょっと待っててくださいね！　すぐできますから」

「うん」

宿屋の食堂に勉強道具を広げているエリクは、カウンター越しに雫に頷いた。もっともこのおやつはどちらかというと雫が食べたくて作り始めたもので、彼が期待して待っているかといったら分からない。雫は焼きあがるまでの時間、彼の向かいに戻って本を広げた。

この文庫本は図書館からの借り物ではなく雫所有のもので、あちこちに線が引かれ書きこみがされている。大学に上がるまでは、本に直接書きこむことに抵抗があったのだが、教授は一年生の彼女たちに対し、むしろ「自分の本にはどんどん書きこみなさい」と教えたのだ。その方が読み返す度に新たな発見ができ、調べものもしやすいからだと。

真面目な学生で、また本を絶対汚したくないという潔癖さもなかった雫は、すぐにそれを実行に移した。結果、上下巻の上巻しかまだ買っていないこの文庫本は、既に前半のページはめくられすぎていてよれているし、ページの隅にメモが細々と書きこまれ買った時の面影は微塵もない。

雫は自分の書きこみを手がかりとしてレポートの草稿を纏め出した。ふと向かいを見やるとエリクは漢字の書き取りをしている。「鮪《まぐろ》」という漢字を真面目な顔で書き続けている大人を見て、彼女は思わず吹き出した。

「何か違ってる？」

「い、いえ……何で鮪なんですか？」

「魚に有なんて面白いから」

「でもエリクは鮪知らないですよね？」

「見たことも食べたこともないな」

それを聞くと余計におかしい。何故もっと実用的な漢字を選ばないのだろう。

肩を震わせて笑う少女を、エリクは呆れるわけでもなく見下ろした。

「何がおかしいの？」

「――鮪美味しいですよ」

ようやく笑いを飲みこむと、雫はそう返した。

焼きあがった皿は、厨房の男が二人のいるテーブルまで持ってきてくれた。そのまま男を加えた三人は、雫が適当に作ったおやつを自分の皿に取り分ける。

食堂中に漂う甘い匂い。淡い黄色の生地の中には、こんがり狐色《きつねいろ》の焦げめがついたパンがいくつも埋もれていた。雫は懐かしい香りに満悦して、パンを一口大に切り分けると口に運ぶ。

「そうそう。こういう味なんですよ」

「甘い。美味しい。これ何？」

「フレンチトーストのようなパンプディングのような」

「ふーん？」

厨房を貸してくれた男も「子供や女の子が好きそうな味だな」と感想を述べながらまんざらではないらしい。「子供にもらってく」と言って、小さな皿に取り分けて食堂を出て行った。

雫は柑橘類《かんきつるい》のジャムをたっぷりと柔らかいパンの上に落とすと、もう一切れを口に入れる。熱いお茶の風味とフレンチトーストの懐かしい甘さが、染み入るほど心地よかった。


二人がラオブの街で揉《も》めごとに巻き込まれてから二週間。

貴族の追手を逃れて、街道をファルサス城都方面へと移動した二人は、三日前からこの街に滞在している。ラオブほど大きいわけではないが、この街にも一般に開放されている転移陣があり、その使用許可を取るために書類審査を受けているところだ。

「っていうか暑いですよ。何ですかこの陽気は。エリクよく長袖で平気ですね」

「暑いかな。別にそうは感じないけど」

「じめじめしてないだけましだとは思うんですけどね。暑い」

そういう雫は半袖のブラウスに膝丈のスカートを履いている。本当はもっと薄着になりたいのだが、度を越しては奇異の目で見られてしまう。一方エリクは首が詰まった長袖の魔法着とやらを着ているが、まったく暑そうにはしていない。見ている雫の方が暑い。修験者のようだ。

文字を専門に研究する魔法士は「鮪」に飽きたのか「鮎《あゆ》」を書き始めている。一応漢字に見えるのだが、どちらかというと幾何学的な印象を受けるのは、彼が「とめ」「はね」「はらい」をまったく意識していないからだろう。雫はフレンチトーストをお代わりしながら、まるで寿司屋《すしや》の湯のみのようになりつつある彼のノートを眺めた。

「面白いですか？」

「うん」

「鮎って食べたことあります？」

「存在自体知らない」

予想通りの言葉に雫は笑いを堪える。鮎は川魚だが、この世界にいるかどうかも定かではない。彼女はハーブティに似た風味のお茶を一口含む。

「鮎も美味しいですよ」

「君って魚好きだね」

「魚偏の漢字ばっかり練習している人に言われたくないです」

その時、食堂の入り口が開いて旅人らしい男たちが何人か入ってきた。時計を見るとちょうど昼時だ。たちまち周囲のテーブルが埋まり始め、小さな食堂に喧騒が立ちこめる。

雫は席を空けようかと辺りを見回した。見上げた視線が、近くに来た男のものと合う。男は愛想良く笑って二人のテーブルの隣に立った。

「お嬢ちゃん、お使いか？」

「……一応、旅を」

本当に自分は何歳に見えるのだろう。面倒だからそろそろ十六歳ということにでもしてしまおうか、と考えた時、男はテーブルを覗きこんで軽い歓声を上げた。

「何だそれ、面白いな」

男が指しているのはエリクの魚偏だらけのノートだ。雫はまた吹き出しそうになって口元を押さえた。だがエリクは平然と答える。

「これ？　東の方の国の文字だよ」

「へぇ。格好いいな。ちょっと何か書いてくれよ」

「彼女の方が上手い」

「え」

示されて雫は突然のことにうろたえた。だが男は期待に満ちた目を彼女に移すと、エリクから小さなメモ用紙を受け取って「ここに書いて」と差し出してくる。

「な、何を書くんですか」

「何がいいだろ。あ、風がいいな。俺好きだから」

「はぁ……」

何だか外国人がおかしな漢字Tシャツを着ているところを連想してしまう。雫は緊張しながらも丁寧にメモ帳に「風」と書いて渡した。男はそれを見て喜ぶ。

「これいいな！　ありがと、お嬢ちゃん」

あまりに無邪気に喜ばれて雫もつい笑ってしまった。その声に引かれて他の客も集まってくる。

「何だ何だ。何があるんだ？」

「お、これ俺も書いて欲しいかも」

「待て、俺が先に選ぶから」

「あ、あの………？」

何故こんなことになってしまったのか。雫は妙に楽しそうな客たちに囲まれて、助けを求めるようにエリクを見たが、彼は「鱒《ます》」の書き取りに集中しているらしく、まったく彼女の方を見ていない。そして彼女は、客たちが食事が終わって食堂を出て行くまでの小一時間、彼らに漢字を書いて書いてとせがまれる羽目になった。

これほど字を書くことに気を使ったのは小学校の習字の時間以来かもしれない。ようやく食堂に二人だけになると雫は机に突っ伏した。緊張に硬くなった右手を伸ばす。

「つ、疲れました……」

「お疲れ様」

テーブルの上には銅貨や装飾具などが積み上げられている。これは雫に漢字を書いてもらった男たちが礼として置いていったものだ。小さな花のブローチを手に取って雫は息をつく。

「可愛い報酬を得てしまった……。またバイトもしようかなぁ」

「バイトってアルバイトのことだっけ？　何か欲しいものでもあるの？」

「そういうわけじゃないんですけど。旅の費用も含めてエリクに頼りきりなので、少しでも返したいなーと思いまして」

ただでさえ変な揉めごとに巻きこまれたり迷惑をかけているのだ。それこそ見た目通りの子供でもないのに申し訳なくて仕方ない。

だが、彼女の意図を聞いた彼は、少し眉を寄せただけで頷かなかった。

「この旅の費用その他を僕が持ってるのは、君の知識を教えてもらうことへの正当な報酬ってことになってるはずだけど。何故そこに引け目を感じるのか分からないな」

「だって大して私、それほど知識があるわけじゃありませんし。それに色々してもらってますよ。こないだだって下手したら大怪我じゃないですか」

「あれは君のせいじゃないよ」

彼は軽く肩を竦める。そのまま思案顔になったエリクは、急に全然違うことを聞き返してきた。

「君の世界の教育状況ってどうなってるの？」

「教育って私の通ってた大学ですか、もっと一般的な話ですか」

「両方」

何が気になるのだろう、と雫は思ったが、「私の国の話ですけど」と限定して説明を始めた。

「十五歳までは義務教育です。国が費用を負担して全員に多分野にわたる学問を詰めこみます。そんなんで識字率は十割近いですが、これは世界全体でも高い方です」

「すごいな。他にも生活に即したものを教えるの？」

「いえ。それもあるんですが、どちらかというと生活とは直接関係ないことをやります。文学の他には歴史とか複雑な数学とか。一般教養の他に、各専門分野に分かれた時の基礎知識……土台を作るために色々やらせるって感じでしょうか。十五歳以降はみな、それぞれの分野に徐々に分かれていきますが、その前に自分の向き不向きや興味分野を見分けるのに役立つと思います。私も高校で化学とかやりましたけど、向いてなかったんでそれきりです」

「贅沢《ぜいたく》なことするね。十五からはお金を出して教育を受けるの？」

「です。結構かかりますよ。大学なんかは完全専門ですから学校によって値段も大分違いますし」

おまけに雫の所属は文系の人文科学であり、そこで得られるものに社会に出て即戦力となるような技能は少ない。こういった虚学の知識に時間とお金をかけられるということ自体、贅沢以外の何ものでもないだろう。彼女は今は遠い両親に心の中で感謝した。

エリクは「なるほど」と頷くと正面から雫を見据え、話題を戻す。

「あのね、前にも言ったと思うけど、君の存在は本当に特殊なんだ。前例のない来訪者で、まったく違う世界の知識を持ってる。それを僕は一部教授されてるわけだけど、出している費用以上のものは充分にもらっていると思うよ。気に病む必要はまったくない」

「でも、私の知識だって学生だからたかがしれてますし、大したことじゃないですよ」

「君にとっては大したことじゃなくても、この世界では君しか知らないことだ。それだけで価値があるし……僕も色々気づくことがある」

エリクの藍色の目にふっと思考の翳が差す。けれどすぐに彼はいつも通りの彼に戻った。

「ただ、どうしても納得できないというならこう考えてみればいい。君は今まで、国やご両親の費用によって、充分なほどの教育を受けてきた。それを今、切り売りして自分の身を助けているのだと。僕は君の知識の一部に対価を払っている。でもそれは、ご両親が君を育てた時間や費用と比べて、そんなに法外なものなのかな」

雫は虚をつかれて沈黙する。

不自由なく教育を受けさせてもらった自分に、親が出した学費は軽く数百万に及ぶだろう。大学は私立なので、下手したら一千万近いかもしれない。

そうやって今に至った雫が、ここであまりにも自分の知識を低く見積もるということは、そこまで援助をしてくれた親の思いを安く見積もることに繋がってしまうのだ。エリクから思ってもみなかった指摘をされて、雫はようやくそのことに思い当たった。

元の世界では未熟者でしかない彼女も、この世界では希少な知識者だ。そしてそれが自分だけの力で身についたものではない以上、彼女は変な引け目を持つのではなく、その価値を高く評価してくれる彼に感謝すべきだ。雫は深く息を吐き出すと改めてエリクに頭を下げた。

「ありがとうございます。頑張ります」

「うん。とりあえず他に魚偏の漢字あったら教えて」

「もう魚偏やめませんか？」

「なんで？　面白いよ」

当然のように返してくる青年に、雫は仕方なく「鯨《くじら》」と「鰯《いわし》」を書いて渡す。「クジラってこう書くのか」と少し驚く彼を見やって、雫は笑った。目を伏せて苦笑し直す。

「でも、私よりも自分の身を優先してくださいね。命は大事です」

「どうだろう。君の命も大事だから気分次第だ」

感情の分からない魔法士はそう返すと、書き取りを再開した。

※

国内間の移動は、先が城都であっても審査は厳しくない。

問題なく下りた転移陣の使用許可に、雫はほっと安心した。もしかしたらラオブの街からの手配書が回っていて、人相で引っかかるかもしれないと思っていたのだ。

雫は荷造りを終えると、エリクを待ちながら宿の食堂で最後のお茶を飲むことにした。他に誰の姿もないので、自分でお湯を沸かしお茶を淹《い》れる。

軽い足音と共に小さな子供が食堂に入ってきたのは、雫がカップを持ってテーブルに移動した時だ。大きな目で見上げてくる二、三歳くらいの男の子に、雫は笑った。

「あれ、どこから来たの？　一人？」

「ひとーり？」

「お母さんは？」

「かーさんは？」

オウムのような応答に雫は笑い出す。去年家に遊びに来た従兄弟《いとこ》の子がちょうどこんな感じで、始終大人たちにちやほやされていた。男の子は隣の椅子によじのぼる。テーブルにいた小鳥のメアを見て、彼の目は好奇心に輝いた。雫は男の子に笑いかける。

「ここでお母さんを待ってればいいよ。あんまり来なかったら一緒に捜しに行くから」

「うん」

「お絵かきしようか？」

「おえかき！」

喜色を浮かべる子供に、雫はバッグからルーズリーフとペンケースを取り出した。いつか湖畔で小さな兄弟に書いてやったように動物の絵を描き始める。

「ほら、これは？」

「うまー」

「当たり！　これは？」

「いぬ」

「猫だよ。ほら、お目目が三日月」

その後もいくつか絵を描いてやりながら、子供が自分も描きたいというのでペンケースから色ペンを何本か出してやる。それをしながら雫はぼんやりとこれからのことに思いを馳《は》せた。

──ようやくファルサス城都に到着するのだ。今までのことが長かったようにも短かったようにも思える。何度も危険な目にあったのが嘘のようだ。

だが着いたら終わりではない。二百四十年前の不可思議な事件を手がかりとして、元の世界に帰る方法を解き明かさなければならない。件《くだん》の事件について、魔女の目撃証言を抹消したファルサスには何かしらの情報が隠されている。それを城から引き出すことこそ当面の目的になるだろう。

考えごとに耽《ふけ》っていた雫は、子供の手に袖を引っ張られた。

「みどり！　みどり！」

「緑？　はい、どうぞ」

だがそう言って緑のペンを差し出しても子供は首を横に振る。男の子は、最後には自分でテーブルに身を乗り出し黄色のペンを取った。

「あ、そっちかぁ。黄色だよ、黄色」

雫は訂正しながらペンの蓋を開けてやる。それをしながら彼女は自分のバッグをちらりと見た。

──もしできるなら、帰る前にこの世界の言葉と雫の世界の言葉を対応させる辞書を作りたい。できるだけエリクのためになるものを残していきたいのだ。

「英和も独和も買い直せばいいし……教科書もか」

彼が必要とするものは置いていこう。図書館に返す本さえあれば雫は問題ないのだ。それよりもこの恩に報いる方が大事だ。彼は雫の知識を高く買ってくれるが、彼女の伝える言語がこの世界で役に立たないのもまた事実だ。それでもエリクはそこに価値を見出してくれる。そうしてずっと、彼女を支えて手を引いてくれていたのだ。

どこか物寂しさを感じながら雫はメアを撫でようとする。だがその時、食堂の入り口に困り顔の女が現れた。男の子がぱっと顔を上げる。

「かーさん！」

「こんなところにいたのね！　もう！」

母親は走ってきて子供を抱きしめる。雫は軽く頭を下げた。

「すみません。私がここで待っていようって……」

「いえ、いいんです。あの、この子がご迷惑をおかけしました。本当に……」

テーブルの上の落書きを見た女は、やたらとうろたえながら何度も謝ると、一度も雫と目を合わせぬまま出て行った。そっけない態度に、幼児略取犯に見られてしまったかと雫はテーブルを片付けながら反省する。そうしているうちに、書類の束を持ったエリクがやって来た。

転移陣が設置されている建物を、雫は入ってすぐ「体育館みたい」と思った。

がらんとした大きな空間。板張りの床は綺麗に磨かれている。仕切りの壁などはなく、あちこちに机が並べられている光景は、学校の身体測定や体力測定を連想させた。雫は遠くに見える転移陣を見て、エリクに囁く。

「カンデラのお城と大分違うんですね」

「石に転移陣を焼きつかせるのは手間がかかるんだよ。木にやる方がずっと楽だ。石よりは長持ちしないけど」

「あーなるほど。かまぼこ板に焼印押すみたいなものですか」

「カマボコ？」

「材料は魚です」

二人は一番長く行列ができている机の前に並んだ。列は身体測定よりもよほど早い速度で進んでいき、順番が来るまで一分もかからない。エリクは書類を係員に提出し、通行を許可される。

「おいで」

振り返って伸ばされた彼の手。それを見て初めて、雫は自分が緊張しているのだと気づいた。彼女は黙って頷くと青年の手を取る。

――これから先、一体何が自分を待っているのだろう。

だがそんな不安はいつだって抱いているものだ。幾度となく繰り返す旅立ちの一つでしかない。

だから雫は少し微笑んで、一歩を踏み出す。そこで待っているものは紛れもなく自らの意志による未来の「自分」なのだと信じて。

二人が出たのは城都の南西、転移陣の管理所だ。石造りの建物を出た雫は、空を仰いで第一声を上げる。

「ドラゴンが飛んでない！」

「そんな街、大陸中どこにもないよ。ただそういえば――」

エリクは何かに思い当たったらしく口を開きかける。だがその時、近くの窓辺にいた猫が、メアを見つけて前傾姿勢になった。狙いを定める様子に雫はあわてて使い魔を胸元に引き取る。

ファルサス城都の街並みは、想像していたよりは一般的で、けれど美しく栄えていた。

「プラハみたい！　外国旅行に来た気分ですよ！」

「よその国と言えばよその国だね」

通りの両脇に並ぶ建物はカンデラやラオブと比べて明らかに異なっているわけではない。ただ、千年を越える昔からここにあるという街は、ところどころにその年月の重みを感じさせた。灰色の石壁の一部には古い焦げ跡が残っている。古いステンドグラスの嵌めこまれた窓。その隣には水が薄いカーテンとなって軒先から降り注いでいた。飛沫《ひまつ》を上げる水は道の端にある水路に流れこみ、澄んだ水には魚が泳いでいる。水路の底には魔法のものと思《おぼ》しき紋様が彫りこまれていた。

雫は飛びかかってきた猫を反射的にキャッチする。

「猫が積極的な国ですね……魔法大国だからですか？」

「猫の個性に魔法は関係ないかな。魔法が見たいなら、ほらあれ」

エリクが指さしたのは、少し先にある白い建物の壁だ。三階部分には大きな円盤が見える。その円盤は六つに色分けされており、今は赤く塗られた部分が上に来ていた。

「なんですか、あれ。給食当番ルーレットですか？」

「それが何か分からないけど違う。明日の天候告知だ。精霊魔法が組みこまれてて自動化されてる」

「天気予報盤……」

言われてみれば色分けされたそれぞれには、天気を表すらしい模様が刻まれている。

他にも店先に燃え続ける青い炎や、遠くの景色が映し出されている水晶窓など、不思議なものがあちこちに見つかる。ところどころにある魔法陣さえ美しい意匠で、雫はしみじみとした感動を味わった。

縞模様《しまもよう》の猫は、雫が下ろすとたちまち路地の奥に走り去る。尻尾につけられた金の鎖が揺れた。

「お、面白い……。一通り見て回りたいですね」

「カンデラ城都の二倍近い広さだからあまり勧めない。あと君は大丈夫だとは思うけど、一応迷子にならないよう気をつけて」

「迷子になったら迷子センターですか」

「それの意味も分からないけど、多分ない」

二人は賑やかな通りを抜け、一軒の宿屋の前に到着する。エリクが扉に手をかけた時、戸は勝手に奥へと開いた。中から若い男が出てくる。

「お、本当に来たか、久しぶり！」

「うん。元気そうで何より」

「それはこっちの台詞だよ。どうしてるか心配だったからな。……っと」

明るく笑いかける男は、そこでようやく雫の存在に気づいた。彼女はあわてて頭を下げる。

「は、初めまして」

「はじめまして。エリクから連絡は受けてるよ、雫さん。俺はハーヴ。一応ファルサスの宮廷魔法士だね。ここは俺の実家なんだ。さ、入って」

彼が奥を示すと、エリクは迷いもせず中に入っていく。雫もその後に続いた。

室内が薄暗いのは、まだ営業時間前だからだろうか。板張りの床は綺麗に掃除されている。置かれているテーブルや椅子を見るだに、玄関ホールと食堂を兼ねているのだろう。

ハーヴは奥にある二階への階段を示した。

「奥から二部屋使っていいよ。これは鍵」

「ありがとう。――雫、僕はちょっと彼と話があるから、夕食まで休んでるといいよ」

「あ、はい。すみません。エリクの荷物も持っていきましょうか？」

「大丈夫。そんなにないし」

雫はハーヴから鍵を受け取って二階に行くと、鍵についている絵札と同じ札が下がっている部屋を開けた。荷物を置き、寝台の上に体を投げ出す。胸元にいたメアがそろそろと顔を出した。

「大丈夫だよ、もう猫はいないから。休憩しよう」

メアは小さく頷くと窓辺に飛んでいく。そうして外の景色を眺める使い魔を見ながら、雫は緊張に固くなっていた体を伸ばした。自然と長い息がシーツの上に零れる。

「ようやくここまで来た……」

とてもとても長かった。ではこれからは……どれくらい長いのだろう。

雫は体を起こすとメアの後ろから街並みを眺める。

青く広がった空の下、美しく大きな白亜の城がずっと遠くに堂々たる姿を見せていた。

※

「この間は助かった。急に無理を言ってごめん」

「あの肖像画のやつか？　あれなんだったたんだ。ラオブの街で事件があったって話も聞いたぞ」

「心配するような関わり方はしてないから大丈夫だよ」

エリクは苦笑すると、荷物を置き椅子に座った。ハーヴが厨房から酒瓶を持ってくる。宮廷魔法士の青年は、エリクの向かいに腰を下ろした。

「四年ぶりか？　ずいぶん経ったな」

「そうかな。それほど長くは感じなかったよ」

ハーヴは旧友に酒盃《しゅはい》を差し出した。エリクは黙ってそれを受け取る。二人が酒に口をつける間、微妙に質感の違う沈黙がその場にはたゆたった。

「……もうお前には会えないかと思ったよ。ファルサスへは戻ってこないと思った」

「機会があれば来るよ。今まではそれがなかっただけ」

「あの子のためにか。素直でいい子そうだな」

「あれで結構頑固」

エリクの表情はまったく変わらなかったが、旧知である青年はそこから何かを読み取ったのか軽く笑う。ハーヴは暗い緑の瞳を扉へ向けると、わずかに細めた。

「お前があれくらいの娘を連れていると……少し、カティリアーナ様を思い出す」

「全然違うよ」

「……そうだな」

多くを語らない言葉はだが、その回りくどさこそが伝え難い感情を担っている。過去でありながら色褪《いろあ》せない苦味。ゆっくりと嚥下《えんか》される酒は寝かされた年月そのものの味がした。

ハーヴは軽く息を吐き出すと、気分を変えようとかぶりを振る。

「あと、もう一つ頼まれた件だが、やっぱり駄目だった。閲覧できる場所には例の事件についての資料はない。回収された第一版も存在しなかった」

「そうか。僕も記憶になかったから、そうじゃないかと思ったけど」

「禁呪の資料の中にはなかったのか？　お前は一級限定まで閲覧資格があっただろう」

「なかった、と思う。もっと上の封印資料なのかもしれない」

「なら王族の許可なしじゃ無理だ」

その言葉は、重みを持ってエリクの中に響いた。分かっていたことだが改めて色々なことを想起してしまう。沈黙する友人にハーヴは肩を竦めた。

「レウティシア様は今、留守がちだ。カンデラで禁呪絡みの事件があってな。その後始末でロズサークの王とやりあってる」

「知ってるよ」

「そうなのか？　情報早いな。まあ、そんなわけで頼むとしたら陛下だ。俺が頼んでもいいけど……やっぱ怪しいだろ？　専門外な上に多分重要機密だ。だったらお前があの娘を連れていって、正面から事情を話して頼む方が可能性は高いんじゃないか？」

それは半ば予想していた答えだ。にもかかわらずエリクは眉を寄せると、まだ中身が入っている酒盃を置いた。テーブルに陶器の音がはっきりと響く。

「僕が一緒だと、彼女の立場が悪くなるよ」

その返答にハーヴは動じない。彼はエリクの盃《さかずき》に穏やかなほどゆっくり酒を注《つ》ぎ足《た》す。

「そんなこともないだろ。陛下はお前の顔をご存じないし、覚えていらしても今更どうこうはなさらない。そういう方だ。それよりお前は……あの娘についていってやった方がいいんじゃないか？　身寄りがない娘なんだろう？」

事前に手紙で説明を受けていたハーヴは、雫が「どこから来たか」までは知らない。ただずっと遠くの国から、謎の転移で迷いこんでしまったのだとだけ聞いている。そして帰るために過去の事件を調べているのだと。

エリクの脳裏に一瞬、雫の真っ直ぐな目が浮かぶ。彼を信頼し、努力を惜しまない、実直な意志を持った目だ。

――本当のことを知った時、彼女はどんな顔をするのだろう。それでも変わらぬ目を自分に向けてくるのだろうか。

答えは出ない。おそらく、分かっているからこそ出したくないのだ。

ハーヴは酒瓶を手に取ると立ち上がった。

「まぁゆっくり考えてみてくれ。俺もできることはするから」

「うん。ありがとう」

そのやりとりだけは、まるで時の浸食を受けていないかのように二人には思える。

「戻ってきてくれて嬉しいよ」

ハーヴはそう言って、ほろ苦く微笑んだ。

※

ファルサスの建国は遠く暗黒時代にまで遡る。

戦乱と裏切りが満ち溢《あふ》れていた混沌《こんとん》の時代。日毎《ひごと》に情勢が移り変わり、国境が書き換えられていた絶望の時代において、現在の強国は生まれた。

この時代、無残にも蹂躙《じゅうりん》され、打ち滅ぼされた小国は後を絶たなかった。

だが、そこにある時一人の男が現れたのだ。彼は寄る辺ない人々を集め、知恵を絞って外敵と渡り合いながら、徐々にその才を以て強力な軍隊を、そして国を作り上げたという。

けれど建国王である彼の名は、何故かファルサスの記録に残っていない。ただ彼にはいつも付き従う美しい妃がいたことと、そして謎の人外から「魔を断つ剣」アカーシアを与えられたという逸話が伝わるのみだ。

世界に一振りしか存在しない、魔法の効かない剣。

その力は未《いま》だ解明されぬまま、しかしファルサス国王の象徴として、現在も第三十代ファルサス国王ラルス・ザン・グラヴィオール・ラス・ファルサスの手にある。

「二十七歳！　わっかい王様ですねー。こっちの世界ってみんなこうなんですか？」

「いや、ファルサスが特殊なんだよ」

城都についてから三日後、「城に行って直接王に頼むことになった」と言うエリクに、雫はさすがに緊張する。

まさか自分が王様なる人間と直《じか》に会う日が来るとは思ってもみなかった。約束を取り付けてくれたのはハーヴらしいが、粗相をして王を怒らせてしまわないか今から心配だ。

「ファルサスの王は、王剣アカーシアの主人であることが暗黙の条件なんだ。でもアカーシアは単なる飾り物の剣じゃなくて、魔法士に対抗する最強の武器の一つだからね。当然主人には相応の技量が求められる」

「あ、だから若い人が継ぐんですか」

「そう。ここ数百年、大体王は五十歳になる前には後継者にアカーシアを継がせてる」

「なるほど。ファルサスの王様って、まず王剣を扱う剣士じゃなきゃいけないんですね」

魔法大国を治める王にしては意外な気もするが、ファルサスの魔法が突出したのはここ二、三百年のことらしい。一方アカーシアは建国時からあったと聞けば納得できる。

「それにしても千年以上も持つ剣って一体何でできてるんでしょうね」

「さぁ？　他国はそれを解き明かしたいと思ってそうだけどね」

魔法に詳しくない雫などには分からないが、「魔法が完全に効かない」という存在はファルサスの国宝以外に存在しないらしいのだ。

もしその理由が解明できれば、魔法技術研究にも役立てられる、と多くの人間が考えているらしいが、ファルサス王家は、他国はもちろん自国の魔法士にもその研究をさせていないのだという。

雫は「国宝なんだしそんなものか」と感想を抱いたのみで、あとは王の性格に関心を移した。

「どんな人なんですか。前にエリクは寛大だって言ってましたっけ」

「寛大だよ。政《まつりごと》を見る分には。僕は直接会ったことはないけどね」

「失礼を働かないか不安ですよ。無礼討ちとかされませんよね？」

「何それ。何となく不吉な言葉に聞こえる」

「正解です」

エリクはお茶のポットから自分のカップにもう一杯注ぎ足す。彼は藍色の瞳を雫から転じて、窓の外を見た。遠くに白い城が見える。

「今の国王は寛大だ。だけどそれは、自分が力を持っているって自信の裏返しでもある。個人的な人となりを言うなら、王はおそらく——一筋縄ではいかない人間だ」

雫は緊張に息をのんだ。想像もつかない王の存在に不安が消えない。

けれど、ここまで苦労してやってきたのは、ファルサスの秘密から元の世界に帰る手がかりを摑むためなのだ。怯《ひる》んで立ち止まってはいられない。

その後雫は、ハーヴの母親に服装を見てもらい、当日無礼にならない程度に整えてもらった。陽気は暑いことこの上ないのだが、腕も足も出してはよくないとのことで、長袖のシャツに足首まであるフレアスカートを見繕ってもらう。

別の世界から来たことを証明しろと言われた時のためにバッグを整理すると、ずっと切ってあったスマホの電源を入れてみた。元の世界にいた時はまめに充電を心がけていたスマホは、まだなんとか電池が残っている。何となく画面を操作して、雫は着信履歴を見てみた。

ずらっと並ぶ友人の名前、その最後に姉の名前を見出して——雫はその晩少し涙を零した。

※

謁見の日はあっという間にやってきた。

巨大な城門の前にエリクと立った雫は、荘厳な城の姿に感嘆の溜息をつく。それは写真でしか見たことのない西洋の城にも似て、窓の多さがそのまま建物の大きさを物語っている気がした。

雫は城壁のすぐ内側、四方に立っている高い尖塔《せんとう》を見上げる。

「すごいですね……」

「あんまり上を向いてると首がもげるよ」

「もげっ!?」

「ほら、行こう」

エリクは城門に立っている兵士に書類を渡した。兵士は二人を見て頷くと、城門脇の通用扉を開けて中に入れてくれる。あちこちを見回す雫に、エリクは「はぐれないようにね」と念を押すと、勝手を知った場所のように歩き出した。建物の中に入り長い廊下を行きながら、彼は雫に言う。

「王にお会いする前に、一つ約束をしよう」

「はい。何ですか」

「君に不利益は出したくない。だから、もし僕のせいで咎めを負うようなことがあったら、その時は僕を切り捨ててくれ」

「は?」

言われた意味がよく分からない。

雫は大きな目を瞠って、まじまじと彼を見た。だがエリクは冗談を言っているようには見えない。むしろいつになく張り詰めた空気をかもし出している気がして、彼女はうろたえた。

「な、何ですかそれ。何があるんですか?」

「何もないかもしれない。その可能性の方が高い」

「でも、何かある可能性もあるってことですよね。それなら――」

それなら、一人で行く、或いは王のところになど行かなくていいと、雫は言おうとした。

雫とエリクは、本来的には対等な取引上の関係なのだ。ただ彼が右も左も分からない雫のために色々譲ってくれているだけで、それさえも彼女は申し訳なく思っている。ましてや自分が元の世界に戻るために、エリクに何らかの危険を負ってもらう、などということは想定外だ。

帰るために誰かを犠牲にしようとは思わない。そうするくらいなら帰還を諦められる。苦しい選択ではあるが、雫にとって既にそれは自分の中で決した優先順位だ。

だが雫が言葉の先を口にする前に、エリクは足を止める。

「ここだよ」

そこは、兵士たちが左右に控える大きな扉の前だった。

扉はゆっくりと奥に開きだす。白い大理石の上に敷かれた紅《あか》い絨毯が目に入った。

雫はエリクを見上げる。だが彼はいつもとまったく変わらぬ目で前を見ていた。

「気にすることはない。僕は……」

そこから先は聞こえない。代わりに奥から朗々とした男の声で「入るがいい」と言われて、雫は理由の分からぬ焦燥に身を震わせた。紅い絨毯の上に一歩を踏み出す。

——王の前に、武器や叛意《はんい》を示す存在を伴うことは許可されない。

だからメアは宿屋においてきており、雫の持っていたバッグも兵士によってチェックされた。そしてその上で、二人は王の前に立つ。

今年二十七歳だという国王ラルスは、外見だけ言えばむしろ年よりも若く見える端整な顔立ちをしていた。黒茶の髪に薄青の瞳。穏やかに微笑む男はしかし、鍛えられた体軀《たいく》に消せない威と鋭さを纏っている。その姿は紛れもなく王のもので、底知れない光を湛える双眸とあいまって三十にもなっていない彼に老獪《ろうかい》な印象さえ抱かせていた。

雫はエリクに半歩遅れて、玉座に座ったままの王の前に立つ。王族に対しての礼儀などよく分からなかったので、彼女は深く頭を下げると「雫と申します」と名乗った。ラルスは物珍しげに彼女の全身を眺める。

「雫？」

「はい。あの、ご無礼があったら申し訳ありません。王様への礼儀を知らないもので」

「構わない。それより、何故お前は二百四十年も前の事件を知りたがる？」

無形の力を伴う上からの声に、心臓を突かれたような緊張が走った。雫は思わず息を止める。

――何から話せばいいのか、どうすれば信じてくれるのか。

昨晩ベッドであれほど練習したはずなのに、いざ王を目前にすると言葉が霧散してしまって上手く出てこない。雫は空気を求めるように何度か口を開いては閉じる。

「どうした？　早く言ってみろ。俺もそれほど暇ではない」

答えなければならない。雫の理性はそう訴えている。

だが、何を答えればいいのか。眩暈さえする気がして彼女は全てに躊躇した。

「――雫」

その時、水のように澄んだ声が彼女の耳を打つ。

聞き慣れた声。雫はその響きに我を取り戻した。

支えてくれる意志。その存在。いつだって彼がいてくれたからこそここまで来られたのだ。

混乱に乱れ散った精神が集まってくる。心が凪《な》いでいく。雫は自分の手に視線を落とした。

そしてもう一度——彼女は王を見上げた。固さの残る唇を動かす。

「王様、信じてくださらないかもしれませんけど……私はとても遠い場所から、この世界に迷いこんだんです」

そして雫は暑い夏の帰り道、あの黒い穴と出遭ってしまったところから自分の話を語り始めた。

時にたどたどしく絡みそうになる話。けれど雫は「冷静に冷静に」と自身に言い聞かせて何とか全てを説明することができた。何故昔の事件について知りたいのかはエリクが補足してくれる。

ラルスはそれを、じっと雫を見つめながら聞いていた。

話が終わると、王は別段驚いた様子もなく問いかけてくる。

「本当に別の世界から来たと証明できるか？」

「少しですが、元の世界から持って来たものがあります」

雫はバッグからスマホを取り出すと、それを王の前で操作して見せた。ラルスは目を細めてその様子を見やる。スマホで写真を撮ってみせると、さすがに彼は少しだけ驚いた顔になった。

「どこまで遠くが写せる？」

「この小さな機械ですと遠くに行くほど不鮮明になりますが、元の世界では肉眼では見えないものも、目の前にあるもののように撮れたりします」

「面白いな。他にもこの世界にはない技術がたくさんあるのか？」

何気ないその問いに、だが雫は気を引き締めなおした。以前エリクが注意してくれたことを思い出したのだ。「強力な武器を作れそうな知識を、聞き出そうとする人間もいるかもしれない」と。かと言って答えなければ、王は雫の話を信じてはくれないだろう。彼女は慎重に答えを選んだ。

「私の世界には魔法がありません。その代わり文明はこちらより進んでいます。そして確かに……今ご覧頂いたものだけでなく、もっと多くの高度な技術があります。ですが私はそれを再現することはできないのです。そういった技術を学んでおりませんでしたので……」

ラルスは黙ったまま頷く。一体王はどう思ったのだろう。何を考えているのか読めない相手だ。雫は萎縮しそうになるのを意志の力で踏みとどまる。

彼はさっきからずっと雫を見たままで視線を逸らさない。その視線の強さが居心地悪かった。全身に冷や汗をかきそうだ。

「――この世界ではできないこともできると、そういうことか」

「多分、そうです」

「なるほど。まったく、困ったものだ」

それがどういう意味か雫には分からなかった。ただラルスの声は本当に、少し困ったような煩わしげなものに聞こえただけだ。それ以上の感情は感じられない。雫は王の青い瞳を見返す。

「口承では聞いていたが、まさか俺の代に現れるとは思わなかった。実際、あの口承が真実かどうか疑ってもいたのだがな」

「……王様？」

「何故ファルサスに……俺の前に来た？　『あれ』が本当に壊されたかどうか探りにきたのか？」

その問いに、答えられる言葉を雫は持たない。何を聞かれているのかも理解できない。代わりに言いようのない気分の悪さが魂の奥底から這い上がってくる。

王は立ち上がった。均整の取れた長身を彼女は見上げる。その光景に何故か既視感を覚える。

「女子供として現れるとはやりにくい。だが、これが俺の務めでもある」

大きな手が腰に佩いた剣の柄にかかる。

あれが話に聞く王剣アカーシアだろうか、雫はそんなことを考えた。

ラルスは彼女を見たまま長剣を抜き、そして典雅なほどゆっくりと構える。

雫は黙ってそれを見上げた。

「――立ち去るがよい、外部者よ」

鏡のように美しく光る刃。

その切っ先が自分に向けて振り下ろされるのを、雫はただ呆然としたまま見つめていた。

刃が、落ちてくる。

それをじっと待ってしまったのは、何かしらの意味があるのかと思ったからだ。或いは唐突過ぎて恐怖することさえできなかったのかもしれない。

だが現実としては、剣は何の遠慮もなく彼女を殺すために降ってきた。

そう理解したのは、雫の体がエリクの手で後ろに引きずられ、剣先がスカートを掠めていった時のことだ。エリクはそのまま彼女を後ろへ突き飛ばす。雫は数歩よろめいて下がった。

「——どういうおつもりでしょう」

彼女を庇うように前に立った青年は、明らかな怒気を声に滲ませていた。しかしラルスは軽く肩を竦めただけで平然としている。

「どうもこうも。その娘は人間ではない。排除すべき鑑賞者だ」

「彼女は人間です。この世界にいる人間となんら変わりがない」

「どうかな。腹の中がどうなっているか裂いてみたことはないだろう？　皮の上などいくらでも取り繕える。そうやって『あれら』は長い年月を大陸に紛れこんできている」

ラルスは冷ややかな目で雫を射抜いた。

「あり得ない異質は排除してしかるべきだ」

——『異質』と。

そう言われて雫は震える。

ずっと自分は「異邦人」だと思っていた。この世界に紛れこんでしまったと知った時に。

だが、その思いは旅をするうちに少しずつ薄らいでいった。

人と出会い、言葉を尽くして交わす。苦境にあっても先が見えなくても足掻《あが》いて一歩を踏み出す、その度にこの世界に自分が馴染んでいく気がしていたのだ。

けれど再びその事実は彼女の前に現れる。排除という冷徹な意志を伴って。

「彼女を殺して、ただの人間であったらどうなさるのです」

「殺さずにいて、大陸が縛され続けたらどうする？」

「彼女にそんな力はない！」

雫はまだ現実味の感じられない光景を眺める。彼ら二人が何を話しているのかよく分からない。ただ分かるのは、王は雫を殺そうとしているということだけだ。

ラルスの青い瞳が彼女を捉える。そこに今まで見たどの目よりも鋭利な意志を感じ取って、雫は戦慄した。全身が急速に冷えていく。

王は剣を手に踏み出した。その行く手をエリクが遮る。彼は振り向かぬまま雫に言った。

「雫、行け」

「エ、エリク……」

「行け。僕は平気だから」

反論を許さぬ口調に雫は絶句する。彼女がもう一度王を見やると、彼は雫を人ならざるものを見る目で見据えていた。言いようのない気分の悪さがこみ上げてくる。

「王は僕には手をかけない。いいから行け」

三度目の命に雫はようやく動いた。

この場で「人ではない」と思われているのは、異質なのは彼女だけだ。信じられなくともそれが事実だ。だから、逃げなければならない。死にたくなければ王の手の届くところから離れなければ。

彼女は躊躇いながらも踵を返す。

雫はエリクを振り返りながら扉に向かって駆け出した。ラルスは焦る様子もなく彼女を一瞥し、そして自分の目の前に立つ魔法士を見下ろす。

「情に惑わされ真実を見誤るな。そこを退《ど》け」

「退けません。誤っているのは貴方の方だ」

雫は扉に手をかけ、力いっぱい手前に引く。外にいた兵士は中の話が聞こえていなかったらしく、怪訝な目で彼女を一瞥した。隙間をすり抜ける雫の背に、王の声が届く。

「退け。そうしてまた罪を重ねる気か？　かつて禁呪に与《くみ》せし魔法士よ」

雫はもう振り返らない。長い廊下を走り出す。

来た道を戻って、遠くへ。どこかへ。

壮麗な城。磨かれた床。

だが雫の目に映るそれらは、まるでいびつに捻じれている。歪んだ景色の中をただ逃げていく。

――ファルサスに着いたなら、道が開けるのではないかと思っていた。

だが、実際に待っていたのは意味の分からぬ死だけだ。雫は一人、悪夢の中に放り出された気分で走っていく。

このままどこへ逃げればいいのだろう。城を出て、ファルサスを出て、どこかへ逃げるのか。

そうして世界の片隅で怯《おび》えながらひっそりと暮らすのか。命だけを守って、他のものを捨てて。

廊下の向こうに兵士が見える。彼らは雫を見て表情を変えた。進路を遮ろうと手を広げる。

「何者だ！　止まれ！」

だが彼女は弾かれるようにして廊下を曲がった。誰何《すいか》の声を無視して走り続ける。

早く城を出なければならない。王が追手をかける前に、門が閉ざされる前に。

雫は廊下の曲がり角に出る。そこには大きな窓があって、硝子の向こうに城壁が見えた。城壁に上るための階段が敷地内《しきちない》へと続いている。

高い壁は綺麗に作られた箱庭を連想させた。

それは彼女などちっぽけな虫であるかのように嘲って見える。

雫は足を止める。背後を振り返る。そこに未だ追手の姿はない。

「……どこ行くっての……」

エリクは王に会う直前、もしもの時は自分を切り捨てるように言った。だがそれはあくまで、彼が原因である場合だ。雫はそう理解した。だがそれでも承服できなかったのだ。

そして――今、王の標的となっているのは自分の方だ。

なのに、どこへ行くのか。

このまま逃げて、何が得られるのか。

雫は息を吐き、目を閉じる。

一人きりの暗闇で、歩き出す自分の背を見るために。

※

「逃げられた？」

少女の捕縛を指示したラルスは、入ってきた報告に軽く眉を上げた。

なんでも雫は、王命が行き渡る前に城門を出て行ってしまったという。なかなかの決断の速さと思いきりのよさだ。

だが王は恐縮する兵士を叱責するわけでもなく、むしろのんびりと述懐する。

「遠くに行ったならそれでいいか……いや、やっぱりまずいか？　まったく面倒だな。どうせ現れるのならもっと斬りやすい姿で現れてくれればよかった」

王は意味不明な呟きを洩らすと、ハーヴを呼ぶよう命ずる。だが呼び出される前に、ハーヴは事態を知って謁見室の前にまで来ていた。彼は入室を許可されるなり王に向かって深く頭を垂れる。

「陛下、この度は……」

「ああ、気にするな。お前に落ち度はない。それよりあの娘は、お前の実家に泊まっているという話だったか？」

「……はい」

「なら兵士をつけてやるから行って捕らえろ。どんな力を持っているか分からんから、抵抗されたら無理に戦うな」

その命令を聞いてハーヴは愕然とした。一体謁見で何があったというのか。少なくともただの少女に向けての手配ではない。ハーヴは王の誤解を解こうと口を開いた。

「あの、陛下、彼女には魔力がありません。剣も使えませんし、普通の……女の子です。それほど危険な存在では……」

「確かにそう見えるな」

「では」

「反論はなしだ。お前が追えないなら別の人間を使う」

ラルスの青い目が彼を一瞥する。ハーヴはそこに込められた威に限界を悟った。多くをのみこむと命令を受諾する。だがハーヴは退出する前に、もっとも気になっていたことを問うた。

「陛下、エリクのことですが」

「ああ。譲らんから拘束した。俺にあそこまで正面から噛み付いてきた人間は、レティ以外では久しぶりだ。なるほど、カティリアーナが執着したわけだ」

王の口調は皮肉げではあるが不快は感じさせなかった。そのことにまずハーヴは安堵する。これならすぐに処刑などはされないだろう。エリクについてはその間に王妹に頼みこんで寛恕《かんじょ》を願える。

だが、それでもハーヴは重苦しい気分を拭えなかった。いやがおうでも四年前の事件が甦る。

——あの時、失意の後にファルサスを去った友人。

その彼が、今度は雫を見捨てることをはたして許容できるのだろうか、と。

※

階段を、上っていく。

石段は塔の中、螺旋《らせん》を描いてどこまでも伸びていく。

いや、どこまでも続くはずはない。そこには明確に限界がある。だから、その終わりに向かって雫は階段を上る。

かつて天にまで届くよう築かれ、神の怒りに触れた塔。そこに詰まっていたのは絶望でも希望でもなく、ただ卑小なる人間の、ささやかな意志であったのだろう。

雫は顔を上げて、ただ階段を上る。前だけを見て駆けあがっていく。

そうしてようやく見えた出口に、雫は一度も止まらぬまま辿りついた。塔の屋上へと顔を出す。

「着いた……」

雫は風に乱れる髪を押さえた。頭上に広がる空が近い。

城の見張り塔は、おおよそ四、五階建ての建物と同じくらいの高さだろうか。他にも城には四方の尖塔を始めもっと高い建物も幾つかあるが、あまり高すぎても地上と話ができない。

だから、ここでいいのだ。雫は囲壁に歩み寄りながら、肩の小鳥に言った。

「メア、つき合わせてごめんね」

王の前から逃げ出した雫は、追手がかかる前に一旦宿に戻ったのだ。そしてメアを連れてまた全速力で城に戻ってきた。驚く兵士たちを使い魔の力を借りて退けた彼女は、手近な見張り塔を見つけると見張りの兵士を追い出し、中からバリケードを築いた。

そうして屋上までできた雫は、城壁越しに地上を見下ろす。集まってきた兵たちから怒声が飛んだ。

「下りてこい！　そこからは逃げられないぞ！」

「逃げません。王様と話がしたいので、ここにいらっしゃるよう伝えてください」

きっぱりとそれだけ言って、雫は囲壁を背にしゃがみこむ。狙撃されないように隠れた彼女は、震える自分の足をさすった。何度も深呼吸する。

「大丈夫……大丈夫」

それは己に言い聞かせる言葉だ。メアが不思議そうに雫の顔を見上げる。雫はまだ彼女に何も事情を説明していないが、緑の目に雫を非難するような色は浮かばなかった。そのことが逆に心苦しい。雫は緊張に鳴りそうになる歯を食いしばって空を見上げた。

思考は恐ろしい程の速度で回っているにもかかわらず、意識の上には何一つ残らない。ただそうやって少しずつ動揺が均《なら》されていく気がした。

浅かった息が落ち着いてくる。狭められていた視界が、本来の広さを取り戻していく。

雫は空を見上げ、まばたきをした。その時――

「俺を呼んだか」

忘れようのない声が響く。

男の声は遠く離れた地上からだというのに、はっきりと雫の耳にも聞き取れた。彼女は思わず身震いする。呼んだのだから来てくれないと困る。だが、無視されるのではとも思っていたのだ。

雫は、王が要請に応じた理由を考えかけて、しかし勢いよくかぶりを振った。立ち上がり、囲壁の上から地上を見下ろす。男は塔の真下から傲然と彼女を見上げていた。

「王様、話があります」

「言ってみろ」

「何故、私を殺そうとするんですか」

少女の率直な問いに、王の周囲がざわめく。

彼らも皆それを知らないのだ。普段は鷹揚《おうよう》な王が、何故何の変哲もない少女を捕らえようとしているのか分からない。そしてそれを当の彼女も分かっていないということに、彼らは少なくない動揺で揺れた。臣下たちは真意を求めて無礼にならない程度に王の様子を窺う。

「何故、俺に聞く？　お前が一番分かっていることだろう」

「分かりません。あなたは何か勘違いをしていらっしゃる。私は本当に、ただの人間です」

「だがお前は『違う』」

力のある断言。それは雫が異世界から来たことを意味しているのだろう。確かにその通りだ。彼女はこの世界の人間ではない。

だが、雫にはどうしてもラルスがそれだけの理由で自分を殺そうとしているとは思えないのだ。

彼はエリクに『あれらは長い年月、大陸に紛れこんできている』と言った。だが、雫がこの世界に来てからまだ半年も経っていない。この食い違いはきっと重要だ。彼の言う『あれら』と雫とは、おそらく違うものだ。だから——言葉を尽くして説明すればきっと伝わるはずなのだ。

「王様、私がここに来たのは半年前のことです。生まれたのは十八年前で、ずっと家族と一緒に暮らしていました。ここに来るまで、こっちのことはまったく知らなかったんです。どうやって来たかも分からない。だから私、家に帰りたいだけなんです」

己の事実を雫は訴える。そしてこれ以上は知らない。知るためにここに来たのだ。

ラルスは端整な顔に笑みを浮かべる。

「それが擬態でないとどう証明できる？　お前は外から来し者だ。『あれら』の一つではないのか」

「『あれら』とはなんです？　私はそれが何かすら分かりません」

「知らぬ振りなど誰でもできるさ」

話し合う気もない態度に雫は歯噛みした。

――こうなるかもしれないとは思った。

相手は権力者だ。上面だけの言葉が通じる相手ではない。デイタスの時もそうだったのだ。

だが、それでも言葉は無力ではないと思う。少なくとも今、雫の言葉を聞いているのはラルスだけではない。だから、ここでは退かない。

雫はメアを肩から下ろすと、足元に移した。大事な友人にそっと囁く。

「もし私が駄目になったら、エリクを助けてあげてね」

じっと見つめてくる緑の瞳に、雫は微笑んで頷いた。

そして雫は顔を上げる。視界の隅に、城壁からこちらへ向けて弓に矢を番《つが》える兵士たちが見えた。

あの矢がいつ雫を射抜くかはラルスの気分次第だ。今の彼女は崖縁に立っているようなもので、そこから跳ぶか跳ばないかさえ、王の意志のままだ。

だから、このままでは何も届かない。踏みこまねばきっと動かせない。

雫は怯むことなくラルスを見据える。

「エリクをどうしましたか、王様」

「牢《ろう》に繋いだ。ここに引き立て剣を突きつければお前は下りてくるか？」

「彼を放してください」

「断る」

ラルスははなから譲る気はないようだ。雫は眉を寄せる。ふつふつと思考の底から熱が湧く。

――恐いという感情には、はたして限界があるのではないだろうか。

少なくとも今の雫は、己の置かれた状況を恐いとは思えない。むしろそれを上回る感情に支配されている。彼女を立たせるそれら感情のうちの一つは、言うなれば理不尽への怒りだ。

雫は燃えるようなそれをのみこむと、もう一度懇願した。

「お願いします。エリクを放してください。私はただの人間で、彼は私を助けてくれただけです」

「ならあの男も同罪だな。共に葬ってやれば満足するか？」

「は？」

雫の声が一段低くなる。挑発されているのだと、分かっているのに激《げき》しそうになる。

だが、怒りに支配されてしまうのは駄目だ。雫はその場の全員に聞こえるように言った。

「王様は、私が何を言っても聞く気はありませんよね。どんな言葉も証明たりえないと思っているでしょう」

「さあ、どうだろうな。だったらどうする？」

「受けて立ちます」

それが雫の選択だ。彼の剣の届かぬ場所で彼と戦うことを選んだからこそ、ここに来た。

雫は両手をつくと、囲壁の上によじ登る。何も支えるものがない塔の上に立った彼女に、ラルスは軽く瞠目《どうもく》した。雫は若き王を、高みから冷ややかに見下ろす。

「王よ。あなたは仰いましたよね？　『腹の中がどうなっているのか分からない。皮の上など取り繕える』と。だから、それをこれから証明してさしあげます。私の、この身をかけて」

振りかかる理不尽と戦いたいと思っても、雫にはあまりにも何もない。

剣を振るうこともできず、魔法も使えない。この世界の知識も足らない。

あるのは言葉と――自分自身だけだ。だからそれを使う。

ラルスは何の動揺もなく、むしろ楽しむかのように笑った。

「そこから飛び降りるというのか？　面白いことを言う」

雫は彼に対極の目を以て返す。

――半年間の旅で、出会った人がいた。別れてきた人がいた。

その道程全てが全力だったとはとても言えない。分からないまま失われた人もいる。デイタスやヴァローラがあの結末を選んだように。

彼らの話をもっと聞いていたなら何かが変えられた、とは思わない。

ただ後悔しているのは、恐れて一歩を踏み出さなかった自分自身にだ。

だから今も、恐くないわけではない。ひどく悔しい。

それでも……踏み出すつもりはある。そうすると決めたのだ。

雫は深く息を吸う。心は既に凪いでいる。

ただ少し泣きたいだけで、でもそれも瑣末《さまつ》なことだ。

もっと根源的で人間的な何かが雫を支えている。そして無理解への怒り。そんなものでしかない。

それで充分だ。それだけで、人は時に命さえ賭けられる。

「王様、私は死にたくないです。でも、それ以上に怒っています」

感情を語る言葉を。意志を伝える一歩を、始める。

「あなたは私を訳の分からないものだと言う。だから私を殺して闇に葬る気ですか？　もし私がただの人間であったら、あなたが間違っていたならどうなさるのです」

「可能性があるなら無視はできない。第一、お前はとても疑わしい存在だ。それくらいは自分でも分かるだろう？」

「ええ、分かります」

王として、おそらく彼の判断は間違っていないのだろう。彼の思う『あれら』が何らかの脅威であるならば。

だが、雫にしか分からないこともある。

自分が何の力もない存在でしかないということ。それよりを誰よりもよく知っているのだ。

「私は、人間です」

黒い双眸が挑むように燃える。ラルスはその目の強さに笑みを浮かべた。

雫の声は宙を貫いて彼まで届く。

「ですから、気の済むまで調べてください。飛び散った血も肉も好きに集めてください。そうして私が何であるか最後まで調べて、本当に人間であったなら……あなたは負けを認めてエリクを放してください」

王にとっては、彼女一人が死んだとしても何ら痛痒《つうよう》は感じないのかもしれない。たとえ彼女が無実の少女であっても、彼はより多くの民の生と死をその肩に負っているのだ。

けれど雫は、自分の命が数百万のうちの一でしかなくとも、それは零では決してないと思う。無数の傷の中の一つで構わない。そこに全てを賭けていい。

負けて死にたくないのだ。恐がって縮こまって、何もできぬまま終わりたくない。

だからこそ彼女は矜持に己を賭ける。

それが最善の選択ではないとしても、もはや迷いはどこにもなかった。

「俺の負けと？」

「ええ。私の勝ちです」

「それで死んでもか？」

「私が死んでも」

「面白い」

王は笑う。強者の笑みだ、と雫は思った。

人の弱さを見抜く瞳。だからこそ怯むことはできない。屈することはしたくない。彼の手に、自分の死ぬ時を決めさせない。

「まるで人間のようなことを言う」

「人間ですから」

「ならば証明してみろ」

揺るがない言葉。

雫は目を閉じる。

そう言うだろうと思った。口先だけの抗弁に動く相手ではないと。

彼女は微笑む。

人の本質は、彼女にとってはいつも最後には精神なのだ。

恐い、けれど恐くない。

悔しい、けど、悔しくない。

泣きたくて泣きたくなくて、生きたくて死にたくなくて。

けれどいつかは死ななければならないのなら。それを選び取るもまた人の自由だ。

死ぬために踏み出すのではない。勝つための一手。

雫は王を見つめる。

他のことは考えない。今は彼だけを思う。

有限の世界。
捩《ねじ》れた視界。
人は終わりには独り。
生まれた時に分かたれた。
けれどそれは——
どこまでも広がっていきそうな思考を雫は打ちきる。
「これで、勝ちです」
軽く、塔を蹴る。
目を逸らさぬまま落ちていく。
そうして彼女が最後に見たものは——驚いたように目を瞠る、ラルスの顔だった。

※

ばらばらになった。
その破片は人の中に。そうしてまだどこまでも広がっている。
気づかれないのだ。この世界にとっては、とても当たり前のことだから。
だから、逃げられなくて、戦えなくて、なんて不自由な自由。
でもそれは、そんなものは、結局人を——

※

「飛び降り自殺は嫌だなぁ。痛そうじゃん」

「ある程度の高さがあれば途中で気絶したりするらしいよ。お姉ちゃんは絶叫系乗らないし、気絶できるんじゃない？」

「何で、私が飛び降りすること前提になってんの!?」

雫の叫びに、妹の澪は読んでいた本から顔を上げぬまま「だって自分で痛そうって言ったじゃん」ともっともな答えを返してきた。年の割にドライな妹に雫は顔を顰める。

二人でぼんやり過ごす休日、何となく「どの死に方が一番苦しくないか」などという物騒な話題になったのは、テレビでそんな話題が出ていたからだ。

本を読んでいる澪と並んでソファに座っている雫は、「首吊《くびつ》りって苦しいんだね」から始めて、ぼんやりとコメンテーターの言葉をなぞっていた。それに端から妹が現実的な相槌を打っていく。これに今はいない姉の、的を外した感想が加わると、水瀬《みなせ》家ではいつもの光景になるのだ。

雫はリモコンを手にしたまま頰杖をつく。

「いやー、死ぬの怖いよ。私は安楽死希望」

「お姉ちゃん、安楽死と自然死を間違ってない？　字面だけで判断してるでしょ」

「あれ？」

目をまたたかせた雫は、けれど妹が本を閉じて急に自分を見返してきたことに息をのんだ。

澪の、それだけは姉妹でよく似ている大きな瞳が雫を見つめる。

「お姉ちゃんは自殺しないから、無用な心配だよ」

「そ、そう？」

「だって死にたくないんでしょ」

「死にたくないさ！」


——そう、言っていたのに。


体が、痺《しび》れる。

指を少し動かしただけで激痛が走った。雫は声にならない叫び声を上げる。

痛い。苦しい。恐い。

腕が上げられない。足が動かない。

痛い。

血の臭いがする。気のせいだろうか。

分からない。

恐い。

苦しい。

入ってこないで。

気持ち悪い。

助けて。

助けて。

「…………お、かあ、さん」

「大丈夫」

女の声。

誰かの手が額に触れる。

優しく髪を撫でる。

それだけのことが、とても嬉しくて。

そして彼女の意識は再び闇に沈んだ。

※

「…………ように、貴方は！　悪趣味です！」

「疑わしきはとことん疑うのが俺の趣味だ」

「趣味であのように普通の娘を殺そうとしたのですか!?　正気を疑います！」

「これが正気。ちゃんと助けたじゃないか。中身は人間みたいに見えたからな」

「正真正銘人間でしたよ！　血も骨も内臓も調べました！」

「あまり怒ると皺になるぞ」

雫が目を覚ましたのは、訳の分からぬ言い争いがすぐ傍から聞こえてきたからだ。のらくらとかわす男に厳しい声を上げる女。怒気が露わな声を聞く度に頭が痛む。雫はうっすら目を開けると若草色の天井を見つめた。最近の病院は目に優しい壁紙を採用しているのだろうか。それにしてはずいぶん華やかな装飾が施されている。雫は首を動かして声のする方を見た。

そこにいるのは若い男女だ。男の方は椅子に座って雫を眺めている。その彼に食ってかかっているのは長い黒髪の女だ。寝台に背を向けている女を、雫はどこかで見た気がして記憶の中を探る。けれどその答えを見つけるより先に、男が雫を指差した。

「起きたぞ」

「早く仰ってください！」

女はあわてて枕元に駆け寄ってくる。振り返ったその容姿は、思わず見惚れてしまうくらい美しい。たとえて言うなら月下に咲く白い華のようだ。宝石よりも青い瞳を雫は見上げる。

「ええと……雫、だったかしら。具合はどう？」

「……ぼんやりします……」

「血が足りないものね。怪我は治してあるけれど、今日一日は安静にしていて」

「はい……」

ちっとも頭がはっきりしない。雫は顔にかかる髪をよけようとして違和感に気づいた。掛布の下

は何も着ていない裸だったのだ。そこでようやく雫は自分に何が起きたかを思いだす。

「あー……」

「どうかした？　どこか痛むのかしら」

「いえ、ばらばらになってないなーと」

五階から飛び降りて死なない人間もいるとは知っているが、それはあくまで元の世界の医療体制があってのものだ。この世界ではどうなるか分からないし、むしろ一命をとりとめても見殺しにされる可能性があると思っていた。

だが、今感じる限りではどこも痛みはない。実は幻肢という可能性はあるが「怪我は治してある」と言うなら、問題ない状態にまで戻してくれたのだろう。

女はにっこり雫に笑いかけた。

「ちゃんとあちこちから骨は飛び出ていたし、内臓も破裂してたわ。魔法で治したの」

「それはありがとうございます……お手数おかけしました」

ぼんやりお礼を言う雫を、男が覗きこむ。珍しい動物を見るような遠慮ない視線に雫は笑った。

「で、どうでしたか王様。私の血の色は」

「俺の見る限りでは普通だったな。残念」

ラルスは感情の読めない笑みを見せる。雫は起き上がりたかったが、服を着ていないのと体の節々が痛んですぐには動けそうにない。その代わり彼女は可能な限り曇りなく微笑む。

「ご期待を裏切れて何よりです」

「まあ、俺はこれくらいじゃ負けを認めないからな」

「そうですか。私も譲りませんけど」

雫は冷ややかに言って舌を出す。そんな彼女にラルスは淡々と続けた。

「とは言え、とりあえずは留保期間だ。お前の思いきりがいいせいで皆に顰蹙《ひんしゅく》を買った」

「当然ですわ、兄上。少しは頭をお冷やしになってください」

女の冷ややかな相槌に、雫はようやく彼女をどこで見たのか思い出した。カンデラの転移陣の広間。そこですれちがったファルサス王妹が彼女なのだ。

雫は王族二人をまじまじと見やる。ラルスは物怖《ものお》じしない彼女の態度に薄く笑った。

「が、俺の疑《うたぐ》り深《ぶか》さまで禁じられたわけじゃないからな。毎日出される料理にこっそり人参《にんじん》が混入されていないかいつも疑っているくらいだし」

「そういうことを他言なさらないでください。恥ずかしい」

「人参駄目なんですか。栄養ありますよ」

「だから、しばらくは縄付きだ。ここで雇ってやる」

王の言葉を、雫はゆっくりと咀嚼する。そして、口元だけで笑った。

「分かりました。延長戦といきましょう」

※

後から聞いたところ、飛び降りた雫は王の指示を受けた魔法士によって、いくらか激突の衝撃を緩和されていたらしい。だがそれも頭部の衝撃を和らげる程度のもので、落下後のありさまは女官が寝こんでしまうほど凄惨だったという。雫はそれを申し訳なく思ったが、ラルスと責任は半分ずつにしたい。現に王への批難の目はそれなりにあったそうだ。

重傷を負った雫はその後、ちょうど城に戻った王妹レウティシアの手によって治療され、その際に体を隅々まで調べられた。

そして出された結論はもちろん――彼女は「ただの人間」というものであった。


「エリクはどうしているんでしょう。会えませんか」

ラルスが去ってからそう尋ねた時、レウティシアは何とも言えない苦笑を浮かべた。

「別の場所に軟禁中。実はね、表向き貴女《あなた》よりも彼の方が罪が重いのよ。叛逆《はんぎゃく》の一歩手前だったそうだから」

「……え」

「でも兄の方が悪いっていうのも皆が知ってるから。今のところ行動は制限されてるけれど不自由はないはず。心配しないで」

レウティシアはそう言ったが、やはりエリクには会えないらしい。

雫は安堵と落胆の入り混じった思いを抱えて、与えられた部屋に移ると入浴と着替えを済ませた。

少女姿に戻ったメアが、濡れた髪を乾かしてくれる。

「マスター、お体は大丈夫ですか？」

「うん……巻きこんでごめんね、メア」

「マスターの望み通りになったのならよかったです」

純粋な言葉に雫は目を瞠る。

確かに今の状況は、想定した中では最善に近い。雫は見つかれば即殺される、という立場から王の監視下で働くところにまで行きついた。それをよいことと思ってくれるメアに、雫は申し訳なさとありがたさを覚える。寝台に座る雫は、髪を乾かしてくれている魔族の少女を見上げた。

「この城の中は魔法が当たり前だから、メアもそっちの姿でいていいんだって」

「私はマスターの肩にいるのも好きです」

「うん。でも、選べるっていうのはいいことだよ」

それが第一歩で、そこからまた歩き出せる。

明日からこの城で働くことになっている雫は、あわただしかった昨日のことを思い出す。

「王様あの時、禁呪に与した魔法士……って言ってた」

謁見の間でのこと、雫を逃がすために立ちはだかったエリクに、ラルスはそう言ったのだ。あれほど禁呪に対し嫌悪感を示していた彼が、かつて禁呪に関わったというのは本当のことなのだろうか。考えてはみたもののどうも上手く想像できない。そもそも雫は彼の過去について何も知らないままなのだ。

そして——気になることは他にもある。

ラルスの言う『あれら』とは何なのか。二百四十年前の事件の真相はどうなっているのか。

何だか謎ばかりだ。考え始めると気が遠くなる。

だが全てはまだこれからだろう。このまま足掻いていけばいつか手が届くかもしれない。欲しかったもの、帰りたい場所へと。

雫は髪を乾かしてもらうと、疲れきった体を再び寝台に横たえる。

きっと今夜は夢も見ない。そんな予感がした。

※

ハーヴは見張りの兵士に挨拶して部屋の扉を叩いた。遅れて中から返事が聞こえる。彼は苦笑混じりに扉を開けた。

「あの子、助かったらしいぞ」

開口一番に相手が聞きたかっただろうことを教えてやると、窓辺に座っていた青年は「そう」とだけ答えた。ハーヴは近くにあった椅子に座る。

「お前も無茶だがあの子も無茶だ。陛下に啖呵《たんか》切って塔から飛び降りた人間なんて初めて見たよ」

「そういうところが頑固なんだ。怒らせると何するか分からなくて怖いよ」

エリクの声は平坦ではあったが、大分落ち着いてきている。「雫が塔から飛び降りた」と伝えた時には、射竦《いすく》めるような眼《め》で見られてぎょっとしたが、それも一瞬の波のように今は消え去っていた。

「とりあえずは彼女、陛下の側仕《そばづか》えになるんだと。ていのいい監視だな。あの子の何がおかしいのか俺には分からないよ」

「僕にも分からない。けど……『外部者』って何か知ってる?」

「外部者? 部外者ってことか?」

やっぱり知らないらしいハーヴの反応にエリクは眉を寄せる。

どうにも真相が摑めない。これは王族のみが知っている機密の一つだろうか。

ファルサスは歴史も長く王家に力があるせいか、公にされていない資料が他国と比べても多い。特に六十年前の王族同士の内紛に関わる出来事についてなどは、ほとんどが封印資料だ。

これら封印資料を閲覧するには、王族の許可か同伴が必要となる。そして今、直系のファルサス王族とされている者は王と王妹の二人しか残っていない。

こんなことなら、もっと「彼女」に頼んで調べ物をしておけばよかった、そう思いかけてエリクは自嘲を浮かべる。馬鹿げた空想だ。もし時が戻るのだとしても、一介の魔法士が封印資料を見ることなどできるはずがない。第一、彼女はもういないのだ。

――カティリアーナ・ティル・ロサ・ファルサスは死んだ。

誰よりも彼は、そのことをよく知っているのだから。

※

この世界には緑茶がない。

一般的にお茶と言われるものは紅茶に似た色合いをしているが、風味はハーブティに近い。

一度どんな植物から作っているのか聞いたものの、エリクはそれをよく知らなかったので、雫は未だに原料を知らないでいる。ただ淹れ方は自分が飲みたかったので一通り覚えた。

「はい、お茶ですよ。王様」

「こんなにぞんざいに茶を出されたのは初めてだ」

「正座して泡立てればいいんですか？」

「お茶を泡立ててどうする。嫌がらせか」

「文化の違いというやつですね。分かりあえなくて残念です」

まったく残念に思っていない顔で、雫は白々と答える。

不満を示されても不満なのはお互い様だ。丁寧語を使っているだけで彼女としては譲歩している。

女官見習いの格好をした雫は、机から去り際、後頭部に紙くずをぶつけられて顔を顰めた。

もちろん誰がぶつけたかなどよく分かっている。この部屋には主人一人しかいない。

「何するんですか、王様」

「正体を現せ」

「いい加減しつっこいなぁ！」

雫は持っているお盆をラルスめがけてぶつけたくなったが、何とかそれを堪えた。

ファルサスの城都は暑い。湿度は低いが、気温は高い。

にもかかわらず城の人間は皆、長袖を着て平気な顔をして仕事をしている。

例外はただ一人、国の頂点に立つ男で、彼だけは半袖の簡素な服を着て仕事をしていた。ラルスは暑いからというより動きやすいからという理由で普段は軽装らしい。雫と謁見した時はきちんとした格好だったのだから、いわゆる「対人用」というやつだろう。

執務室で政務をしている王は、退屈そうに書類に視線を落とす。

「次から次に仕事が増えて困る。怪しい異世界人が来たりな」

「私も好きで来たわけじゃないんで、帰り方教えてくだされば帰りますよ」

出会ってすぐに問答無用で殺されかけた雫は、もはや無礼という域を通り越すチクチクした態度で王にあたっているのだが、彼自身はまったく気にしていない。もっとも彼女は厳密には王の臣下ではないのだから、そこをうるさく言う必要もないということなのだろう。ラルスの「寛大な王」という事前情報はある意味間違っていなかったらしく、彼は実害がないことに対しては鷹揚な人間だった。今も雫の淹れたお茶を飲むと「熱い」とぼやく。

「熱いですか？　私、お茶っていうとこれくらいの温度なんですけど」

「お前、実は体温も高いんじゃないか？　もう一回解剖してみるか？」

「平熱はこの世界の人とそう変わらないです。王様が猫舌なんじゃないですか？」

言いながら雫は、こちらの世界はぬるめのお茶が多いとは知っている。だから雫も自分の飲みたい温度にできるよう淹れ方を覚えたのだ。

ラルス監視下で女官見習いとなった雫の仕事は、朝起きて執務室の掃除をし、王に時々お茶を出して小間使いのように注文を聞きつつ、おおよそ夕方にさしかかるという頃に終わる。

他国からやってきて、塔から飛び降りたあげく女官に任じられた少女を、他の女官たちは困惑と共に迎えたが、王のお気に入りと認識してか腫れ物に触れるように扱われている。実際はお気に入りというより天敵扱いなのだが、面倒なので雫はその事実を黙っていた。

「エリクはどうしてるんですか、王様」

その質問にラルスは、書類を処理していた目だけを上げて雫を見る。

「働かせてるぞ、書庫で。最近レティが忙しくて人手が足りないらしいからちょうどいい」

「書庫ってどこにあるんですか」

「おしえなーい」

「…………」

『すっげぇ殴りたい』という言葉が喉元まで出かかったのをのみこんで、雫は沈黙を保った。殴りかかりでもしたなら、それこそ「正体を現したな！」と喜ばれかねない。この男の物言いはまったく隙なく腹が立つが、それ以上に思惑に乗るのは嫌だった。

「あの男はお前に甘いから駄目だ。せっかく俺がボロを出すまで苛《いじ》めようとしているのに」

「ド変態の王様はサドですか。サド王ですね」

「サドとは何だ」

「私の世界の文豪、マルキ・ド・サドと性癖を同じくする方々を称《たた》えてそう言います」

微妙に明言を避けて説明すると、ラルスは「ふぅん」と気のない相槌を打つ。薄青の瞳は相変わらず感情が読めない。元来の性格で感情が読めないエリクとは違う、「見せない」瞳。表層的なものが全て擬態なのは、どちらかというと彼の方ではないのだろうか。

「お前の世界はどんな世界だ？」

「ここと変わりませんよ。魔法と文明以外は」

「国があって王がいて争っているのか？」

「いえ……私の国は民主国家です。今は、ですけど」

「なるほど。責と利を分散させているのか」

大陸でもっとも大きい国家、その責を一身に担う男は平然と感想を述べる。だが制度の違う国への言葉には驕りも妬みも感じられない。雫はじっと端整な王の顔を眺める。

「どうした？　仕事が欲しいなら外にでも行くか」

「レウティシア様に、王様を城外に出さないようにと言いつけられています」

「レティめ……」

ラルスは忌々しげにぼやいたが、それは兄妹喧嘩《きょうだいげんか》なので雫にはどうしようもできない。

手持ち無沙汰な彼女は、執務室内のテーブルを磨き始めた。そのまま二人はしばらくの間、黙々と己の仕事に励んでいたが、不意にラルスが立ち上がる。

「よし、行くか」

「どこにですか？」

「仕事。城下に出るぞ」

「いや駄目ですって。言いましたよね、私。さっきちゃんと」

「仕事なら仕方ない。あー仕方ない」

「盛大な無視やめてくださいよ！」

ラルスは言いながらずんずん執務室を出て行ってしまう。雫はあわててその後を追いかけた。

雫が城都に滞在したのは一週間ほどだが、その間は謁見前ということでばたばたして、ほとんど観光もできなかった。だから城都で有名だというその鐘を雫が目にしたのは初めてのことだ。

広場の隅にある七階ほどの高さの鐘楼に、真白い鐘が吊るされている。

神秘的なその眺めを、雫はぽかんと口を開けて見上げた。

「すごい。綺麗ですね」

「願いが叶うとか言われてるらしいぞ。四百年くらい前からある」

「へえ。観光名所ですね」

壮麗な様子に雫が見惚れていると、ラルスはずんずんと鐘楼の一階にある扉に歩み寄り、鍵を使ってそれを開けた。何も言わず中に入っていく王の後ろに、雫は仕方なくついていく。

中はそう広いわけではなく、机が一つと上り階段、そして床に刻まれた魔法陣だけがあった。

「誰もいませんね。何の仕事ですか？」

「鐘楼部分の設備劣化の報告が来てる。修繕許可を出してほしいと。だから見にきた」

「それ王様が自分で来る必要なくないですか？」

雫が率直な意見を言うと、ラルスは含みのある目を彼女に向けた。じろじろと小柄な雫を眺める。

「お前は俺の監視下にある。許可なく俺の目の届かないところに行けば、厳罰が待っている。分かるか？」

「分かってますよ。退出時はいちいち許可取ってるじゃないですか。それがどうしたんですか？」

今の雫はちょっと自由のある囚人だ。居場所は常にラルスに報告しているし、文句をつけられる隙がないよう水を飲みにいくだけでも全部申告している。だからここに来るまでの間もぴったり王の後ろについてきたのだ。何故今更そんなことを確認するのか、訝しさを覚える雫に彼は笑った。

「じゃあ行くか」

言うなり王は階段に駆け出す。あっという間に上階に姿を消すラルスに、雫は呆然となった。すぐにその意味に気づく。

「ちょっと！　何してくれちゃってんですか！」

許可なく王の視界外に出てはいけない――それは、ラルスが勝手に離れてもきっと適用される。

雫は無茶苦茶な王の後を追って、必死で階段を駆け上っていった。途中何度も滑って転びそうになりながら、ようやく最上階に辿りつく。

そこには既にラルスが、汗の一つもかかずに待っていた。彼は、息を切らせて汗びっしょりの雫に人の悪い笑顔を見せる。

「どこに行ってた？　姿を見なかったぞ」

「必死であなたを追いかけてましたよ……いい加減怒りますよ」

「お前、最初からずっと怒ってるだろ」

言いながらラルスが顎で示したのは、鐘楼へ出る梯子《はしご》だ。彼が先に登り出すと、雫は額の汗を拭って後を追った。そうしてようやく鐘の下まで来た彼女は、手に着いた泥を払うと城都の眺めに感嘆の声を上げる。

「すごい……綺麗」

美しく広がる街並みは、高い場所から見渡すとより壮観だ。精密な絵本に描かれるような風景。遠くに見える城は御伽噺の舞台のようで、雫は少なくない感動を覚えた。

その間にラルスは、鐘を吊るす金具などを確認していく。雫はその背に複雑な気分になった。

――彼の肩に、これだけの街とそこに住む人々の暮らしがかかっているのだ。

そしてこの栄えた城都でさえ、広いファルサスのほんの一部でしかない。それは雫には想像もしきれない重圧だろう。

「性格が捻じ曲がってるのも仕方がないか……」

「何か言ったか？　異世界娘」

「何も申し上げてませんよ。幻聴が聞こえるなんてお疲れなんじゃないですか」

「この鐘楼、飛び降りやすそうだな。好きに飛び降りていいぞ。お前の趣味だろ」

「さすが王様。自国の観光名所を事故物件にしてもかまわないって懐の広さがすごいですね。お気持ちだけ頂きます」

雫は手すりもない縁から遥か下の地上を見下ろす。色煉瓦《いろれんが》の広場に、ふと黒づくめの男が立っているのに気づいた。まるで一滴落とされた染みのような男。

その男は——雫を見ていた。

「っ……！」

反射的に雫は身を引く。男は雫が気づくより前から、彼女を見ていたのだ。

鐘楼にいる人間が珍しくて見られていたのだろうか。心臓の鼓動が跳ね上がる。ぎょっと青ざめた雫を、検分を済ませたラルスが呼んだ。

「帰るぞ、異世界娘。そこから直通で帰るなら地上で合流だ」

「……お気遣いありがとうございます。文明人らしく階段で帰ります」

「ちなみにこの塔、転移陣で一階とそこの梯子の裏が繋がってる。生物が入ると発動する」

「なんでさっき階段上ったんですか!?」

「体がなまるから」

「そうですか。じゃあ帰りものんびり階段から帰ってください。私、掃除していくんで」

雫は鐘楼の隅に置かれていた箒を手に取る。ラルスの返事を待たず、さっきから気になっていた泥を掃き始めた。

「王様はすごい勢いで登ってたから気づかなかったかもしれませんけど、一階からずっと泥が零れてたんですよね。誰か畑からそのまま歩いてきたのか、って感じですけど、駆け上がってると転びそうになるので下まで掃いていきます」

「ここを駆けあがるのなんて俺とお前くらいだぞ」

「私だって一人なら駆けあがりませんよ！」

叫ぶ雫をよそに、ラルスは肩を竦めただけだ。彼は掃き掃除をする雫を眺める。

「ところで畑で思い出したんだが、お前の世界には人参があるのか？」

「ありますよ。ありまくります。重要なカロテン源です」

「それは残念だ。やっぱりお前を処断するしかないな」

「人参の有無で人の生死を決めないでください。こっそり人参食べさせますよ」

「どれほど誤魔化しても気づくからいつでもかかってこい」

本当に人参を食べさせてやろうか、と、人参嫌いの子供にこっそり食べさせるレシピを雫はいくつか思い描き始める。梯子を掃きつつ慎重に下りていく雫に、まだ上にいる王の声が問うた。

「今の境遇が嫌か？」

「嫌です。不愉快です。衣食住を見てくださるのは嬉しいですが、それより人として見てください」

「なら時を戻せばいい」

「そんなことできたら大変ですよ。魔法使いじゃないんですから」

王は沈黙する。

――時間とはこの世界の魔法によってさえも戻せないのだと彼女が思い出したのは、夜になってからのことだった。

※

「私、いつまでこの生活すればいいいんでしょうか」

「うーん……」

雫の問いに苦笑したのは、兄より数千倍常識人のレウティシアだ。

ただこの言い方を通用させるには、ラルスの常識がゼロではいけないという前提が必要だが、公人としては彼はほとんど欠点のない王であるらしい。その欠点のなさを少しでも性格に分けて欲しかった、などと雫は思うが、それは王に近しい全員が思っていることのようだ。

「王様って確か二十七歳ですよね。二十七歳になっても人参を根深く嫌ってるってことは、私もあと二十七年くらい疑われるんですか」

「…………それはちょっと……ごめんなさい」

「謝らないで否定して頂きたいんですが」

現在十八歳の雫は、あと二十七年経ったら今の親の年齢と同じくらいになってしまう。そんなになるまでこの国にいるとは思いたくはないし、ましてやあの王と小競り合いを続けているなどとはもっと想像したくなかった。

雫はレウティシアと並んで城の回廊の壁に寄りかかりながら嘆息する。

レウティシアはカンデラの事後処理で忙しい中、合間を縫って様子を見にきてくれたのだ。だが、王妹である彼女に嘆願してもラルスはどうにもならない。

「兄の考えてることは私にもよく分からないから。何だったら私の権限で貴女をどこかに保護することもできるわ。監視付きにはなってしまうけど」

「ありがたい話ですけど、それすると多分王様納得しないと思うんで。まだ頑張ります」

雫は、ラルスの挑戦を受けて立っているのだ。まだ逃げる時ではないと思う。彼女は代わりに気になっていたことを問うた。

「あの、エリクはどうしてますか？　私とは別口で働いてるって聞いたんですけど」

「私の下で働いてもらってるわ。彼自身も目的があるみたいだし、ちょうどいいかと思って」

「目的？」

「彼が知りたがってることは表には出せない情報だから。相応の制限がかかるの」

それは二百四十年前の空間転移に関する一件についてだろうか。だとしたら申し訳ないことこの上ないが、彼に会えてないので謝罪も相談もできない。レウティシアは曖昧に微笑む。

「もうすぐ彼も今の仕事が終わるから、そうしたら一度会えるかも。兄がうるさいから見つからないよう手配するわ」

「王様、私を孤立させていびろうとしてますもんね……」

エリクと引き離されたこの状態が王の狙いだ。そうすれば正体を現すだろうと勘違いされている。

雫は美しい王妹を見上げた。

「そもそも私、一体何と間違われてるんですか？」

それが分からなくては反論もしにくい。当然の疑問にレウティシアはまた「うーん」と唸った。

「これはファルサス直系だけの秘密だから。本当は兄でなければ他言はできないのだけれど……貴女は当事者だからちょっとだけね」

「はい」

「貴女は別の世界から来たと言ったでしょう？　でも、この世界には貴女の他にやっぱり外から来たものがあるのよ」

「え!?　いるんですか!?　じゃあどうやってこの世界に——」

「分からない。けどそれらは干渉者だから。ファルサス王家にはそれを排除するようにと口伝が継がれているの」

「干渉者……」

それはどういう意味なのか。雫にはこの世界に干渉している自覚はない。もっとちっぽけな存在だ。「外から来た」というだけでそれとひとくくりにされてしまっているのなら、迷惑にもほどがある。雫は何だか分からぬものを内心恨んだ。

「でも何でそれを排除するんですか？　干渉ってなんですか？」

「そのままの意味よ。弄《いじ》られて鑑賞される。だから排除するの。私たちには——人の誇りがある」

レウティシアの言うことはよく分からない。分かるように説明はできないのだろう。それは本来ならラルスの許可がなければできないことだ。

だが彼女の言いたいことは少しだけ分かる気がした。

人には人の矜持がある。

だからこそ雫も、巡り巡って今ここでこうしているのだ。

※

「中々……五里霧中」

ファルサスに来て数日。初めての午後休に雫は中庭に寝転がっていた。

隣には少女姿のメアがやはり草の上に仰向けになっている。二人はさっきまでここでお茶をしていたが、持ちこんだ甘いものを食べてしまうとひなたぼっこすることにしたのだ。

緑の髪を草の上に広げたメアが、ぽつりと言った。

「でも、マスターはがんばってます」

慣れない環境に放りこまれても、今までと変わらず悪戦苦闘している。それをメアが見ていてくれるのは嬉しい。だがそれも雫が自分のために皆を巻きこんでしまっているようなものだ。

せめてゴールが見えればいいのだが、下手をするとラルスに嫌味を言われながら二十年くらい経ってしまいそうだ。

今日も午後休みになったのは、ラルスの「泳げるかどうか試してみるか」で城の外濠《そとぼり》に突き落とされたからで、さすがに濡《ぬ》れ鼠《ねずみ》になった彼女を周囲の人間が憐《あわ》れに思ったらしい。ラルスは雫に「今日はお前もう休み。みんなに苦情を言われた」と言い渡したのだ。

流れる雲を見ながら雫があくびをしていると、彼女の上に影が差す。

見るとそれは、宮廷魔法士のハーヴだ。彼は二人に笑って手を振った。

「調子どう？」

「絶賛いびられてます。これって頑張っても『やっぱ駄目』とかで突然処刑されたりませんか？」

「そ、そんなことないとは思うけど……ちょっと自信ないかな」

「そしたら私のこときっちり記録に残してくださいね。隠蔽しないでください」

「俺の専門は歴史だけど、さすがに隠蔽されると思う」

「うわあああ！　身分制度ってむかつく！」

頭を抱えながら体を起こす雫の隣にハーヴは座る。彼は雫とメアに「おやつ」と言いながら紙包みをそれぞれくれた。開けてみると、中には数枚のクッキーが入っている。

「しんどいなら城を出てもいいとは思うよ。監視はつくだろうけど、それだけになるとは思う。多分城下で待ってれば、知りたいことはエリクが調べてきてくれる」

それはレウティシアの言っていた「表に出せない情報」のことだろう。雫は苦笑する。

「でもそれだとエリクに丸投げってことになっちゃうんで。自分でできることはしますよ。ファルサスに連れてきてもらっただけで充分すぎるくらいですし！」

やる気を見せる彼女にハーヴは瞠目する。彼は少し考えこむと、ほろ苦い微笑をみせた。

「……君はさ、エリクの昔のことをどれくらい知ってる？」

「全然です。早くから家を出たってのは聞きましたけど」

「そっか」

どこか寂しげな笑顔は過去を知るが故のものだろう。ハーヴは晴れた空を見上げる。

「大体察しがついてるだろうと思うけど、エリクは昔この城に出入りしてたことがあるんだよ」

「……宮廷魔法士だったんですか？」

「正確には違うかな。ただ宮廷魔法士待遇ではあった。これはね、四年前から城にいる人間ならみんな知ってるから言っちゃうけど、エリクはある王族の方の教師としてこの城に出入りしてたんだ」

「レウティシア様……じゃなくてですか？」

ファルサス直系は、今はラルスとレウティシアしかいないはずだ。だがそれにしてはハーヴの言い方はもってまわっている。予想通り、彼は静かに首肯した。

「カティリアーナ様という方でね。二代前の国王の妹君のご令孫にあたる。陛下のはとこにあたるって言った方が分かりやすいかな。カティリアーナ様は強い魔力はお持ちだったが、それをうまく扱えないでいらっしゃった。エリクと変わらないくらいのお歳《とし》だったんだけど、中身も割と幼くていらっしゃって……いつも城で所在なさげにしてたよ」

ハーヴの目は過去を見るように細められている。雫はその目に知らないはずの景色を夢想した。

「そんなカティリアーナ様が、ある日エリクを自分の教師として招いたんだ。当時あいつは十五歳だったかな。滅多に笑いもしないやつだけど、根気よくカティリアーナ様に付き合って魔法を教えてた。そのうちレウティシア様にも能力を認められて、面倒な仕事とかも引き受けるようになった」

「面倒な仕事？」

ハーヴは少しそこで言葉を躊躇うと、直接的ではない答えを返す。

「あいつはね、本来魔法士になれるような人間じゃないんだよ。魔力が全然足りない。でも実際簡単なものとはいえ魔法が使えてる。これってどういうことだと思う？」

彼に魔力が足らないとは、本人から常々聞いていたことだ。ただそれ以上にエリクには知識と技術がある。だから雫はそれについて気にしたこともなかった。彼女は考えて、妥当と思えた答えを口にする。

「分かりました。気合ですね」

「違う。単にね、あいつの構成力ってずば抜けてるんだよ。少ない魔力を徹底的に効率よく使って複雑な構成を組む。他の魔法士ならぱっとできちゃうものでも、あいつは魔力が足らないから複雑な構成が必要になるんだ。でもそれができるんだから、やっぱもったいないよな」

「もったいないですか？　すごいんですよね？」

それは語弊を恐れず言うなら、省電力で機械を動かすようなものだろう。高い技術力だからこそ可能な業《わざ》だ。それのどこがもったいないのだろう。

ハーヴは雫の率直過ぎる言葉に、困ったように笑う。

「すごいからもったいないって思っちゃうよ。最低でも俺くらいの魔力があったらもっと上に行けたんじゃないかって思ったりね。でも……こういう発想がよくないんだろうな。悪い誘惑だ」

何故そこで「悪い誘惑」などと出てくるのか。雫の困惑を感じ取って、ハーヴは暗くなりかけた声音を戻した。

「そんなわけでね、エリクは高い構成技術を買われて、レウティシア様から仕事を受けるようになった。――当時は禁呪資料の管理なんかにも携わってたんだ」

「禁呪!?　え、本当ですか!?」

あれほど禁呪を嫌っていたエリクが、それに携わっていたとは驚きの話だ。雫は思わず声を上げてしまってから、はっと気づいて口を押さえる。

しかしハーヴは苦笑して手を振った。

「大丈夫だよ。ファルサスが禁呪を管理してるっていうのはみんな知ってるから。この国は魔法大国という性格上、禁呪の抑止者って側面も持ってる。だから禁呪知識を管理してるし、ただそれは厳重に封印されてる。閲覧資格を持ってるのは一握りだ」

「はー……そうだったんですか」

思えばカンデラでの事件でも、エリクは禁呪の構成を見抜いて細工をしてくるなど非凡なことをしていたのだ。あれも彼の前歴があったからかもしれない。納得する雫にハーヴは頷く。

「エリクには禁呪の資料整理が可能なだけの構成力はある、けど禁呪を実行できるほどの魔力はないからね、ちょっと皮肉だけど適任者だと思われたんだろう。ただあいつが城に来てから三年経った頃……今から四年前だね、ある事件が起きたんだ」

「事件？」

急に不穏な言葉が出てきた。ハーヴは苦笑になりきれない翳のある表情を浮かべる。

「ああ、カティリアーナ様が禁呪を組もうとして亡くなった。エリクはその責任を取らされて、城を出ていったんだ」

「え？」

――エリクが過去関わっていた少女が、禁呪で亡くなっていた。

それは初めて聞く話だ。雫は驚きに目を見開く。

「本当ですか？　でもなんで……」

「残念ながら本当。ほら、あいつファルサスのこと避けてたりしなかった？」

「う」

ハーヴの指摘は図星で、エリクはファルサスを避けていたどころかあまりよく思っていない節さえある。口ごもる雫にハーヴは笑った。

「別に気にしなくていいよ。知ってるから。でもエリクがそうなったきっかけは、カティリアーナ様の一件があったからだ。もちろん、王族のやったことだから、詳細は俺たちなんかには明らかにされなかったし、エリクも何も言わなかった。正直なところ俺は、あいつが責任を取る必要はないんじゃや、とも思ったけど、カティリアーナ様の教師だったのは事実だからな。で、結局あいつは元の国に帰ったんだ」

その言葉に、雫は言葉をのむ。

――確かにこの旅の最中、幾度か彼の様子に翳りを感じることはあったのだ。

ファルサスのことであったり、禁呪のことであったり、王家のことであったり……思うにそれは、カティリアーナの一件を想起させるものだったのだろう。王女でありながら普通の幸せを摑もうとするリースヒェンに同情的だったのも、過去のことがあったからかもしれない。

「そんなことがあってさ、俺はもうあいつは二度とこの国には現れないんだろうなって思ってた。でも、君を連れて戻ってきたんだ」

ハーヴは過去を見る目を閉じると、苦みを消せないまま微笑みなおす。

「君はさ、陛下からひどい目にあわされても頑張ってる。それはやっぱりすごいことだし……あいつの支えになってくれるんじゃないかって思う。勝手な話だけどさ」

「……勝手じゃないですよ」

エリクが今苦労しているのは、雫が元の世界に帰りたいと願ったからだ。

なのに今、自分が折れるわけにはいかない。安全圏でただ待っているだけなどできない。己の身《み》の証《あかし》は、己で立てるのだ。

「まだ私、全然負けてませんから。公平な勝負を期待しててください」

過去がどうであれ、今に少しも選択の自由がないわけではきっとない。

だから雫は全力で一歩を踏み出す。そうしようと決めている。

己の意志を瞳に煌めかせる雫に、ハーヴは困ったように笑った。彼は立ち上がると魔法着についた草を払う。

「色々余計なこと言ってごめん。困ったことがあったら相談してよ」

「ありがとうございます！」

去っていくハーヴに手を振ると、雫は再び草の上に寝転がった。このまま昼寝をしてしまいたいくらいいい陽気だが、実際にやると熱中症になるかひどい日焼けを負うだろう。

雫はしばらく日差しを楽しんでいたが、諦めて起き上がろうとする。だがそれより一瞬早く、離れた場所から知らない男の声がかかった。

「女官か？　そんなところで何をしている」

「あ、休憩を……」

あわてて飛び起きた雫は、城の建物の方から歩いてくる相手に気づく。濃い緑色のローブを着た壮年の男は、初めて見る顔だが服装からして宮廷魔法士だろう。

顰め面の男は雫の顔をじろじろと見て、吐き捨てた。

「お前か。厄介者が連れてきた厄介者は」

「厄介者て。確かに私はそうですけど」

雫自身は王公認の厄介者だが、その言い方だとまるでエリクまでもが厄介者のようだ。

だが、ハーヴの言っていた当時を知る人間の中には、「禁呪絡みの事件に関わった」というだけで、エリクにいい印象を持っていない人間もいるのだろう。それについて感情的には反論したくても、雫が口を出せるようなことではない。彼女は言いたい気持ちをのみこむと立ち上がる。

「失礼しました。部屋に戻ります」

雫は会釈をして男の脇を通り過ぎる。メアがその後ろに続いた。背後から侮蔑を含んで鼻を鳴らす音が聞こえる。

それでも彼女は振り返らず、顔を上げたまま城に戻っていった。

※

最後の一冊は異様に薄かった。エリクはそれを書棚から引き抜き、ぱらぱらと捲《めく》ってみる。細かい単語まで追う必要はない。必要なことが書いてあるか否かを調べているだけなのだから、章題だけ分かればいい。

だが、半ば予想していた通り、その冊子にも彼の求めていた情報はなかった。二百四十年前の怪事件の記録は、この部屋にも残されていないのだ。エリクは少しだけ苦い顔で本を棚に戻す。

「なかったでしょう?」

唐突に後ろからかけられた声は女のものだ。それが誰であるか振り向かずとも分かる。エリクは黙って首肯した。

「貴方は自分の目で見なければ納得しないだろうから。兄の気が済めば教えてくれると思うわ」

「どうだか。期待はできません」

「嘘をついているつもりはないのだけれど」

「あの方の気はいつ済むか分からない」

その答えはレウティシアの痛いところをついたらしく、彼女は美しい顔を顰める。

――ファルサスにおいて唯一王を正面から叱り飛ばせるのは彼女だが、「叱り飛ばせる」ということと「言うことをきいてくれる」ということは決して同じではない。エリクはかつてそれをある少女からよく聞いていたのだが、実際に会ってみてラルスの厄介さに啞然とした。

世に出ている評判や、行き届いた内政からは想像しにくい冷淡な果断。塔の上に立った雫に、彼が直接にではないが跳ぶよう促したという話を聞いた時は、さすがに忌々しさに何も言えなかった。

王家の封印資料の閲覧資格を与えられた代わりに、この書庫の整理を命じられた青年は、深く溜息をつく。

「教える気がないのなら早く言って欲しい。そうしたら彼女を連れてこの国を出て行きますから」

「それはできないわ」

「この資料を見たことが問題になると言うのなら、あなたが僕の記憶を消せばいいでしょう」

「簡単に言うのね。記憶操作は大変なのだけれど」

「だがあなたなら可能なはずだ」

遠慮ない切り返しにレウティシアは降参するように両手を軽く上げた。狭い部屋、だがびっしりと壁を埋め尽くす資料の数々を見回して彼女は苦笑を収める。

「閲覧許可を出したのは他にも理由があるわ。貴方は四年前の……あの子のことについて納得していないと思ったから。少しは疑問が解消されたかしら」

――カティリアーナ。

失われたその名がエリクの脳裏をよぎる。そして当時は知らないままだった彼女の真実も。

だが、今封じられた王家の資料によって本当のことを知ったとしても、過去が変わるわけではないのだ。エリクは平坦な声音で返した。

「僕の疑問が解消されて今更意味がありますか？」

「特には。貴方の中で意味がないのなら無意味なのでしょうね」

レウティシアの微笑みには一瞬断裂が生まれ、その先に冷え切った夜に似たものが窺えた。

しかしそれを見てもエリクは表情を変えない。彼は書庫を整理するために棚に向き直る。優美な強者の声が狭い部屋に響いた。

「ここの仕事が終わったら、次はカンデラの禁呪事件について調査書を纏めて頂戴」

「何故僕が？　事後処理に行ってもいないのに」

「貴方、あそこにいたのでしょう？　採用書類が残っていたし、何より地下に魔法陣が残っていたわ。誰が描いたかすぐに分かるものがね」

予想はしていたがお見通しの答えに、エリクは渋々手を挙げて了承を示した。構成にはある程度術者の癖が出てしまう。レウティシアならそれを見破ってくるかもしれないとは思ったのだ。

だが、このまま彼女の命令に従っていては、いいように使われているだけだ。せっかく封印資料を限定的に閲覧できているのだから、対等に交渉できるような何かを摑まなければ。

エリクは薄い一冊を本棚から抜き取る。

「そう言えば六十年前の廃王の乱心事件……記録を見るとそこに端を発したファルサス王族の闘争には、二十五年間にわたって断続的にある男が関わっていますね。その男の名前や素性については資料に記載されていませんが、彼は一時的にせよ王家の精霊を使役していた——つまりは、ファルサス直系ですね？　この男は誰ですか」

それが、彼の知りたい何かしらに関係していると思ったわけではない。ただ不自然だと思ったから口にした。ファルサス直系と呼ばれるのは歴代の王から五親等以内の人間たちのみだが、この男だけは系譜のどこにもそれらしい存在はいないのだ。にもかかわらず、直系しか使役できないとされる王家の精霊が二体、記録では彼の命令を遂行している。

この隠された王族は誰であるのか。それは、魔女についての記述を隠蔽したと同じ、書物には記されないファルサスの暗部の一つではないのか。

手探りでの調査で得られたこの引っかかりに、レウティシアはしばし沈黙した。そのまま書庫を出て行ってしまうのではないかとエリクは思ったが、彼女は一言だけ答えを返す。

「それは、貴方が知りたがっていることと多分同じよ」

そう言ったレウティシアの微笑みは、まるで仮面のようだった。

※

ファルサス王家の歴史は長い。

王剣アカーシアの剣士を王として仰ぐ国。そこに生まれた王族たちは、王がそうでなければいけないように、皆が強者であることを求められてきた。

卓越した剣士が、類稀な魔法士が数多生まれ育ってきた王家。それはけれど、次第に力を手放すまいとしての血族婚へと繋がった。

――だからこそ、六十年前のような事件が起きたのかもしれない。

一人の王が突如乱心し、血族たちを殺戮《さつりく》していった事件。ファルサス城の広間を血の海と化したその男の名は廃王ディスラル。彼は王剣アカーシアを振るって四十一人の血族と二十二人の臣下を斬り捨てた後、生き残った血族たちの手で、死を以て玉座から廃された。

だが彼の死後、ファルサス王家には更なる不和と疑念がまことしやかに吹きこまれ、二十五年にわたって血族同士が争う夜の時代が訪れたのだ。

その中心にいたのはディスラルの姪《めい》であり王女であるクレステアだ。当代最強と言われた魔法士の彼女が、この夜の時代において何をしたのか……それは表の記録には残っていない。

「――だが私は思うのだ。アカーシアの主人たるファルサス国王が強者であることを求められるなら、誰よりもそれを体現したのが廃王ディスラルであったと。ならば何故その偉業が葬られねばならない？　彼は王として勝ち続け、蹂躙し続けた。その到達点が血族殺しだっただけだ」

陶然と語る男は、濃緑の魔法着に身を包んでいる。

燭台によって煌々《こうこう》と照らされた部屋で、男の話を聞きながらアヴィエラは笑った。

「そうだな。ファルサス王家にとって、ディスラルの乱心もそこから続く血族争いも、歴史に残したくない暗部だったのだろう。だが、そうして見ぬふりをして封じこめることに意味はない。知らなければいずれ同じことが起こるだけだ」

アヴィエラはテーブルの上に置いた赤い本を撫でる。この本は、常に彼女が傍らに置いているものだ。彼女がカンデラにおいて邪教集団を操った時も、この本は傍にあった。

彼女が今まで何をしてきたのか知らない男は、その言葉に気をよくしたのだろう。大げさに頷く。

「廃王ディスラルの存在を忌んだことこそファルサスの失敗だ。彼《か》の方《かた》の力に怯えるのではなく、従えばよかった。それをしなかったがために今の直系はたった二人だ。それも争いが終わった後にたまたま生まれただけの二人で、魔法大国の主としては力不足だ。もっともっと鍛え上げねば王族たりえない。ファルサスはそうやって廃王ディスラルが亡き後の二十五年間においても研鑽《けんさん》してきたのだ。あれは、あるべき犠牲だった。――そう、クレステア様は仰っていた」

いないはずの女の名を口にして男は己の言葉に酔う。その目は曇っていて正しく物事が映らない。

今現在、ファルサスに残る王家直系――ラルスとレウティシアは、既にどちらもが強者だ。

夜の時代の後に生まれたとは言え、彼らはたゆまぬ努力によって生まれに見合う力を得た。

けれど廃された王に心酔している男には、それも分からないのだろう。だからアヴィエラはそれを利用する。どの道、魔法大国であるファルサスはいずれ相手にせねばならない存在だ。

「ならばお前が、今の王に試練を与えればいい。私が教えた禁呪はちゃんと期待通りのものだっただろう？」

「ああ。陛下はまだ気づいていない。せっかく手がかりを与えたのにな……」

「その意気だ。己の処刑を覚悟してでも王家に問題提起しようとは、忠臣の鑑《かがみ》だな」

「私の仕業とすぐには露見せぬさ。ちょうど今、城には厄介者がいる」

それを聞いてアヴィエラの目にはいささかの侮蔑がよぎる。だが彼女はすぐに艶《あで》やかに微笑み直すと、自身の後方を一瞥した。そこには黒衣の男がいて、二人の話をずっと黙って聞いていた。彼女は黒一色の男に命じる。

「エルザード、行って少しだけ手を貸してやってくれ。ファルサスは『忘れていること』が多すぎる。それを少しは思い出してもらおう。歴史の影に追いやった者たちによってな」

※

脇腹がねじ切れそうに痛い。雫は左手を腹に当てながら、鉛のように重い両足を意志だけで前に動かした。喉がカラカラと渇いて苦しい。息が上手くできない。心臓が破裂しそうなほど叫びを上げて、その痛みにもう崩れ落ちてしまいたかった。

木立の中の細い道を、雫は曲がる。角の日陰に差しかかった時、限界を感じた彼女は一本の木の影にふらふらと歩み寄った。幹に手をつくと屈《かが》みこむ。言葉もなく胃の中の物を吐いていると、彼女がいないことに気づいたのか、走っていた男が戻ってきた。

「もう限界か？　体力ないな」

呆れるわけでも冷ややかでもない、ラルスの淡々とした言葉。雫はかろうじて残った意識で口には出さず「ふざけんな」と反論する。

その日の朝、いつも通り王の執務室に出勤した彼女は、王に「走るぞ」と言われて目を丸くしたのだ。何が何だか分からなかったが王命であれば仕方がない。言われた通り若い兵士が着るような麻の上下に着替えて、ラルスの後についていく。

そしてそのまま彼女は、何故か城の内周をランニングで三十周する羽目になった。

「そろそろ、死にます……」

この世界に来てやたらと走り回っているせいか体力をつけるよう意識はしていたが、それにもさすがに限界がある。元々長距離走は非常に苦手だったのだ。加えてラルスの異常に速いペースについていては持つはずもない。

倒れる二歩手前くらいの体調に、本当は地面に転がってしまいたかったが、さすがにそれは堪えた。代わりに力なくしゃがみこんだ雫はすぐ傍に立つ王を見上げる。

「なんで体力を試してみようとするんですか……一回解剖したじゃないですか……」

「階段上った時は結構ついてきたから。瞬発力はあるな、お前」

「人には得手不得手があります……」

殴りたいとは思ったが、そこまでの力は残っていない。雫は肩で息をつきながら足元の草を見つめた。背筋を生温《なまぬる》い汗が何筋も伝っていく。前髪から滴ったそれは青い草の先に落ちていった。

呼吸を整える彼女の頭をラルスは軽く叩く。

「俺にも仕事がある。あと一周で終わりにするか」

「まだ走るんですか……元気いっぱいわんぱく王ですね……」

「それも俺の役目だからな」

さっさと走り出す王を追って、雫はぼろぼろの体を引き摺り走り出す。

最後の一周と言いながら、しかし到底走れる状態ではない彼女は、歩くような速度で足を動かしていった。その彼女を振りきってしまっては見張りにならないと思ったのか、ラルスはやがて一歩前を歩き出す。出会った時から犬猿の中である二人は、無言のまま城の裏手にさしかかった。

雫は城壁と雑木林の間を黙々と進みながら、ふと視界の左方向、林の中にある白い建物を指差す。

「あれ、何ですか」

先ほどからずっと気になっていたのだ。倉庫というよりは神殿を彷彿《ほうふつ》とさせる壮麗な建物。だが大して大きくはない。ちょっとした小屋くらいだろうか。真四角の建物には窓がなく、扉があるとしたら反対側だろう。ラルスは雫の指先を追って、その建物に視線を移した。

「王家の霊廟《れいびょう》だ。代々の王と妃の棺《ひつぎ》が安置されている」

「骨壺《こつつぼ》じゃないんですね。土葬ですか？」

「遺体を綺麗にして棺に入れるだけだ。土には埋めてない」

息が落ち着いてきた雫は、ラルスの返答に頷いた。ほとんど力の入らない足をそれでも前に出す。

確かラルスは第三十代の王だったはずだ。ならば単純に考えて安置されている棺は五十八個以下だろう。あの大きさの建物に骨壺ならともかく棺が五十八個も入るとは思えないから、おそらく安置所は地下にでも広がっているに違いない。

この世界に幽霊はいないと知っているせいか、雫は何の恐れもなく白い建物を見つめた。

「王様もその内あそこに安置ですか」

「そうだろうな。そろそろ中を広げなければ、棺が場所を取って仕方ない」

「燃やして骨だけ安置すれば省スペースですよ。うちの国はそうです」

「火葬を通例にすれば、毒殺された時に証拠隠滅される恐れがあるから無理だ」

ラルスの返答はさらっとしたものであったので、瞬間雫は聞き逃しそうになった。だがすぐに物騒な内容に躓いて、彼女は一歩先を行く男を見上げる。

——王とはつまり、そういった危険に常にさらされて生きていく人間のことなのだろう。

彼女にとっては現実味のない話だが、この男にとってはそれが当たり前でしかないのだ。

雫は自然と眉根を寄せてしまう。ラルスのことはまったく好きになれないが、彼を取り巻く常識はそれを差し引いても、何だか腑《ふ》に落ちない窮屈なものに思えた。無意識のうちに深く溜息をつくと、その気配で気づいたのか王は少女を振り返る。

「どうした。話す余裕があるなら走れ」

「走りますとも、サド王」

だが今は、ラルスに対して何かを思っている余裕などはない。

雫は両手を軽く握るとゆっくり走り出す。走り終えた後の昼食は、限界まで体を酷使したせいかとても食べる気にはなれなかった。

「か、体やばい……」

城の片隅にある食堂で、雫はテーブルに突っ伏しながら呻く。

彼女が何故死に体になっているのか、城の人間なら誰でも知っている。さっきもランニングをする二人とすれ違った武官が、気の毒そうな目で彼女を見ていた。

雫のことを「何だかよく分からない敵」と思っているらしいラルスの仕打ちは、女官になってから二週間、未だ止《や》むことがない。三日前には無理矢理剣で手合わせをさせられて、あちこちに打撲ができてしまった。それら打ち身は話を聞いたレウティシアが治してくれたものの、赤黒い痣《あざ》はまだ消えないでいる。

一体いつまでやれば気が済むのか。過労死するのが先かマッチョになるのが先か、雫自身判断が難しい。それにしてもファルサス王は王剣の剣士と言うだけあって、身体的にはかなり鍛えられているようだ。雫に鬼のしごきをしている間、ラルスも大抵同じことをしているのだが、彼の息が上がっているところなど見たことがない。いつか仕返しをしてやりたいとは思っているのだが、この様子では肉体的に痛い目を見せるのは無理かもしれない。

「でもこのままじゃ癪《しゃく》に障る……」

「――君は相変わらずだね」

とん、とテーブルの上にカップが置かれる。その音以上に、かけられた声に雫は飛び上がった。

「エ、エリク！」

「久しぶり」

立ったまま さらりと返す彼の表情はいつも通りで、感情は読めない。ただその服装はいつもの旅装の魔法着ではなく、ファルサスの宮廷魔法士の多くが着ている薄青い魔法着になっていた。手には厚い書類袋を抱えている。雫はそれが、今の彼の立場を表しているようで息を詰める。

だが、エリクに会うのは謁見の間で別れた時以来なのだ。

雫は何から言おうか迷って——すぐにテーブルの上に両手をついた。

「すみませんでした！」

「顔上げて」

深々と頭を下げる彼女に即返ってきたのは情味のない声だ。雫が恐る恐る顔を上げると、青年は真摯なまなざしで彼女を見ていた。

「体は平気？」

「あ……平気です。むしろ鍛えられてます」

「耐えられなくなったら王妹かハーヴに言うといい。何とかしてくれるはずだから」

「それ、お二人にも言われたんですけど、大丈夫です。負けたくないですから」

辛《つら》くはあるが死ぬほどではない。理不尽ではあるが耐えられる。

ラルスが課してくるものはそんなライン上にあるものばかりだ。試されているのだから、まだ受けて立つだけの気概はある。そうでなければ自分が納得できない。

意志の光を双眸へちらつかせる雫に、エリクは初めて表情を動かした。青年は軽く眉を寄せて彼女を見下ろす。

「君は時々、びっくりするくらい頑固だよね。それを分かってたつもりだったけど、さすがに今回は予想を超えてきた」

「大変申し訳ありません……」

彼が言うのは塔から飛び降りた一件だろう。当たり前と言えば当たり前の言葉に雫は再び頭を下げる。エリクからすれば、雫を謁見の間から逃がしたのは彼女を助けるためだ。その意図を無にしたと怒られても仕方ない。

だが、頭の上に降ってきたのは叱責ではなく、染み入るような声だ。

「怒ってるわけじゃないよ。心配しただけだ」

「……エリク」

雫は顔を上げる。感情を多分に含んだ藍色の双眸と目が合った。

「君には君の譲れないものがある。僕はそんな当たり前のことを分かっていなくて……また昔と同じ失敗をするところだった」

安堵の息を思わせる言葉。そこに込められている感情は見えているものよりずっと重い。

言葉に詰まる雫に、エリクは初めて微苦笑した。

「君が無事でよかったよ」

ひどく優しい声音には、温かみと微かな苦みが滲んでいる。

――彼は、失われた少女のことをずっと後悔しているのかもしれない。

それはけれど、雫が触れることのできない過去の話だ。触れられないからこそ、自分は自分ので

きることをするしかない。

申し訳なさに彼女がまた頭を下げると、エリクがついでのように釘《くぎ》をさす。

「でも、王とやりあうのもほどほどにね。限界って自分が思ってるより急にやってくるから」

「肝に銘じます」

てっきり無茶苦茶を怒られるかと思ったが、彼が口にしたのはそれだけだ。もっともエリクに苦言を呈されたことは山ほどあるが、叱られたことはほとんどない。それはきっと彼の性格のせいで、だからと言ってあまり甘えてもいられない。

「僕は王妹命令で今からしばらくカンデラに禁呪事件の報告書を作りに行ってくる。何かあったら王以外に伝言を頼んで。あんまりメアと離れないように」

「はい」

「あと、君はもっと君らしいやり方をした方がいいよ。相手のやり方に乗せられるんじゃなくて。多分、王が見たいのはそれだ」

ぽん、とエリクの手が雫の肩を叩く。彼はそのまま椅子に座らず去っていった。

まるであっさりとした邂逅《かいこう》。二週間ぶりとは思えないそれは、けれど彼にとっては最大限やりくりしてくれたものなのだろう。雫は置かれたカップを手に取る。

「私のやり方……か」

ラルスが見たいものとは一体何なのだろう。

雫はカップに口をつける。ほんのり甘いお茶は、一口ごとに疲れを癒やしていく気がする。

彼女はお茶を飲み干すと言った。

「うん、これで行こう」

今までは相手の土俵だったが、そろそろ反撃してもいいだろう。

雫は空になったカップを手に、厨房へと歩き出した。


はじめに言葉を、それが通用しなかったら己を俎上《そじょう》に乗せた駆け引きを。

雫がラルスに費やしたのはそこまでだ。その後は彼からの試練を受けて立っている。

――だから次は違うやり方での勝負だ。

狐色に焼きあがったパンケーキは甘い香を漂わせている。雫はその上に満遍なくバターを塗った。本当はメープルシロップでもかけたいのだが、この世界では見かけないのだから仕方ない。冷めないうちにと盆に載せて、彼女は王の執務室へと向かう。

「入りますよ、王様」

声をかけて返ってきたのは間延びした了承の返事だ。雫は扉を押し開ける。

「何だそれは」

「おやつです」

愛想のかけらもない態度で雫はラルスの前に皿を置いた。真円に近いパンケーキを、王は目を細めて見やる。

「お前が作ったのか？」

「そうです。恨みしか入っていないんで、安心して食べてください」

「どう見ても小麦粉は入っているだろう」

ラルスは言いながらもナイフを手に取った。ふんわりと膨らんだパンケーキを口に運ぶ。

その様を雫はじっと見つめた。あまり見ては不自然さに気づかれるだろうと思い、いつも通りを強く意識する。

王は単なるパンケーキを品のある所作で咀嚼し、嚥下した。一拍置いて顔を上げる。

「人参を入れたな？」

「何で分かったんですか!?」

「丸分かりだ。人参の味がする」

「小指くらいのをすりおろして入れたのに！」

「甘い。それくらいで誤魔化せると思ったか」

一口で看破された雫は唸り声を上げた。まさかここまであっさりと人参を嗅ぎつけるとは思わなかった。ほどほどに食べ進んでから暴露してやろうと思っていた彼女はがっくり肩を落とす。

「大体、日頃あれだけ俺を睨んでおいて、料理を作ってくるとは疑えと言っているようなものだ。意趣返しをするつもりならもう少し捻りを入れろ」

「分かりやすくてすみませんね！」

「まったくだ。次は改善しろ」

ラルスは言い捨てると次の一切れを口に運んだ。その光景に雫はぽかんとする。何故人参が入っていると分かっているのに食べるのか。彼は平然とした表情のまま食べ進み、パンケーキは半円になった。

そこでようやく彼はナイフを置くと皿を前に押し出す。

「もう限界だ。あとはお前が食べろ」

「人参、そんなに嫌いじゃないんですか？」

「嫌いだが、七年ぶりに食べたからな……。食べられるかと思ったがやっぱり嫌いだ」

「リタイアしてよかったのに」

少なくとも彼女の方は、皿を投げられることさえ念頭に置いていたのだ。拍子抜けして皿を受け取ると、雫は執務室の隅のテーブルに移って自作のパンケーキを食べ始めた。口の中に広がる味は甘くふんわりしたもので、少なくとも彼女には人参の味はまったく感じられない。昼食を食べていないこともあって、雫は残りのパンケーキを問題なく胃に収めた。

そうして彼女は皿を盆に戻すと口を開く。

「ごちそうさまでした。では、始めますか」

「何をだ？　勝手に何を言い出してる」

「白黒つけましょう。私の肉体がこの世界の人間と変わらないことは確認してくれたわけですし。もう一度——次は、言葉で」

エリクが言った「君らしく」とは、きっとそれだ。

王の正面から、対等に、言葉を交わす。対話をする。それを以て己を証明する。

この世界で雫に与えられたものは、最初からそれだけだった。だから、言葉を使う。

雫は姿勢を正し、王を見据えた。

「私の世界に魔法はなく、文明はここより進んでいることはお話ししたと思います。この大陸には五つの大陸があるそうですが、私の世界にはもっと多くの大陸があり、それらは同じ一つの星の上に存在しています」

「星？　空にあるあれか？」

「あれです。ですが今のところ私たちは、自分たちの住む星以外に知的生命体のいる星へと行きつけていません。──別の星にせよ違うのにせよ、私たちは、別の世界を観測できていないんです。だから、この世界の存在も知らなかった。少なくとも私はそうです」

言葉を尽くし、説明する。理解を得る。どうしてもっと早くこれをしなかったかと言えば、知識を伝えること自体を無意識に恐れていたからだ。

「私たち人類の歴史は、遡れば星の歴史でもあります。進化の結果、今の人類が生まれたのが二十万年前。そこから私たちはそれぞれの大陸に分かれ、知恵をつけ、文明を築きました」

無自覚なまま知識を伝えれば、この世界の何かを変えてしまうかもしれない。あくまで慎重にならなければならない。

「私たちの世界にもう一つ違いがあるとしたら、この世界で言う位階構造が存在しないことだと思います。魔法がない以上、ただ認識されていないだけ、という可能性もありますが、少なくとも私の生きる時代において位階構造は存在を認識されていません。それが原因かは不明ですが、私はこの世界の瘴気に影響を受けないようです。エリクは『この世界の魂ではないから、位階に繫がっていない』と仮説を立てていました」

雫はそこまで一息に言うと、王を見返す。

「これ、ここだけの話でお願いします。この世界の在り方を歪めてしまう可能性が恐いので」

ラルスは、性格が捻じ曲がってはいるが頭が悪いわけではない。今のお願いで雫の意図するところは分かるはずだ。すぐに彼は雫に聞き返す。

「こちらの世界を観測できないから干渉しているはずもない、か。お前は見張り塔の上でも似たことを言ってたな」

「私の知識不足だという可能性もありますけどね。平民の一学生でしたし、一般に秘匿されているような情報は知りません。ただ私の世界ではそういう人間が大多数です。私がこっちの世界に来てしまったことも……おそらく向こうでは不可思議な事件として扱われているでしょう。人が忽然《こつぜん》と消えてしまうということは、本来的にはありえないので」

「魔法がないからか。そもそも位階構造がないから魔法士が生まれないのかもな」

「文明は進んでいると言っても、こっちの世界をまったく感知できていない現状です。もし感知できてたら私の世界は別の接触方法を考えると思いますよ。一般人を放りこむんじゃなくて」

全てを嘘と見做《みな》される可能性もあるが、それを恐れていたら何も言えない。雫は「ちなみにうちの国の平均寿命は八十ちょっとです。一年は三百六十五日」と付け足す。

彼女は息をついて王に向き直った。

「というわけで、ここからは質疑応答です。どうぞ」

「質疑応答か……」

無視されるかもしれないと思ったが、意外にラルスは真面目に聞いてくれている。彼はじっと雫を検分すると、口を開いた。

「お前の世界では人の精神を何と考える？」

「へ？　精神ですか？」

それは予想外な方面の質問だ。雫は意識を切り替えると少し考えこんだ。逆にラルスに問う。

「この世界では、人間は肉体、精神、魂から成ると考えられているんですよね？　そういう意味での話ですか？」

「よく知っているな。そんなことを知っているのは一部の学者や魔法士だけだぞ」

「エリクに聞きました」

ラルスは納得したのか頷いた。「そういう意味での話だが、こちらの常識に囚われなくていい」と返してくる。彼女は、大学でもされたことのない端的で、だからこそ難しい問題に頭を捻った。しばらく悩んだ後に、ようやく自分の思考を整理しつつ答え始める。

「私の国では、大雑把に分けて学問は文系と理系に分けられるんです。ですからその二つで精神へのアプローチは異なってきます」

「アプローチってなんだ。それはどう違う？」

「あー、私は文系の上、若輩なんで話半分で聞いてくださいね……。理系は主に精神を肉体との関係において解明しようとしています。脳……って分かりますか？」

「頭に入っているやつだろ？　思考の器官だな」

「そうです。私の世界では肉体の一部である脳を研究することで、感情が発生するメカニズム——つまり脳内にどのような物質が生まれると、人にどのような感情や気分が生じるのか、またどんな刺激でどう変化していくのか、こういった仕組みを解き明かし、投薬などによりその物質をコントロールすることで精神に現れる病の治療を試みています」

その話を聞いた時のラルスの顔は中々見物だった。目を丸くした男に雫は苦笑する。

「感情が、物質で生じているのか？」

「そうです。でも、不思議なことではないでしょう？　血も肉も物質ですし、人間はそもそも物質によって形成されているんですから」

それは、覆しようのない大前提だ。ラルスは一瞬のみこめなそうな顔をしたが、雫の視線に気づいたのか表情を押し隠した。「続けろ」とだけ口にする。

雫はまた少し沈黙し、考えをまとめると話を再開した。

「ただ、そういった物質的な仕組みが判明したのはそう昔のことではなく、まだまだ分からないことは多いです。絶賛研究中ってところですね。一方、文系のアプローチは宗教や哲学などから始まり、二千年を越える歴史があります。私の専門はこっちですね。この世界の思想と通じあえそうなのはこっちで、魂を論じるのもこっちです」

「魂は物質ではないのか？」

「分かりません。該当する物質が見つかっていないだけかもしれませんが、魂とは概念でしかないという考え方の方が主流だと思います」

「魂は在るぞ。禁呪の中には人の魂を消費して強大な力を得るものがあるからな」

再び耳にした「禁呪」の単語に雫は眉を寄せる。カンデラでの事件と、エリクの過去についての話を思い出したからだ。

彼女の表情の変化に気づいたラルスは、その理由を察したらしい。軽く言った。

「気になるなら本人に聞け」

「読心術やめてください。そんなこと聞いたらさすがに不躾《ぶしつけ》じゃないですか……。大体、王様が私とエリクを会わせないようにしてるでしょう。強制労働とかで」

「ちゃんと給金は払ってるぞ。あいつにもお前にもな」

「私にも出てるんですか!?」

それは初耳だ。大体、雫の手元には今のところ何も支払われていない。だから彼女は今まで、労働と苛めは衣食住と相殺されているのだろうと思っていた。

もっとも給金についてはまだ一月も経っていないのだから、彼がそう言うのなら単に支払日になっていないだけだろう。呆気《あっけ》に取《と》られた彼女に、ラルスは当然のような態度で返す。

「働かせている代価を払うのは当たり前だろ」

「王様、暴君なのにきっちりしてるんですね……」

「俺を暴君と言った人間はお前が初めてだ」

「私に対しては充分過ぎるくらい暴君です」

「まっとうに苛めているだけだ」

「開き直らないでください」

苛めているという自覚があるなら改善して欲しいが、彼の中では彼女は「人ではない」と疑われているのだからどうしようもない。喉まで悪態が出かかった雫はけれど、王に無言で話の続行を促され、それをのみこんだ。

「……私が勉強している分野では、精神とは時代や人によって多様な定義がなされています。その全部なんて覚えてませんし、説明もできません」

「ならお前自身はどう思っている？」

「人を人たらしめる本質だと思っています」

即答にラルスは驚きはしなかったが、わずかに表情を変えた。男は何もかもを見透かすような強い目でじっと雫を注視してくる。

だがその視線に気圧されたりはしない。彼女は茶色がかった黒い瞳を軽く伏せただけで、それは王に怯んだからではなかった。

「人間を、単なる動物から人として分け隔てるものこそが精神だと、私は思います。知性、理性、感情、意思、こういったものを持ち得るということが何よりも人間に与えられた可能性であり、現にそれを働かせているという状態が人であると……違いますか？」

「動物にも感情や意思はあるんじゃないか？」

「でも理性はありません。理性に従うか否かはともかく、理性の有無によって感情や意思も影響を受けます。理性と感情の間で煩悶《はんもん》を抱き、意思に矜持を持って意志となす。これもまた人の姿だと思います」

「なら、理性を持たない人間は動物か？」

「自ら理性を退けるのなら。少なくとも、人ではありませんね」

辛辣とも言える少女の断言に、ラルスは楽しそうに笑った。何が気に入ったのかは分からないが実に機嫌がよく見える。ただ何故この男とこんな問答をしなければならないのか。雫は胡散臭《うさんくさ》げな目で王を見やった。

「王様、こういう話がしたいなら私の本取って来ていいですか。色々持ってきてるんで」

「駄目だ。お前がお前の言葉で話すんだ」

「口頭試問!?」

「宮廷魔法士は一応こういう審査もするらしい。俺はレティに任せきりだから分からんが」

「魔法士ってほんと知的階級なんですね……」

エリクを見ていて常々思っていたことだが、ハーヴも専門は歴史だと言っていた。この世界では魔法士は基本、学者も兼ねているのかもしれない。

感心する雫を無視して、ラルスは続ける。

「だがその精神も、お前の世界では物質によって作られるものに過ぎないんだろう？　なのにお前は古いやり方で学んでいて、今更何か得られるのか？」

決して揶揄《やゆ》するわけではない、だが無視もできぬ言葉。その質問は、彼女が常に浴び続けるものだ。「学んで、何になるのか」と。答えの出ない議論を繰り返して何になるのかと、人の神秘は生化学によって明確に解き明かされつつあるではないかと、問う人もいる。

だから雫は真っ直ぐにラルスを見つめた。そこに好悪の感情はない。

「王様、『原因』って複数あるじゃないですか。感情が物質によって作られるのだとしても、それは体内での原因の一つであって、人が何によって何を感じ何を考えたのかは、また別の問題です。だから……人ってまだまだ不思議でいっぱいですよ。勉強も楽しいですしやめる気はありません。それに、役に立たないことって面白くないですか？」

無駄で終わるのだとしても面白いのだ。その在り方が綺麗だと思う。人の思考とはこんなにも複雑で、ひたむきで、そして美しく広がるものなのかと、一つを知る度に彼女はその果てしなさを思い知る。雫自身、まだ学問のほんの入り口に立っているに過ぎない。けれど、今でも充分過ぎるくらい楽しいのだ。

雫は両手を軽く広げて見せる。

「他に何か質問ありますか、王様」

ラルスは青い目でじっと雫を眺めた。遠慮のない視線。彼の思考は読めない。

王はややあって、手元の書類に視線を戻した。

「特にない。今日はもう忙しいからお前で遊んでる時間はない。城外に出ないなら好きにしてろ」

「承りました。お先に失礼します」

追い払うように手を振るラルスに一礼して、雫は部屋を退出する。

他に人のいない廊下に出るとどっと緊張が襲ってきて、雫は胸を撫でおろした。

「わ、悪くはなかったのかな……」

少なくとも突然斬られたりはしなかった。多少の興味も持ってもらえた気がする。それですぐに潔白が証明できるとは楽観視していないが、一歩でも前進できればいい。

次はどんな話をすべきか——雫は悩みながら中庭に出る。そこには少女姿のメアが待っていた。

「マスター、どうでしたか」

「そんなに失敗はしなかったと思うけど、いいかも不明……」

多分、エリクが言っていたのはこういうことだと思うのだが、相手がラルスなのでいまいち自信はない。あの王は何を考えているか何をしてくるのか、まったく読めないのだ。

雫は悩みかけている自分に気づくと、晴れた空を見上げた。

「考えてもしょうがないか。ちょっと体動かそう。走るからメアは小鳥になってもらっていい?」

「はい」

緑の少女はぴんと手を挙げて頷くと、小鳥の姿に変じる。雫は肩に使い魔を乗せると、歩くより少し早いスピードで城の内周を走り出した。

ラルスに走らされた時にはペース配分できなかったが、自分で走るならいい気分転換になる。これが他の時間帯なら、女官姿で走っている雫にぎょっとする人間もいるだろうが、今は人影もない。

裏手側の雑木林に入ったところで、雫はだが、メアの警告の声に足を緩めた。

「え、何？」

きょろきょろと辺りを見回したが、何に警告されたのか分からない。

次の瞬間メアは、少女姿に戻ると雫を背に庇って両手を広げた。緑の少女は林の中を睨む。

「今度は何が目的ですか」

「……また お前か」

返ってきたのは忌々しげな若い男の声だ。

誰もいないはずの雑木林の中から、一人の青年が現れる。その服装はファルサスの宮廷魔法士と同じ紺色の魔法着だ。ただ灰色の髪の彼の顔に、雫は見覚えがあった。

「げ、なんでここに……」

「それはこっちの台詞だ」

苦々しげに言った男は、以前リースヒェンを連れさろうとした若い魔法士だ。雫は顔色を変える。

「あんた、ファルサスの魔法士だったの!?」

男はそう言われて軽く眉を上げげた。雫をじっと見つめてくる。その視線に彼女がたじろぎかけた時、不意に男は笑った。

「ひょっとしてお前が、よそから来て塔から飛び降りたって娘か。相変わらず馬鹿だな」

「は？　そうですけど何か？」

「マスター」

メアがくいくいと服を引っ張ってきて、雫は我に返る。あからさまな嘲弄につい喧嘩腰で受けてしまったが、相手は宮廷魔法士だ。できればこれ以上城内に敵を増やしたくない。雫は内心の苛立ちをのみこんで言いなおした。

「や、ごめん。そうですけどここで揉める気はないの。ちょっと驚いただけ。またね」

雫は軽く手を振ると、さっさと走り出そうとする。だがそれを男の声が制止した。

「今、その先に行くと、面倒事に巻きこまれるぞ」

「へ？」

面倒事というなら既に充分すぎるくらい巻きこまれている。振り返る雫に、男はもう一度言う。

「引き返せ。これから先、俺は何が起きても止めるつもりはないからな。面白い話は姫が喜ぶ」

「姫？　レウティシア様？」

聞き返すが男は答えない。彼はまた木々の向こうに消える。間を置いてメアが雫を見上げた。

「……転移したようです」

「何それ。城内くらい歩けばいいのに……」

転移魔法が使えるのはさすが宮廷魔法士と言ったところだが、「この先に行くな」とは不審だ。雫は顎に指をかけ考えこむ。

「これは、やっぱり行ってみるところ？」

「お勧めしません。何があるか分かりませんし」

「だよね」

ランニングコースを逆行するのは気が引けるが、忠告を完全に無視するのも躊躇われる。雫はメアを促して引き返そうとし――けれどそのメアが、雫の手を引いた。

「マスター、誰か来ます」

「げ」

迷っているうちに向こうから来てしまったようだ。今から走っても見晴らしのいいところに出てしまえば見咎められてしまう。雫はあわててメアと共に木々の陰に隠れた。息を潜めていると、すぐに一人分の足音が聞こえる。

「これで下準備はできた。あとは機を窺うだけだ」

「核はお前に渡す。やり方はこの間と同じだ。選べるのは一人だけだから注意しろ」

話し声に雫は一層息を殺す。声はどちらも男のものだ。前者が少し年嵩《としかさ》で後者が若く聞こえる。

年嵩の男の方は、喉を鳴らして笑った。

「誰を選ぶかなど決まってる。ファルサス最強の王だ」

何の話をしているのか分からないが、不穏な気もする。雫は二人が早く行き過ぎてくれるよう祈って気配を殺した。

だがそこで不自然な沈黙が流れる。雫が冷や汗をかきそうになった時、若い声が応えた。

「好きにしろ。ただ肉体は強化されるが、魔力は戻らない。魔女などはいても無意味だ」

「構わない。クレステア様のことも残念だが、過ぎたことだ」

二人の声は去っていく。雫は木の陰から少しだけ顔を出し、その後ろ姿を遠目に見やった。

一人は背の高い黒衣の男。そしてもう一人は濃緑の魔法着の男だ。雫は軽く首を傾げる。

「あの緑の方の人って、こないだ中庭で会った嫌味な人かな」

「……だと思います……魔力が同じですから」

「あ、やっぱり。でももう一人の人もなんか見覚えあるんだよね」

背中だけだが、黒い後ろ姿に既視感を覚えるのは気のせいだろうか。雫は隣のメアを見下ろす。

するると、緑の少女は、いつのまにかすっかり青ざめて小さく震えていた。

「ど、どうしたの。今の話どうかした？」

「違います……今の黒い服の人……私たちに気づいてました……魔力がこちらを向きましたから」

「え」

確かに不自然な間が空いた。あの時、男は隠れている雫たちに気づいたのだろう。

だが、分かっていて見逃されたのは何故か。大した話ではないと思ったからだろうか。

雫は安心させるように、メアの手をぎゅっと握る。

「で、でもなんだかよく分かんない話だったよね……。ファルサス最強の王とか」

王決定トーナメントでもあるなら別だが、この王家は普通に世襲制で今はラルスしかいない。

雫は不審な密談に首を捻ると、たっぷり時間を置いてから道を逆に戻っていった。

※

意識が沈んでいく。

けれど王剣のある国で、夢の中に三冊の本は現れない。白い部屋には立たない。

だから雫は知らないままだ。この国でかつて何が起きていたのか。

秘された物語を――彼女は、紐解《ひもと》かない。


「雫？　大丈夫？」

柔らかな女の声。覗きこんできた顔が誰のものか一瞬分からなかったのは、近すぎたからだ。

完璧に極めて近い造作。青い瞳は海の底に輝く宝石のようで、雫はその色に気を取られる。

遅れて相手が誰か気づいた。

「レウティシア様！　どうしてここに……」

「貴女が厨房にいるって聞いたから」

王妹は言いながら椅子を引いて雫の向かいに座る。二人がいるのは城の広い厨房の一角だ。レウティシアが心配そうに雫を見やった。

「ぼうっとしていたけど平気？　疲れが溜まっているのではないかしら」

「あ、いえそんなことは！　焼き上がりを待っている間、白昼夢を見そうで見なかったというか」

雫は手でこめかみを押さえる。

なんだか夢の一歩手前に立っていたような浮遊感。だが夢には辿りつかなかった。

靄《もや》がかかったような頭を軽く振ると、雫は笑顔を作る。

「レウティシア様はどうなさったんですか。確かカンデラの件でお忙しいですよね」

「そうなの。今日も午後から向こうで、しばらくあちらにいないといけないから、貴女の顔を見ておこうと思って」

「お気遣いありがとうございます……」

あの兄とこの妹でファルサス王家はちょうどいいバランスなのかもしれない。だが、今レウティシアに会えたのはちょうどよかった。雫はテーブルに置いた細工時計を確認して立ち上がる。

「ちょっと待っててください。今、焼き上がりましたから」

「焼き上がり？」

雫は壁際に設置された白い半球状の窯から鉄板を取り出す。この鉄板には魔法がかけられているらしく、持ち手は熱くならないし、決められた温度以上には熱されない。この城にある高度な魔法窯を使わせてもらうのは三度目だが、大分扱いに慣れてきた。

抜き型がないため丸いだけのクッキーを、雫は皿に移すとレウティシアの前に置く。

「熱いんで気をつけてください」

「頂いてもいいの？」

「どうぞどうぞ。練習中なのでお口に合わなかったらすみませんが」

レウティシアはそれを聞いて、物怖じせず白い指を伸ばす。薄い狐色のクッキーを一枚齧り、ぱっと笑顔になった。初めて見るレウティシアのそんな顔は、まるで普通の少女のようだ。雫はつられて自分も微笑む。

「今、お茶も淹れますね。熱すぎないやつ」

「ありがとう。とても美味しいわ。これは貴女の国のお菓子なの？」

「いえ、大陸東部の焼き菓子です。向こうを旅してた時に作り方を教えてもらいました」

土地が離れている上、向こうでは市井の子供が食べるものだ。レウティシアが知らなくても無理はない。雫は茶葉にぬるめのお湯を注ぐ。その間にレウティシアは二枚目のクッキーを手に取った。

「兄にも聞いたのだけれど。貴女はあまり自分の国の技術や知識を使わないのね」

「あー、知ってるだけで使えないものが多いっていうのもありますけど、基本的にその土地のやり方に合わせるようにしてます。無意識に滲んじゃう分はどうしようもないんですが」

茶葉が開いたのを確認し、雫はガラスのカップにお茶を注いでいく。薄紅色のお茶は胸のすくような香りがした。

「エリクにも前に言われたんですけど、万が一自分に端を発して文化侵略をしてしまった時、責任が取れないので。もともとあった文化を尊重したいですし、自分がこっちの色々なことを学んでいく方が楽しいです。日々勉強ですよ」

お菓子の作り方から国々の歴史まで、未知の知識があちこちに溢れている。それに触れられる今は、充分に幸運だろう。元の世界に帰ることが目的で、これ以上を求めているわけではない。

雫は席について自分のお茶を手に取る。その姿をレウティシアはじっと見つめた。

青い、澄んでいながらどこまでも深い海のような瞳。

見定めるような、何もかもを見透かしてくるような双眸に、雫は気づいてぎょっとする。だが生まれた沈黙が息苦しさに変わる前に、レウティシアはふっと微笑った。

「そうね。やっぱり貴女はそうよね」

「レウティシア様？」

「何でもないわ。ただ……貴女がそういう性格だから、エリクは貴女と一緒にいるんでしょう」

それは似た者同士ということだろうか。確かに自分は勉強が好きだが、エリクほど変わってはいない、と思う。レウティシアは五枚目のクッキーをぱり、と齧った。上品な所作で焼き菓子を食べる王妹は、軽く指を弾く。

「当たり前のことを当たり前のようにできるということ。私たちみたいな人間には、分かってても難しいことだったりするから……」

レウティシアの述懐は、暗い海の底へと静かに沈んでいくかのようだ。「私たち」とはラルスのことをも指しているのか、それとも失われた王族の少女を示しているのか。

そもそもこれだけ大きな国で、直系王族が二人しかいないということ自体、それなりの事情があるはずだ。あるはずなのだが、聞くのも躊躇われて何となく「そういうもの」と受け止めている。

レウティシアはお茶のカップに口をつけると、クッキーの皿を残念そうに眺めた。だがすぐに雫の視線に気づくと美しく微笑み直す。

「貴女は気にしないで。あ、でも兄のことは気にしてちょうだいね。耐えられなかったらすぐに言って。そろそろ何とかするつもりではいるから」

「お心遣いありがとうございます。でも、まだまだお任せください。窯の使い方を会得したんで、そろそろ次の手が打てます」

「そ、そう？　これも充分美味しかったけれど」

漲《みなぎ》る雫のやる気に、レウティシアが若干引き気味なのはきっと気のせいだ。雫はまだ残っているクッキーを指さす。

「よろしかったらお持ち帰りになりますか？　冷めても美味しいですよ」

「いいの!?　ありがとう！」

さっき残念そうに皿を見ていたのは、食べたいのにお腹がいっぱいになってしまったからだろう。まるで年下のようにころころと変わる表情が、レウティシアの素の一つなのかもしれない。

厨師《ちゅうし》たちが遠巻きに眺める中、雫はクッキーのほとんどを薄紅色の紙で包んだ。もともと自分が食べるために焼いたわけではなく、窯を使う練習として焼いたものなのでメアが食べる分だけあればいい。レウティシアに喜んでもらえるならその笑顔で充分だ。

雫は菓子の包みを渡すと、迷いながら付け足す。

「あの、もしエリクと会ったら一緒に食べてください」

彼は彼でカンデラで働いているはずだ。次にいつ会えるか分からないが、この焼き菓子が自分の安否確認になればいい。レウティシアは見惚れてしまうような笑顔で頷く。

「必ず渡すわ。だから帰ってきたらまた焼いてちょうだいね」

紙包みを大事に抱えて美貌の王妹は去っていく。

彼女を見送った雫は改めて魔法窯に向き合うと、いよいよ目的の菓子に着手した。

初回の挑戦で上手く膨らんだケーキは自信作だ。

「お前は俺を騙す気があるのか？」

「ありません。発想を転換してみました」

人参色をしたケーキを前に、ラルスは唸りだしそうな顔になる。厨師に分量を聞きながら、初回の挑戦で上手く膨らんだケーキは自信作だ。

雫はそれを切り分けると王の執務机に差し出した。申し訳程度にクリームを添える。

「人参の味を誤魔化すより、人参の美味しさを分かって頂く方針に変えました。さ、どうぞ」

「思いきり余計な発想だ。正面切って仕返しをする気だな」

「仕返しだなんてとんでもない！　王様の体を案じているんですよ。好き嫌い撲滅のために」

ラルスはそれを聞いて苦い表情をしたものの、大人しくケーキを一口口に運ぶ。こういうところは律儀なのか何なのか分からない。だが、そこで「食べなくてもいいですよ」と言えるほど雫は達観していなかったので、冷ややかな目でそれを見守った。

王は食べるというより飲みこむと言った感じで、口の中のものを胃に運ぶ。

「……人参の味がする」

「一本丸々入れましたからね。味がしなかったら大変です。醤油《しょうゆ》があったら煮物にでもしてやろうと思ったんですが」

「ショウユとは何だ」

「私の国の調味料です。この世界には味噌《みそ》も鰹節《かつおぶし》もないですよね。残念」

そもそも彼女はこの世界に来て以来、大豆製品も見たことがなければ、燻製《くんせい》以外の魚加工製品にも出会っていない。出汁《だし》が取れて醤油があれば大抵のことは何とかなる気がするのだが、そのどちらもないのでは自然とできるものも限られてくる。

結果、雫は一つ一つの材料を確認しながらうろ覚えのレシピを再現しているのだが、ラルスに食べさせることが目的なので多少の味の誤差があってもまったく胸は痛まない。

だが王は味についてては一切触れずに、一口だけ食べたケーキの皿を前に押しやった。

「調味料も欲しいのなら作ってみればいい。ショウユの材料は何だ」

「多分、大豆……」

「それならある。ミソは」

「大豆」

「…………」

「……………」

形容し難い目で見てくるラルスが何を言いたいのかはよく分かる。彼女も今少しおかしさを感じたのだ。だからこそ雫は先手を打って、自国を代表する二つの調味料について説明しだした。

「いえ、全然違う味。多分作り方が違うんです」

「どう違うんだ」

「そこまでは知りません……。できあがったものを買ってたので」

「………」

「発酵食品なんですよ！　学生が自分で作るようなものじゃありません！」

こんなことで発言の信憑性《しんぴょうせい》を疑われても困る。雫は、無事帰れたら醤油と味噌と豆腐がどうやってできるのか調べておこうと決心した。何だか日本人であり現代人であるのに、説明できないことが多すぎて時々自分が情けなくなってしまう。

一方ラルスはそれ以上突きつめる気はないらしい。雫がケーキの残りを引き取ると、書類仕事に戻りながら口を開いた。

「そう言えばお前は今の状況を不満に思っているんだったな。俺のいいように翻弄されているのが嫌だと」

「非常に不満です。確かめるまでもないと思いますが」

「だが、それも俺がやっていると分かるからこそ不満に思えるだけだ。現に今、気づかぬうちに何かに行動を支配されていたらどうする？　自分がいつの間にか実験対象となり、何者かに記録されているのだとしたら」

おかしなことを聞く、と雫は思ったが、王に対し問答するつもりはいつでもある。彼女は唇を曲げると決まりきった答えを返した。

「そりゃ腹立ちますよ。何様だって思いますね」

「そうか」

彼は唐突な質問を補足する気はないらしい。仕事を処理していく男を怪訝そうに見やって、雫は首を傾げた。

「何なんですか、一体。オチがないと不安なんですけど」

「別に。そうだな……明日話してやる。今日はレティもあの男もいないからな」

あの男とはエリクのことだろうか。他に思いつく人間もいないので雫はそう受け止める。おそらくカンデラに行ったまま帰ってきていないのだろう。その面子《めんつ》を集めて何を話すつもりなのか、雫はいまいち掴みかねて眉を寄せる。

「何ですか、反省会ですか？」

「反省はしない。今でもお前を殺した方が憂いがないと思っている」

予想内の返答に雫は皮肉な笑みを見せた。もう今更これくらいのことでは動揺もしない。むしろ急に温情をかけられる方が驚く。

「……が、レティがいい加減認めろとうるさいからな。俺はあいつに弱い」

ラルスはそう言って署名をした書類を投げ出す。聞いたことのない男の声音に、雫はまじまじと王の顔を見つめた。

それは、もしかしたら彼が雫に初めて見せた本心なのかもしれない。玉座にただ一人在る男は、やはりただ一人の妹から受けたのであろう説教に、少しふてくされたような表情をしていた。雫は王の意外な反応に不快も忘れ、呟く。

「……シスコン？」

「シスコンとは何だ」

「何でもないです。妹さんが大好きなんですね」

「大好きと言われると違うが。俺の家族はあれだけだからな」

投げ返されたその言葉は、雫にもやはり姉妹のことを思い出させるものだった。彼女は自然と目を細める。ラルスはそんな雫の顔に気づいて問うた。

「なんだ。お前にも妹がいるのか?」

「……いますよ。姉も妹も両方」

懐かしくも温かい記憶に、雫は眉根を緩める。少しだけ涙が滲むのは、振り返らない毎日を送っているからだろう。そんな彼女をラルスは一瞥し、何も言わぬまま書類に視線を戻した。

そうして沈黙の時間が流れてしばらく、ラルスは手を止めると、雫に書類を一枚差し出す。

「人参娘、これを読んでみろ」

「なんですかその呼び方……。私、この世界の文字読めませんよ」

「そうなのか? 異世界から来ると文字も読めないのか」

「勉強中なので簡単な単語を拾うくらいなら何とか……」

そんな習熟度で城の書類などとても読めない。雫は書類を受け取ったが、やはり解読不可能だ。話が進まないと思ったのか王が要点をまとめる。

「この間お前と鐘楼を見に行っただろ。あれはお前のいい運動になりそうだったから、管理人からの要請に『俺が行く』と返事したんだが――」

「あの視察、私を運動させるためだったんですか……城外に出てまで……」

「その管理人が死んだ」

「はい？」

唐突な結論は意味が分からない。ラルスは雫の手から書類を抜き取る。

「要請を出した直後に急死で埋葬されたらしい。俺たちがあの塔に行ったのはその二日後だ。入れ違いだな。——ただ昨日、埋葬したはずの死体がそいつの家で発見された」

「ふぁっ!?」

「服装は埋葬された時のままで、一人暮らしだったから、いつそこに死体が現れたか不明だ」

焦点が見えない話を、雫は頭の中で整理して聞き直す。

「つまり……誰かが死体を掘り起こして動かしたってことですか？」

「普通に考えればそうだな。お前の仕業か？」

「何でも私のせいにして思考停止しないでくださいよ。違います」

心当たりがあればまだよかったが、まったくないのではただ不気味なだけだ。雫の返事にラルスは考えこむ。数秒の後、彼はぽつりと問うた。

「——あの時、お前は泥を掃いてたよな」

「掃いてましたね。畑の泥みたいなのが上まで続いてましたから」

「なんで畑の泥って思ったんだ？」

「え？　それは……人の手が入ってそうな土だったから……掘りやすそうな……」

そこまで言って雫は沈黙する。あの時、塔に散っていた泥は、乾ききった土でも小石混じりの砂でもなく、柔らかそうな黒泥だった。それはもしかして、

「王様、まさか誰かが死体を掘り起こして――」お墓の泥がついたままあの塔の上まで運んで下ろした、なんて思ってませんよね」

そんなことをして何の意味があるのか。それが答えだとしても理由が分からないことが何よりも恐い。顔を引きつらせる雫に対し、ラルスは無言だ。王は頬杖をついて書類を眺めていたが、やがて彼は雫に「今日は帰っていい」とだけ口にする。

そうして雫は不可思議さを抱いたまま、王の執務室を後にした。

「なんか変な話で終わった……」

不審ではあるが、どうすることもできない。特にやることもなく自室へと向かっていた雫は、ちょうど回廊に差しかかった時、向かいからやってくる男に気づいて足を止めた。

本を脇に抱えたハーヴは、彼女の傍まで来ると笑いかける。

「雫さん、休憩時間？」

「今日はもう休みみたいです。人参ケーキ出してやったせいですかかね」

「……そんなことしたんだ。すごいね」

「たまには仕返ししないと気が狂いそうなので」

多少の溜飲を下げて雫は回廊の手すりに寄りかかる。ハーヴは苦笑してその隣に並んだ。

三階部分のここからは、城の裏庭が見通せる。庭師が木々を手入れする中、濃緑色の魔法着を着た男が林の中に分け入っていった。確かあれは、中庭で雫に「厄介者」と言い放った魔法士だ。雫はその背を指さす。

「ハーヴさん、あの人誰だか知ってます？」

「ん？　ああ、ディルギュイじゃないかな。ファルサス史を専門にしてる魔法士だよ」

「すぐに分かるんですね。親しい方なんですか？」

「いや、服の色。あの色着てるのはディルギュイだけだから」

「あー」

確かにファルサスの魔法士は紺の魔法着を着ている人間が多いのだ。それが制服というわけではないらしいが、違う色のローブを着ている人間は珍しいのだろう。ならやはり、裏の林で見かけた男もディルギュイだったに違いない。雫は木の陰に隠れて聞いた話を思い起こす。

「ハーヴさん、ファルサスで最強の王様って誰だか知ってます？」

「え、何突然。何人か有名な方はいるけど、最強って言われるとな……。え、何をもって最強なの？　剣？　業績？」

「あー、剣……なのかなあ……」

歴史を専攻するハーヴなら、これという人間を知っているかと思ったが、やはり珍しい話題のようだ。だが彼は、自分の研究分野とあってか嬉しそうに乗ってくる。

「そうだな。ファルサス国王はアカーシアの剣士で名高いって前提があるからね。剣で言うなら、名前は残ってないけど建国王は強かったって話だよ。暗黒時代にこの国を作ったわけだしね。あとは魔女の時代を終わらせた二十一代国王とか……十八代国王も武勇伝が多いな」

「やっぱり有名な王様って何人かいらっしゃるんですね」

「そりゃあね。基本的には武人であるわけだし。平和な時代だと目立たないけど、それでも修行はなさってるはずだよ。今の陛下も城で一番お強いわけだし」

「あー……」

付き合わされた訓練の数々を思い出し雫はげっそりする。平和なこの時代、ひょっとしたらラルスにとって雫こそが突然現れた外敵なのかもしれない。雫は嘆息しながらもう一つを聞いてみる。

「ちなみに魔女って、今でもいるんでしたっけ」

それもまた、裏の話で聞いたことだ。そして雫の知りたい二百四十年前の事件にも関係している。ハーヴは悪戯《いたずら》めいた笑顔を見せた。

「過去存在した魔女は六人。そのうち三人は既に死亡が確認されてる。あとは分からないね。今も生きてたら、千歳越えてる魔女もいるんじゃないかな」

「途方もない……」

つまり、魔女が現存しているかは分からないということだろう。ならばあの林の中で聞いた「魔女などはいても無意味だ」というのは結局なんだったのか。

雫は自分で考えるのを諦め、問題の会話をハーヴに明かす。

「二人組で、一人はディルギュイさんじゃないかって思うんですよ。『下準備はできた』とか『やり方は前と同じで、核は一人しか選べない』とか『ファルサス最強の王を選ぶ』とか『魔女などはいても無意味だ』とか、よく分からない感じだったんですよ。メアが言うには、もう一人の黒づくめの人には隠れてたの気づかれてたっていうんですけど」

雫は記憶を探りながら覚えている断片を口にする。ハーヴは怪訝そうな顔になった。

「なんか変な感じはするな。でも雫さんに気づいてて放置したってのは、大したことじゃないんじゃないかな、本当にディルギュイだったら魔法論文の話だったとかさ。……そもそも何で隠れたの？」

「それが直前に会った別の魔法士の人に『聞くと面倒事になるぞ』って忠告されたんですよ。灰色の髪の若い男の人で、割と乱暴で嫌味な性格。他国回って強い魔法士さらっていこうとする人」

若い男というだけであまり外見に特徴がない人間なので説明しにくい。強いて言えば嫌味な性格が特徴だ。けれどハーヴはその話に首を傾げた。

「え、それってうちの魔法士？　強い魔法士さらうって何？」

「さらうって言うか、魔法士の女の子捕まえて話を聞きたいって言ってましたけど……。北西国境の先で出くわしたんですよ。ファルサスの人ですよね」

「そんなことしてる奴はいないって。宮廷魔法士は基本国外に出ないし。雫さん、誰に会ったの？」

「……ええ？」

いきなり別方向で怪しい話になってしまった。雫は腕組みをして唸る。

「あれ……じゃああの人誰だったんだろ……私の白昼夢……？」

なんだか人に話すには曖昧な話になってしまった。困惑顔になった雫にハーヴは苦笑する。

「それは色々落ち着かないね。宮廷魔法士たちの最近の外出記録を調べてみるよ」

「すみません、なんか判然としない話で」

自分と違って忙しいハーヴの時間をこんなことで取ってしまったのも申し訳ない。雫は別れの挨拶代わりに一礼する。だが顔を上げた時、もう一つの言葉を思い出した。

「あの、クレステアって方はどなたか知ってますか？」

「え」

その問いに、ハーヴは目を丸くする。だがすぐに彼は苦笑した。

「知ってるよ。この間話したカティリアーナ様……その御祖母君がクレステア様だ」

※

クレステアは、ラルスの大叔母君にあたる人間で、既に故人なのだという。

卓越した魔法士で、謎多き女性だったクレステア。二代前の王妹であった彼女は城からほとんど出ず、特に亡くなるまでの十年間は城の一室に引きこもり誰の前にも姿を現さなかった。

カティリアーナが現れたのは、彼女の没後しばらく経ってのことだ。

記録では独身であったクレステアが誰と結婚し、その子がどうやってカティリアーナを産むに至ったのかは定かでない。ただクレステアが若かりし頃から、彼女の孫であるカティリアーナが城にやってくる少し前まで、ファルサス王家には王族同士の紛争が吹き荒れていた。だから、それを避けて密やかに子を為したのだろうとも言われている。

——内紛のきっかけとなったのは、ある一人の王の乱心だ。

「廃王ディスラルか……その時代にこっちの世界に来なくてよかった」

雫は寝台に横になりながら、ハーヴから聞いた話を反芻《はんすう》する。

クレステアについて聞いたのを契機に、ハーヴが「最強の王って言うなら、もう一人いらっしゃるよ。有名は有名でも悪名の方だけど」と教えてくれたのだ。

「いきなり広間に親戚集めて斬り捨て始めたって……津山三十人殺しじゃないんだから」

ディスラルは、若い頃から剣の腕が飛びぬけていたらしいが、同時に気性も荒く、ある日突然隣国に侵攻し虐殺を行ったりとんでもないエピソードがいくつもあるらしい。

その到着点が血族虐殺だ。ハーヴも歯切れ悪く教えてくれたが、王族と臣下あわせて六十三人を殺した彼は、そこでようやく反撃を受けて死亡したのだという。

その後ディスラルの名は王家より廃され、玉座には新たな王がついた。

「でも、マスター。廃王が死んだのに、どうして王家で争いが起こってしまったんですか？」

「んー、それが、虐殺事件の時、主に殺されたのは広間に呼び出された直系の人たちなんだけど、これが何故か呼び出されなかったり、呼び出されても無視したり、なんだかんだでその場にいなかった人たちが結構いたんだって。で、ほんとは事前に知ってただろー、とか、誤解とかそういうのが飛び交って、内輪もめの連鎖になったらしいよ。もともと血が繋がったりしてても仲が悪い人とかいて、日ごろの不満が噴出したってのもあるみたい」

「……そうなのですね」

窓辺の椅子に座るメアが顔を曇らせたのは、かつて仕えた姫が兄の手で殺されたことを思い出したからだろう。雫はあわてて寝台の上に起き上がると、自分の隣をぽんぽんと叩いた。はっと顔を上げたメアが急いでそこに座りなおす。雫は魔族の友人に、できるだけ優しい声で言った。

「色んな人がいるんだよ。色んな事情があるんだと思う」

ファルサス王家は特に、魔力を保つための血族結婚が激しかった。そこにまとわりつく愛憎に、虐殺事件は火をつけてしまったのだ。

「昔の話だから、今は大丈夫だよ。直系二人しかいないし。仲いいし」

だからやはり、迷いこんだのがこの時代でまだよかったのかもしれない。が、やっぱり強制筋トレを思い出すとよくないかもしれない。

雫はそんなことを考えながら、再び寝台に横になると目を閉じる。

急速な――眠りの中に落ちていく。

※

――本は、捲れない。

ここでは捲れない。捲ったとしても、夢の中でのことは外には持ち出せない。

そしてもっと深くに在るものは夢の中でさえ疑えない。

気づいてはいけないと、それは絶えず彼女を支配する。

逃げ出してしまえばもはや、守れなくなってしまうのだからと。

逃げてしまえばいいよ、とそれは囁く。

ここにいては死が待つだけだからと。

逃げられないよ、と彼女は言う。

逃げてもどこにも行けないから、ここで戦うのだと。

でも、逃げたら、逃げないと、死んだら、どうして、追ってくる、あれが、いつも、どこまでも
だって
——死んでしまったら、ここに来た意味はないのに。

だが、そんな夢も思い出せはしない。

だから彼女はいつまでも逃げないままなのだ。あれの、傍から。

※

「丑三《うしみ》つ時《どき》」という言葉を知ったのは小学校高学年の時だろうか。

当時の雫はそれを「お化けが出やすい時間」と認識しており、たまに夜中の二時三時に目が覚めてしまうとあわてて布団の中に潜りこんだものだ。

この世界でも時間は、夜中から昼までの十二時間と残りの十二時間に区切られているが、元の世界と比べて一時間が同じ長さなのか、また十二時が同じ十二時に位置しているのかは分からない。

大体元の世界でも国によって日照時間は異なるのだ。雫は二つの世界の時間について、厳密に照らし合わせようとすることを最初から諦め、郷に入っては郷に従っていた。

そして、まもなく夜中の二時になろうとする時間。既に眠っていた彼女の目を覚まさせたのは、開いたままの窓から入りこむ風だ。生温いその風は、ちょうど眠りの浅かった雫の鼻先をくすぐっていき、ややあって彼女は顔を上げた。

「……なに?」

寝惚《ねぼ》けながらも窺うような声を上げてしまったのは、部屋中に生臭い匂いが満ちていたせいだ。

雫はベッドの上に体を起こす。彼女は裸足《はだし》で木の床に下りると、開いた窓から外を覗きこんだ。

月明かりの他には何も照らすものがない庭は、黒々と埋没する木々の輪郭だけが見渡せた。

何ら変わったところのない夜の景色。だが吐き気をもよおさせる臭気は外の方が遥かに強い。血臭のような、肉の腐ったような臭い、いくつもの悪臭が混じった臭気に雫は口と鼻を押さえた。そのまま窓を閉めようとする。

しかし、窓を完全に閉めてしまう前に、彼女は何か光る物が庭を移動していることに気づいた。

月光を反射する白銀。ゆっくりと上下に揺れながら動いていく物が何であるか分かった時、雫は思わず絶句する。

木々の中を抜け月の下を行くそれは──白い鎧《よろい》に剣を佩いて歩く、一体の骸骨だったのだ。

「さ、さすが魔法大国。アンデッドが歩いてる」

月下を行く一体の骸骨。それを見た雫は恐怖よりも驚きが勝った。目を擦り、食い入るようにして骸骨を確かめる。エリクがそれを聞いたなら「そんな訳ないよ」と言ったに違いないが、雫はむしろ感動さえ覚えて骸骨を目で追った。

「骨だけで鎧を動かせるんだ……魔法っておもしろいな……」

雫は現実味のない姿をのん気に眺めていたが、ふと月光とは別の明かりが現れたことに気づいた。赤い松明《たいまつ》の光。それを片手に持った兵士は、誰何の声を上げながら骸骨に近づいていく。まだ眠気が残っていた彼女はその光景を不思議に思った。

今まで骸骨が歩いていたとしても、城が見張りとして動かしているのだろうと思いこんでいたのだ。でなければそれはあまりにもおかしな存在だ。放置されていていいはずがない。

——だが、実際それは「おかしな存在」でよかったのだ。

骸骨の剣が、松明を持った兵士を斬り伏せる。

短い悲鳴を上げて倒れる男に、雫は大きな目を限界まで見開いた。

「……え、ちょ、ちょっと！　何！」

部屋の隅で眠っていた小鳥が目を開けた。魔族である彼女は、主人よりも早く状況を認識したのか、雫の肩に飛び移って高い声を上げる。

「メア！　骸骨が！　人が！」

自分でもよく分からない言葉だが、雫はそれで冷静になった。素早く靴を履き、上着を羽織ると部屋を飛び出す。何人がこの異変に気づいているのかは分からないが、まだ知らない人間がいるとしたら大変だ。斬られた兵士も息があるかもしれない。

雫は燭台が照らす暗い廊下を駆けていく。そして、その後を追うように、腐った血の匂いは城内に広がっていった。

※

城内に異変が起きているという知らせは、王の寝室にもまもなく届けられた。

ラルスは簡単に武装を整えながら、側近の報告を耳に入れる。

「死体が城の庭を歩き回って、生きた人間を標的に襲いかかってきておりまして……」

「……なるほど、そう来たか。眠い」

「陛下？」

「レティは戻っていないのか？」

いまいち緊迫感のない王に、側近の男は不安を覚えながらも「今夜はカンデラにお泊まりになっています」と付け足した。ラルスは軽く頷く。

「一応連絡……しとくか？　やめとくか？　起こしたら可哀想《かわいそう》だしいいか」

「そ、それは」

連絡して欲しい、と男は思ったものの主君の意に反して連絡することはできない。男は黙って頭を下げた。王と彼が廊下に出てすぐ、武官の男が駆けてくる。

「へ、陛下！」

「どうした。死体が生き返りでもしたか」

「いえ、その、攻撃をしていいものかどうか伺いたく……」

「聞くまでもないだろ。時間を無駄にするな」

「それが、その、相手は、先代王ではないのかと、そう言う者が……」

しどろもどろの説明にラルスと側近は顔を見合わせた。王は臣下の顔に自分と同じのみこめなさを見出すと、素直な感想を口にする。

「なるほど、びっくり事件か」

ラルスはそうぼやくと、面倒そうにこめかみを掻いた。

※

庭に駆け出る前に雫は、見張りをしていた兵士に事情を説明したのだが、兵士の男は臭気に訝しげな顔をしながらも「夢でも見たのだろう」と取り合ってくれなかった。

夢で済ませられるならそうしてしまいたいのは同感だが、怪我人《けがにん》が出ている以上確かめないわけにはいかない。外へと飛び出した雫は、月光だけを頼りに先ほどの場所へと向かう。

辺りには強烈な臭気が立ちこめている。吸いこんだ空気が徐々に精神を侵していくような気がして、雫は息を止めた。そのまま林の中に分け入り、庭木をかきわけていく。

月の光は艶やかな草の表面を銀に彩る。細かい照り返しの数々を頼りに、彼女は倒れたままの兵士を見つけた。駆け寄り脈を取ると、微弱ではあるがまだ鼓動が感じられる。

「い、生きてる。メア運べる？」

「引きずってもよいのなら」

「そ、それは迷うね」

相手はうつぶせになっているため、どんな怪我をしているのか分からない。

雫は悩んだ結果、メアに頼んで誰か人を呼んできてもらうことにした。魔族の少女が林の中に消えると、雫は倒れた兵士を苦心して仰向けにする。男は小さく呻き声を上げた。

暗がりでは傷の深さはよく分からない。彼女は自分の上着を脱いで傷口にそっと押し当てた。

「ちょっと待っててくださいね……。すぐに魔法士の人が来ると思いますから」

月の光が翳ったのはその時だ。

頭上にかかる長い人の影に雫は顔を上げた。影の主を目で追うと、林から抜け出た草の上、白いドレスを着た一人の女が立っている。

女は長い黒髪を垂らしてじっと雫を見つめていた。どこか幼さを感じさせる美しい貌は誰かに似ている気もするが、細かいことに構ってはいられない。雫は傷を押さえたまま助けを請う。

「あの！　魔法士の方なら傷を治して欲しいんです！　この人怪我をしてて……」

女は雫が言い終わる前に動き出した。ゆっくりと一歩一歩近づいてくる。

まるで雲の上を歩むような足取り。彼女は雫の前に立つと、白い両手を伸ばしてくる。

手袋を嵌めた形のよい手。静謐を感じさせるその手に雫は一瞬見惚れた。だが次の瞬間、彼女は目を丸くする。

「え？」

女は青い瞳で雫を見下ろしている。

手袋に覆われた両手、その細い十指は――雫の首にかかるとぎりぎりと絞め上げ始めたのだ。

「ちょ……っ」

声を出せたのはそこまでだ。雫は喉に食いこむ指を引き剝がそうと掻《か》き毟《むし》る。しかしその力は女のものとは思えないほど強く、気管を圧して雫から息を奪っていった。

――このままでは死んでしまう。

雫はそう思うと同時に両手を地面についた。首を絞める手を引き剝がすことをやめ、短距離走のスタートのように思いきり草を蹴る。そのまま女に激しく体当たりをした。

計算ではない生きるための動き。それは、雫にとって少しだけプラスに働いた。二人はもつれあって地面に転がる。呼吸を阻害していた手が外れ、雫は喉を押さえて激しく咳《せ》きこんだ。涙が滲んで視界をぼやけさせる。

しかし、その間に女は無表情のまま起き上がると、近くにあった石を拾う。女は倒れたままの雫に向かってそれを振り被った。気づいた雫は咄嗟に頭を両腕で庇ったが、石は真っ直ぐ彼女の顔めがけて打ち下ろされる。気が遠くなるような痛みに雫は呻いた。

女はそれに構わずもう一度石を振り被る。だが雫はその手に飛びついた。

「痛いってば！　暴力反対！」

雫は殴られないよう手首をきつく握って女を押し倒す。

そのまま馬乗りになろうとした時、だが女は彼女の腹をしたたかに蹴り上げた。雫は衝撃によろめいて尻餅をつく。雫は逆流してくる胃液を飲みこみながら立ち上がろうとした。

だが、今の尻餅で足首を捻ったらしく、痺れるような痛みに蹲《うずくま》る。

「いた……」

月光に照らされた庭。静寂と臭気が不気味な彩りを成す世界に、女の影がゆらりと差す。

陶器人形のように表情がない女の貌は、乱れていてもやはり美しかった。立ち上がった女は雫に向かって石を振り上げる。雫は攻撃を覚悟して頭を庇った。目をきつく閉じる。

――痛いのは嫌だ。殺されるのはもっと。

本当は逃げたくて仕方ない。でも、今まで何とか耐えてきた。雫は歯を食いしばる。

けれど……覚悟していた石はいつまで経っても雫を打ち据えることはなかった。代わりに背後から面倒そうな男の声が響く。

「母上、お気持ちは分かるが、この娘を殺すのは俺の仕事だ」

予想だにしていなかった声。

顔を上げた雫は驚いて振り返る。そこにはいつの間に到着したのか、王と彼に仕える人間たちが数人、それぞれの武装した姿で立ち並んでいた。

女は彼らを用心してか、石を振り上げたまま止まっている。

「お、お母さん？」

「俺の母親だ」

ラルスは雫の襟首を摑んで引き寄せると、白いドレスの女に相対した。

――誰かに似ていると思ったのも当然だ。彼女は、レウティシアに似ているのだ。

だが年齢は娘と同じくらいにしか見えない。襟首を摑まれたままの雫は王を見上げた。

「若いお母さんですね……」

「二十四歳の時に死んでいるからな。死人が年を取ったら更にびっくりだ」

「そりゃびっくりですね。って、何それ！」

「つまり、あれは単なる死体だ」

ラルスは雫の体を軽々と背後に投げ捨てる。もう一度転ぶ羽目になった彼女のもとに、魔法士が一人駆け寄ってきた。よく見ると男はハーヴだ。彼は「大丈夫？」と言いながら治癒をかけてくれた。倒れたままの兵士の傍にも二人の魔法士が添っている。

「ハーヴさん、死体って……そう言えばさっき骸骨が……」

「今、城のあちこちを死体が歩き回っている。どうやら王家の霊廟がいくつか破られたらしい」

「うわっ、何ですかそれ」

すっとんきょうな声を上げる彼女を無視して、他の人間たちはかつての王妃をゆっくりと包囲していく。その最たる人間であるラルスは、月光にアカーシアの刃を煌めかせながら、母親に向かって距離を詰めた。冷ややかな声が夜風に乗る。

「さて、少々胸も痛むが、人を殺して回られても困る。大人しく棺に戻られるとよい」

女は緩慢な動作で周囲を見回した。その上で、逃げられないと分かったのかラルスに向き直る。王の背中越しに見える女の目は、少なくとも子供を見るそれではなかった。

──あまりにも空虚。その「何もなさ」に雫は我知らず唇を噛む。

幽霊などない。人の死後、魂は残らない。ならば今の彼女は、ラルスが言うように単なる死体でしかないのだろう。だがその体が動いて人を殺すという姿は、やりきれない痛ましさがあるだけだ。

この夜は、きっと悪夢の一部だ。

雫はラルスの持つ剣が、夜気の温度をひどく下げている気がして身震いした。

王の吐く息の音が聞こえる。王剣が光を反射する。その切っ先が、遺骸の胸を貫いた。

血は出ない。雫は王の腕の中に崩れ落ちる女の姿を見つめる。

その光景に何を言うことも、きっと許されない。雫は重い息をのみこんだ。

前王妃が倒れると、ラルスは剣を収め母の体を抱き上げた。その胸元からは血ではなく、黒くどろりとした液体が染み出している。それは周囲にたちこめる臭気をさらに凝縮させたような臭いを放っていた。王は眉を顰めてその液体を睨む。

「禁呪の類か?」

「おそらくは。どこかに核があるかと思われます」

「城下の共同墓地の方は見張らせてたんだがな。まさか城に来るとは思わなかった。死体の能力はどうだ？　生前の能力を持っていたらさすがにどうにもできんぞ。魔女が出てきたらお手上げだ」

「魔力は消えているようです。その代わり筋力が発達しているらしく――」

彼らの分かるような分からないようなやり取りを、雫は目を丸くして聞いていた。

王家の霊廟が暴かれたということは、先程の骸骨も含め、歩き回っている死体は皆かつての王族ということだろうか。だとしたら相手をする兵士もやりにくいに違いない。現にその場にいる全員が複雑な表情だ。

ラルスは母の遺体を用意されていた布で包んでしまうと、臣下たちに預けて立ち上がった。

「禁呪の核と言われても探すの面倒だな。死人を全員捕らえて、明日レティに探させるでいいか」

「陛下、それはあまりにも……」

その時、場に一人の魔法士が駆けこんでくる。魔法士は王の傍に寄ると素早く耳打ちした。それを聞いたラルスの顔がみるみるうちに苦みで染まる。王は周囲を見回して口を開いた。

「兵士たちを下がらせろ。魔法士もだ。建物内に戻って外に出ないよう徹底させろ。死人については俺の他にトゥルースとアズリアに掃討の指揮を取らせる。古い人間たちを使え」

王命が何を意味するのか、理解したらしい者はその場の半数ほどだった。彼らは総じて顔色を変えるとそれぞれ駆け出す。残った者たちは困惑しながらも、建物内に戻るため動き出した。ハーヴが雫の肩を軽く叩く。

「行こう。送ってく」

「あ、はい」

雫は彼に連れられ夜の庭を歩き出した。戻りながら寝着一枚だった彼女にハーヴは上着をかけてくれる。彼女自身の上着は兵士にかけたままだったのだ。けれど礼を言ってそれを受け取った彼女の表情は晴れない。

「霊廟って裏の林の方にあるやつですよね」

「ああ、でも他に二つある。奥にあるのは王と妃の棺しか置かれてないだろ。それ以外の王族を納めるところがあるんだ」

「言われてみれば確かに……。最後の一つは予備ですか？」

「罪を犯した王族が納められる。場所は知らされていない」

二人は少し押し黙る。その頭の中に浮かぶものは同じ嫌な想像だ。

雫は、自分が持つばらばらの情報が忌まわしい一つの姿に行きつこうとしているのを感じる。

「……さっき王様が『魔女が出てきたらお手上げ』って言ってましたよね。この城って、魔女の方が埋葬されてるんですか？」

「されてるよ。もうずっと昔の話だけど。王家の霊廟に葬られてる。けど平気だよ。遺体が動いたとしても魔力がないから。魂が消えちゃうと魔力も消えるんだ。これは位階構造において魂というものが――」

「あの、魔法士の人たちがその話お好きなのは知ってるんですけど、そうじゃなくて」

ハーヴの説明をあわてて遮ると、雫は声を潜めた。

「私が裏の林で聞いた話ってこれじゃないですか。『核は一人しか選べない』『ファルサス最強の王を選ぶ』『魔女などはいても無意味だ』――これつまり、誰の死体を起こすかってことですよね」

何だか分からなかった話も、さっきの話と合わせれば一つの推論が見えてくる。

雫の指摘にハーヴは顔色を変えた。

あの二人が話していたのは、王族の遺体を操り動かすための禁呪のことではないかという推測。

大それたその話に、だがハーヴはすぐにかぶりを振る。

「いや、でも……禁呪だ。雫さんは、ディルギュイがそれに関わったのかもしれないって言うんだろ。でもあいつも宮廷魔法士だ。さすがにそんなことをするとは思えない」

「できないんですか？」

「魔力的にはできなくは、ない……と、思うが……知識がない。この城では禁呪の知識は完全に統制されてるから。それを見られるのは限られた人間だけだ」

限られたその一人が、レウティシアでありエリクなのだろう。雫はけれど怯まず言い募る。

「でも、誰かが教えたって可能性もありますよ」

あの時、林には二人の男がいた。黒づくめのその男の方こそがやり方を教えている感じだったのだ。「使い方は前と同じだ」と言うからには前にも似たことをやったはずだ。それはつまり――

「ハーヴさん、昼間言ってた宮廷魔法士の外出記録って調べてくれました？」

「え？　あ、見たよ。でもディルギュイは別に普通だった。今月は何回か城下に出てるだけだ。最後が一昨日だったかな」

雫は息をのむ。引っかかりが疑惑になっていく。

林の中で黒衣の男の後ろ姿を見た時、どうして既視感を覚えたのか。

それは、雫が前にも男を見ているからだ。――高い、鐘楼の上から。

あの時、遠い地上から雫を見ていた男と城にいた男は、同一人物ではないのか。

「実は、ちょっと前に城下でおかしなことがあったんです。街の鐘楼の管理人が急死して、その死体が掘り起こされて自宅に遺棄されてるって事件が。で、王様と私がその間に鐘楼に行ったんですが、中が泥で汚れてたんですよね。まるでお墓から出てきた死体が歩き回ったみたいに。これ、今回の件と無関係ですかね」

「……それは」

ハーヴの声は固い。愕然とした視線が夜の中をさまよった。雫はラルスに聞いたことを続ける。

「鐘楼の管理人さんは、王様が行くって返事をした直後に急死してるんです。ひょっとしてあれは、今回の実行前に死体を起こす実験をしたのと――王様の反応が見たかったんじゃないでしょうか」

何故あえてラルスの前に断片を提示したのか。

それはきっと王への挑戦状だ。彼が違和感に気づくか、気づいたとしてどんな手を打ってくるか。

地上の広場にいた男が見ていたのは雫ではない。ラルスの方だ。そしておそらく、ラルス自身も似た可能性に思い当たったのだろう。管理人の死体遺棄の話をした時、王は雫よりもずっとあの話を訝しんでいた。だからこそ彼は、城下の共同墓地を監視させていたのだ。

ハーヴが掠れた声で言う。

「死体を動かす禁呪の場合、何の行動命令もつけないと生前の習慣を繰り返すことが多いとは記録に残ってる……もし雫さんの仮説通りなら、死体は毎日の職務と同じ行動をしたんだろう」

「鐘楼を見に行って、自宅に帰る……ですか。完全に怪談ですね」

探せば目撃者がいて裏付けが取れるかもしれないが、今はそれより事態の収拾が先だ。雫は何気なく見過ごしていた記憶を辿る。

「鐘楼に王様と私が行った時、それを見ていた男の人がディルギュイさんと一緒にいた人に似てるのが引っかかるんです。――ほら、昼間私たちが回廊から見た時も、ディルギュイさんは裏の林の方に入っていったじゃないですか。あの先にあるのは王家の霊廟だけでしょう？」

ラルスに鬼のランニングをちょくちょくやらされている雫は、城内の建物配置を把握しているのだ。裏の林で二人が歩いてきたのも霊廟の方で、昼にディルギュイが向かったのも同じ方角だ。

「でも、引っかかるのは一人しか選べない、って言ってた割に今動いてる遺体はいっぱいいることなんです。そこが噛み合わなくて――」

本当にあの話が今起きている異変と同じなら、動いている死体は一人でなければおかしい。

だがハーヴはその疑問に罅割れた声で答えた。

「精度が違うんだと思う。さっきの前王妃もそうだけど、他の遺体は生きてる人間を漫然と襲うように命令されているだけだ。でも、核と連動させた遺体はきっと違う。生前のままとまで行かなくても、それに近い動きができるとかじゃないかな……」

固い声音。だがその言葉には先ほどよりも確信に近い響きがあった。

雫は彼の推論にぞっとする。

「生前に近いって……まずいじゃないですか」

相手が選ぼうとしていたのは「最強の王」だ。誰を出してくるかは分からないが、かつての王剣の主だ。これは多大な犠牲者が出るのではないか。ハーヴは口元を押さえると、雫を見返した。

「ちょっと……今の話陛下に申し上げてくるよ。雫さん、悪いけど一人で帰れるかな」

「大丈夫です。もうすぐそこですし。ハーヴさんこそ気をつけてください」

建物の扉は見えている。雫は頭を下げてお礼を言うと、ハーヴと別れて小走りに扉をくぐった。扉のところにいた兵士に会釈して通り過ぎる。

飛び出してきた時と同じ暗い廊下、だがどこか外の騒ぎが伝染しているような落ち着かない空気を感じる。雫は自分の肩に手をやって、ふと自分のものではない上着に気づいた。

「あ、返すの忘れた」

ハーヴの上着を借りたままだが、今更追いかけていくわけにもいかない。明日返せばいいだろう。そう思った雫はしかし、もう一つ、もっと大事なことに気づく。

「あれ……メア？」

人を呼びに行ったはずの使い魔が戻ってきていない。最初はメアがラルスたちを呼んできてくれたのかと思ったが、何故彼女自身は戻ってこないのだろう。目立つことを嫌って先に部屋へと戻っているのだろうか。

雫は不安になって歩く速度を速める。部屋に到着すると鍵のかかっていない扉を開けた。

「メア、戻ってる？」

返事はない。彼女はメアが寝ていた部屋の隅へと歩み寄る。

けれどそこにはやはり小鳥の姿はない。雫は愕然と部屋を見回す。

「嘘……なんで……」

メアはどこに消えてしまったのか。雫は考えるより先に部屋を出た。入り口にいた兵士のところにまで戻って尋ねる。

「あの！　緑色の髪の女の子戻ってきませんでした⁉　魔族の女の子なんですけど」

「ああ、さっき来たよ。『人を呼びたい』って言って、ちょうど来た魔法士に連れられていった」

「どこにです⁉」

「どこって……多分、隣の建物。持ってた灯《あか》りがそっち入ってってたから」

「ありがとうございます！」

礼を叫んで、雫は再び外へ飛び出す。隣の建物はすぐだ。雫はそこにある木戸を押し開いた。

初めて入る建物は明かりもなく真っ暗だ。雫は声を張り上げる。

「メアー！　どこにいるのー！」

廊下に声が反響し、奥へと吸いこまれていく。

だが返事はない。今の声で誰かが起きる気配もない。この建物自体、宿舎ではないのだろう。

雫は暗闇に慣れてきた目で、少しずつ奥へと進んでいく。ひんやりとした空気が薄気味悪いのは先入観のせいと思いたい。雫は自分の足音がやけにうるさく聞こえる気がして、靴を脱ぎたい衝動に駆られた。――だがそれでふと、思い出す。

裏の林で例の話を聞いた時、雫が聞いた声は二人分だが、足音は一人分しか聞こえなかった。

おそらく、あの黒衣の男の方が何の足音もさせていなかったのだろう。禁呪を教えたのもあの男で、雫たちに気づいてなお放置していた。

「これはやばいんじゃ」

得体の知れない相手だ。もしかしたら今も、城のどこかに潜んでいるかもしれない。「君もほどほどにね」というエリクの忠告が脳裏によみがえる。

「用心しないと……」

「――ほう。どう用心する？」

突然背後からかけられた男の声に雫は飛び上がる。反射的に距離を取りながら振り返った。

見えたものは黒衣の男だ。恐ろしく整った顔。残酷な笑み。

声を上げかけた雫は、だが次の瞬間床の上に崩れ落ちる。指を鳴らしただけでそれを為した男は雫の体を無造作に片手で拾い上げた。

「さて、人間を持って帰ってもアヴィエラは喜ばぬしな。あの男にでもくれてやるか」

男は雫の体を引きずって、暗い廊下の奥へと歩いていく。

彼女には見えなかったその先は、どす黒い瘴気で溢れていた。

※

カティリアーナは、不思議な少女だった。

愛らしい顔立ちをしていたと思う。彼に人の顔の美醜はよく分からないが、皆はそう言っていた。柔らかい笑顔を浮かべる少女だった。時折、まるで空っぽになってしまったかのように何もないところを見つめている時以外は。

彼女の持つ強大な魔力はファルサス直系のゆえだろう。だが、構成はあまり得意ではないようだった。簡単な魔法も使えずに、困り果てて諦め果てていた。

——だから少しだけ手を貸した。それだけだ。

けれど彼女は、そのことがとても……嬉しかったらしい。

よく彼の後をついて歩くようになった。彼を雇い上げ、自分なりに考えて便宜を図ってくれるようになった。城への出入りをはじめ、王妹への紹介からついには禁呪の閲覧資格まで。彼女は当然のように彼に知識をもたらしていった。

それを知った人々は、彼のことを幸運だと噂する。中には実力に見合わない寵《ちょう》をどうやって受けているのかと妬む者もあった。

だが、あれが本当に幸運であったのなら……何故彼は、最後に冷え切った彼女の手を握り締めることになったのだろう。

その答えの半分は彼の中にある。

彼は結局、彼女に応えたのか違うのか、未だに自分でも分からないままなのだ。

※

ディルギュイが怪しいと指摘されたハーヴは、夜の庭を足早に歩いていた。

――確かに怪しいかもしれない。あの男は禁呪への抵抗心が薄い魔法士だった。

だがそれでもすぐには彼を犯人と思えないのは、ディルギュイはファルサス史を専攻していて、王家に執着とも言える畏敬の念を抱いているからだ。

そんな人間が果たして王家の霊廟を暴いたりするだろうか。今回の事件は、王家を辱めるに等しい行いだ。更には「最強の王」などを呼び起こしてラルスに何かがあれば、この国の存続自体が危うくなってしまう。

ただ……犯人が王妹不在の時を狙って禁呪を使ったとすれば、やはり内情を知っている人間の可能性が高い。そしてその条件に一番合致するのは、宮廷魔法士の誰かではないのか。

ハーヴは天秤《てんびん》を揺らすように肯定と否定の間を彷徨《さまよ》う。肯定に傾けば否定が、否定に傾けば肯定が浮かんできて、一向に結論が出そうになかった。

「参った……」

小さなぼやきが零れ落ちる。けれどそれは、何者かが草を分ける音によってかき消された。ハーヴは瞬時に臨戦態勢を取る。王族の遺骸に攻撃するのは抵抗があるが、それで自分が殺されてしまったら仕方ない。彼は簡単な炎の魔法を詠唱する。

だが草を踏む音と共に暗闇から現れたのは、彼のよく知る青年だ。ハーヴは驚いて友人を見返す。

「エリク！　カンデラに行ってたんじゃなかったのか？」

「戻ってきた。禁呪について呼び出しを受けたから」

「呼び出し？　王からか？」

「いや」

エリクは言葉を切ってかぶりを振った。その様子がどこか、普段と違っているように見えるのは暗がりのせいだろうか。ハーヴは微かに不安を覚えたが、尋ねてみることはしなかった。

「ってことはレウティシア様も戻っていらっしゃるのか？」

「戻ってない。彼女はカンデラだ」

エリクの答えはハーヴの顔を顰めさせる。

現在、レウティシアこそがエリクの直接の上官扱いとなっているのだ。そして彼女は禁呪事件の話を聞いて戻ってこない人間ではない。ならばエリクはレウティシアには何も伝えぬまま、無断でファルサスに帰ってきたのだろう。おそらく後で罰則を受けるに違いない。

「何やってんだ。立場が悪くなるぞ」

「分かってるよ。今更という気もするけど」

「馬鹿言うな。お前が罪を犯したことはないだろ」

ハーヴが自分でも胡散臭いと思うほどに力をこめて言うと、エリクは少し苦笑したようにも見えた。藍色の瞳が暗闇の中、黒に見える。

「雫は？」

「部屋にいるはず。送ってきた」

「そうか。ありがとう」

まるで空々しい夜だ。ハーヴは寒くはないというのに肌寒さを背筋に覚える。死体が歩いているということも、友人がこんな時に一人でこんな場所にいるということも、何もかもが意味不明で得体が知れない。エリクは一体誰から呼び出しを受けて、何をしているのだろう。

それをもう一度聞こうとした時、だが当の相手は闇の中に向かって歩き出した。再び暗い林の中に入っていこうとする。

「どこ行くんだ」

「ちょっと探し物」

「探し物？　何してるんだ？　今は危ないぞ」

「分かってる」

短い返答はハーヴを少しも安心させない。真意の見えない友人に彼は小さく息をのんだ。

何故王は、一部を除いて部下たちを建物の中に戻したのか。

三つある霊廟のうち、第一と第二は既に破られている。前王妃のように劣化防止の魔法が効いたままの遺骸や、数百年を経て白骨になってしまった遺骸もほとんどが棺を這い出ているのだ。

──なら、第三霊廟はまだ無事なのだろうか。王家の罪人ばかりを埋葬した知られざる墓は。

罪人は葬儀も行われず秘密の墓に葬られる。そして最後にそこへ葬られたのは──

「お前、まさかカティリアーナ様を探してるのか？」

禁呪の管理者であったエリクなら、自分よりもずっと今の事態を把握しているはずだ。

そんな彼が、王妹に何も言わずここに来ているということは、つまり――

振り返り彼を見返した瞳は、氷よりも冷たく沈みきった色をしていた。ハーヴはその目に立ち尽くす。だがエリクは、恐る恐る硝子に爪を立てるような問いに、あっさりと返した。

「そうだよ」

その答えにハーヴは硬直する。みるみる青ざめる友人にエリクは続けた。

「正確には探しているのはカティリアーナの体。僕を呼び出したのは彼女の名前を騙《かた》った誰か」

「やっぱり第三霊廟が破られているのか!?」

「死体たちに破らせたみたいだね。あそこの場所を知っている人間は少ないから。さっきディスラル廃王らしき死体を見かけたよ」

何気なく出されたかつての王の名前に、ハーヴは愕然とした。歴史を専門にする魔法士として、そしてファルサスの人間として、知らぬはずがない狂王。歴史に黒い染みを残した彼の遺骸までもが今、城に解き放たれているというのだ。その事実はハーヴに震えるほどの戦慄をもたらした。

「お、お前、それ……」

「探知能力はそう高くないぽいから避けてきた。武装してたし、ちょっとおかしな感じだった」

「いや、やばいだろ、それ……。陛下を避難させた方がいいんじゃないか」

「僕たちはともかく王は大丈夫じゃないかな。しょせん死体は死体だ。本人と戦うわけじゃない」

エリクはあっさりそう結論づけると再び歩き出す。ハーヴはあわててその後を追った。

目的地があるのかないのか、エリクは林の中を無造作に歩いていく。時折あちこちを見回すのは、かつて喪《うしな》った少女を探しているのだろう。時が巻き戻ったかのような友人の姿はハーヴを不安にしかさせなかった。しばらく呆然とエリクの後を歩いていた彼は、我に返ると激しくかぶりを振る。

「駄目だ。お前、カティリアーナ様のご遺体を捜してどうするんだ。それよりも早くカンデラに戻れ。こんなところにいると見つかったら……」

ハーヴは言いかけたまま固まってしまった。

『見つかったらどうなるのか』

そんなことは分かりきっている。禁呪の閲覧資格を持っていたエリクには知識と、そして「カティリアーナと親しかった」という動機がある。おまけにファルサスの正式な魔法士ではない。この状況では違うと言い張ってもそのまま投獄されかねない。ハーヴは陸に上げられた魚のように口をぱくぱくと開閉させた。

だがエリク本人は少しも動揺する様子はない。彼は他人事《ひとごと》のように平然と言った。

「多分、僕を呼び戻した人間もそれが狙いだろうね。僕は前科持ちだから犯人にうってつけだ」

「なら何で戻って……」

「いい機会だと思ったから。僕は彼女の埋葬には立ち会わなかった」

「立ち会えなかった、だろ！　今更何言ってるんだ！」

「本当に今更で無意味だ。だが無知ではなくなっただけましなのかな」

エリクの言葉に感情は窺えない。だがそれは、感情がないというわけではないだろう。ハーヴは他の人間よりもそれをよく知っている。七年前、初めて出会った時から四年前に分かたれるまで、二人は多くの時間を分かち合った友人であったのだから。

※

十五歳のエリクは色々な意味で目立つ少年だった。中性的に綺麗な顔立ちもその理由の一つだったが、滅多に笑わない無愛想な人間だったという点で。

そして、何よりも彼の存在を際立たせていたのは、いつも隣にいる一人の少女だった。

カティリアーナ・ティル・ロサ・ファルサス。

この国の名を末尾に冠した王族の一人。

現王ラルスのはとこに当たる少女は、卓越した魔法士であったとされる二代前の王妹クレステアの孫として、ある日突然城に現れた。

彼女をどこからか連れて来たラルスの父、当時の王は、城にほど近い屋敷をカティリアーナに与え、世間知らずの少女が暮らすのに不自由ないよう便宜をはかった。

話だけを聞いて彼女のことを訝しんだ人間も、カティリアーナを見れば皆納得したという。何しろ彼女はファルサス直系の人間が多くそうであるように強大な魔力をその身に宿し、なおかつクレステアによく似た顔立ちをしていたので。

カティリアーナは年の割に幼い精神を持っていた。そのせいか自身の魔力も上手く使えず、構成もろくに組めない彼女は魔法士としてはかなり不安定だった。

だが、ある時彼女は自分と正反対の少年に出会う。遠く東の国から魔法を学ぶためにファルサスに来た少年。彼は、勉学の賜物《たまもの》か類を見ない構成力を持ちながらも、生来の魔力が足りず中位以上の魔法が使えない、そんな不自由な魔法士だった。


「お前、ファルサスの人間じゃないんだって？」

図書館でたまたま一人でいた少年にハーヴが話しかけたのは、純粋な好奇心のせいだ。

異国の人間で、宮廷魔法士でないにもかかわらず異例な特権の数々を得た少年。多くの人間は王族に気に入られた彼を遠巻きにしながらも、やっかみを込めて無責任な噂話に花を咲かせていた。

だが、ハーヴは真偽の分からぬことをまことしやかに語る心根を嫌って、直接本人に尋ねることにしたのだ。それでも王族と一緒にいる時に話しかけるほどの勇気はない。だから、こうして少年が一人でいるところに会えたのは幸運だった。

少年は本から顔を上げてハーヴを一瞥する。藍色の目には、話しかけられたことを歓迎する意志は見えなかったが、不快もなかった。

「ファルサス出身じゃないよ。ナテラの人間」

「ああ、タリスの北か」

「そう」

それで話は終わりと思ったのか、少年はまた本に視線を戻した。ハーヴはあわててそれを留める。

「ちょっと待って。お前って禁呪の閲覧資格があるの？」

彼が一番聞きたかったことはそれだ。この少年が王族とどういう関係なのかはどうでもいい。

歴代の魔法士長の中でも、特別に許可を得た者でなければ入ることのできない禁呪資料室、そこに少年が本当に出入りしているのかどうかが気になっていたのだ。

少年は軽く顔を斜めにしてハーヴを見上げる。綺麗な顔立ちだが少女に見えないのは、彼が硬質な雰囲気を醸し出しているからだろう。彼は好奇心に目を輝かせるハーヴに、当然のように頷いた。

「あるよ。五級限定までだけど」

「まじか！　凄いな！　やっぱ構成とか複雑なのか？」

「そうでもない。五級くらいは触媒に問題があるだけで構成は普通だから。宮廷魔法士ならみんなできるんじゃないかな」

「ああ、生贄《いけにえ》使ったりするやつか」

「そう。人の血を使ったりね」

あっさりと返ってきた答えは、ハーヴに更なる興味を抱かせる。もっと詳しく質問をしようと思った彼はしかし、他の人間ならば一番先に引っかかるだろう疑問に気づいて首を傾げた。

「なぁ、聞いていいかどうか分からないけど、何で資格もらえたの？」

その資格を喉から手が出るほど欲しい人間は他にもいただろう。だが、彼らではなく異国の少年にそれは与えられたのだ。噂では「王族の姫に気に入られているから」と言われているが、ハーヴはどうしてもそれが理由とは思えなかった。率直な質問に、少年は初めて微苦笑する。

「禁呪を整理したかったらしいから。僕がちょうどよかったみたいだよ」

「ちょうどよかった？」

「魔力がないから。構成を知ってても自分では組めない。知識はあるけど力がないってやつだね。厄介な資料を扱わせるのに適任だ」

「でも構成図を描いたら……」

「僕の構成図ってみんな意味が分からないらしくてね。初歩のものを描いても伝わらない」

「…………」

胡散臭げな目でハーヴは少年を見たが、後日見せてもらった構成図は本当に酷《ひど》かった。子供の落書きでももう少し気が利いていると思えたくらいだ。

「それに他国の人間なら失っても痛くないだろう？　僕は資料が見たいし利害が一致してる」

「失ってって……口封じとかされたらどうすんだよ」

「別にどうも。人間一度は死ぬものだ」

ハーヴは、少年の妙にからりとした意見を聞いて呆気に取られる。

しばらくして彼はようやく自分がまだ名乗っていないことを思い出し、「あ、俺ハーヴ。魔法士見習い。お前は？」と遅い挨拶をした。

それから彼らは友人のような関係になった。

もっとも最初は一方的にハーヴが質問を重ね、エリクがそれに答えるだけだったが、次第にエリクも苦笑しながら話題を振るようになったのだ。

そしてこの友人のことを知るにつけ、ハーヴは何故彼が禁呪資料の司書のような仕事を任せられているのか納得する。

確かにエリクにはほとんど魔力がなく、また構成図が破滅的に下手だ。

だがそれら欠点よりもむしろ、多岐に渡る知識と抜きん出た構成理解力、純粋な学究心と理性、権勢欲や功名心のなさこそ、禁呪を管理するにふさわしい資質と評価されているのだ。

若くして魔法士の頂点に立つレウティシアは、人の能力と性向をよく見抜く。そして彼女の采配はいつも適切だった。エリクはファルサスにいた三年間、魔法士たちの主流にいたことはなく、どちらかというと孤立していたが、人々が向ける異端の目とは別に、レウティシアは彼に信を置いていた。だからまさかハーヴは彼があんな風にファルサスを去ることになるとは思ってもいなかった。

四年前のある日、唐突にもたらされた知らせは城の人間たちを驚愕させた。

あってはならないそれは——城都内における禁呪の施行。

城の外の屋敷で起こったその事件において、犠牲になった人間は四人。

その内一人はカティリアーナで……禁呪の構成案を作成したのは、エリクだった。

――遡ればその出会いは、ただの偶然だった。

祖国ナテラでの勉強を経てファルサスへと留学したエリクは、当初住みこみで働きながら城下の図書館に通っていた。そこで学術誌や研究書を読《よ》み漁《あさ》る毎日を送っていたのだが、ある時本を選んでいた彼の前に、一人の少女が現れたのだ。

彼女は恥ずかしそうにはにかみながら挨拶すると、「わ、私のところで働かない？」と聞いてきた。

「働く？　何故？」

「魔法を教えて欲しいから……」

「なら人選を間違ってる。僕には魔法士としての力がほとんどない」

「でも！　この間、助けてくれたでしょう……？」

「……ああ」

そこでようやくエリクは目の前の彼女と自分が初対面ではないことを思い出した。

確か数日前、城都のはずれを歩いていた時に、やたら身なりのよい少女と出会ったのだ。彼女は外見からして上流階級の人間だとすぐに分かったが、そういう人種にしては珍しいことに供も連れず、高い木に向かって必死に手を伸ばしていた。

エリクがその少女に目を留めたのは挙動不審なことに加え、制御訓練が完全でないのか体内の魔力が周囲に染み出していたからだ。一度は彼女を横目にその場を通り過ぎたものの、二時間後同じ道を戻ってきた時にもまだ、彼女は同じように手を伸ばしていた。それを見てはさすがに無視することはできない。彼は本を抱えたまま困り顔の少女に問うた。

「何してるの」

彼女は、話しかけられたことにひどく驚いたようだった。緑の瞳を大きく瞠る。答える言葉が分からないのか、少女は辺りを見回した後、ようやく口を開いた。

「ヴェールが、とれないの……」

言われて初めて彼は、木の葉々に隠れるようにして白いヴェールが枝にひっかかっていることに気づく。それは彼女の身長を遥かに越えた高さにあって、確かに取れそうにない。

けれどエリクは少し眉を顰めただけで即答した。

「魔法を使えばいい」

「使い方が分からないわ」

「大したことじゃない。ヴェールを少し浮かせればいいんだ」

エリクはそれでも理解できないらしい少女に、基礎から構成の組み方を教えてやる。のみこみの悪い彼女は、一時間ほどかかってようやくヴェールを浮かせて落とすことに成功したが、その時には既にレースに穴があいてしまっていた。拾い上げて穴を見つけたエリクは「残念だったね」とヴェールを彼女に渡す。

貴族の娘であれば、駄目になってしまったヴェールに腹を立てるだろう。むしろその前に諦めて帰ってしまうに違いない。だが彼女はその時、本当に嬉しそうに白いレースを受け取ると「ありがとう」と笑ったのだ。ずいぶん変わった人間だとエリクは思ったのだが、無事解決したのでそれきり忘れてしまっていた。

「思い出した？　私ね、ああいう風にまた、魔法を教えてほしいの」

あの時より簡素なドレスを着ている少女は、彼に頬を赤く染めながら笑顔を見せる。エリクは名前も知らない少女へ率直に返した。

「魔法を教えてと言われても僕は教師じゃない。もっと優秀な魔法士はいっぱいいるよ。貴族なら宮廷魔法士に頼むこともできるだろう」

「習ったことある。でも駄目だったの……。あなたが教えてくれたことが、一番分かりやすかった」

「うーん……。正直、貴族にはあまり関わり合いになりたくない」

貴族と平民の間では常識が通じないことが多い。そして優先されるのは大抵が貴族だ。それをよく知っているエリクは少女の申し出を断ろうとした。だが彼女はぱっと顔を輝かせてかぶりを振る。

「私、貴族じゃないの。それならいいかしら？」

よくない、とは言えなかった。それは彼女が緑の瞳の奥に、寄る辺ない迷子のような不安を宿していたからだ。あれだけ要領の悪い娘だ。今まで何人にも匙《さじ》を投げられたのだろう。そんな彼女にとって、時間がかかったとは言え、自分で魔法を成功させた経験は希望だったに違いない。

エリクは溜息を一つついて「いいよ」と答えた。

彼が自分の選択を後悔するのはすぐ翌日のことだ。

彼女は確かに貴族ではなかった。もっと上の——四人しかいない直系王族の一人だったのだ。

「嬉しい？」

カティリアーナはよくそう聞いてきた。

初めてその言葉を聞いたのは、彼女が自分付きの魔法士として正式に彼を雇い上げた時のことだ。

「うん。嬉しい」

平坦な返事は嘘ではなかった。エリクは書面に書き起こされた待遇に目を通して頷く。その中には城の蔵書の閲覧権利と講義の聴講権利が含まれていた。

本来ならば宮廷魔法士かその見習いしか得ることのできない特権。ほんの一握りの人間しか手にすることのできない機会に、まさか自分が恵まれるなどとは今まで思ってもみなかった。

カティリアーナはそれを聞いて、彼より百倍は嬉しそうな笑顔になる。

「本当？　ならこれからよろしくね」

「うん。ただこんなにお金は要らない。三分の一でいいよ」

「どうして？　宮廷魔法士の給金を聞いてきたのに」

「僕は宮廷魔法士じゃない」

「でも、私の魔法士だわ」

彼女は幼子がよくするように「不思議だ」という目で彼を見たが、何度か話し合った結果エリクの言う通りに金額を下げてくれた。

しかし実際のところ、彼女はその差額分を、彼への報酬として毎月取り分けてあったのだ。エリクは彼女の死後、三年分の大金をレウティシアから受け取って、初めてそれを知ることになる。

カティリアーナは彼の後を小鳥の雛《ひな》のようについて回った。

初めて出会った時から三年以上の時が流れ、すっかり青年になった彼と、ほとんど外見が変わらない彼女の間に、どんな噂が立とうともそれは変わらなかった。

城で禁呪の管理に携わるようになったエリクは、三年の間に欲しかった知識も要らなかった知識も身につけた。後になって思い返せば、あの時の己は慢心していたのだろうと、エリクは思う。本来の研究分野と異なるとは言え、禁呪の構成を読み解くことを、彼は確かに面白いと感じ始めていたのだから。

——禁呪を使いし者は禁呪に滅びる。

その不文律の例外に、彼もまたなりえなかった。少しずつ禁呪を当然の存在と感じ始めていた彼は、カティリアーナの死によってそれを思い知ったのだ。

※

男はそこで言葉を切ると、相手の反応を窺う。雫は冷えきった目で相手を見返した。

「で、私はいつまでここで聞きたくない話を聞かなきゃならないのか、教えて欲しいんだけど」

「聞きたくないのか？　お前の連れの話だ。お前が今そんな目にあっているのも連れのせいだとは思わないのか？」

「いや、そっちのせいでしょ……責任転嫁しないでよ」

呆れたような返事に、ディルギュイは目に見えて不愉快になる。

廊下で黒衣の男に捕まった雫は、目が覚めた時、ディルギュイの部屋で拘束されていた。どうやらこの部屋は雫の立ち入っていた建物にあり、魔法士の研究室などが集まっている場所らしい。椅子ごと縛り上げて床に転がされている雫は、薄暗い部屋を見回した。

黒衣の男の姿は目覚めた時には既になかった。雫は起きて真っ先にそれを尋ねたが、ディルギュイいわく「もうあいつの役目は済んだ」のだという。得体の知れない男がいないことはいくらかマシな事態だ。何より、探していたメアは同じ部屋の隅にある鳥籠で眠らされている。あの鳥籠を奪って逃げられればそれでいいのだ。

ディルギュイの滔々《とうとう》とした声が響く。

「カティリアーナは、今の陛下からはまるでいない者として扱われていた。レウティシア様の方はよく面倒を見ていたがな。城の者たちも愚かな娘を腫れ物に触るように扱っていたし、その分あの娘は自分を見てくれる魔法士へ執着していった。そしてあの娘は自分の魔法士に思いつく限りの恩恵を与えようとし、ついには禁呪へと手を出したのだ」

どうしてディルギュイはさっきから昔の話をしているのか、と思うのだが、今回の件も含めてそれが彼の「崇高な使命」であるらしい。文句を言っても止まらないので、仕方なく聞き流している。

「カティリアーナは、自分の魔法士から禁呪の構成を聞き出した。奴もまさかろくな構成を組めない娘が、本当に禁呪を組めるとは思わなかったんだろう。資料にある構成を伝えては問題があると思ったのか、自分で考案した構成を教えた。その時に気づかなかったのが愚かとしか言いようがないな。カティリアーナは、巨大な魔力を召喚して人に与える構成を知りたがったのだから」

「え……？」

雫はつい声を上げてしまった。それがどういう意味なのか分かってしまったからだ。

構成力はあるが魔力を持たない魔法士。その彼に、おそらくカティリアーナは魔力を贈ろうとしたのだ。彼の才能と魔力の不均衡について、ハーヴが「悪い誘惑だ」と漏らした言葉が甦る。どうしようもないことを、道理を捻じ曲げてでもくつがえそうとする誘惑。カティリアーナはその誘惑に負け、道を踏み外した。エリクのために禁を犯し、そして失敗したのだ。

ディルギュイは、ようやく得られた雫の反応に口の端を上げて笑う。

「場所は、カティリアーナの屋敷だった。あの娘は屋敷の使用人三人を殺して触媒としたんだ。だが若造が考案したものとは言え禁呪は禁呪だ。カティアーナはその構成に耐えられなかったんだろう。術は失敗し、術者である彼女も死んだ。カティリアーナは罪人として葬られたよ。そしてあの若造はファルサスから追放された」

「追放された？」

雫の知る限りエリクは「追放された」のではなく「自分で出て行った」のだ。ハーヴもレウティシアも確かにそう言っていた。この食い違いは、一体何を意味しているのだろう。

「ファルサス王家は、大陸でもっとも長い歴史を持ち、なおかつ血の正統性を保っている。これは彼らが王族という地位に慢心せず、力の探求を惜しまなかったからだ。その結果、カティリアーナのような落ちこぼれが出てきてしまうのは仕方がない。クレステア様の血を引いているのに残念な話だが、足らぬ者もいるからこそ、高みに到達する者も出てくる」

「……身勝手」

ずいぶん外野からの無責任な物言いだ。雫はふつふつと湧き起こる苛立ちにぽつりと呟く。

だがディルギュイは雫の言葉を鼻で笑った。

「王族である以上、他と違う力と責が求められるのは当然のことだろう。だから私は陛下にも此度《こたび》の試練を課した。最強の王に打ち勝てば、あの方も今より高みに至れるだろう」

「それで王様が死んだらどうするつもり？」

「レウティシア様がいらっしゃる。またいくらでも血族は増やせる」

「いくらなんでも外道すぎるでしょ……」

吐き捨てた感情は、だが冷たい床に広がってどこにも届かない。まるで吐瀉物《としゃぶつ》の上に転がされているようだ。男の恍惚《こうこつ》とした声が、あちこちに汚濁を塗りたくっていく。

「何とでも言えばいい。私は、私の思う理想の王を以てファルサスに相対するだけだ。クレステア様はかつて私に『全ての血族を、いついかなる時でも試していい』と、そう仰ったのだからな」

雫は目を閉じて、椅子の背に縛られた両手に意識を集中する。吐き気のする愉悦の中で、一矢報いるためのチャンスを窺いながら。

※

斬りかかってくる男の死体は、紫色の斑点が目元に現れていた。

ラルスは相手の剣を弾いて逸らすと、第二撃の間を与えず死体の首を切り落とす。

重い音を立てて倒れた体はしばらくもぞもぞと動いていたが、切り口から黒い液体が零れだしてしまうと、その動きもなくなった。王は転がった生首を拾い上げて後ろの魔法士に放る。魔法士はあわててそれを皮袋に入れた。

「あと何体だ？」

「二十四、五だと……」

「面倒面倒。だが第三霊廟の遺体だけでも回収せねばな」

王家の罪人ばかりが収められた霊廟。そこにある死体の約半数は「見られてはいけない」様相を呈している。彼らの多くは、ディスラル廃王の事件をきっかけとした血族争いに関わった者たちだ。中には禁呪に手を出し体を侵された者や、毒の粛清を受けた者も混ざっている。

そういった事件についての記録は全て王家の封印資料に記されているが、一般に口外されていないことも事実だ。要らぬ詮索や不安を呼びこまぬためにも、異常な遺体は衆目に晒《さら》さない方がいい。

ラルスは持っていた布で軽く刃を拭う。

「魔力がなくなっているから女の死体の方が捕まえやすいな。男は逃げ出すと追いきれない」

「腕力と脚力が強化されているようですね。判断力が落ちてはいますが。遺体を動かしている術は複雑なものではないのでしょう」

「まるで泥人形だな。これが終わったら火葬にして壺にでも詰め直すか」

王に付き従う魔法士は、壺と聞いて怪訝そうな顔になったが、ラルスはそれには構わず歩き出した。夜の庭の中、慎重に気配を探っていく。

「さて、俺が見つけられるに越したことはないが」

――見られてはいけない死体。

だがそれでも古参の武官や魔法士たちの中には、数十年にわたる秘された歴史を知っている者たちがいる。今、外に出て掃討を行っているのも彼らだ。

けれどそれ以上にラルスには「自分とレウティシア以外には見られたくない」死体が一体あった。ファルサス王族たちによる罪責の中でも例外中の例外であり、そして決して許してはならないと彼が思っている事例の一つ。その死体だけはできれば自分の手で回収したい。ラルスはアカーシアの柄を握り直した。

「一体どこにいる？　カティリアーナ」

その名を呼ぶ声に返事はない。王は一瞬、嘲笑を口元に浮かべると、だがすぐにいつもの面倒そうな表情に戻って夜の中に踏みこんでいった。

※

草を踏む二人の足音だけが、夜の中響いている。

ハーヴは恐怖よりも緊張が、そして緊張よりも心配が勝って友人の後ろを離れられないでいた。もう何度目になるのか分からない忠告を口にする。

「エリク、戻ろう。広い上にこの闇だ。上手くカティリアーナ様に出会えるかどうかも分からないし、もう誰かが見つけてるかもしれない」

「どちらかというと君の方が戻らないとまずいよ。今、外にいるのは古参の人間だけなんだろう？ばれたら君も罰則だ」

「お前はどうなんだよ」

「僕は知ってるからね」

投げ返された答えにハーヴは顔を顰める。何故ほとんどの人間が建物内に下がらされたのか、それにはやはり、第三霊廟の遺体と、王家の封印された歴史が関係しているのだ。

つい先日、レウティシアの指示で封印資料を見たエリクは、知識的には古参の臣下たちと同じ立場にあるのだろう。歴史を専攻するハーヴは、自分が仕える王家について人並み以上の探究心を持ってはいるが、それ以上に自分の立場を弁えている。だから外に残っているのも友人を放っておくのが心配だっただけで、できればどの遺体とも対面しないに越したことはないと思っていた。

「エリク、俺を気遣ってくれるなら一緒に戻ろう。お前に何かあったら雫さんはどうなる」

「彼女はあれでたくましいからな。それに僕も死ぬつもりは別にないよ」

「ならなんでカティリアーナ様にこだわるんだ。いい加減ふっきれよ」

「そういうのとはまた違う」

エリクは不意に足を止めた。つられてハーヴも立ち止まる。

月光の下、少し離れた場所を女の骸骨がゆっくりと歩いていた。白いドレスが風になびき、忌まわしくも神秘的な空気を放っている。二人は息を潜めて死体が離れていくのを待った。ドレスの裾が木の向こうに見えなくなると、エリクは口を開く。

「中に戻って欲しい。君にはカティリアーナを見せたくないんだ」

「何でだよ。そんな酷い状態だったのか？」

「違う。綺麗なものだったよ。殺した僕が言うんだから間違いない」

自嘲でも自虐でもない事実だけの言葉。ハーヴは深く息を吐いた。疲れた目でかぶりを振る。

「そういうことを言うのはやめろ。また変な噂話が流行る」

「本当のことだけどな。それより僕の忠告の方を聞いて欲しい。多分今のカティリアーナを見たら君の立場は非常に不味くなる」

「……何だそれ」

カティリアーナは禁呪の構成に失敗した後、死を迎えた――それだけではないのだろうか。知っていると思っていたことが、途端に闇の中に没し始めた気がしてハーヴは顔を歪めた。

「お前、俺に話してくれたことが全部じゃなかったのか？」

「全部だった。あの時僕はそれだけしか知らなかった」

それは、王家の封印資料を見たからだろうか。確かに当時も、色々おかしくはあったのだ。

エリクがまったく処分を受けないことも、嬉しくはあったが不思議であったし、何よりも何故カティリアーナが難度の高い禁呪構成を組めたのかが分からなかった。

けれど当時はそれを深く追及する気にもなれなかったし、そういうこともあるのだろうと自分に言い聞かせて終わったのだ。

「何なんだよ……今更」

せっかく友人が戻ってきたというのに、甦らなくてよいことまで頭をもたげつつある。ハーヴは月光の下をカティリアーナが一人歩いている光景を想像し、溜息をついた。

この異常な夜はもしかして、四年前の事件の真実に触れるものになるのかもしれない。真実など呼び起こさないでいいという自分と、歴史の真相を知りたいと思う自分の間で彼は煩悶する。

しかし結論を出したのはどちらでもない、エリクの友人としての自分だ。ハーヴは苦い顔で友の肩を叩く。

「分かった。でも俺は戻らない。見ちまったらレウティシア様に記憶を消してもらうよ」

「記憶操作は大変らしいよ。多分面倒がられると思う」

「陛下じゃあるまいし、やってくださるさ。それより強い死体と出会ったら俺の魔力使っていいから何とかしてくれ」

「まず自分で何とかしてみよう。駄目だったら逃げよう」

「死体恐怖症になりそうだ……」

二人の魔法士はぶつぶつと言葉を交わしながら広い城の庭を歩いていく。

それは四年前の過去には到底届かない、今を行く道筋だった。

※

椅子に雫を拘束しているのは、ごく普通の細縄だ。雫はさっきから気づかれないよう手首を動かして、すり抜けるための隙間を作っていた。擦《こす》れた部分がすりむけて痛むが、それを言っている場合ではない。あと少し、石鹸水《せっけんすい》があればするっと抜けられそうなところまで来ているが、今ここで手首に石鹸水をかけたら非常に染みるだろう。

だが、早くしなければいつディルギュイに処分されるか分からない。雫は時間を稼ぐために口を開いた。

「で、あなたの意見は分かったけど、なんでメアが関係あるの？　放してほしいんだけど」

雫の冷ややかな声に、ディルギュイは水を差されたように苦い顔になる。

「中位魔族は貴重な魔力源になる。禁呪を動かすには魔力がいるからな」

「は？」

電池のような物言いに雫がよく見ると、メアが閉じこめられている鳥籠の上部には掌《てのひら》くらいの水晶球が嵌めこまれている。その中がうっすら赤く光っているのは、燭台の火を反射しているわけではないらしい。カンデラの城で見たものと似たそれに、雫は歯を食いしばった。

「禁呪の核を……」

「よく分かったな。だがお前には何もできない。真っ先に疑われるのはお前の連れだ。お前にはそのための布石になってもらう」

ディルギュイは倒れている雫に歩み寄る。真上から彼女を見下ろした。

「娘、精神魔法というものを知っているか？」

「初耳。名前から想像がつく気もするけど」

「想像の通り、人の精神を操る魔法だ」

雫はこれから起こることを悟ってぞっとする。魔法によって精神を操るというのなら、この男は自分を死体と同じような人形にするつもりなのだ。そこからどう動かされるかは不明だが、石で殴られるよりよほど嫌だ。雫は傷だらけの手首を気づかれないようによじる。

「お前が一番うってつけだ。おかしな動きをしていてもさして怪しまれない。おまけに元の感情があって弄りやすい」

「……元の感情？」

聞き返した雫に対し、頭上から聞こえてきたのは魔法の詠唱だ。

背筋が凍る。雫は縛られていない右足を蹴り上げた。しゃがみこんでいたディルギュイの足首を思いきり蹴りぬく。いいところに当たったのか男は叫び声を上げて転んだ。

その間に雫は両手に力を込める。

「痛……っ」

皮が捲れて激痛が走ったが、構わず右手を引っ張った。

だが次の瞬間、ディルギュイの手が雫の髪を鷲摑《わしづか》む。

「この野良猫が！　大人しくしていろ！」

「うっさい、小悪党！　王様に不満があるなら正面から挑戦しろっての！」

「お前……っ」

変な術をかけられるより逆上された方がましだ。

だがディルギュイは雫の挑発に、それ以上何も言わなければ暴力を振るうこともしなかった。ぎりぎりと音が聞こえてきそうなほど歯を食い縛って彼女を睨むと、震える声で返してくる。

「……何も知らぬ小娘が。お前にクレステア様のお考えなど分かるか」

「それ、亡くなっている人を引っぱりださなきゃ何もできないってだけでしょ！」

雫の右手が、縄から抜ける。

彼女は自由になった腕を振りかぶると、思いきりディルギュイの顔に爪を立てた。

男は悲鳴を上げてのけぞる。その間に雫は身をよじった。体から椅子を剝がそうとする。

だがその時、男の引き攣ったような詠唱が聞こえてきた。雫は鳥籠に向かって叫ぶ。

「メア！」

「無駄だ。お前もあの使い魔も使い捨ての道具だ」

髪を摑んで顔を引き上げられる。男の目が雫の瞳を覗きこんだ。

合わせ鏡のごとくそれらはお互いの顔を映し出し——そして何かが「入って」くる。

生温かいものが脳に触れるかのような感覚。無遠慮に指をずぶずぶと埋めこまれるような気持ち悪さに、髪を摑まれたままの雫はえずいた。

思考を侵されていく。

意識が歪められる。

全身を震えが走りぬけ、雫は体を跳ねさせた。

「嫌だっ！　放して！　放せ！　出ていけ！」

「抵抗すれば苦しいだけだぞ」

男の声もよく聞こえない。

自分の鼓動だけがやけに響く。

時間の感覚も、天地さえも判《わか》らない。

拒否と否定が呪《しゅ》のように繰り返された。

入りこんでくる力
無遠慮な
粗雑な
それは比して稚拙な
変質を
精神に
魂に

変えて
潜んで
言葉を
記憶を
——気づいてはいけない

雫は負荷に耐え切れず気を失う。

意識が暗転する直前、最後に聞こえたものは石畳に跳ね返る男の絶叫だった。

※

『納得していないと思ったから』

レウティシアは確かそんなことを言っていた。彼に王家の封印資料を見せた、その後に。

彼女はおそらく四年前の不審な事後処理について、エリクが不満を抱いているとでも思っていたのだろう。彼は事件直後に城に出頭し、起こったことを全て述べた後で処分を願ったのだから。

しかし彼には叱責どころか何の処罰も与えられなかった。それどころか城における権利の数々さえ剝奪されなかったのだ。その処置にいくらかレウティシアが絡んでいたことは明らかだったが、彼は結局自ら全ての権利を捨て、ファルサスを後にした。

城への怒りがあったわけでも失望があったわけでもない。

ただもういいと思っただけだ。もうこの国に残る意味もないと。


けれど今、もう一つの真実を知った彼は思う。

――あの事件には果たして本当に「納得」など存在していたのだろうか、と。

※

生温かい風が葉々を鳴らす。

臭気は少しずつ薄まっているような気もするが、既に鼻が麻痺《まひ》しているようでよく分からない。

ラルスは左手をかざして天を仰いだ。

「うちの王家は美女が多いらしいが、骨になってたり崩れていたりでは分からんな。まったくつまらない」

「陛下……」

不謹慎な主君の発言に、随従の魔法士は何とも言えない顔になったが、それ以上諫《いさ》める言葉も思いつかなかったらしい。ただ口を噤んで目を逸らすに留めた。

初めこそラルスは十人ほどの部下を連れて掃討にあたっていたのだが、次第に捕獲した遺体の運搬に人手が取られ、また「そんな人数いらない」と本人が言ったことで、一番付き合いが長い魔法士が一人、連絡係として残ることになったのだ。

「そろそろ疲れてきたし、気分を変えたいところだ。そうだな……この事件の名称でも考えるか」

「後になさった方が……」

「事件の名称はそれを聞いただけで内容が分かりやすい方がいいと思わないか？」

「字数が多くなっても問題がございます」

「そうか。最小限に絞るのはなかなか難しいな。『死体』は入れた方がいいかな」

足を止め、真剣に考え始めた王に、魔法士は何か言いたげな視線を送ったが、ここで言って思い直してくれるような主君ではないと皆が知っている。「年代は含めるべきかどうか」を悩むラルスの代わりに、彼は周囲に注意を払った。

既に第一霊廟の調査は済んでいる。そこに禁呪の核は見つからなかったが、犯人は内部の魔法士ではないかという話は王にも報告されていた。犯人がまだ城に留まっているかは不明だが、そちらの捜索は進んでいない。まずは放たれた遺体の回収が最優先だ。最初の報告が入ってから二時間、第一霊廟と第二霊廟に安置されていた遺体は既に、八割方回収に成功していた。

「ディスラル廃王は未だ目撃されていないようですが……」

「俺は相手したくない。トゥルースかアズリアのところに行って欲しいぞ」

「…………」

数十年に及んだ政争の発端となった事件、その張本人である廃王の名はファルサスの人間ならば誰でも知っている。玉座にありながら正気を失い、軍を率いて無辜《むこ》の街を滅ぼした挙句、血族の中に死と猜疑《さいぎ》の種を振り撒いた王。

諫言《かんげん》した臣下たちを手ずから斬り捨て、最後には大広間で殺戮を繰り広げた廃王は、実の弟であったロディウスの手によって殺害されたと言われている。その後即位したロディウスもわずか一年で謎の死を遂げており、ファルサス王家には夜の時代が訪れた。

「だってディスラルってあの事件の時、六十三人を殺してるだろ。もうそれ人間じゃないだろ」

「今アカーシアをお持ちでいらっしゃるのは陛下ではありませぬか。何とかなります、何とか」

「落とし穴でも掘った方がいいんじゃないか?」

「陛下……」

臣下の男は不安そうな目になったが、相手にしたくないものはしたくない。大体死体なのだから正面から向き合わずとも捕獲する方法はあるはずだ。ラルスは考えながら辺りを見回す。

——庭先を行く人影を先に見つけたのは、王ではなく随従の魔法士の方だ。

黒い輪郭しか見えない二人分の人影は、暗がりから月光の差す場所へ歩き出てきたことにより、顔の判別がつくようになった。それを魔法士は見咎める。

「待て、お前たち!」

厳しい声と共に彼は走り出す。ラルスは「あれ?」と首を傾げながらのんびり歩いてその後を追った。呼び止められた二人組は足を止める。

「ここで何をしている!」

言われた二人は顔を見合わせたが、どちらに言われているかなど考えるまでもない。両方に言われているのだ。しかし王付きの魔法士はどちらかというと、詰問の比重を異国の魔法士の方に置いているらしい。真っ直ぐエリクに向かって詰め寄った。

「お前、何故ここにいる！　レウティシア様はどうなさった」

「カンデラにいらっしゃると思います」

「ならお前は何故来たのだ！　さてはお前が——」

予想通りの展開に顔色を変えたのは、エリクと一緒にいたハーヴの方だ。彼は「待ってください」と言いながらあわてて二人の間に入ろうとする。エリクに摑みかかろうとする魔法士とそれを留めるハーヴの間で、静寂の中にあった夜が一転して騒々しいものとなりかけた。

だがその時、責められている当の魔法士は何かに気づいたのか、ふっと背後を振り返る。

藍色の双眸の軌跡を追って、ラルスは月の照らす庭を見やった。

黒いレースのドレス。

長い銀髪が鈍い輝きを放っている。

うつむきぎみの横顔は影になって見えない。だが、細い首に巻かれた赤い紐が穏やかになびいており、それだけは不思議なほど鮮やかに映えていた。

ラルスは手を伸ばすと、今まさにエリクを怒鳴りつけようとしていた魔法士の肩に手を置く。王

はあわてて振り返った部下にではなく、視線を戻した異国の魔法士に向けて問うた。

「お前がやったのか？」

「違います」

「そうか」

それだけで終わると思っていなかったハーヴはけれど、ラルスがついてきた魔法士に「先に戻ってろ」と言ったことで目を丸くしてしまった。魔法士が驚愕しながらも王命に従ってその場を離れると、王は次にハーヴを見やる。

「お前も命令違反だな。減給ものだぞ」

「も、申し訳ございません」

「まぁいい。仲間はずれも可哀想だから来ればいい」

エリクはその決定に眉を顰めたが何も言わなかった。彼は踵を返すと一人、女の方へ歩き出す。

それは何の感情も感じさせない足取りだ。後悔も嫌悪も何もない。躊躇さえもそこにはなかった。

だが立ち止まることも決してしない。

草を踏む微かな音の向かう先、月光が翳を作る庭には、黒衣の女が月下に佇《たたず》み、緑の瞳でじっとエリクを見つめていた。

※

「ねえ、こんな術ってある？」

そんなことを唐突に聞かれたのは、彼がカティリアーナの屋敷で借り出した図書を整理していた時のことだ。少女からの拙い説明を聞いてエリクは首を傾げる。

「ある。けど禁呪の類だ。そんなの何で知りたいの？」

「ちょっと興味があって。だって、魔力って先天的なものなんでしょう？　それを増やせるってどうしてかな」

その疑問は素朴と言えば素朴なものだ。エリクは少し考えてから答えた。

「多分、術者の魂を変質させて許容量を増やす工程が含まれてるんだと思う。魔力を召喚して、それを術者に取りこませる。その取りこみの過程で無理矢理に魔力容量を拡張してるんだ。記録にはないけど、実際は肉体的にも結構痛いんじゃないかな。だから増やせるっていっても限界があるし、変質に失敗したら精神崩壊するか死ぬと思う。そういう例はいっぱいあるし」

「死んじゃうの!?」

「死ぬよ。危険がない術だったら、暗黒時代にはもっと強力な魔法士がたくさん出てるはず」

しかしそうはならなかった。多くの者が力を求め、種々の禁呪に手を出した暗黒時代。残ったのは「禁呪に触れてはならない」という歴史に実証された戒めだけだ。

カティリアーナは困り顔で悩んだが、しばらくして「やっぱりどんな構成か教えて」と言い出した。ずいぶん妙なことに興味を持つなとエリクは思ったものの、彼女も一応王族の一人だ。何か自国の歴史に気になる点があるのかもしれない。「実際の構成はもっと複雑だけど」と付け加えて、その場で考えた簡単な構成を口頭で教えてやった。

構成図を描いてもどうせ伝わらないだろうし、むしろ真剣に伝える気もなかった。どうせすぐに忘れてしまうだろうと彼は思ったのだ。

だから数日後、城から屋敷に戻ってきた時、彼は「それ」を見て愕然とした。

中庭に描かれた複雑極まりない構成と、その中央に重ねられた三つの死体。

血生臭い光景の前に——一人立っている女の笑顔を見て。

※

「カティリアーナ」

エリクは彼女の前に立った。魂のもうない体を、生前と同じ名で呼ぶ。

それがおかしかったのか女は首をわずかに傾けた。罪人の証である赤い紐が揺れる。

緑の瞳は、それだけが今でも変わらない。幼子のように透き通ってじっと彼を見返す。

そこに、どれだけの真実があったのだろう。

今はもう分からない。彼女の魂が失われた今となっては。

エリクは過去に属する瞳を見つめる。

そしてあの時と同じく言葉のないまま、彼は深く溜息をついた。

友人の後ろにいたハーヴは大きく口を開けたまま硬直する。彼には、一体自分は何を見ているのか理解できなかった。

動転した挙句、ハーヴは話しかけづらい友人ではなく隣にいた王を見上げる。

「へ、陛下。あれは本当に……」

「ああ。カティリアーナだ。同じ服を着ているしな」

「ですが、まったく姿が……劣化防止をかけなかったのですか？」

「かけた。一応慣例だったから」

——ならば何故、彼女はあのような姿なのか。

混乱してハーヴはもう一度女の死体を見つめた。

濃い茶色であった髪は透き通るような銀になっている。白く瑞々《みずみず》しい肌は罅割れて皺だらけの皮と化していた。痩せこけた頬。肉のない骨ばかりの手がエリクに向かって伸ばされる。

「あ、あれではまるで……老いてしまった、ような」

「老いたわけじゃない。本来の姿に戻ったんだ」

ラルスはアカーシアを抜く。エリクの首へと手を伸ばしかけていた彼女は、気配に気づいて顔を動かした。その目を王は真っ直ぐに睨む。

「さて、いつまでもその男に絡んでいないで棺に戻るがいい、カティリアーナ」

アカーシアの切っ先が、死した女へと向けられる。

「それとも――クレステアと呼んだ方がいいか？　大叔母上よ」

ラルスは罪人の真の名と共に王剣を構える。

突如持ち出された真実にハーヴは凍りついた。

――クレステア。

それはディスラルの姪の名であり先々王の妹の名だ。

ここ数十年の歴史の中でもファルサス屈指の魔法士と謳《うた》われた、カティリアーナの祖母。

……だったはずだ。少なくともハーヴはそう思っていた。今、この時までは。

「え？　カティリアーナ様……クレステア様？」

「だから、同一人物だ。クレステアは子供など産んでいない。孫だというのは俺の父が便宜上そうしただけだ」

面倒そうな王の説明に驚いたのはハーヴだけで、エリクはいつもの平然とした様子を崩していなかった。もっとも彼の感情が表に出ないのはいつものことだ。ハーヴは息を止めて友人を見やった。

かつての少女と同じ、だが変わり果てた姿。

そこには何も見えない。忌まわしく捻じ曲げられた命以外には。

これが彼女の真実だと言うのなら、「カティリアーナ」とは何であったのだろう。ハーヴは喉に重い何かが詰まる気がして首に手を触れさせた。ラルスはそんな臣下を一瞥して淡々と続ける。

「クレステアはな、ディスラルに傾倒していたんだ。で、奴の死後も影から王族や重臣たちの疑心暗鬼を煽っていた。つまり二十五年間続いた血族争いの糸を裏で引いていたのはあいつだ」

「え!? そ、そうだったんですか!?」

「ああ。人心を操る天性の扇動家で、魔法士としても強力だった。血族同士が殺し合うのを見て愉《たの》しんでたんだな。そのうちの何人かは自分で手を下したようだが証拠は摑ませていない。けどある時、それを自分の兄……俺の祖父に勘づかれたんだ。アカーシアを手に詰問しに来た兄を見て、クレステアはどうやって逃げようとしたと思う?」

「ど、どうやってと言われましても……」

「簡単なことだ。クレステアは言質を取られ処刑される前に自分を捨てたんだ。記憶と人格を封じて、まったく無知な人格を表に出した。そうして別人になったクレステアは、結局黒に限りなく近い灰色ということで幽閉されるに留まったんだ」

王がハーヴへと説明してやる間、エリクは微動だにしなかった。その藍色の瞳が注視しているのはカティリアーナなのかクレステアなのか誰にも判らない。判ることと言えば、目の前に立つ亡骸《なきがら》はまさしく王家の暗部の一つで、既にただの少女のものではないということだけだ。

「いつか戻るかと思って幽閉されてたが、まったく戻らないどころか精神に合わせて外見年齢も幼くなって成長が止まった。このままじゃいつまで生きているか分からないってことで俺の父が別の名を与えて牢から出してやったんだ。俺は処断を主張したんだが、記憶がなく精神が別人のものなら罪を負わせることはできないと言ってな。まったく甘い考えだ。記憶があろうがなかろうが同じ人間だというのに」

――突如王族として現れた少女。彼女の面倒をレウティシアはよく見ていたが、ラルスはいない者として扱った。

「では……カティリアーナ様が禁呪を組めたのは……」

「組めて当然だ。クレステアは元々禁呪の使い手だった。だから俺はこの男を無罪にするよう主張したんだぞ？　禁呪を教えた罪はあるが、教えようが教えまいがあの女は使えた。それに加え、あの女を処分した功績を買ったんだ」

ハーヴはその場に座りこみたい虚脱感に襲われる。そんなことは知らなかった。もちろんエリクもそうだろう。カティリアーナは王族ではあったが、愛らしく不器用な普通の少女だと思っていた。不安げにエリクの後を追う姿も幼子のような笑顔も、作られたものには到底見えなかったのだ。

目の前の彼女が老婆の姿をしていることもあり、ハーヴはどこか別の棺に本当のカティリアーナが眠り続けている気さえしてこめかみを押さえる。言いようのない気分の悪さが心中に広がり、臭気混じりの空気を吸うことにさえ抵抗を覚えた。

顔色の悪いハーヴから視線を外して、ラルスはクレステアに意識を戻す。

彼女の亡骸はまるで道化回しのように優雅な仕草で、目の前の青年に向かって枯れた腕を伸ばそうとしていた。

※

——小さな手を引いてやったことがよくあった。

城の中でさえ、彼女は居づらそうにおどおどと辺りを窺うばかりだったので。

実際、彼女はどこにいてもいつも落ちつかなそうに見えた。時折、何もない場所をじっと見つめていることがあった。

過去から己を切り離した彼女は、はたして自分のことをどう思っていたのだろう。

記憶がないという記憶さえ失って一人さまよっていた彼女は。

※

エリクは彼女を見つめる。

かつてと同じ緑色の瞳は、生前もそうであったようにどこか空虚を湛え、世界を映し出していた。

その白い手が、救いを請うように立ち尽くしたままの彼に伸びる。

だが、エリクは彼女の手首を逆に摑んだ。それは、腕力を強化されてはいても老女の力で抗えるものではない。

クレステアはもう片方の手を使って青年の手を外そうとしたが、エリクはそれを許さなかった。

彼女が諦めて彼の目へと爪を伸ばした瞬間、エリクはその手を避けて彼女の腕を捻り上げる。半ば動きを奪われたクレステアは奇怪な呻き声を上げ、エリクは彼女の体を押さえたまま王を見やった。

「傷をつけていいですか？　瘴気を抜けば動かなくなります」

「構わんぞ。その死体は見られても困るから燃やそうか悩んでいるくらいだ」

「ならその方がいいかと。見る人間が見れば禁呪の痕跡が分かります」

「そうなのか？　なら今燃やすか。ハーヴ、頼む」

「私ですか⁉」

淡々と会話を交わす二人に呆気に取られていたハーヴは、突然話を振られて悲鳴を上げた。いくら死体で罪人であっても王家の女性に火をつけろなどという命は勘弁して欲しい。彼は助けを求めて辺りを見回した。クレステアを拘束したままのエリクと目が合う。

「僕がやるよ。魔力貸して」

「……お前」

「平気だよ。彼女はもう死んでる」

死体は、ただの物体だ。魔法士ならば皆そのことを知っている。

それでも彼女に会うために今夜戻ってきて、自ら彼女の体を燃やそうとしている友人が無心でいるはずはないと、ハーヴは思っていた。だが声をかけようとしても、肝心の言葉が思いつかない。いっそ「それなら俺がやる」と言ってしまいたかった。

だがこれは――おそらく彼が選んだ決別なのだ。

ハーヴは力なく肩を落とすと友人の隣に歩み寄る。小さく詠唱しながらエリクの肩に触れ、構成を持たない魔力を注いだ。

まるで四年前に戻ったかのように悲しい。それは、カティリアーナがカティリアーナではなかったと分かっても同じだ。目を閉じたハーヴの耳に友人の詠唱の声が聞こえる。

それは確かに、かつて妹のように彼女を慈しんでいた時と同じ、ひどく穏やかな声音だった。

※

彼女が何を求めていたのか、それに応えてやれたのか、今となっては分からずじまいだ。

ただ彼女の笑顔だけは今でも忘れることができない。初めて出会った時、嬉しそうにヴェールを受け取った笑顔と、最後の時淋《さみ》しそうに笑った顔だけは。

そして、今の彼女の姿も自分は生涯忘れることはないのだろう。

これは、自分の届かなかった真実。触れることのできなかった彼女の残滓《ざんし》なのだ。


エリクはクレステアの体内を中心として、魔力を注ぎ構成を組み上げる。

生きた魔法士にこのような魔法をかけても生来の魔力が反発してうまくいかないが、今の彼女には魔力がない。エリクは内部に淀む禁呪の澱《おり》を対象として、発火を伴う昇華の構成を仕掛けた。

暴れる彼女の腕と肩を摑んで押さえつける。これ以上力を込めては折ってしまうかもしれない。

それは少しだけ嫌だった。

構成を完成させエリクは息をつく。あとは発動させれば終わりだ。ラルスを見やると王は頷く。

――だがその時、新たな声が庭に響いた。

「あれ、エリク?」

場の誰もが予想していなかっただろう声。その声に三人の視線が集中した。

いつの間にこんなところまで来たのか、そこには雫がハーヴの上着を抱えて立っている。クレステアを捕らえたままのエリクはさすがに目を丸くした。

「やぁ、どうしたの」

「ファルサスに戻ってたんですか! ……って何か不味いところに来ちゃいましたか」

「どうだろう。でも危ないから中にいて欲しかったな」

雫はクレステアを一目見て、彼女が死体だと分かったのだろう。顔を少し強張らせた後「すみません」と頭を下げた。

「あの、ハーヴさんに上着を返そうと思って」

「いつでもよかったのに」

男物の上着を綺麗に畳んで持つ雫は、寝着の上に濃緑のローブを羽織っていた。どこかで転んだのかローブの裾は薄汚れて擦りきれている。

彼女は少し躊躇したものの、エリクの隣にいるハーヴに駆け寄った。上着を渡そうとして、しかし襟首を後ろから摑まれる。

「邪魔をするな。ちょっと離れてろ」

「放してください、王様！」

「邪魔娘が騒ぐな。目を閉じて耳を塞いでろ。むしろ息をするな」

「無茶な要望！」

ラルスが手を放すと雫は畳んだ上着の中に手を差し入れた。何気なく彼女を見やったエリクは、黒い瞳と目が合う。

それは、月光を映さない沈むような目だ。意志のない人形の目。

彼女のものでありながら彼女のものでは決してない目を見て、彼は瞬時におおよそを悟った。クレステアを摑んでいた手を放す。

雫は上着の中から手を抜いた。小さな手は鈍く光る短剣を握っている。ラルスには死角になっていて見えない。彼女は舞うように振り返った。

「雫！」


彼女の望みは、何であったのか。

応えてやれたのか、拒絶したのか。

罪を選んだのは、誰だったのか。

けれど全てはもう、終わってしまったこと。

短剣が王へ突き出される。

ラルスはだが、それをすんでのところで払った。雫は短剣を叩き落とされよろめく。

王の手が王剣の柄にかかる。エリクは彼女の肩を摑んだ。クレステアが逆方向に走り出す。

混乱が支配した一瞬。

それを終わらせる斬撃が雫の頭上に振りかかる。

容赦ない一撃に、しかしエリクは彼女の体を押し退《の》けた。白刃の下に割り込む。

アカーシアは止まらない。ハーヴは王に向かって踏み出す。だが、それも間に合わない。

鮮血が予想された結末。

しかし、明るい夜空に響いたのは……剣同士がぶつかりあう金属音だった。

「――やるな」

ラルスは短く言って剣を構え直した。護身用の突剣で王剣を受けた魔法士を見下ろす。

エリクは自分の剣に一瞬視線を落としたが、それを収めることはせず柄を握り直した。

王は笑いもせず言い捨てる。

「だが、次は斬り捨てるぞ。退け」

「お断りします」

「罪人を庇って己を捨てるか？　また同じことを繰り返す気か」

「自分を捨てたことはありませんし、罪がないと思ったこともありません。今の彼女は操られている。治療をします」

クレステアの姿は既に見えない。どこかへ逃げ出してしまったのだろう。

雫は草の上に立ち尽くしている。その体が風を孕むようにゆらりと揺らいだ。

彼女は濃緑色のローブの中に手を差しいれる。そしてそこから、薄赤く光る水晶球を取り出すと、傷だらけの手で天にかざした。

虚ろな両眼。小さな唇が渇いた言葉を吐く。

「――『全ての血族を、いついかなる時に試してもいい、誑《たぶら》かしていい、蹂躙していい』――」

まるで呪いに満ちた詠唱のように。

まるで美しい愛の囁きのように。

抑揚のない言葉が紡がれる。その言葉に顔色を変えたのはラルスだ。若き王は口の端を上げる。

「なるほど。クレステアの信奉者か。いい度胸だ」

「『王よ、血の清算を』」

ざり、と草を踏む音が聞こえる。

月下の下、新たな人影が現れる。皆がその影を見やり、それぞれ表情を変じた。

罪人を表す黒いゆったりとしたローブ。その上に鈍く光る銀の胸当て。

厚刃の両手剣を片手で引きずって、大柄な男は一歩一歩近づいてくる。頬に走る深い剣傷を見てラルスは呟いた。

「廃王ディスラルか。まあ出してくるとは思ったが」

「へぁっ!?」

ハーヴが悲鳴じみた声を上げたが、エリクは無言のままだ。彼の視線の先で、雫は彫像のように立ち尽くしている。その右手はぐったりと下ろされ……だが水晶球を握ったままだ。

——不意に、ディスラルが地面を蹴る。

無言で肉薄する廃王と、ほぼ同時に動いたのはラルスだ。王剣はハーヴの頭蓋を叩き割ろうとする刃を受けると、高い音を立ててそれを弾いた。ラルスは臣下の前に出ながら舌打ちする。

「ぼーっとしてるな。真っ二つにされるぞ」

「も、申し訳ございません……」

「可能なら援護しろ。ついてけないなら下がってろ」

王の言葉は、いつもと同じ軽い様子だったが、その声音は氷よりも冷えきっていた。

ディスラルの剣が振るわれる。重さを感じない恐ろしい速度の攻撃を、だがラルスは冷静に受け流した。重い衝撃の伝う王剣に彼は軽く眉を顰め、だが声は出さない。

ハーヴは自分の足ががくがくと震えるのを見ながら三歩下がると、防御構成の詠唱を開始する。

月下に剣戟《けんげき》の澄んだ音が響いた。

——ディスラルは、長い歴史を持つファルサス王家でもっとも悪名高い王だ。

だがその凶行を可能にしたのは何よりも、彼自身の強さがゆえだろう。そうでなければアカーシアがあるとは言え、血族多数を相手に回して殺戮などできない。ファルサス直系には当代屈指の剣士や魔法士が何人も混ざっていたのだから。

ラルスにかけられた防御結界に厚刃が食いこむ。それが白い罅《ひび》を生むのを見てハーヴは青ざめた。

「陛下……！　これ以上は――」

危険だ、とハーヴは言おうとする。ディスラルの動きは明らかに他の死体と違う。おそらく今夜の禁呪は廃王を動かすためのもので、他の死体はただの付属品だ。

そんな凶器の前に現王を晒すことはできない。それなら自分が囮になってラルスを逃がした方がいい――そう覚悟を決めかけたハーヴは、ラルスはあっさりと言う。

「いや、俺が勝てなかったら誰も勝てないだろ」

そう言って王は、振りかかる凶剣を受ける。

ラルスは軋む音を立てる厚刃を弾いた。彼はそのまま結界の援護を受けて打ちこまれる一撃一撃を捌《さば》いていく。普段は韜晦《とうかい》している王の、剣の腕はやはり非凡だ。とは言え、いつまでも続けられるものではない。相手は死体で体力は底なしだ。

ディスラルがわずかによろめいた隙に、ラルスはアカーシアで大きく宙を薙《な》いだ。廃王がそれを避けて下がるのを見ながら、ラルスは後ろのエリクに問う。

「で、どうする？　あの娘を叩き割っていいか」

「……彼女は魔法士ではありません。核が溜めこんだ魔力を使いきれば終わりです」

「先の見えない話には乗れない」

「準備はしました」

エリクは手に持ったものを上げて見せる。それはさっき雫の手から叩き落された短剣だ。エリクはその刃を王に示す。

「間に合わせですがこの短剣に構成を組みこみました。根本まで刺されればそれを触媒として禁呪構成を逆流させます」

「分かった。寄こせ」

即答にうろたえたのはハーヴだけだ。ラルスが左手を差し出した時、ディスラルの剣が突きこまれる。王はそれをアカーシアで逸らしたが、片手で受けたせいか避けきれない刃が彼の肩を掠めていった。肉が抉《えぐ》られ血が飛び散るが、ラルスは顔色一つ変えない。その間に王は短剣を摑む。

エリクがハーヴの肩を叩いた。

「普通の防御構成を組んでも力で押し切られる。廃王のあの剣は、禁呪と連動しやすいよう銀が組みこまれてるみたいだ。銀操作の構成を組める？」

「く、組めると思う」

「なら結界構成に混ぜて。接触したら操作できるように」

エリクは軽く言うが、まったく性質の違う構成二種を組み合わせるのは至難の業だ。だがそんな弱音を吐いていられる場面でもない。ハーヴは迷いを捨て詠唱を開始した。

ディスラルは表情を変えない。声を漏らすこともない。魂のない体はただの死体だ。ただその刃だけが揺るぎない暴力としてラルスに振りかかる。

それを王は、両手に持ったアカーシアの刃で受けた。

軋むような金属音が鳴る。二振りの剣が拮抗《きっこう》し押しあう一瞬、ハーヴが声を上げた。

「陛下！　浸食させます！」

ラルスの体を防護結界が包みこむ。結界はアカーシアに触れぬように両端を伸ばすと、ディスラルの持つ大剣に触れた。

剣の輪郭が揺れる。その瞬間、ラルスは王剣を押しこむ。

ディスラルの手がわずかに押し上げられた、それを見逃さずラルスは左手を柄から放す。

鋭く息を吐きながら踏みこむ。

月光を受けて刃が光る。

廃王は、ゆっくりと自身の喉元を見下ろす。

そこには構成を帯びた短剣が深々と突き刺さっていた。

「が…………っ！」

ディスラルの体が大きくのけぞる。エリクが鍵となる詠唱を叫んだ。

──禁呪の力が逆流する。

それは死した王の体から雫の持つ水晶球へと流れこんだ。赤く光る水晶が音を立てて砕け散る。

雫がその場にへたりこむのと、ラルスがディスラルを斬り捨てたのは同時だ。

草の上に座りこんだ雫は、血塗《ちまみ》れになった右手を呆然と見つめる。

「あ……」

「雫」

駆け寄ったエリクがその手を取る。雫は夢の中のような動きで彼を見上げた。

その目に光はない。掠れた声が囁いた。

「いいよ、殺して」

それは、操られた少女の言葉で……カティリアーナの最期の言葉と同じだ。

エリクが顔を歪める。苦痛を思わせる表情にハーヴは息をのんだ。王は冷然と二人を見据える。


あの時、彼女は失われた。何も分からないまま終わってしまった。

だがまだ今は、少しも結末ではない。いくらでも変えられる道行きだ。


雫は頭が痛むのか震える両手でこめかみを押さえた。その体をエリクは抱き上げる。

「エリク、私、殺して、って」

「殺さない」

少女は苦しそうにかぶりを振った。小さな頭に彼は自分の額を触れさせる。

「大丈夫。少し眠って」

ハーヴからもらった魔力がまだ少し残っている。エリクはそれを使ってエリクは眠りの構成を組んだ。雫の瞼がゆっくりと下り始める。彼女は最後に小さく囁いた。

「死にたくないよ」

それが本当の言葉だと、彼は分かる。言われなくとも分かっている。

だからエリクは少女の体を抱き直すと、「知ってるよ」とだけ呟いた。

遠くで何かがあったのか、人々の叫ぶ声が聞こえる。

ラルスは一瞬視線をその方角にさまよわせたが、すぐにエリクの上へと戻した。意識を失った少女を抱き上げる魔法士に、彼は冷徹な視線を向ける。ラルスは王剣を提げたまま一歩を踏み出した。

「それを殺させるか共に死ぬか、好きな方を選べ」

「どちらもお断りします。先日お約束したはずですよ。僕にも納得できる理由を示さなければ、彼女は殺させないと」

雫を塔から飛び降りさせたことを非難したエリクに、それがラルスの出した譲歩だ。正確にはレウティシアが譲歩させた。

そして王がその条件をのんだことでエリクは城に雫を預け、自分は与えられた仕事と、資料の精査に取りかかったのだ。ファルサス城が雫にとって危険でも、ここがもっとも魔法情報の集まる場所であることは違いない。雫が元の世界に戻るために、ファルサスは避けては通れない要所だ。

だが、閲覧できる資料に一通り目を通しても二百四十年前の事件の真相については摑めず、他に手がかりになりそうなことも何もなかった。そろそろ本当にこの国を出た方がいいかもしれない、エリクがそう思い始めた矢先の事件が今夜だったのだ。

きっぱりと拒否するエリクに、王は冷ややかに告げる。

「その娘は俺を殺そうとした。これ以上の理由があるか？」

「散々恨みを買うようなことをしていてよく仰いますね。ですが彼女はそれくらいで人を殺そうとしたりしませんよ。手首を見れば拘束されていたことは分かりますし、精神魔法をかけられていたのは誰の目にも明らかでは？」

「だが危険分子であることは確かだ。処分した方が俺の寝覚めもいい」

「彼女をここで殺せば今夜の犯人が分からなくなりますよ」

エリクの一言に、王は初めて殺気を緩めた。顔を斜めにしてエリクを見やる。

「その娘に証言ができるというのか？」

「彼女は最初からあなたを狙いにした捨て駒でしょう。彼女が暗殺者として現れればあなたは躊躇いなく処分する。口封じの必要もないからこそ、直接的な精神支配をかけた。それを解いてしまえば施術時の証言が取れるはずです」

「なるほど。その娘を矢面に立たせて処分させ、禁呪を組んだ主犯はお前と思わせようと、そういうことか」

「左様で」

エリクは腕の中の少女を一瞥した。

こんなことなら最初から彼女を置いて自分だけ城に来ればよかった。そうすれば少なくとも人の道具になどはされなかった。権力に近づけば近づくほど人の意志は混沌として絡みあう。それを彼は歴史からも己の経験からも知っていたはずなのだ。

だが、もしそう提案していたとしても雫は首を縦には振らなかっただろう。彼女は自分の重荷を人に預けることに抵抗を持つ人間だ。たとえこの世界に来てしまったことが彼女の責ではないとしても、困惑しながらやり場のない荷を自分の背に負う。そうして迷いつつも次を模索していくのが雫という人間なのだ。

ラルスは月に冴《さ》える剣を手元で軽く返す。刃の鋭さを確かめる視線のままエリクに問うた。

「だがお前が言うのもただの推論だ。お前とその娘が首謀者という可能性は消えない。なら最初から全ての可能性を潰した方がすっきりするだろう？」

「そして、行き着くところは粛清の嵐ですか？」

苛烈とも言える返答をラルスは鼻で笑う。王は二人に向けて剣を構えようと腕を上げた。

「――何やってるのです、馬鹿兄上！」

突然の新たな声と同時に、ラルスは後ろから突き飛ばされて体勢を崩した。たたらを踏んで振り返る。そこにはいつの間にか、転移によって現れたレウティシアが立っていた。

「……レティ」

「死体の回収放り出して何をなさっているのですか？　何故雫をまた苛めているのです！」

「あっちが悪い。俺悪くない」

子供のような返しに、王妹は頬を膨らませる。ラルスは両手を軽く挙げた。

「大体何でここにいるんだレティ。夜更かしは肌に悪いぞ」

「どうにもできない死体がいくつかある上に兄上が戻って来ないって、アズリアが泣きついてきたのですよ！　いつの間にかエリクもいないしあわてて来てみれば……その娘についてはもういいって仰ったでしょう！」

「言ったというかお前に言わされたというか」

「仕事しなさい！」

妹の説教にラルスはふてくされた顔になった。王は剣を収めるとエリクに向かって手を振る。

「仕方ない。今日のところはこれくらいにしといてやる。それより、クレステアはきちんと処理してこい。それが見逃す条件だ」

「分かりました」

エリクは雫の体をハーヴに預ける。レウティシアは転移で布を呼び寄せると、それをディスラルの体にかけた。兄が布で包んだ廃王を肩に担ぎあげ、二人の王族は転移して消える。

途端に静けさが戻る夜の下、エリクは草の上に残る短剣を拾い上げる。今まで息をのんで事態を見守っていたハーヴが、気遣わしげに友人へ声をかけた。

「大丈夫か？」

「平気。先戻ってて」

闇の中に消えていった女の亡骸を追って、青年の姿もまた庭の影に没する。

何度も振り返りながら城の中に戻ったハーヴは、十五分後、廊下の窓から庭に上がる火を見つけて、やりきれなさに両目を閉じたのだった。

※

夢の中で眠る。

本を枕にして彼女は眠る。

今はどの本も開かない。隠された歴史を覗かない。

夢の中で彼女は眠る。

それは忘却の忘却を促す閉ざされた檻なのだから。

※

雫が目覚めた時、枕元では膝に小鳥のメアを乗せたエリクが本を読んでいた。よくよく目を擦って彼の存在を確かめた後、雫はあわてて飛び起きる。

「エリク！　帰ってたんですね！」

「……やっぱり覚えてないんだ」

「え、何が？」

疑問符を浮かべて首を傾げる彼女に、エリクは苦笑して「ただいま」と返した。その表情がとても懐かしく思えて雫は安堵する。

今までずっとどこか気を張り続けていたのだ。弱みを見せないよう、疑われないように必死だった。だがそれも彼といると遠い時のことのようだ。雫はほっと表情を緩めた。

「労働は終わったんですか？　ってあれ、ここどこですか。ひょっとして今までのことって夢？」

「今までのことがどこまでを指しているのかは分からないけど、ここは城の治療室」

「治療？」

「治療。君、精神魔法の侵蝕《しんしょく》を受けてたんだよ。誰にやられたか覚えてる？」

エリクの問いは答えを知りたがっているというより、単なる確認のように聞こえた。

聞きなれぬ単語を受けて雫は眉を寄せる。何だかすっきりしないが、彼がそう言うなら何かがあったのだろう。最後の記憶を手繰り寄せようと目を閉じた彼女は、しばらくしてようやく昨晩の記憶に思い当たった。

「あれ……そう言えば……庭を骸骨が歩いてて」

「そうそう」

「で……王様のお母さんと会って、部屋に戻って……。――ああああああ！　あの小悪党！」

記憶を取り戻した雫は、寝台の上に立ち上がりそうな勢いで拳を握った。そう言えば確かに「精神魔法をかけてやるぞ」などと言われていたのだ。腹立たしさに体温までもが上がってくる。

「む、むかつく！　むかつく！　あいつ今どこですか！　ディルギュイ！」

「はい正解。ディルギュイなら今収監中だ。調書が取れなくて困ってるらしいけど」

エリクは本の上に紙を置いて何かをメモした。筆記体に似た走り書きのため、雫には単語も分からない。だがそれより彼女は、自分の精神を捻じ曲げようとした魔法士への怒りに突き動かされ、掛布を撥《は》ね除《の》けた。

「おのれ、言い逃れでもしてるんですか！　ちょっと行って文句言ってきます！」

「言っても聞こえないよ。ディルギュイは精神崩壊してる」

「勝手に崩壊!?　……って何でですか」

いつでも低温なエリクの補足に、走り出しかけていた雫は足を止めた。ようやく冷静になって彼を振り返る。椅子の背もたれによりかかったエリクは少し疲れているようにも見えた。記憶がない間に何が起こっていたのだろう。窓の外はすっかり明るくなっていた。

「ディルギュイは、多分君に術をかけた時に失敗したんじゃないかな。逆に自分の精神が崩壊したみたいだ。今回の犯人の有力候補だけどまったく証言が取れない。だから、君が起きたら代わりに証言が欲しいんだって」

きょとんとしている彼女にエリクは肩を竦めると、ペンの背でこめかみを掻いた。


城の人間が死体を全て回収し終わった頃には、すっかり空は白み始めていた。

そして事後処理に王が追われている間、レウティシアは雫を治療しながらディルギュイを探させ、彼が自分の研究室で座りこんでいるところを発見したのだ。その時には既に精神崩壊を起こしていたディルギュイは、一人ぶつぶつと何かを呟いていたが、それはもはや意味のある単語ではなかった。けれど彼の部屋に雫の使い魔が倒れていたことと、雫にかけられた構成の癖から、少なくとも彼女を拉致したのはディルギュイだとレウティシアは断じた。

連絡を受けてやって来たレウティシアは軽い溜息をつく。

「でもね、死体を起こした禁呪の方は、知識的にディルギュイが単独でやったことではないと考えてるの。彼は禁呪の閲覧資格を持っていなかったし、城都から出たことのない人間だから」

王妹は優雅な仕草で首を傾ぐ。エリクと交代で現れた彼女は、雫の体調を見た後、事件について聞き取りをしているのだ。

「雫、貴女は城でディルギュイと誰かが一緒だったのを見たのですって？」

「後ろ姿だけでしたけど。黒づくめで背が高くて、若い男の人です。多分……城下でも一度見かけてます。私と王様が鐘楼を見に行った時、広場から様子を見てました」

「顔は？」

「その時は遠くて分からなかったんですよね……。でも目が合ったって思ったんですよ。何故か」

顔も判別できない距離でそう思ったというのは、なかなかに不気味な話だ。

レウティシアは難しい顔で考えこみながら、後ろで調書を取っていた魔法士を振り返る。雫の知らぬその魔法士は、調書を王妹に差し出した。彼女は一通り目を通すと頷く。

「ありがとう。また聞きに来るかもしれないわ。何度も面倒をかけるけれど」

「とんでもない！　色々ありがとうございます！　むしろ記憶がなくてすみません……。どうやって部屋を出たかも覚えてなくて……」

「それは仕方ないわ。精神魔法ってそういうものだから。こちらこそうちの馬鹿兄がしつこくて、本当にごめんなさい」

「……いえ」

まさか身内が「馬鹿」と言ったからと言って、その尻馬に乗るわけにはいかない。色々思うところはあったものの、雫は昨晩の記憶がないこともあって視線と共に話題を逸らした。

「カンデラのお仕事は終わられたんですか？」

「大体ね。これからはもっとこちらにいられるから、何かあったら言ってね」

レウティシアは美しい笑顔を見せながら部下を伴って部屋を出て行く。その後姿を雫はすっきりしない頭を振って見送った。


王妹がいなくなってまもなく、入れ違いになるようにしてエリクが戻ってきた。彼は出て行った時とは違い本を持っていない。代わりにお茶のポットと菓子袋を手に持っていた。

「終わった？」

「とりあえずは。また何か聞くかもって仰ってましたけど」

「しばらくはごたつくだろうね。遺体の復元もあるし大変そうだ」

二人はテーブルを簡単に片付けるとエリクの持ってきたお茶を飲み始めた。食欲のない雫は、温かい飲み物に人心地をつけるとエリクに向かって頭を下げる。

「何ていうか……私を連れてきてくださったばっかりに面倒ごとに巻きこんですみません」

昨夜のことはよく分からないが、エリクは無断で動いたとのことでそれなりに怒られたらしい。他にもディルギュイに罪状を押し付けられそうになったことや強制労働のこと、そもそもファルサスに彼をつきあわせてしまったこともあり、頭の上がらなさが限界値を越えた。

しかし、テーブルに額をつけて謝る少女に、当の本人は苦笑しただけだ。エリクは彼女の顔を上げさせると焼き菓子を勧める。

「別に僕自身が選んだことだし不平はないけどな。それに、君にはここに来るきっかけをもらってありがたいと思ってる。多分あのままだったら僕は一生この国に戻ってこなかっただろうしね」

「そ……うなんですか？」

「うん。僕の昔の話って誰かから聞いた？」

答えにくい問いに雫は「ぐ」と詰まった。それは明らかな肯定で、エリクは驚く様子もない。

「気にすることないよ。ほとんどの人間が知ってることだから。むしろ今まで黙ってて悪かった」

「そ、そんなことは。私だって昔のこと全部話してるわけじゃないですし」

興味があるからと言って、どこまでも踏みこんでいいわけではない。なんだかんだで色々聞いてしまったが、エリクからそれ以上のことを聞きだそうとは思っていなかった。

もそもそと焼き菓子を口にし始める雫を魔法士の青年は眺める。落ちつかなそうな不安を漂わせる少女の貌は、彼に四年の年月が過ぎ去ったことを実感させるものだった。

久しぶりに会ったエリクは、普段と変わらないながらもどこかいつもとは違うようにも感じられた。その「どこか」が分からなくて、雫は彼の横顔を見つめたまま首を傾ぐ。

窓の外を見ていた青年は彼女の視線に気づいたのか、急に視線を動かした。目が合ってしまったことにより雫は居心地の悪さでむせそうになる。

「どうしたの」

「な、何でも」

まさか「何か変なので凝視してました」などとは言えない。咳きこみながらごまかす雫にエリクは呆れた目を送ったが、気分を切り替えるように指でテーブルを叩いた。

彼女の注意を引いてしまうと、彼は微苦笑に似た表情を作る。

「ちょっと……君には本当のことを話しておこうかな」

「何の、ですか」

「昔、僕を雇っていた子のこと」

その彼女の名を雫は知っている。カティリアーナと呼ばれていた少女。今はもういない人の名だ。

雫は、エリクの藍色の目を見返すと黙って頷いた。彼は少しだけ微笑む。

「彼女はね、一言で言えば危なっかしい子だった。要領が悪くて、人に上手く頼ることもできない。いつもそわそわと不安そうにしてた。人の気持ちを読み取ろうとして挙動不審になったりね」

何だか半分くらいは耳が痛い気もする。雫はだが、黙ってエリクの話に耳を傾けた。

「彼女が僕を雇ったのもほんの偶然だったと思う。当時は年が同じくらいだったから、気安かったんだろう。僕は僕で、彼女が便宜をはかってくれたことでかなり勉強できる幅が広がって、それが嬉しかった。彼女のことも家に残してきた妹がいたらこんな感じかなって思ってたな」

エリクとカティリアーナの間には、当時色々と下卑た噂が立っていたという。雫はディルギュイからそれを聞いていたが、何だか彼のイメージと合わないなと思っただけだった。

「ファルサスでは三年ちょっと勉強した。それは本当に身になるものだったし、僕には自信もついた。けど、勉強や特殊な仕事に夢中になっているうちに、僕は少しずつ必要以上には彼女に構わなくなっていったんだ。他に親しい人間も多くなかった彼女は、それが淋しかったらしい。でもその時僕は彼女の気持ちに気づいていなかったし、彼女もはっきりとは言えなかった」

それはきっと家族の間にはままあることだろう。近くにいることが当然で、相手へ目を向けることを忘れてしまう。そしてそれが叶わなくなってから、ようやく大事だったことを思い出すのだ。

「カティリアーナ……彼女は、次第に城に来なくなり、代わりに屋敷に閉じこもるようになった。僕について来ると護衛をさせなきゃいけなかったり、馬鹿な質問をして勉強の邪魔になるからって言ってたね」

「護衛、ですか？」

何だかそぐわない言葉に雫が聞き返すと、エリクはばつの悪い顔になる。

「カティリアーナは王族だったし、人見知りだったからね。自然といつも一緒にいる僕が護衛を兼ねなきゃいけなかったんだよ。でも僕は、戦闘系の魔法はほとんど使えないから剣を習った。当時魔法に関係ないことをやったのはそれくらいかな」

「うわぁ。それで、剣使えるんですか？」

「かなり苦手だけど。護身程度だ」

「なるほど……知りませんでした」

確かに彼は普段剣を持ち出さない。自己申告通り苦手なのだろう。

余計な相槌で脱線させてしまった雫は、納得すると「すみません、続けてください」と促す。エリクは首肯するとお茶のカップを眺めた。薄紅色のお茶には今は波紋の一つもない。

「事件が起きたのは三年が過ぎて少し経った頃のことだ。ある日カティリアーナは僕に、魔力量を増やす術があるかどうか聞いてきたんだ。でもそれは禁呪の一種で、僕はそう説明した。場合によっては術者が死ぬこともあるってね。でも彼女は具体的な構成を聞いてきた」

雫は緊張に唾を飲む。ディルギュイの話が正しければ、その問いが悲劇の引き金となったのだ。

「何でそんなことを聞くのかって思ったけど、妙に真剣だったから僕は構成を教えてやった。彼女でもできそうなくらい簡単なものを考えて」

「教えちゃったんですか!?」

「うん。ちょうどその時作ってた薬草を育てる構成をね」

「――――へ？」

間の抜けた声を上げる雫にエリクは笑ってみせる。だがそれは、見た者に喪失を連想させる微苦笑だ。藍色の瞳は窓の向こうを眺める。薄青に広がる空を淡い雲がゆっくりと流れていた。

「禁呪と偽って、花を育てる構成を教えた。もし本当にそれをやったのならきつく叱って、その後できたことを誉《ほ》めようと思った。怒られても花が咲いたのなら彼女の気も紛れるだろうと思ったんだ。でも……」

悲劇の結末を雫は知っている。彼女はその先を思って唇を嚙んだ。

「でも、彼女が組んだ構成は、本当の禁呪だった。城から帰ってきた僕はその場に出くわして驚いた。庭は花が咲くどころか酷い有様だった。なのに彼女は笑って僕に『嬉しい？』って聞いたんだ」

「………」

「その頃の僕は身につけた知識に自信があったこともあって、自分一人で何でもできると思っていた。だから、禁呪によってかなりの魔力が庭に溢れ出そうとしているのを見ても、何とかできると思ったんだ。けど、人を犠牲にできあがった魔法はそんなに甘いものじゃなかった。僕は迂闊にも構成に干渉して、引きずりこまれそうになった」

今語られているこの話が、彼の見た真実なのだろう。雫は四年の歳月を置いてそれに触れている。かつての己をエリクは消えない苦さと共に思い返す。常に自らの後をついて回る影を、彼は時に振り返って見つめるのだ。

「禁呪にのまれそうになった僕を留めたのはカティリアーナだった。彼女は生まれた魔力を一つに集めながら、もう一度僕に『嬉しい？』と聞いた。僕はそれに『嬉しくない』と答えた。そうしたら彼女は、その魔力を自分の身の内に取りこんだ。……そして僕に、『殺して』と笑った」

エリクは細く息を吐き出した。

それだけの間に言葉にはならない思いが潜んでいる気がして、雫の胸は密やかに痛む。

淡々とした主観には、後悔という言葉だけには留まらない感情が揺蕩《たゆた》っていた。それらは話の表面にいくつも浮かんでは消えていく。

「僕はその後、禁呪を取りこんだ彼女を殺して何とか暴走を抑えた。そして城に行って起きたことを報告したんだ。彼女を殺したと報告して、『禁呪を教えたのはお前か？』と聞かれたから『はい』と答えた」

それは雫の知らない話だ。彼女は虚をつかれて口を開く。

「本当のことを言わなかったんですか？」

「うん。正直その時は自分に失望していたから。客観的に見ても王族を殺したんだ。処刑されるのが妥当だと思った」

「でもエリクは……」

「そう。罪には問われなかった。でもそれは……この城の都合が働いただけだ。僕にはやっぱり罪があったし、彼女に雇われてこの城にいたのに、彼女を拒絶してここに居残るのはおかしいと思った。だから僕はファルサスを出て、元の勉強に戻った。さっきも言ったけど、君がいなかったらここを訪ねることもなかっただろう」

エリクはお茶のカップを手に取る。

半分以上残っている中身は、既に冷めてしまっているようだ。けれど彼は構わず口をつける。

「これでおしまい。――本当のことを人に話したのは初めてだから、何か変な感じだ」

そう言ってエリクは笑う。嬉しそうにはまったく見えないその貌は、けれどほんの少しだけ、軽くなったように雫には見えた。

「人を殺した」という告白を聞いても恐怖や嫌悪が湧かないのは、その時の二人の思いを雫が知り得ないからだろう。

きっと永久に辿りつかない。悲しみにも怒りにも届かない。傷が塞がった後の感傷を、伝え聞く記憶を頼りになぞっていくだけだ。

本当のことなど、世界中についた足跡のように、人の数だけ溢れている。

その一端に触れた彼女は少し先を行く彼の背を見て、また自分の足で歩き出すのだ。

長い沈黙があったようにも思える。

しかし雫はまるでそれがなかったかのように、透き通った目を青年に向けた。

「あの……話してくれてありがとうございます」

「うん。余計なことでごめん。でも君には知っておいて欲しい気もしたから。僕は罪人で、それは一生拭われることはない。でもこうなったのは全て僕の責任で、今はこうなったことに納得してる。そして——多分、この国の色んな人がカティリアーナのことをそれぞれ違う風に言うと思う。けど、僕からすると今の僕があるのは彼女のおかげで、それにはずっと感謝してる」

「はい」

それが、彼の本音なのだと雫は分かっている。終わってしまったことだからこそ、振り返ることしかできないからこそ、記憶を留め、感謝を忘れないのだと。

神妙に頷く少女を見やってエリクは微笑した。

「あとはまぁ……君はあんまり無理を溜めこまないように。辛かったら言ってくれると嬉しい」

雫は軽く目を瞠った。言葉に詰まると困ったように笑い出す。

エリクはけれど、彼女の反応に苦笑しただけでそれ以上は何も言わなかった。

柔らかなお茶の香りと少女の笑い声は、風に乗って窓の隙間から外へ出て行く。それは日の光の下散り散りになると、庭に咲く花々の上へ穏やかに舞い落ちていった。

※

広い部屋には焚《た》かれた香の匂いが立ちこめ、一呼吸するごとに頭の奥が朧《おぼろ》になっていくようだ。

紅色で統一された家具、柱や壁に施された装飾は、優美でありながら毒気を感じさせる。だがそれら全ては主人である姫の好みに合わせたもので、彼女の纏う空気とこの上なく似合っていた。

薄絹を肢体に巻きつけ、寝台の上に寝そべる女は、話を聞き終わると扇の下で欠伸をした。彼女は横目で跪《ひざまず》く男を見やる。

「ほう。王族の死体が城内を歩き回ったと？　それはさぞ見ものだったろうな。ファルサスに泡を吹かせた狂信者には、妾《わらわ》が褒美をくれてやってもよいぞ」

「実行犯の魔法士は、術に失敗し精神崩壊したようです。ですが、禁呪自体は別の人間が伝えたものでして……おそらく、カンデラ城の事件に関わっていた者と同一人物です」

「あの件か。禁呪を伝えまわっているとは面白い人間もいるものだ。だが、いずれもほんの一瞬の火遊びにしか過ぎぬ。やはり遊びには時間をかけねばな」

今日の彼女は機嫌がよい。面倒を見ている女の腹が順調に膨らみつつあるのが楽しいのだろう。他に妊婦を知らない彼女は、その経過を報告させては子供のようにはしゃいでいるのだ。

「あの子供が産まれればファルサスはあわてふためくであろう。何しろ存在しないはずの直系だ」

愉悦を含んだ主人の言葉に、灰色の髪の男は頭を垂れたままだ。姫は扇を閉じると笑った。

「時間はまだあるが例の流行り病のこともある。ファルサスが治療法を見つけるようなら報告しろ。……ただ、お前はアンネリの姫も見つけられぬ愚図だからのう。ファニートをつけてやる」

「かしこまりました」

悪意をちりばめた美しい声は、この部屋においては他愛もない遊びの始まりでしかない。

そしてまた歴史の記録に残らぬ一幕は、人々の望む望まないとにかかわらず箱庭を舞台として、ゆっくりと開かれていくのだ。

4. 隠された手々

「この城を出ようか」

エリクが雫にそう言ったのは、件の事件から一週間後、ようやく調書が完成した時のことだ。手持無沙汰にあちこちを掃除していた雫は目を丸くする。

「出るんですか？」

「うん。資料はあらかた調べ終わったけど有用な情報はなかったし、ここは危険だからね。せっかく遠くまで来たのにごめん。次はガンドナに行ってみよう」

ガンドナは、ファルサスの隣にある大国だ。何でも二百四十年前の事件が起こった土地は、今はガンドナの領地になっているのだという。それでなくともガンドナはファルサスと並ぶほど古くからある国だ。魔法技術も発展しており資料も多い。そう説明を受けた雫は頷いた。

「了解しました。……けど、出国できるんでしょうか。レウティシアさんはともかく王様が」

「何とかなるんじゃないかな。あの人もそうそう暇じゃないだろうし」

むしろそうであって欲しいと思いながら、雫はその夜簡単に荷造りを済ませる。この世界に来てから幾度となく急な出立をしているので、荷物はいつでも最小限だ。

だが、二人は準備が終わった翌日も城を出ることはなかった。その前にラルスとレウティシアの二人から唐突な呼び出しを受けたのだ。


二人が案内された部屋は、城の奥宮にある広間の一つだ。

そこには既に王族の兄妹が待っており、それぞれが離れて座っている。レウティシアは二人に座るよう勧めた。

「突然ごめんなさいね。本当はもっと早くこの場を設けるつもりだったのだけれど、あのような事件があったもので」

王妹の苦笑混じりの説明に、雫は事件の起こった日、ラルスが「明日話がある」と言っていたことを思い出す。思えばそれきり話は立ち消えになってしまっていた。事件の処理が済んで今日ようやくその機会が回ってきたのだろう。

妹から視線で促されたラルスは二人を見やる。それは初めて謁見した時と同じ、温度を感じさせない王の目だった。

「長引かせるのは面倒だ。結論から言おう。お前たちが知りたがっている二百四十年前の事件について——あれが、異世界へ戻る手段として使えるかと言ったら、無理だ」

「え?」

つい声を上げてしまったのは雫の方だが、隣を見るとエリクも目を丸くしていた。

今までずっと雫を処断したがっていた王は、驚く彼女をじっと凝視している。まるで見張られているような居心地の悪さは、信用が得られたわけではないことを彼女に伝えてきていた。

エリクが王に問い返す。

「無理だというのはどういう意味ですか。ファルサスは事件についてどこまで知っているのです」

「ほぼ全部だな。知っているから無理だと分かる」

ラルスは一旦雫から視線を外した。いつもの面倒そうな表情に戻ると足を組みなおす。

「例の事件はある強力な呪具が原因となって引き起こしていた。そして呪具はその時壊されている」

「連続した事件が突然止んだのはそのせいですか」

「そうだ。それは二つとない呪具だったから、もう使えない」

あっさりと出された結論に、力が抜けてしまった雫は椅子の背もたれによりかかった。

前例のない彼女の来訪、その帰還手段として、やはり前例のないその事件だけが手がかりだったのだ。にもかかわらず事件の原因となった呪具は今はもうないのだという。これから一体、何を目当てにしてどこに行けばいいのか、雫は目の前が暗くなりかけた。

だが、彼女の同伴者は彼女よりも遥かに冷静だった。エリクは落ち着いて質問を重ねる。

「その呪具の出所は分かりますか？」

「分かる。が、ファルサスが作ったわけではない」

「他に類似のものはないのですか」

「あるらしい。どこにあるのかどんな効果のものなのかは分かっていないが」

何だか霧の中に手を差しこむような問答だ。雫はエリクの横顔を見ながら息をのむ。

どこにあるか分からないという他の呪具に、まだ希望を持ってもいいのだろうか。魔法には世界を渡る法則などない。それは最初からエリクに聞いていたことだ。だから彼女は解明されていない事例に頼るしかなかった。

その謎が明らかになりつつある今、まだ諦めなくていいのか、それともやはり不可能なのか判断できない。エリクは困った顔をしている雫を見やって、王に続けた。

「その出所を教えてください」

ラルスは青い瞳を細める。すぐに答えないのは答える気がないからだろうか。

エリクもそう思ったのか質問を変えた。

「魔女について本の記述を改訂したのは何故ですか」

「容赦ないな」

「あなたと同じくらいには」

分かりきった嫌味にラルスは唇を曲げて笑う。けれど気分を害したようには見えなかった。その間にもエリクは追及の手を緩めない。かつて雫にも語った推測を口にした。

「その魔女は、当時のファルサス王姉フィストリアでしたか」

「違う。だったら途中で改訂などしないさ。最初から書かなかったはずだ」

ラルスの言うことはもっともだ。しかしそれでは「何故改訂したのか」が分からない。

不審を拭えない雫が眉を寄せると、王はまた彼女を見据えた。威を伴う視線に雫は気圧される。

――何故かは分からないが、「分からない」という不安以上に「何か」が怖い。

今すぐ逃げ出したいような気分。だが何から逃げればいいのか、まずそれが分からないのだ。

彼女は震える内心を抑え、意志だけで自分を支えると王を睨み返した。ラルスは軽く眉を上げると彼女に向かって問う。

「前にお前に聞いたことがあったな。『もし自分が気づかぬうちに何かに支配され鑑賞されていたらどうする？』と」

「……ありましたね」

聞かれたのは禁呪の事件が起こる直前のことだ。妙な話だが腹立たしいと、その時は返したのだ。

「今、その通りのことが大陸で起きている、と言ったら信じるか？」

「え？」

「今というかもうずっと昔からだな」

ラルスは指を組んで膝の上に置く。聞こえない溜息がそこに零れた気がした。

「俺の言ったことはつまり、本当の話だ。この大陸は、誰かの手によって実験場とされている。そして実験用の呪具を送りこみ、人間を弄って記録している世界外の存在たちを称して――『外部者』と呼ぶんだ」

王の声は淡々と響く。しかしその内容は、聞いていた二人の中にすぐには答えられない衝撃を与えた。痺れるような沈黙がもたらされる。

たっぷり数秒の間をおいて、エリクが聞き返した。

「世界外存在？　何ですかそれは」

「世界外は世界外だ。この世界の存在じゃない。その証拠に外部者の呪具は法則に逆らう力を行使してくる」

「法則に逆らうとは？」

「人の複製を作る力、精神を肉体から切り離す力、時間干渉、そして人の記憶を現出させる力。どれも人間には実現不可能な、魔法法則に反する力だ」

何だかどれも魔法みたいだ、と雫は思ったが、エリクの険しい表情を見るだに、やはりそれらは異常な力なのだろう。大体二百四十年前のことも「魔法では不可能な事件」として教えられたのだ。魔法では時間を巻き戻すこともできないし、ましてや人の過去を現実のものにすることなどできない。そしてラルスの言う「人の記憶を現出させる力」があの事件に相当しているのだとしたら――

「では二百四十年前の事件は世界外の存在が関与していたということですか？」

「そう。だからその呪具がない今、俺たちにはもうどうにもできない。人が使う魔法ってのは法則ありきのものだからな。……だよな？」

「ええ」

兄に話を振られてレウティシアは頷く。魔法士の頂点にいる彼女がそう言うのだ。世界外存在の揮《ふる》う力とは余程異質なものなのだろう。

雫は頭の半分で納得しながら、けれど同時にもう一つのことに気づいていた。

何故ラルスが自分を疑い、殺そうとするのか、答えはとっくに揃っている。レウティシアはそれを既に教えてくれていたのだから。

『貴女と同じ、外の世界から来た干渉者がこの世界には存在している。ファルサス王家にはそれらを排除しろという口伝がある』

干渉者とは鑑賞者だ。

人の誇りを踏みにじり、世界を箱庭とする観察者。この世界に混じりこんだ異質な異物。

「つまり私は……異世界から来て、おかしな力でこの世界を実験場にしている存在ではないかと思われてるんですね？」

震える声で雫は問う。

集まった三人の視線のうちの一つ、静かな戦意を隠そうともしない王の目は、何よりも強く彼女の言葉が真であると示していた。


ラルスに初めて謁見した時、彼は「『あれ』が本当に壊されたかどうか探りにきたのか？」と聞いてきた。その時は意味が分からなかったが、あれはつまり「『呪具』が破壊されたか確認しにきたのか」という意味だったのだろう。とんだ誤解だ、と言いたかったが、自分が難しい立場にあることは雫にも分かった。この場合「そうである」という証明よりも「そうではない」と証明することの方が遥かに難しい。

雫は実際ただの無力な人間だが、それを「擬態している」と言われればそれまでだ。だからこそラルスは今まで、彼女を肉体的にも精神的にも試そうとしていたのだろう。

だが、「おかしなところはどこにもない」という結果にラルスが納得していないのは明らかだ。これは一体どうやって切り返せばいいのか。

悩む彼女の肩をエリクは軽く叩いた。彼はラルスに向かって冷ややかな視線を注ぐ。

「馬鹿馬鹿しい。彼女にそのような力がないことは分かるでしょう。第一本当にそうだとしたら、わざわざこの城に来る理由がない。自分の力を使って帰ればよいのですから」

「と、私も兄上に主張したのだけれど」

「アカーシアを標的にしてきたということもあり得る。この剣は、外部者の持ちこんだ呪具に唯一対抗できる剣だからな」

「……だったら濠に突き落とされる前に剣取ろうとしましたけど」

ぼそりと呟かれた雫の言葉に、部屋の温度は一気に下がった。主に、エリクとレウティシアの空気が。無言で立ち上がろうとするエリクを雫はあわてて引き止める。その間にレウティシアは兄を思いきり怒鳴りつけた。

「貴方は！　何を考えていらっしゃるのです！」

「ちゃんと助けたぞ。生きてるじゃないか」

「死ななかったからといって許されるわけではないのですよ！　人の命を何とお考えですか！」

「平等ではないと思っているだけだ」

ラルスは軽く手を振って妹を抑える。レウティシアが黙ったのは、彼が冗談や言い逃れをしているのではないと分かったからだろう。不信の目を向ける妹や、氷の視線で睨むエリクではなく、ただ溜息をつきたそうにしている雫に向かって、王は口を開いた。

「他人よりも家族の方が大事だ。俺は立場上そう公言できないし、必ずしも行動を伴えるわけではないが、個人としてはそう思っている。そして王としては……同程度の能力、性向の人間であれば異国人よりも自国の人間の方を優先している」

兄であり王である彼は、人を平等とは思っていない。平等に扱いもしない。

雫はラルスが今の話で何を言いたいのかよく分かる。溜息の代わりに代弁した。

「それは、怪しい異世界の人間よりも、この世界の人間の方を大切にするということですよね」

「そうだ。間違っているか？」

「いいえ」

それを間違っていると、彼女には言えない。王として、また「異質を排除する者」として当然のことだ。彼にも彼の立場がある。守るべき者も、見逃せない敵もそこに含まれているのだ。

だが、雫もまた自分を譲ることはできない。

疑わしいからと言って、覚えのないことで殺される気はさらさらないのだ。

つまり、彼と雫はずっと平行線なのだろう。薄々分かってはいたが、のしかかる疲労感に雫は顔を顰めた。帰るための手がかりが消えたということもあり、どうすることもできない行き詰まりに肩を落とす。

何故自分はこの世界に来てしまったのか——そんな始まりの疑問が今更ながらに脳裏をよぎった。

沈黙を打ち破ったのは、先程までにも増して冷ややかなエリクの声だ。

彼は王族二人に向けて話を戻す。

「それで、『外部者』なる世界外存在がいるとして、その呪具が壊された二百四十年前の事件について、情報を隠蔽したのは何故ですか？　何故魔女の記述を消したのか、先程の質問にお答え頂いていませんが」

「お前も結構しつこい男だなー。一応ファルサス王家の最重要機密を話したんだから少しは誤魔化されろ。これじゃ妻になる女は苦労するだろうな」

「陛下の妃になられる方ほどではないと思います」

何とも言えない嫌味の応酬にレウティシアは頭を抱え、雫は唖然とした。どうも雫とは違った意味で、エリクも王とそりがあわないらしい。「あうわけないよね……」と内心で呟く雫をよそに、今の返しを聞かなかったことにしたらしいラルスは軽く手を振った。

「俺はその娘を信用したわけではない。が、逃げ出さなかったことは買っている。だからおまけして教えてやろう。世界外の存在……外部者の呪具に対抗するものが、この世界には二つあるんだ」

「二つ？　ファルサス王家を含んでですか？」

「そう。一つはこのアカーシアだ。で、もう一つが『この世界の呪具』だ」

——また新しいものが出てきた。雫は習性でノートを取りたくなったが、あいにく何も持ってきていない。後でエリクと議論しながら書き出そうと、彼女は聞き取りに集中した。

王との応酬を引き受けるエリクは、新たな単語の出現に顔を険しくする。

「この世界の呪具？　何ですかそれは」

「干渉を拒絶するために、この世界で生まれた対外部者用の呪具だ。二百四十年前に外部者の呪具を破壊したのもこれで、やはり法則外の力を持っている。魔女に関する記述を消したのは、この呪具の使い手が当時城に来て事情を伝えていったからだ。それで城は使い手に関する記述を消した」

「その使い手が『魔女』と誤認された人物ですか。当時は女性が使い手だったということですね」

「そんな感じ」

「二十五年間続いた王族の内乱に関わった男も、その呪具の使い手ですか？」

エリクが王家の封印資料を見た時に疑問に思った存在。それがレウティシアの言うように「二百四十年前の事件に関わった存在と同じ」だとしたら、つまり同じ呪具の使い手だという意味だろう。

彼の質問に王妹は微苦笑したが、兄の方は一瞬驚くと、すぐに苦い顔になった。

「お前……本当にうるさいな。結婚できないぞ」

「構いませんよ。それより僕の言っていることは間違っていますか？　アカーシアが王家に継がれているように、その呪具も王家に縁深い人間が使っている。だから彼らは城に現れるのではないですか？」

「どうだろうな？　でも俺は会ったことはないぞ。どこにいるかも分からなければ連絡の取りようもない。ただ――」

ラルスは雫を見る。

青い瞳にはこの一瞬だけ、敵意も何も見えなかった。

雫が瞠目すると彼は両目を閉じる。

「ただ、その呪具の使い手は法則外の力を扱える。ということは、彼らならばお前をどこだか知らんが元の世界に戻せるかもしれんな」

「え……」

唐突に自分へと戻ってきた話に雫は虚をつかれた。問う形に口を開いて王を見つめる。

それはまだ、可能性が残っているということだろうか。諦めずともいいということなのか。

分かるような分からないような話に、頭はただ混乱するばかりで、感情を素直に選べない。

戸惑う雫の前でラルスは立ち上がった。仕事に戻る時間なのか、彼は飾り戸棚に置かれた時計を確認する。

「もっとも……彼らを見つけられても、外部者と思われて殺害される可能性の方が高いと、俺は思うが」

静かなだけの声に、浮き足立ちかけていた雫は背筋を震わせる。自分の目前にいつの間にか深い底なしの淵《ふち》が広がっているような、そんな錯覚を抱いたのだ。

彼女は何も言えずに強張る自分の両手を見下ろす。

それは広い大陸にわずかしかない可能性を摑み取るためには、あまりにも小さなものに思えた。

※

レウティシアから「今の話は口外無用で」と念を押された二人は、城の自室に戻るとテーブル越しに向かい合った。

どちらも難しい顔をしているのは聞いた話の内容からして無理もない。お茶を淹れた雫は、エリクにカップを差し出しながら口火を切る。

「あれって本当に本当の話ですかね……」

「信じ難い。荒唐無稽だよ」

彼はお茶に口をつけると、皺ができた眉間を指でほぐした。

「大体僕は、例の事件を調べはじめた時も、何か未発見の法則が絡んでいるんじゃないかって疑ってたんだよ。だから本当に法則外の事態だとは思っていなかったし、ましてや世界外存在って何だ」

「ですよね。私も突然『異星人が犯人』とか言われたら驚きますし」

雫のたとえ話に男は怪訝な顔をしたが、それ以上問うてはこない。彼女はテーブルの上に座るメアに菓子をちぎりながら嘆息した。

「でもレウティシアさんは嘘ついてるように見えなかったんですよね」

「まぁね。だから嘘だとしたら、王家の口承自体が嘘って可能性だな」

「うわ、そうきますか」

「当然疑うよ。それに僕は法則外の力っていうものを見てないから半信半疑だ。でも……」

二人は目を合わせて微妙な表情になる。彼が何を言いたいのか、もちろん雫も分かっているのだ。

「でも、私が」

「そう。君がいる。実在する世界外存在だ」

「あっはははは」

壊れかけた笑いをもらす雫に彼はこめかみを押さえた。エリクが悩んでいるとここまで表に出すのは珍しい。珍しいのだがそれを面白がれる立場ではないので、雫は精神を立て直すとバッグからノートを出した。

「ちょっと問題整理しましょう。まず本当に私が世界外存在かどうかから議論で」

「自分から言い出すとは思わなかった。僕もちょっとその可能性を考えたけど」

「いや、私の記憶がおかしくて単なる妄想ってのが、一番すっきりするオチじゃないですか。なので一応今はここから」

納得できないのなら可能性を潰していくしかない。雫は自分についてノートに書き出す。ただこの仮説には大きな問題点が一つある。彼女の持ち物のことだ。エリクもそれに気づいているのか、彼女のノートを見やりながら指摘した。

「記憶だけなら改竄《かいざん》できるけど、君が持ってきたのは文化技術の違う持ち物だしね。本もみんな印刷物だし」

「そうなんですよね。百歩譲って本は私の独自文字だとしても、スマホとか音楽プレイヤーありますから。さすがに私の自作は無理です」

机の上に置いた二つの精密機器の電源は、今はどちらも切られている。雫はピアノ曲しか入れていないプレイヤーを指で弾いた。エリクが改めて確認する。

「それってこっちの世界でも作ろうと思えば作れるんだよね？　それとも法則外？」

「多分作れますよ。技術と材料があれば。機械ってみんなそういうものですから」

しかし現時点この大陸のどこにもそんなものはない。技術水準が進んでいるどころではなく、飛びぬけているのだ。雫が異世界から来た、という話が妄想だとしたら、これは釣りあわない。

エリクが焼き菓子を一つ摘まむ。

「他の可能性としては、実は君は別大陸から来た人間だった、というものがある」

「わぁ、それいいですね。面白いです。交流のない別大陸では科学技術が発展していて、そこからこの大陸を調査するために、記憶を改竄した私を送りこんだんですね」

「僕には充分それも荒唐無稽に聞こえるけど」

「ファンタジーを楽しんでくださいよ」

「何それ」

棒読みの要求にエリクは苦笑した。先程から雫は目が据わってしまっているのだが、それには触れずに彼は仮説の問題点を挙げる。

「ただだとすると、あまりにも不自然な箇所が多い。記憶の改竄が意図的なものだとしたら、この大陸に送りこむには適切な記憶とは思えないし、意図しない事故で迷いこんだのだとしても、そもそも君の記憶を異世界のものとして作り変えることに何の目的があるのか分からない」

「誰かが改竄したんじゃなくて私が勝手に思いこんだのかもしれませんよ。まさに脳内世界」

「そうかな。その状態で持ち物と記憶と知識を整合させるのは結構大変な気がするんだけど。君の持っている本には君の世界について記述されてるじゃないか」

「あー……そう、言われれば」

英語の辞書にはもちろん科学技術に関しての単語が多数掲載されているし、歴史や地理についても書かれている。これがそのまま別の大陸の辞書であったとは、それらの点から考えられない。この仮説を真とするには、雫の記憶も持ち物も全て意図的な捏造《ねつぞう》を含んだものでなければ、どこかで綻びがでてしまうだろう。

しかし、意図的な捏造だとしたらその意図が不分明だ。手間をかけて「異世界の少女」を捏造する目的にはどのようなものが考えられるか、悩んでいた雫は段々眩暈がしてきた。

「何と言うか……これつきつめると頭がおかしくなりそうなんですけど」

「自分の全てを疑うという試行は精神力を消耗する。だから、否定してあげるよ。多分この仮定は間違ってる」

「何でですか?」

「君、カンデラで負に影響を受けなかったんだろう? 大陸が変わっても世界の位階構造まで変わるわけじゃない。世界は共通で、人間も共通だ。東の大陸の先住民を見ればそれが分かる。だから――別大陸の文化や文明がこちらとまったく異なっていて、なおかつ魔法が存在しない場所だとしても、そこの人間が負からまったく影響を受けないということはないんだ。あれはこの世界では人間の構成要素の一つだからね」

「あ……」

「つまり、君は本当に世界外存在なんだと思う。とりあえず自分の記憶に自信持ってていいんじゃないかな」

雫は言われてようやく思い出す。

カンデラにてあの禁呪と相対した時、世界の最下層たる負は、彼女を『世界に迷い込んだ棘』『外から来し者』と呼んだのだ。それこそが間違いなく彼女の異質を証明する言葉だろう。負はこの世界全ての床下に広がっているのだから。

雫は肺の中、淀んでいた空気を吐き出す。両手で前髪をかき上げ天井を見上げた。

「じゃあ、私は本当に異世界人ってことで、いいんですよね」

「多分。じゃ、次は君と外部者が同じ世界の存在かについて詰めてみよう」

「あああああうううううう」

次から次へと問題が湧いてくる。

結局二人が、「雫の世界では、現時点において外部者の呪具のような技術を実現することは難しい」という結論に落ち着き、「雫と外部者は別世界の存在だろう」という帰結に至るまでは、それから一時間もの議論を要したのだった。


「頭痛いです……」

「じゃあ小休止」

すっかり冷めてしまったお茶を、少女の姿に戻ったメアが淹れ直してくれる。雫は、普段は入れない砂糖球を二つ、お茶の中に入れながら溜息をついた。

「もし外部者の話が本当だとして……エリクはどう思います？　いつの間にか実験動物にされてるって話ですけど」

「論外だね。虫唾《むしず》が走る。ラルス王についてはまったく好意的な評価はできないけど、ファルサス王家の口承で排除を指示されているのも頷ける」

「わ、私じゃないですよ！」

彼が珍しく感情を露わにして吐き捨てたので、雫はあわてて顔の前で手を振った。だがエリクは「何言ってるの。もう一回最初から詰めなおす？」と言っただけだったので、彼女はありがたく遠慮する。

以前異世界からの技術流入について話した時もそれを嫌がった彼のことだ。実際のところ、より酷い干渉が起きているという外部者の話はまさに論外でしかないのだろう。エリクは若干伸びた自分の髪を苦々しく手でまとめた。

「論外ではあるが、外部者が本当に異世界から積極的な干渉をしているなら、君にとっては助けになるかもしれない」

「え。そうなんですか？」

「だって意図的に世界を渡れるんだろう？　実験のためにこっちに呪具を送りこんできたっていう

なら、その技術があるはずだ。それを応用すれば元の世界に帰れるかも」

「あ、そっか」

「ただし、彼らの世界に連れて行かれる可能性もある」

「嫌だああああああああ」

何だかもう泣きたくなってくる。テーブルの上で萎れる雫をメアは困ったように見やった。

エリクはよれよれしている彼女のことは放置して、自分のメモ書きを一瞥する。

「とりあえず……さっきの話を信じるなら、これからの道は二つかな」

「二つ、ですか？」

「うん。他にあるっていう外部者の呪具を探すか、外部者に対抗する呪具の使い手を捜すかのどっちかだ」

――それは難しい二択だ。

どちらも場所も分からなければどんなものかも分からない。

おまけに前者は効果自体が分からないし、後者は殺される可能性があるのだ。「前門の虎、後門の狼《おおかみ》」と呟きかけた雫は、何だか違う気がしてその言葉をのみこんだ。

「どっちがいいんでしょうね。外部者の呪具って見つかっても全然違う効果だったらどうしようもありませんし。外部者自体はこっちの世界に来てないんですかね」

「分からない。けど話の感じからして呪具だけを送りこんできているって印象を受けたな」

「うーん……」

雫は手の中でペンをくるくると回してみる。ふと素朴な疑問が浮かんで向かいの青年を見上げた。

「呪具って魔法具とはどう違うんですか？」

「魔法で作られていない道具が呪具。呪詛《じゅそ》が術者の独自定義でかけられるところから来てるんだけど、実際は仕組みが何だかよく分からない道具をまとめてそう言うんだ。ほとんどが何の力もない偽物だけどね」

「マジックアイテムより更によく分からないものってすごいですね」

「魔法は法則があるから」

結局何だかよく分からない事態は、何だかよく分からないものに頼るしかないのだ。雫は腕を組んで考えこむ。

「何か途方もないですよね……」

このまま足掻き続けていていいのだろうか。そんな不安が頭を過《よ》ぎる。

自分一人のことならそれでも構わない。だが、彼女が諦めないということはエリクにもまた苦労を強いることになる。それよりも帰還を諦めて、平穏の中に居場所を求めた方がいいのではないか。きっと自分はこの世界でも生きていけるだろう。今まで旅をして、少しずつ違う場所に馴染んできたのだ。面倒ごとを経て自信もついた。以前は常にちらついていた、姉妹の間で希薄な自分というものも、いつの間にかほとんど思い出さなくなっている。

誰かと比べられ続けるというのも苦痛だが、誰とも比べようがない異質というのもやはり苦しい。ここまで両極端じゃなくてもいいのに、とぼやきたくもなるが、折れないよう踏み留まり続けてきた経験は、確実に彼女の中で支えとなっていた。

雫は腕組みをして悩む。考えても考えても自分一人では答えが出ない。そんな時、二人であってよかったと安堵する。

でも時に――二人には二人の躓きがあるのではないか。相手に遠慮して「もうやめよう」などとは言い出せない。

「やめたい？」

「うわっ」

まるで心の中を見透かされたようなタイミングに雫は飛び上がった。あわてて取り繕おうとエリクを見る。

「な、何がですか」

「いや、もう諦めたいかってこと。それもありだと思うよ。君は充分頑張ってきたし」

雫はその言葉に目を瞠る。

彼は決して、根拠のない慰めをかけない。本当のことを言ってくれる。

呆れるわけでもなく、気遣うほどでもなく、単に「やめるかどうか」だけを尋ねる声。

そう問うことを、薄情だと思う人間もいるだろう。だが雫はまぎれもない優しさだと思う。

いつだって彼は、踏み出しにくいところでも一歩先を歩いていてくれるのだ。

「エリクは……これが終わったら何をするつもりなんですか？」

「別にこれといって予定はないけれど。多分自分の研究に戻る」

彼は、そうやって真摯に時間を費やしていくのだろう。一歩一歩、自分の求める知に向けて歩んでいく。そうして彼が本に向かっている光景を想像し、雫の胸は熱くなる。

——ここから先は、今以上に見通しのない旅になるだろう。

ファルサスに着けばなんとかなるという予想は外れてすっかり振り出しだ。しかも今度こそあてがない。完全に手探りの状態だ。正直、そんな道行きに彼を付き合わせてしまうのは申し訳ない。だから最初の村を出発した頃の雫なら、「これ以上は頼めない」と思っただろう。今も半分はそう思っている。

ただそれでも……一緒にいて欲しいと願ってしまうのは、きっと彼だからだ。

ここまでの道程を支えてくれた相手。その姿勢を信頼している。彼の精神に憧れる。

彼とならば、きっと自分だけでは見えない答えにも届くだろう。

雫は少なくない躊躇いを乗り越える。顔を上げ、彼の藍色の目を見つめた。

「じゃあ、もう少し私に付き合ってもらうことって……できますか？」

「いいよ。最初からそのつもりだし」

あっさりとした返答に、雫は安堵で脱力する。突然テーブルに突っ伏した彼女にエリクは目を丸くした。

「どうしたの？　何かの発作？」

「よかった……気が抜けました……」

「君はよく分からない起伏があって面白いね」

「普通の人間ですから……感情の起伏くらいありますよ。山あり谷ありです」

ぼやいて顔を上げると、エリクはふっとおかしそうに微笑する。

「君らしいよ。いいと思う」

優しい声音と言葉は、やはり旅の最初とは違うものだ。その表情に温かくなりながら雫は、「もし今から一年経っても結果が出ないのなら、その時は諦めよう」と決心したのだった。

※

広いファルサス城都の片隅にあるその建物は、大陸全土の歴史に関する一般論文を所蔵した書庫であり、とある研究所であった。

歴史を専攻する学者のうち、優秀な人間の多くは宮仕えをしているが、能力的に、或いは性向的にそうではない人間も割合的には半数を占めている。そういった無所属の学者たちを含め、多くの学者が寄稿した論文を編纂し、紀要として発行しているのがこの「大陸歴史文化研究所」だ。

大きな国の城都には例外なく支部がある研究所の一室、談話室というにはあまりにも狭い部屋でハーヴはお茶を飲みながら野に下った師の話を聞いていた。

先月諸国を巡る旅から戻ってきたという初老の師は、温められた息を天井に吐き出す。

「それでな、その女が言ったのだ。『今はもうない歴史を知りたくはないか?』と」

「今はもうない歴史?　資料が散逸してしまった暗黒期のことですか?」

「私もそう思った。が、どうやら違うらしい。『もう起こってもいない歴史』の話なのだという」

何だか雲を掴むような話だ。まるで子供の戯言のような言葉に若い魔法士は眉を顰めた。

「起こっていない歴史など歴史ではないでしょう。それは単なる空想か創作では？」

「と言ったらな、彼女は笑ったのだよ。『この大陸は実験場で、私はその記録が全て記された本を持っている』と。その中には今はもうない……消された試行の記録もあると言うんだ。馬鹿馬鹿しいと私は笑い返したよ。でも酒が抜けると後から怖くなった。彼女はファルサスをはじめいくつかの大国の——禁呪に纏《まつ》わる門外不出の歴史を知っていた。これが妄想でなかったらどういうことだ？　本当にそのような怪しげな本が実在しているのか？」

ハーヴは師が差し出した紙片を受け取る。そこには紙いっぱいに癖の強い走り書きがされており、最後には「終わったら処分のこと」と書かれていた。

十年にわたって彼に師事していたハーヴだからこそ読める文字。

それが構成する文章は、過去に起きた複数の禁呪事件について、いくつかの真相を事細かに述べていた。宮廷に仕える者たちでさえ知るはずがない、遥か昔の事件に関しての走り書き。ハーヴは紙片にざっと目を通して息をのむ。

その一連の記述は「ありうるかもしれない」という内容ではあったが、彼一人では真偽の判断はできない。ハーヴは紙片を「友人と相談してみます」と言って懐にしまった。

「その問題の本とやらはご覧になったのですか？」

「外だけだがな。中は見せてくれなかった。革張りの深紅の本で、金の縁取りがされていた。年代がかっているようにも見えたが、古さは感じさせない。表紙に触れると何だか息づいているような感触で、それがひどく……気味が悪かった」

師はそこでまたお茶のカップを手に取る。

何気なくその手元を見たハーヴは、この時になって初めて、豪胆で知られていた師の指が小刻みに震えていることに気づき——得体の知れないその本に強い興味を抱いたのだった。

※

外部者の呪具と、外部者に対抗する呪具の使い手。このどちらを探すかは話し合いの結果、保留ということになった。何も手がかりがない上に、大陸は広い。探す対象を選んでいられないというのがその理由だ。

出立の日を何となく延期してしまった二人は、それぞれに割り振られた仕事を終えて、雫の部屋で夕食を共にしていた。女官や兵士たちが使う大食堂に行かなかったのは話の内容が内容だからだ。

エリクはよく煮こまれた豚肉を切り分ける。

「対抗呪具の使い手だけどね。多分複数人いると思う」

「複数ですか？　それって呪具も複数あるってことでしょうか」

「そこまでは分からないけど。ラルス王との会話を覚えてる？　僕は呪具の使い手を『彼ら』と複数形で言ったけど、それは二百四十年前の事件の時の使い手と、ファルサス王家の内乱時の使い手の二人を指して言っただけだ。けど王はそれに『彼らならば元の世界に戻せるかも』って複数形で返してきたんだ。これって変だろう？」

「変……ですか？　エリクにあわせただけじゃ？」

「そうかな。仮にアカーシアみたいに一人で継承していく形式の使い手なら、君を元の世界に戻すっていう現時点での話の主語に複数形は使わないよ。つまり彼は、使い手が二人以上存在することを知っている。明言を避けたのはやっぱり、過去に王家と繋がりがあったからじゃないかな」

カリカリに焼かれた人参を口に運びながら、雫は感嘆の声を上げる。

「言われてみれば……よくそんなことに気づきますね」

「違和感を覚えたからね。王家の口承絡みとあって口外できないことも多いんだろう。あと多分、呪具の使い手はそれなりに魔力が大きい人間じゃないかな。二百四十年前の一件では魔女と誤認されてるくらいだし、王族の内乱時のことにしても王家の精霊を使役するにはかなりの魔力が必要だ」

「王家の精霊を使役しているのに王家の人間じゃないんですか？」

「精霊を使役できるのは本来、直系の魔法士だけなんだけど、当時その中に該当する人間がいないんだ。表向きの資料だけじゃなく封印資料にも記載がない。あの時代は内乱で死んだ王族が何十人もいるから、その中の誰かっていう可能性もあるけど、名前まで伏せられているのは異例だ。非常事態だったから、誰か直系を媒介にして間接使役という形で精霊を与えられたんじゃないかな」

「……難しいです」

話についていけなくなった雫は、肉を切る手を止めて相槌を打った。

エリクはほとんどのことを分かりやすく丁寧に説明してくれるのだが、たまに一聞くと十返ってくることがある。ゆっくりと議論を経て進んでいくのなら、それでも何とかついていけるのだが、知識の下地がほとんどない議題について急に情報を与えられても、のみこめぬまま思考の海に溺れてしまうのだ。

雫の様子に気づいたエリクは苦笑すると、「王家とは縁があるみたいだけど、王家から探るのは難しいってこと」とまとめる。

その意見は残念だが、動かしがたい事実でもあるだろう。過去の記録はどうあれ、ラルスもレウティシアも肝心の対抗呪具の使い手には会ったことがないというのだ。

雫は温かいスープを飲みながら、今までに分かったことを頭の中で整理した。カップを下ろすと小首を傾ぐ。

「つまり、呪具の使い手はすごい魔法士って可能性が高いんですよね。そういう人を探せばいいということですか？」

「ご名答」

それならばまだ、何だか分からない呪具を探すより探しやすいかもしれない。雫は更に手がかりを詰める。

「すごい魔法士ってどうやって分かるんですか？　ステータスポイントでも見るんですか？」

「何それ。ある程度なら魔法士同士見れば分かるけど、一定以上になるとちょっと僕じゃ分からないな。ましてや封印してあったりしたらお手上げだ」

「なるほど。でもそれくらいの魔法士ならどっかのお城に勤めたりしてるんじゃないですか？」

「その可能性も高いとは思う」

エリクの返事を聞きながら、雫はリディアやリースヒェンの顔を思い浮かべる。さっきから、ちりちりと不安に似た何かを覚えるのだが、それが何だか分からない。エリクが様子に気づいて食事の手を留めた。

「どうかした？」

「いえ、何か……」

――その時、扉が外から叩かれる。

声をかけてすぐに入ってきたのは、やはりすっきりしない表情をしたハーヴだった。


雫がお茶を淹れるために立ち上がると、ハーヴは「邪魔してごめん」と言いつつ、エリクに何かの紙片を差し出す。エリクは紙片を一目見て顔を顰めた。

「何これ。汚い字だね。読みにくい」

「簡単に読まれちゃ困るんだよ。ちょっとおかしな話で悪いんだが、ここに書いてあることが本当にあったことか教えて欲しい」

「うん。分かったから読んで。読めない」

何かこみいった話なのだろうか。雫は怪訝に思いつつもお湯をもらいに外へ出る。宿舎となっている建物の端には給湯室があって、魔法で保温されているお湯がいつでも手に入るのだ。

彼女は何種類かのお湯の中から熱湯に近いものを選び、自分の持ってきたポットへと中身を移した。減ってしまった分はついてきたメアが水道から水を注ぎ足してくれる。

そして五分後彼女が部屋に戻った時、何故かすっきりしない表情はハーヴだけではなくエリクにまで伝染していた。

「――これ、一応上に報告した方がいいと思うよ」

「上ってどこに。魔法士長にか？」

「もっと上。王か王妹に」

「げ……ってことは封印資料なのか？」

ハーヴの顔はこれ以上ないくらい引き攣る。それが何故なのか彼女には分からないが、面倒ごとでも起きたのだろう。雫は黙ってお茶を出した。青ざめていた魔法士は、彼女に気づいて礼を言う。

エリクは紙片をハーヴに返した。

「封印資料かどうか僕は明言できない。けど、報告した方がいいってことだけは言っとくよ」

エリクは立場上、真偽を口にすることはできないのだ。だが報告を促す言葉こそが、この情報が真であることを物語っている。

ハーヴは信じられないといった面持ちで返された紙片を見た。手元でそれを元通り畳みかけて、しかし最後の一項目で引っかかる。彼は再びメモを開くとエリクにその部分を示した。

「でもこれはないだろう？　ファルサスとセザルが戦争になったことなんてない。おまけに禁呪による負の実体化つきだ。この間のカンデラでの実体化でさえ城の廊下に収まるほどの大きさだったんだろ？　荒野に巨大な負の蛇が現出して死体の軍勢を操ったなんて話、あったとしたらさすがに隠蔽しきれるはずがない」

雫は話の前後が分からないながらも、カンデラで遭った蛇を思い出してぞっと身を竦めた。エリクを見やると苦い顔をした彼と目が合う。

——何故彼は、そんな目をして彼女を見てくるのだろう。

藍色の瞳に割りきれぬ困惑を見出して、雫はまばたきをした。理由が分からないまま、しかし彼はふっと視線を逸らす。

「僕の知る限りは起こっていないことだ。が、まぁ他のこともある。報告しておくに越したことはないよ」

「そうか……そうだよな。時間取らせて悪かった」

「いいよ。差し障りがなかったら結果を教えてくれると嬉しい」

「分かった」

ハーヴはお茶を飲み干すと立ち上がる。彼はもう一度雫に礼と詫びを言うと、ドアへ向かった。

彼は扉に手をかけて二人を振り返る。

「一応はっきりするまでこのことは内緒にしておいてくれ。先生に迷惑がかかりそうだ」

「平気だよ。言う相手もいないし」

「悪い。それにしても笑えない話だよな。その女曰《いわ》く、この大陸は実験場だってさ？」

軽く笑いながら廊下に出て行く男の言葉を、雫とエリクの二人は顔を見合わせて反芻した。

そのままつい先日聞いたばかりの話と照らし合わせる——までもない一致に顔色を変える。

「ちょ、ちょっとハーヴさん待って！」

「え？」

廊下を既に十数歩進んでいたハーヴは、追いついたエリクに肩を摑まれて足を止めた。そして再び有無を言わさぬ勢いで部屋の中へと引き摺り戻された彼は、師である学者がどこで問題の女に会ったのかを、二人に向かって詳しく説明する羽目になったのだ。

※

ハーヴの話では、問題の女はファルサスの北、北方大国メディアルの南にある小国ピアザで、彼の師に話しかけてきたらしい。

酒場にいた師の顔をどこで知っていたのか、高名な学者であることを見抜いた彼女は、彼と一時間ほど質問や議論を交わした後、問題の本について切り出してきたという。約二か月前の話だ。

「——本当にそのような本があるとしたら問題ね」

話を聞き終わったレウティシアは深い溜息をついた。物憂げな青い瞳がハーヴ、エリク、雫の順で通り過ぎていく。彼女の背後では執務机に向かう王が、まったく顔を上げず手も止めないまま書類を処理しているのだが、既にその存在は妹の眼中から外されているらしい。

レウティシアは長い髪をかき上げてもう一度溜息をつくと、ハーヴに師を城に呼んでくるよう命じた。彼が恐縮して出て行くと残る二人を見やる。

「で、貴方たちはどうするのかしら」

「先にあなたのご意見を伺いたい。その本こそが外部者の呪具であるとお考えですか？」

エリクに聞き返され、彼女は苦い表情になった。レウティシアは背後の兄を軽く振り返ったが、反応のない様子に諦めると口を開く。

「断言はできないけれど可能性は高いと思うわ。外部者の呪具は大抵が実験か記録の性格を持っているというし。ただ私も実際それらに相対したことがないから、実物を見ても判断できないかもしれない。けれど、違うとしても封印資料の中身が洩れていることは大問題。その本は回収したいと思っています」

ハーヴが持ち込んだ紙片には、封印資料と禁呪資料の両方に渡るいくつかの情報が書かれていた。それが一つだけならレウティシアも眉を顰めつつ看過したかもしれないが、「起こっていないこと」である最後の項目を除いて全てが極秘情報では、さすがに問題がある。謎の女が口頭で語った内容は、禁呪についての内容を含めて、そのまま放置しておくには危険すぎるものだ。

エリクは王妹の答えに若干目を細める。そこには普段雫には見せない鋭さが垣間《かいまみ》見えた。

「書かれている内容はファルサスでの出来事に限定されないようですが、本を手に入れてどうなさるおつもりです？」

「悪用するつもりはない、と今言っても仕方ないわね。何を以て悪用とするかも違うでしょうし。

でもそれが外部者の呪具と思えるものなら破壊するわ。それに……その女には別口で聞きたいこともあるの」

「別口？」

レウティシアは頷きながら執務机に寄りかかる。彼女は三人には座るよう勧めると、エリクに視線を送った。

「カンデラの禁呪事件……貴方に報告書をお願いしたのは実際の構成部分だけだから知らないでしょうけど、あの事件を画策した教祖には一人の女がついていたのよ。で、その女は何故か紅い本を肌身離さず持っていた。これって偶然だと思う？」

試すような彼女の視線に雫は息を止める。あの一件にも同じ女が関わっていたのだとしたら、それは本当にファルサスとしては放置できないだろう。雫は顔も名前も知らない女の意図を摑みかねて難しい表情になった。その隣でエリクが答える。

「ですがカンデラの構成とまったく同じものは禁呪資料の中にもありませんでしたよ。似たものならありますが」

「その二人が同じ女で、彼女の言う本の性質を信じるのなら、問題の構成は他国の禁呪資料か、今はもう散逸した資料……それか、もしかしたら『消された試行』から借用したのかもしれないわ」

消された試行、と言った時、レウティシアの表情は不愉快げに歪んだ。それを聞いたエリクの顔も同様だ。もし本当にそんな試みが存在したのなら、それはこの大陸に生きる人間にとって屈辱以外の何ものでもないだろう。

レウティシアはきっぱりと宣言する。

「ファルサスはその女と本を捕捉するわ。結果が出るまで貴方たちは城で待っていてもいいけど」

「いえ。自分たちで探しに行きます」

エリクの返事はファルサスを信用していないことを意味するのか、頼りたくないと思っているのかのどちらかだろう。

そしてそれは雫も同感だった。待っていた方がいいのだとしても、それでは問題の本が自分の手元に届くまでどうすることもできないのだ。届けられてから、或いは遠くで損なわれてしまってから「違う」と不平を叫んでも仕方ない。であれば自分で行くのが筋というものだろう。

頷く雫を目にしてレウティシアは苦笑した。

「なら貴方たちをファルサスからの使者にして、権限を与えましょうか」

「不要です。僕たちはファルサスの人間ではありませんから。出国の許可だけを頂きたい」

「分かったわ。手配しましょう。——封印資料に関する貴方の記憶も、今回の捜索が終わるまでは貴方のものとしておくわ。全てが終わったら一度城に戻ってきなさい」

王妹の声には、普段は感じ取れない傲岸さがありありと表れていた。雫はそのことに少し驚いて釈然としなさに眉を曇らせる。

エリクに機密書類を整理させたのはレウティシアだ。なのにその記憶を操作することを当然のことと思っている態度には納得できない。たとえ王家の情報を洩らさぬことが第一なのだと言っても、それは行き過ぎた傲慢にしか思えないのだ。

王家の秘密がどれほどのものか、と表情で語りかけた雫はけれど、エリクに膝をぽんと叩かれ、あわてて目を伏せた。

「一般資料の整理が途中ですから、それを終えてから……明後日には城を出ます」

「相変わらず変なところで律儀ね。分かったわ」

二人は一礼して執務室を立ち去ろうとする。その時背後からこの日初めて王の声がかかった。

「見つけたならその本の在り処《あか》は教えろ。壊しにいく」

「雫の帰還に関して用済みになった時、でよろしいのなら」

「構わん。むしろさっさと帰れ。ぐずぐずしていて俺が追いついたら殺してしまうぞ」

エリクは冷ややかな目をしただけで答えず、ただ雫の背を廊下へと押し出した。扉を閉める直前、ラルスの声が雫に届く。

「お前の給金はその男に渡しておくからな。無駄遣いするなよ」

無駄遣いなんかしたことない、という反論は雫の心中でのみ為され、結局その後も言う機会は訪れなかった。

※

「ピアザってどんな国なんですか？　北ってことは涼しいですか？」

「ファルサスよりは涼しいと思う。僕は行ったことないけど」

執務室を辞して中庭の芝の上に座りこんだ二人は、広げた地図を見ながら数日後の旅の計画を立てていた。ようやくこの暑さから逃れられるらしいと分かった雫は、小さくガッツポーズをする。エリクはそれに気づかない振りをして、地図上を指差した。

「今回は転移陣の許可を取れると思うから、直接ピアザに行けるよ。ハーヴが戻ってきたら詳しい場所を確認しよう」

「了解です」

雫は髪を上げていたスカーフを一旦解く。大分伸びた黒髪はそろそろ背の半ばに届こうかという長さだ。この世界に来てから半年近く、一度も髪を切っていないのだから仕方ない。雫は紐を使って髪を束ね直すとスカーフを戻そうとした。

だが、不意に強い風が吹き、彼女の手元から薄布は舞い上がる。あわてて摑もうとした雫の手をすり抜けてスカーフは飛んでいくと、植えこみの向こうに消え去った。数秒遅れて火のついたような泣き声が聞こえる。

「あれ？」

「何だろ。子供の声だね」

二人は地図を畳みながら立ち上がると植えこみの裏側を覗きこんだ。見るとそこには草の上、三歳くらいの女の子が転がって泣いている。

顔にスカーフを張りつかせばたばたと暴れる子供に、雫は血相を変えると植えこみを飛び越えた。スカーフを取り払うと子供を抱き上げる。

「ご、ごめんね。お姉ちゃんが悪い」

一応謝ってはみたものの子供が泣き止む気配はない。むしろ大きくなってしまった泣き声に雫は困り果てた。片手でポケットを探ってみる。

だが、中から出てきたのはペンと何も書いていないメモ用紙の束くらいだ。

雫はしゃくりあげる女の子を下ろすと「ほら、これ見て」と小さなメモ用紙を一枚取って折り始める。彼女の指が何度かメモ用紙を折り、小さな鶴を作り上げた頃ようやく女の子は泣き止んだ。むしろ興味津々といった目で鶴に手を伸ばしてくる。

雫は小さな手に折鶴を渡してしまうと、涙に濡れた顔をハンカチで拭いてやった。エリクが感心したように呟く。

「君、面白いもの作れるんだね。紙で鳥を模してるの？」

「折鶴ですよ。鶴っていないんですか？　こっち」

「ツル？　知らない。鳥の名前か」

どうやらこの世界には鶴はいないらしい。雫は「そうなんです」と言いながら、次を催促してくる女の子の前に座りこんだ。折り紙はそれほど種類を知らないので、代わりとしてメモ帳に絵を描き始める。

「そう言えばこの世界ってシマウマとかキリンっていないんですか？」

それは旅の途中、子供との遊びの中で疑問に思ったことだ。雫の隣に座ったエリクは首を傾げる。

「何それ。それも鳥？」

「違います。縞がある馬と斑点がある首長動物です」

「縞がある馬？　凄いな。見てみたい」

「こーんなですよ、こんな」

雫が馬の絵に縞を書きこむと、エリクと女の子の二人はそれぞれ目を丸くした。女の子は少し間を置いて「ねこ！」と声を上げる。

「あー、トラネコに見えるのかな。違うよ、シマウマ」

存在しない動物を教えていいのだろうか、とも思ったが、子供は絵を気に入ったようだ。シマウマを指差してしきりに「ねこ、ねこ」と騒ぐ。雫は笑いを堪えながら試しに縞のない馬の絵を描いてやった。「これは？」と聞くとやはり「ねこ！」と返ってくる。

半分くらいは予想していたが、雫は間違ったすりこみを見て堪えきれず噴き出した。腹を抱えて笑いながらエリクを見やる。

「あっはは。可愛いですよ、ほら」

「何でそんなに笑えるのか分からない」

「素直なところが可愛いじゃないですか。あー……ごめんね。猫はこっち」

新しく猫の絵を描いてやると、女の子は首を傾げて「ねこ？」と聞いてきた。雫は笑って頷く。

「こっちは馬、これが猫」

「ねこ？」

「おうま、と、ねこ。おうまは首が長いでしょ？」

「うま！」

「そうそう。よくできました！」

誤解を解いて満足すると雫は大きく伸びをした。改めて周囲に親がいないか見回してみるが、他に人の姿は見えない。

「迷子ですかね。誰かの子供でしょうか」

「多分違うよ。病気の調査で城に集められた子供だと思う」

「病気の調査？」

ぱっと見たところどこも悪いところは無いように見えるが、何の病気を患っているのだろうか。

心配げに眉を顰めた雫にエリクは補足してやった。

「ほら、前に話しただろう？　子供の流行り病。原因不明だってやつ」

「ああ。言語障害が出るってやつですか……。って、この子もそうなんですか？」

「見れば分かるじゃないか」

呆れたようなエリクの言葉に、雫はもう一度女の子に注意を移す。

だが健康的に肉がついた外見も舌たらずな言葉も年相応で、何がおかしいのか分からない。

雫は、両手に折鶴と動物の絵を摑んでご機嫌な女の子と目を合わせた。彼女が首を傾げると、子供も真似をして首を傾げる。

「あの……どこが悪いんですか？」

ちっとも分からなかった雫が聞き返すと、エリクは軽く目を瞠った。怪訝な顔の雫を見て、どちらかと言えば険しい表情になったエリクは口を開く。

「今さっき、君はこの子に猫と馬の絵を描いてやっただろう？」

「はい。ちょっと可愛くしてありますけど通用してますね」

「うん。僕にも猫と馬に見える。でも、その子は馬を指して『猫』と言った」

「言いましたね」

「おかしいだろう？」

「おかしくないですよ」

二人はそこでまた沈黙してしまった。雫は眉間の皺を深くする。

何がおかしいというのか、説明されても本当に分からない。これくらいの子供なら猫と馬を間違えるくらい普通のことだろう。ひょっとしてエリクが子供に要求する知識水準は、非常に高いのではないか。そんなことを疑った雫が彼を見やると、エリクは真剣な顔で何かを考えこんでいた。彼はしばらくしてまた確認を再開する。

「この流行り病は大陸西部から徐々に広がりつつある。発症は一歳から二歳くらいの子供を中心として起こり、症状は言語に障害が出るというものだ」

「はい」

「で、この子もそうだ。障害が出ているのが分かるよね？」

雫は女の子をもう一度見たが、おかしなところは何も見つからない。一体何だというのか。彼女は若干むきになって反論した。

「分かりません。物の名前を取り違えて覚えるのくらい普通じゃないですか」

「普通じゃないよ。言語ってのは基本、生得的《せいとくてき》なものじゃないか」

「――え？」

何だか聞き逃せないことを聞いた気がした。雫は目の前の青年を凝視する。

生得的とは「生まれつき持っているもの」という意味なのだ。

もちろん、人は能力的に言語コミュニケーションを取れる要素を備えているが、聞いた文脈的にそれだけの意味ではない、何だか強い違和感を覚える。雫は自分が緊張していることを意識しないまま、逆に聞き返した。

「えーと、言葉って子供の時に覚えるものですよね？　生得的って聞いたり話したりの能力の方ですか？」

「覚える？　違うよ。基本単語と文法はあらかじめ人の知識として備わっているじゃないか。覚えるも何もない。思い出すかどうかってだけだろう？」

「え、え？　そんな馬鹿な」

――何か決定的な食い違いがある。

そのことに気づいた二人は愕然とした。雫はエリクを見たまま強張った手をそっと上げる。

「あの、先に質問していいですか？」

「……いいよ」

「もし言語障害がなかった場合、この子はさっきの絵を見てどういう反応をしたんですか？」

「馬を認識したなら馬と言う。猫と間違えることはない」

「でもそれは、馬は『馬』っていう名前だって、大人の反応を見聞きして覚えたからですよね？」

そうやって子供は周囲から言葉を覚えていくのだ。だからこそ生まれ育った環境によって、母国語が分かたれる。いくら言語が大陸内で共通のこの世界でも、それは変わらないはずだ。

しかしそれを聞いたエリクは、厳しい表情でかぶりを振った。

「違うって。初めて見たものでも、それを認識すれば自然と対応する名が出てくる。誰に習わなくてもそうなるのが当然だ。赤子は泣き方を教わったりしないだろう？　それと同じだよ」

雫は瞬間、眩暈を覚えてくらりと傾く。

ずっと気づかなかった二つの世界の差異、それは魔法よりもはるかに身近ではるかに人の基盤に根ざしたところにあったのだ。

足元が揺らぐような錯覚。雫は気が遠くなって額を押さえる。そんな彼女を引き戻したのはエリクの声だ。彼はしゃがみこんだ女の子の頭を撫でると、声だけは真剣に雫に問い返す。

「ちょっと整理させて。君の世界だと言語って学習で身につけるものなの？」

「そうですよ……。だから何ヶ国語もあるんです。小さい時に周りで使われてた言葉を聞いて覚えますから」

「僕はそれ、遺伝で分かれてるんだと思ってた」

言われてみれば昔、音声言語が分かれている分かれていないの話になった時、「遺伝のせいで外国語が分からないのか」と聞かれたのだ。その時はエリクの言うことだからと気にもしなかったが、よくよく考えてみればおかしな質問だ。

つまりはこの世界では、本当に音声言語までもが「生まれつき持っているはずの知識」なのだろう。だから広い大陸内で話し言葉が分かれておらず、時代によっても変化がないのだ。

ちょっとだけ羨ましい、と現実逃避しかけて雫はそれを振りきった。改めて現実に向かい合う。

「あの、話し言葉って全部が生得知識なんですか？　たとえばこれくらいの小さな子でも『寂寥』とか分かりますか？」

「分からないよ。それは基礎単語じゃないから。人間が生まれつき知っている単語は全ての品詞を合わせて約二千六百。それ以上の単語は基礎単語の組み合わせによって作られている」

「その組み合わせは学習で身につけるんですね」

「そう。君のところは基礎単語ってないの？」

「基礎単語の意味が違いますよ……。生得単語《せいとくたんご》なんて存在しません」

元の世界での基礎単語とは、あくまでよく使われる単語でしかないのだ。習っていなくても知っている単語など存在しない。雫は痛み出した頭を押さえて気になることを尋ねた。

「生まれつきの知識ってことは、対象物を知らない単語はどうなるんです？　猫を見聞きしたことない子供でも猫ってものを元々知ってるんですか？」

「知らないものは知らないままだよ。生得知識なのは言葉そのものであって、その対象じゃない。

だから対象物を認識しなければ単語は出てこないんだ。知っていても思い出せないっていうのかな。対象やそれに類するもの……例えば絵に描かれたものでも、それと認識できれば単語が出てくる」

つまり『猫』という単語は基礎単語で、この世界の人間は皆生まれつき備え持っている。ただ猫がいない場所で育ち猫を知らないままなら、その単語は人の中で眠ったままなのだ。

雫はひとまず理解すると次の質問を重ねる。

「じゃあ対象物を知らない人間に、その単語を口頭で説明した場合はどうなるんですか？　猫を知らない子に猫を説明したりした場合も、『ああ、猫か！』って言葉を思い出すんですか？」

「それは説明の仕方が決めるというより、対象物を確固として認識させられるか否かが重要なんだ。君なんかは絵が上手いから、知らない子供にも上手く認識させられると思う。そういう時は子供から自然と単語が出てくるよ。でも口頭で知らないものを説明するのは難しいな。聡《さと》い子はそれでも単語と対象がすぐに結びついたりするけど。上手くいかない場合、単なる音の並びから成る単語を『そういう意味だろう』と記憶するに留まる。で、年齢が上がると経験が増えるから、ぴたりと嵌まるように単語と対象が繋がったりするんだ」

「いやいやいやいや、上手くいかない場合って。普通言葉の学習ってそういうものですよ。この言葉はこういう意味だよ、って教えるんです」

「ありえない」

「こっちの台詞です！」

つい叫んでしまった雫は、女の子がびっくりしていることに気づいて笑顔を作った。新しいメモ帳の一枚に若干写実的なタコの絵を描いてやる。

彼女はまずそれをエリクに見せて、何だか分かることを確認した。ついで期待しているらしき女の子に示す。だが子供は何の絵か分からなかったらしい、見入ったまま黙りこんでしまったので「タコだよ」と教えてやると、嬉しそうに「タコ！」と笑った。

雫とエリクの二人は微妙な表情を見合わせる。

「タコって生得単語なんですか？」

「本来なら。だからこの子はこの時点で病の発症者だと認定される」

「めっちゃめちゃ普通ですって。健康そのものですよ」

雫は常識の食い違いに憤然としてしまった。一方、エリクは腕組みをして考えこむ。

「言葉が学習でしか覚えられないのだとしたら、学習がなされない場合はどうなるんだ？」

「言葉が話せません。唸ったり身振りで感情を示したりするくらいですね。実例がいくつかあります。あと……実際古代にはそういう実験がされたという逸話が残っているんですよ。王様が世界最古の言葉を知りたくて、子供の前でまったく言葉を話さずに育てろって命令したって話が」

「うん。それでどうなったの？」

エリクは興味があるらしく少し身を乗り出させた。この世界では発想もされない実験なのだろう。

雫は苦笑して続ける。

「それで、しばらくして子供はある単語を話すようになったんです。それを聞いた王様はその言語を最古の言葉とみなした。でも現代ですとこれは、単語が生得的なわけじゃなくて、子供がその言葉をどこかで聞いたか、誰かが教えたんだろうと思われてます。もしくはその単語自体が子供独自の創造ではないかと」

「言葉を創造？　基礎から？」

「そういうものなんですよ。だから私の世界では言語が時代や場所で全然違ってくるんです」

雫にとってはそれが当然だ。言語は人間が作ったもので、もともと持っていたものでは決してない。人は一から新しい言語を作る能力は持ってはいても、生まれつき多くの人間に通じる共通言語を兼ね備えているわけではないのだ。

雫の説明にエリクはますます眉を寄せる。遠慮のない視線が頭の上から足先までを辿った。

「うーん……。君って人間に見えるけど、人間に似た違う種族じゃないの？」

「うわ！　酷いこと言われた！　先に言おうと思ったのに！」

「言おうと思ってるんじゃないか」

二人がそれぞれの常識を突き崩されそうになっているその時、庭木の向こうから一人の女官が現れた。彼女はいなくなった女の子を捜していたらしい。駆け寄ってきて子供が色々握っていることに気づくと、しきりに頭を下げて女の子を連れていった。

雫は手を振りながら去っていく子供の姿に、言いようのない落ち着かなさを覚える。彼女にとっては普通のことも、この世界では病気とみなされ、特別な目で見られるようなことなのだ。何だか思いきり立ち上がって「病気じゃないですよ！」と叫びたくなったが、それを堪えて今はエリクに向き直った。雫は膝を揃えて詰め寄る。

「生得単語の中には名詞以外もあるんですか？　抽象的な言葉とか実在が確認できないものとか」

「それはあるよ。形容詞や動詞もあるし、接続詞や助動詞もある」

「じゃあ対象が実在しない言葉とか抽象的な言葉って、どうやって思い出すんです？　絵で描けないものもあるし、地道に教えるしかないでしょう？」

「うーん、教えることもできるけど、教えなくても分かれば思い出すから普通は教えないよ。大体通常なら三歳で生活に不自由ない単語は揃うし、十歳までには生得単語の六割を思い出す。あとは個人差だね」

それを聞いた雫は正座のまま「のみこめない」という顔になった。不服が声に滲む。

「えぇ……そんなんで本当に単語と意味が合うんですか？」

「人々が問題を感じないくらいには合ってる。結局、突き詰めてしまえば、単語と結びついているものは実物よりもまず、その対応する概念ではないかという話になるんだ。抽象的な単語でも概念を限定する、或いは意味を理解することができれば単語はついてくるし、そこに対象が実在するかどうか、または実在を信じるかどうかの問題は関係ない。『可愛い』と思えば『可愛い』という単語が出てくる。子供は痛い、と思うと泣くだろう？」

「そ、それとこれとは違いますよ」

「違わない、と思われてる。ほら、リースヒェンを覚えてるだろう？　彼女はつい最近幽閉から解放されるまで誰にも話しかけられなかった。けど彼女は会話に不自由なかったじゃないか。あれは生得言語があるからだよ」

「……あ」

言われてみれば、リースヒェンは「人と話したことがなかった」と言っていた。それはつまり、誰も彼女に言葉を教えなかった、ということだ。にもかかわらずリースヒェンは普通に話ができていた。彼女が習っていたのは読み書き――文字の方だ。

「み、身近な例に気づいてしまうと驚愕……」

「僕も驚いてるけどね」

エリクは言いながら何かを深く考えこんでいるようだ。

彼は視線をあてどなく周囲にさまよわせる。だがそれが景色を見るためではないことは明らかだ。ファルサスの強い日差しも今は気にならない。それよりも気になることがありすぎて、雫はともすれば空回りしそうな思考を必死に回転させた。

この世界では言葉はあらかじめ人の中にあるというのだ。

訳が分からない、そう思いながらも雫はあることを思い出し、そこに引っかかりを覚えた。それはエリク自身が彼女に教えてくれたことだ。

「前に、言ってましたよね。『白』が同じ白を指しているか分からないって。でもそれを言うなら、単語と意味にずれがあるかもって可能性自体が、生まれつきってことと相反してませんか？　生まれつき持っていたものならみんな一緒が普通だと思うんですけど」

「いや。あの仮説自体が極論だし、僕が言う可能性とは実際のところ、個々人における単語の意味の揺れ幅って話でしかないよ。他に感覚自体を疑うって側面もあるけど、言葉が生得的なのはまず大前提だ。話が問題なく通じているように見えても、その意味が完全に人の間で一致しているかは証明しがたい。同じ単語でも思い出し方は人それぞれなんだ。むしろ単語の意味とは蓋然的であると思っていた方がいいくらいだろう」

エリクはそこで一息つくと、雫を見た。

「それにね、生まれつきだからと言って、全員に共通するものが備わっていると頭から信用しない方がいい。たとえば君にも僕にも生まれつき視力はあるけど、同じものが見えているかは分からないだろう？」

「同じものじゃないんですか？」

「多分違う。僕には魔力が見えるから」

「……ああ」

つまりは、それがあるのだ。魔法という決定的な差異が二つの世界の間には存在している。だからこの言葉に関する差異もその類のものなのだと、納得しようと思えばできるだろう。

――「原因不明の流行り病」が今ここに存在していないのならば。

黙りこんだ雫を、エリクは思考に集中していると如実に窺わせる表情で見つめる。その藍色の瞳に昏い翳が差していくのを、彼女はどこかぼんやりと眺めた。

創世記曰く、かつて人々はみな同じ言葉を使い、同じように話していたという。

今は遠い昔の話。神話の中の物語だ。

言葉とは、神の御業《みわざ》か人の技か。

思考の道具か伝達の手段か。

重ねられていく記述と歴史。

人知れず隠された答は凡て――


雫は混乱してしまった頭を押さえる。

思考の中で話を整理しても、「何だそれ」としか思えない。生まれつき知っている単語があるなどありえないだろう。とりあえず二千六百あるという生得単語のリストを見たい。本当は見聞きして覚えているだけなのを、生得的だと誤解しているのではないか。

だがそう疑ってみても、雫から見て普通の子供が「病気の子供」と考えられていることを思い出すと、そこで思考が詰まってしまう。

何故そんな事態になっているのか。雫は苦虫を嚙み潰してもここまで苦い表情にならないだろうというほど眉を顰めてエリクを見やった。

そのエリクもいつもより険しい顔で考えこんでいる。しばらくして、彼は小さく溜息をついた。

「実は君と出会って……というか、君から言語の話を聞いて以来、疑ってることがある」

「私が人間かどうかですか？」

「違う。何でラルス王みたいな発想になってるんだ。毒されてるよ、君」

「ぐえ」

どうやら一か月の間に暴君とのやり取りに慣れてしまったらしい。雫は足が痺れそうになったので、正座を崩すと聞き返す。

「何を疑ってるんですか？　単語が本当に生得的かどうかですか？」

「それは疑ってなかったって。こっちの世界では散々実験もされてるし。……そうじゃなくてね。言語の生得性はどこに由来するんだろうって思ってたんだ」

おそらく、エリク自身の考えは口にされる話よりずっと先を進んでいるのだろう。言葉だけが少し遅れて雫の手元に届く。彼女はそれを拾い上げて自分の思考に透かし見るのだ。

雫は綺麗に整った青年の顔立ちよりも、その言葉に注意のほとんどを払って耳を傾けた。

「生得単語についての記録は、遡れば千四百年程前に『神から賜りしもの』と記されているのが最初だ。といってもこれ以前の記録は、言語に関してだけではなく全てにおいて消失してしまっている。せいぜい口伝が残るだけだね」

「ああ。神話とかもそうだって言ってましたね」

「うん。生得単語は長らく神が人に与えたものだと信じられていた。そしてそれはその中に人工物の名詞も多く含まれているからという理由が大きい。たとえば『時計』『船』『錠前』。これらは人が作ったものだが生得単語として生まれつき人の中に在る」

雫は内心大きな違和感を差し挟みながらも話を追う。

——確かに生得言語が人の生理的な部分だけに由来すると仮定した場合、そこに人工物の名詞が含まれていることはおかしい。

この世界に原始人という存在があったのかどうかは分からないが、人は古代から技術発展を経てここまで来たのだろうし、その出発点から全ての人工物と共に在ったわけではないはずだ。

『時計』が作られる以前もその言葉は人の中に在ったのか、それとも『時計』が生み出されたからこそ単語が人の中に植えつけられたのか。

言葉が先か意味が先か。上手く嚙みあいすぎている状態を説明づけるために、人は神の思惟《しい》がそこに働いていたと考えたのだろう。

「つまり道具が発明されたから、神様がそれに合わせて言葉を与えた、っていう考え方ですか」

「うん。神話によってはこれらの発明も神々が与えたものだとされているけどね」

「ああ、なるほど。でも今は神様を信じていない人も多いんですよね？　その場合どう解釈するんです？」

大体魔法士は皆、無神論者だというのだ。エリク自身もアイテア神の存在を信じていないと言っていた。ならば彼らは生得言語の不自然さをどう解決しているのだろう。真剣な表情の彼女にエリクは微苦笑する。

「現在では、魔法士をはじめとして多くの学者は、共通言語位階という位階が存在していて、そこに人の魂が繫がっていることこそが、言語が生得的である原因ではないかと考えている。その位階の実在は証明されていないし、実際どんなものなのかって議論はまだまだ為されてるけど、負と同様言葉自体が、魂に含まれる人間の構成要素であり、基盤の一つということで落ち着いてるんだ」

「おおう……」

どこか矛盾点が見えたら突っこんでやろうと待ち構えていた雫は、すぐにはそれが見つけられず詰まってしまった。魂などと言われては異世界人である彼女には容易く踏みこめない。大体世界構造自体が二つの世界ではまったく異なるようなのだ。

「じゃあ、その位階に二千六百の単語や文法があるってことですか？」

「本当はもっと数があるのかもしれないけど、分かっているのはそれだけだね。ただ僕は君と出会う少し前から……本当にそれが生得単語の原因なのかなって疑ってたんだ」

静かな声音に雫は軽く緊張する。

——人の思考の限界とはどこにあるのだろう。

染みついた既存概念を打破しようとしたその先に待っているものは、真の太陽なのか更なる牢獄《ろうごく》なのか。雫は何故か動悸《どうき》を覚えて胸を押さえた。表面だけはいつも通り「何で疑ってるんですか？」と聞き返す。

エリクは、もしホワイトボードがあったのならそこに向かっただろう様子で指を一本立てた。

「本当に生得単語が人の魂に由来しているのなら、どうしてその単語を得られない病が流行ったりするんだろう。こんなことは今まで一度もなかった。生まれながらに魂を損なわれた人間が続出するなんてことは、記録を見る限りまったくなかったんだよ」

「ああ……」

雫はさっきの女の子を「魂を損なわれた子」と言うことはできない。むしろ彼女こそが普通の子供だと思っている。だがこの世界においてそれは見過ごせない異常なのだ。溜息をのみこむ雫に、エリクは手を振って見せた。

「だから僕は一つの仮説を立ててみた。生得言語とは魂ではなく、何らかの遺伝によって人の中に継がれているものじゃないかと。こう考えると流行り病は魂の異常ではなく遺伝異常だ。原因は不明のままだけど、前者よりはよっぽど起こりうることじゃないかと思ったんだ」

「あ、それで私にも遺伝かって聞いたんですか？」

「うん。特に君の世界では音声言語が分かれているって聞いてからますますこの可能性を疑った。まさかそっちに生得単語がないとは思わなかったしね。君は遺伝じゃないって言ったけど、そこは世界構造自体の違いもあるし、そっちはそっちで何か別の要素が影響してるんだろうと思ったんだ」

確かに雫は、巻き舌ができるかどうかは遺伝も影響していると聞いたことがある。それが発音に関係したりもするのだから、遺伝と言語はまったく無関係ではないのかもしれない。

だが、エリクの推論ほどには関係していないだろう。ましてや遺伝で単語が受け継がれるはずもない。突拍子もなく思える仮説を雫が反芻する間にも、彼の話は続いた。

「たとえば東の大陸の話だけど――あそこで開拓前にどういう言語が使われていたのかは、戦乱のせいで記録が残ってない。でもこっちから移民が大量に入植した後は皆同じ言語を話してるし、人種を問わずにやっぱり生得言語もあるんだ。ただ向こうの大陸にはこっちの大陸より訛《なま》りが強い地域が多くて……それは遺伝の影響じゃないかなと考えてみた」

「あー、混血によって言語の浸透が進んだけど、不完全な場所も残ってるって感じですか？」

「そう。ただ全てを遺伝で片づけようとしても説明できないことが多々残るんだ。東の大陸の例でいうなら、移民たちがこちらの大陸を出発してからしばらくして、こっちでも今までなかった訛りがわずかに出始めた。でも別に混血があったわけじゃないし、それについて研究はされたが今でも原因は定まっていない」

「うーん、謎ですね。じゃあやっぱり遺伝じゃないんですか？」

「断言はできない。遺伝が関係しているとしても、それだけが生得言語の原因じゃないってことだろう。――第一、君がいるんだし」

「私？」

雫は自分の顔を指差して首を傾げる。服の下の背を理由の分からぬ冷や汗が伝っていった。

かつてその構成技術と知識を高く評価され、魔法大国にて異例な位置にいた若き魔法士は、そこで話を切ると背後の城を仰ぎ見た。他に誰もいないことを確認するとエリクは話を再開する。

「君は、自分の世界の言語のことを誰かに説明した？　一応口止めしてあったとは思うんだけど」

「あ、してない、です。王様やレウティシアさんに本を見せたりはしましたけど」

「うん。特に音声言語が分かれてることや生得単語がないことは言わない方がいい。場合によっては命に関わる」

「え」

急におかしな方へと話が転んだことで雫は目を丸くした。冗談かと思ったがそうではないらしい。

エリクは静かな声音で説明を補足する。

「例の流行り病が発生し始めたのは、時期的に君がこの世界に来る少し前のことだ。大陸中がやっきになって原因と治療法を探してる中に、『私のところではそれが普通ですよ』なんて人間が現れたらどうなる？」

「……げ……ひょっとして、私が原因って思われたり、しますか？」

「するだろうね。少なくともまったく言語について常識が違う世界の人間だ。徹底的に調べられると思う」

「うわあ」

雫の脳裏にラルスの嫌な笑顔が浮かんだ。あの男がこのことを知ったら調べるなどまどろっこしいことはしないだろう。「殺してみれば分かる」などと言いながら率先して彼女を仕留めにくるに違いない。

血の気が引きつつある彼女の考えていることが分かったのか、エリクは苦い顔を見せた。

「まぁ、これに関しては前々から気になってた問題だし、もうちょっと調べてみるよ。君は関係ないと上手く証明できればいいんだろうけど……まったく自信はない」

「いえ、ありがとうございます」

できないことを安請け合いするエリクなど想像できない。雫は心から厚意に頭を下げた。

――だがそれでも妙な不安が収まらないのは何故なのだろう。

落ち着かなさに辺りを見回す彼女を元気づけるよう、立ち上がったエリクは手を差し出した。

「あんまり怖がらなくてもいい、とは思う。君の存在が病への対抗手段になるかもしれないから」

「え？　私が？　何でですか。幼稚園でも開くんですか？」

言葉の教え方を知らない世界で、子供たちに言葉を教えればいいのだろうか。エプロンをして幼児を相手にする自分を雫は思い浮かべる。

しかしエリクは苦笑するとその考えを訂正した。

「違う。君は、どうやってか生得単語の恩恵を受けているだろう？　その理由が分かれば子供たちへも対処ができる」

——怖い、と思う。

気づきたくないのだと、気づいてはいけないと。

でもどうして？　と彼女は問う。

気づけば、気づかれれば、きっと——

「生得単語の？　そんなのないですよ。私、どちらかと言えば言葉が遅い子でしたし」

言いながら雫は、自分の言葉が表面を滑っていくような空々しさを覚えていた。本当は知っていること、既に自分の中にあることを思い出せない。思い出したくない気がして背筋が凍る。

エリクは心配そうな色を瞳に浮かべた。彼は雫を立たせてやりながら彼女の顔を覗きこむ。

「君は気づいてない？　不安にさせるかなって思ったから、おかしいと思っても指摘しなかったんだけど。僕は君と出会って旅をするうちに、生得単語が魂に依拠するという考えを捨てざるを得なくなった」

目の前にいるはずの彼が、何故かひどく遠い。

孤独の中に似た焦燥に、雫の体は小刻みに震えだす。

「君の世界では言葉が分かれているんだろう？　その上生得単語が存在しないのなら、そうでないと話が合わないんだ。言葉は魂に由来するわけではない」


何が普通か分からないのだ。

自分が異常なのか、この世界が異常なのか分からない。

雫は彼のどこかに触れていたい衝動に駆られる。

手を握って欲しい。怖くて仕方ないのだ。

——どうか気づかないで。

言わないで。

異質にしないで。

忘れて。

見ないで。

教えないで、欲しい。

「君は負に影響を受けなかったんだ。この世界の人間とは魂自体が違う。では何故——君と僕は、言葉が通じているんだ？」


言葉が通じてよかった、と思う。

それさえも叶わないのなら、どうやって見知らぬ世界で一歩を踏み出すことができただろう。分からないことだらけの転機の中、言葉が、そしてそれに耳を傾けてくれる人々が彼女を救ったのだ。とてつもない幸運——でも、何故そうなのか、彼女は考えたことがない。

何故。

どうして、おかしいと、おもわなかったの。


「な、何でって……わ、分かりません……」

「うん。僕も最初は『言葉が通じない』っていう概念そのものがなかったから気づかなかったけど。君の世界では音声言語が分かれてるって聞いた時、少しおかしいなと思った。でも今まで生得言語の種類が偶然一致してるから通じてるんだろうって考えてたんだよ」

エリクは雫の瞳を覗きこんだ。その奥を見据えようとするがごとき視線に、彼女は息が詰まる。

「ただ言語の生得性もないのなら、やっぱりおかしい。君が言うには言語は土地や時代で変わってくるものなんだろう？　この世界は君のところとは文化も歴史もまったく違うんだ。なのに君の世界で作られた一言語と同じになってるなんて、さすがにありえないよ」

言葉が同じであるわけではない。

何故なら彼らの発する固有名詞だけは、雫に外国語の発音として聞こえるからだ。

雫はそのことに気づいていた。けれど、何故そうなっているのかを考えたことはない。

「君はこの世界に来てから、生得言語の影響を何らかの形で受けてるんじゃないかな？　いつから言葉が通じるのか覚えている？　何か心当たりはない？」

頭が痛む。まるで内側から激しく金槌《かなづち》で叩かれているかのようだ。

雫はこめかみを押さえてよろめいた。その腕をエリクが支える。彼は倒れそうになった雫の体を抱きとめると元通り草の上に座らせた。黒い前髪の下、額に冷や汗が浮かんでいるのに気づいて表情を変える。

「具合が悪そうだ。中に入ろう。日差しにやられたかもしれない」

「いえ、平気、です。少し……気持ち悪いだけ」

「中に。君は暑さに弱い。気づかなくて悪かった」

エリクは彼女を軽々と抱き上げた。いつもなら「自分で歩ける」と言うところだが、今は四肢に力が入らない。雫は彼の好意に甘えて目を閉じる。

どうしてこんなに気分が悪いのか。雫は小学校の朝礼中、熱中症で倒れてしまった時のことを思い出した。あの時も不意に世界が傾いて、気づいた時には先生に抱え上げられていたのだ。それから子供時代はずっと、夏に外出する時は気をつけるようにしていた。

散歩をする時必ず被っていた帽子を被らなくなったのはいつからだろう。姉が日傘を差して歩く姿に見惚れた、あの頃からだろうか。大きなつばで顔を隠した自分がまるで、世界から一人取り残されてしまったような気がして、雫は姉の後を歩きながら一人うつむいたのだ。

劣等感というよりは孤独に似た思いを、けれど彼女は家族に訴えたことはない。

――今更そんなことを思い出した。

雫は流れ落ちる汗を手で拭った。靄がかかったような息を吐き出す。エリクの顔を見上げないまま、彼女は乾いた唇を動かした。

「私、覚えがないです……。砂漠に出て、気づいた時には言葉が通じてましたから」

「そうか。別に気にすることはないよ。結果的には助かってるわけだし」

「はい」

二人は城の影の中に入る。それでもエリクが彼女を下ろさないのは、どこか休めるところに連れて行ってくれるつもりなのだろう。彼女はぐるぐると回り始めた視界を留めようと、手で力なく額を押さえた。意識が落ちそうになる寸前、疑問が口の端から滑り落ちる。

「エリクは、どうして言葉が通じるんだと、思いますか？」

彼だけが気づいたのだ。

ならば彼だけが辿りつけるだろう。

だから問う。


その声に、青年は凪いだ目で答えた。

「僕は、神話の時代以降、この大陸自体に何か言葉を生得的にする要素が備わったんじゃないかと考えている。それは或いは……人に感染して言葉を伝えるようなものなのかもしれない」

穏やかな声。温かい腕。

雫は彼の言葉に安堵して息を吐く。

そのまま深い眠りに落ちていくまでの数秒間。彼女はあの砂漠の砂と共に何かが肺の中に忍びこみ、そっと体の奥底に降り積もっていくような、そんな刹那の夢を見たのだった。

眠りが全てを押し流す。

傾きかけた世界も壊れかけた記憶も、全てが波にさらわれ、後は何事もなく整えられる。そうやって最低限のことだけを取り出して、皆、ささやかなる日々を送っていく。

人が全てのことを覚えていられないのは、そこに無言の選別が存在しているからだろう。

肉体でさえも日々死に、新しくなっていく。

そうして人の記憶もまた、ほんのわずかな分だけ小さな手の中に残されるのだ。

※

雫が意識を取り戻した時、経っていた時間は二時間程度だ。

起きた時彼女は自分の部屋にいて、隣ではメアが濡れた白い布を絞っていた。使い魔の少女は緑の目を瞠る。

「マスター、大丈夫ですか？」

「あ、仕事……」

「半休ということになっております。まだ体の中に熱がこもっているようですから、休んでいらしてください」

「う、ごめんなさい……」

日差しに気づかず倒れるなど子供みたいなことをしてしまった。雫は濡れた布を受け取ると顔に押し当てる。ひんやりとした感触が気持ちいい。鈍重になっている頭から気だるさが抜けるようだ。

雫は一息つくとほとんど荷物のない部屋を見回す。何しろ一度荷造りをしたままで、また明後日には北の国に向かって出立する予定なのだ。

そのことを改めてメアに告げると、使い魔の彼女は「エリク様から伺いました」と返してきた。何だかあわただしさに「いつもすまないねぇ」などと言いたくなったが、真剣に受け取られることは確実だったので、雫は「ごめんね」とだけ口にする。

彼女は水を一杯飲み干すと寝台から起き上がろうとした。だがメアがすかさずそれを留める。

「駄目です、マスター。疲労も溜まっているようですから」

「大丈夫大丈夫。もう平気だよ」

「駄目です。前に一度それで寝こまれたではないですか。今、魔法薬をもらってきます。ここでお待ちください」

そんなに体が弱い自覚はないのだが、前例を指摘されたこともあって雫は苦笑いと共に頷いた。緑の髪の少女はお辞儀して部屋を出て行く。

まだ日は高い。一人になった雫は、枕元から水差しを取るともう一杯水を飲もうとした。

だが、グラスに口をつけるより早く、不意に部屋の扉が叩かれる。

「はい？」

メアが戻ってくるにしては早い。エリクかハーヴだろうか、と雫は返事をする。

しかし、ドアを開けて入ってきたのは、そのどちらでもなかった。

灰色の髪の、皮肉げに顔を顰めた若い男。今までに二度会ったその男に雫は顔色を変えた。

「あ……！」

リースヒェンを連れ去ろうとして立ち去り、城の裏手で会ったその男は、今日は紺色の魔法着を着ていない。あれからハーヴが更に調べてくれて「そういう外見の宮廷魔法士はうちにはいない」という話も聞いた。

なら、この男は何者なのか。誰何の声を上げようとした雫に先んじて、男は口を開く。

「騒ぐな」

若い男は軽く右手を上げる。それは声を上げれば魔法を使うということだろう。

雫が反射的に口をつぐんだ時、開いたままの扉から、もう一人長身の男が入ってきた。

兵士の姿をした逞《たくま》しい体軀の男は、仮面に似た無愛想さで彼女を眺める。その視線の強さに雫はただならぬものを覚えた。声を抑えて問う。

「あなたたち……なんですか？」

「貴女を迎えにきた」

「は？」

人違いではないだろうか。そう言いかけた雫の口をだが、兵士姿の男は手で押さえる。その事態に彼女は啞然とし、遅れて慄然とした。

つい一瞬前まで彼は扉の前に立っていたのだ。にもかかわらず二メートルほどの距離をほんの二歩で詰めてきた。本能が激しく警鐘を鳴らす。だが咄嗟に何か身を守るものを探しかけた彼女の顔を、男は口を塞いだままの手で固定した。

「悪いようにはしない。昼間貴女は話していただろう？　子供の流行り病は貴女にとって普通のことなのだと」

──あれを聞かれていたのか。

雫の体に残る熱が全て引いていく。誰もいないと思っていたのだ。事実、周囲には誰の姿も見えなかった。だが、この男はどこかでそれを聞いていたのだろう。

雫の中、鳴り続ける警鐘に重なって「命に関わる」と言ったエリクの言葉が甦《よみがえ》る。

「──ファニート、早くしろ」

灰色の髪の魔法士が、面倒そうに言う。それを受けてファニートと呼ばれた男は硬質な目で雫を見下ろした。声だけは優しげに告げる。

「このままこの国にいては、貴女の身は危うくなるだろう。王は貴女を捕らえ、殺してしまうかもしれない。だからそうなる前に迎えに来たのだ」

そんな迎えは要らないと、もうこの国は出るのだからと、雫は激しく首を横に振ろうとした。だがそれだけの仕草でさえ男の手に阻まれ為すことができない。大きな両眼に恐怖と否定を浮かべる少女を見下ろし、男は嗤《わら》った。唐突に彼女の軽い体を寝台に突き飛ばすと、背に負っていた小さな弓を手に取る。

「貴女はこの国を出て、私の国に来る。これは決定事項で貴女の意志でもある。そうだろう？」

「わ、私の意志って……」

そんなはずはない。これは脅迫ではないのか。雫は矢を番える男を見ながら扉を見やった。しかし抑揚のない男の声が、うろたえる彼女の耳を叩く。

「貴女は来る気になる」

男は弓を構えると狙いを定めた。

雫に向かってではなく——窓の外、中庭に佇む人影に向かって。

「ちょ……っ！」

中庭で兵士と立ち話している魔法士。それが誰なのか遠目にも分かる。彼女がもっともよく知る後姿なのだ。間違うはずがない。

雫は両手で口を押さえた。彼の名を叫びそうになって、男の一睨みで沈黙する。

彼はちらりと扉を一瞥した。そこには灰色の髪の魔法士が腕組みをして立っている。魔法士は冷ややかに釘を刺した。

「扉には結界を張ってある。誰も入ってこられないから諦めろ」

魔法士の声音には微かな倦怠が滲んでいた。リースヒェンと見逃した時と今とは違う。これは既に閉じられた檻だ。ファニートの反論を許さぬ声が、雫を正面から打ち据えた。

「さて、貴女の意見を聞こうか。時間はない。私と一緒に来るか来ないか……早く決めるといい」

鋭い鏃《やじり》が向く先、エリクの背を、雫は絶望的な思いを以て見つめる。

どうしてこんなことになっているのか、そして、人と人が別れる時とは何と突然で呆気ないものなのかと――震える唇を強く噛《か》み締《し》めながら。

※

魔法薬とお茶のポットを盆に載せて、メアは扉を叩いた。

だが中からは何の返事もない。不思議に思いつつ彼女は扉を開ける。

「マスター？　いらっしゃいますか？」

部屋の中には誰の姿もなかった。それだけではなく主人の荷物もない。メアは盆を置くとあちこちを見回す。小さなテーブルには水差しとグラス、そしてちぎられたルーズリーフが一枚だけ置かれていた。彼女はそれを取り上げる。そこにはこの世界の文字で一言だけ書かれていた。

――『ありがとう』と。

「マスター？」

窓の外の日は暮れていく。

静寂が夜と共に忍び込んでくる。

メアは刻々と暗くなる部屋を見渡す。だがそのままいつまで待とうとも、雫がドアを開けて帰って来ることは、ついになかった。

あとがき

古宮九時《ふるみやくじ》です。この度は『Babel II』をお手に取ってくださりありがとうございます。

ようやくたどり着いたファルサスですが、『Unnamed Memory』の時代から約三百年、魔法大国となっています。一筋縄ではいかないファルサス王族相手に、雫はどう立ち回っていくのか、また文庫にもなっていないこの先はどうなるのか、最後までお付き合いください。

では、謝辞を。

担当様方、いつもありがとうございます。この変わり種なファンタジーの刊行に付き合ってくださるのは、お二人だからこそだと感謝の気持ちでいっぱいです。四冊で一つの物語、という特殊な構成ですが、残りもご迷惑をかけずに駆け抜けられれば、と思っております。がんばります。

そして素晴らしいイラストを描いてくださった森沢先生、今巻もありがとうございます！　新規キャラいっぱいいてすみません！　森沢先生のイラストで色々なキャラが見られて感激です！

そして最後に読者の皆様、いつも本当にありがとうございます！　初出から十二年、すっかりファンタジー作品では当たり前となり、気にされることも少なくなった言葉の問題、そこに今改めて回帰する話を楽しんでくださるよう祈っております。

ではまた魔法大国のどこかの時代にて。ありがとうございました！

古宮　九時

電撃の新文芸

Babel《バベル》 II
魔《ま》法《ほう》大《たい》国《こく》からの断《だん》罪《ざい》

著者／古《ふる》宮《みや》九《く》時《じ》
イラスト／森《もり》沢《さわ》晴《はる》行《ゆき》

2020年 9 月17日　初版発行
2020年11月20日　再版発行

発行者／青柳昌行
発行／株式会社ＫＡＤＯＫＡＷＡ
〒102-8177　東京都千代田区富士見2-13-3
0570-002-301（ナビダイヤル）
印刷／図書印刷株式会社
製本／図書印刷株式会社

【初出】……………………………………………………………………………………………
本書は著者の公式ウェブサイト『no-seen flower』にて掲載されたものに加筆、訂正しています。

ISBN978-4-04-913330-1　C0093　Printed in Japan

ファンレターあて先
〒102-8177
東京都千代田区富士見2-13-3
電撃文庫編集部
「古宮九時先生」係
「森沢晴行先生」係